Las deudas del cuerpo

Biblioteca
ELENA FERRANTE

Las deudas del cuerpo

Traducción de
Celia Filipetto

DEBOLS!LLO

Título original: *Storia di chi fugge e di chi resta*

Primera edición: septiembre de 2018

© 2013, Edizioni e/o
Publicado por acuerdo con The Ella Sher Literary Agency
© 2014, 2018, Penguin Random House Grupo Editorial, S. A. U
Travessera de Gràcia, 47-49. 08021 Barcelona
© 2018, de la presente edición en castellano:
Penguin Random House Grupo Editorial USA, LLC.
8950 SW 74th Court, Suite 2010
Miami, FL 33156
© 2014, Celia Filipetto Isicato, por la traducción

ISBN: 978-1-947783-98-0

Impreso en Estados Unidos – *Printed in USA*

Penguin
Random House
Grupo Editorial

Las deudas del cuerpo

Índice de personajes y breve descripción de sus circunstancias

La familia Cerullo (la familia del zapatero):

Fernando Cerullo, zapatero, padre de Lila. Cuando su hija terminó los estudios de primaria, la sacó de la escuela.

Nunzia Cerullo, madre de Lila. Comprende a su hija pero no tiene autoridad suficiente para apoyarla frente al padre.

Raffaella Cerullo, llamada Lina o Lila. Nació en agosto de 1944. Cuando desaparece de Nápoles sin dejar rastro, tiene sesenta y seis años. Alumna brillante, a los diez años escribe un relato titulado *El hada azul*. Tras obtener el diploma de la escuela primaria, abandona los estudios y aprende el oficio de zapatero. Se casa muy joven con Stefano Carracci y dirige con éxito primero la charcutería del barrio nuevo, después la zapatería de la piazza dei Martiri. En unas vacaciones en Ischia se enamora de Nino Sarratore, por el que abandona a su marido. Después del naufragio de la convivencia con Nino y el nacimiento de su hijo Gennaro, Lila abandona definitivamente a Stefano al enterarse de que este espera un hijo de Ada Cappuccio. Junto con Enzo Scanno se muda a San Giovanni a Teduccio y se pone a trabajar en la fábrica de embutidos de Bruno Soccavo.

Rino Cerullo, hermano mayor de Lila, también zapatero. Con Fernando, su padre, y gracias a Lila y al dinero de Stefano Carracci, monta la fábrica de zapatos Cerullo. Se casa con Pinuccia Carracci, hermana de Stefano, con la que tiene un hijo, Ferdinando, llamado Dino. El primogénito de Lila se llama Rino como él.

Otros hijos.

La familia Greco (la familia del conserje):

Elena Greco, llamada Lenuccia o Lenù. Nacida en agosto de 1944, es la autora de esta larga historia que estamos leyendo. Elena se pone a escribirla en cuanto se entera de la desaparición de Lina Cerullo, su amiga de la infancia, a la que solo ella llama Lila. Al terminar la primaria, Elena sigue estudiando con éxito creciente. En el curso preuniversitario su aptitud para los estudios y la protección de la profesora Galiani le permiten salir indemne del enfrentamiento con el profesor de religión por el papel del Espíritu Santo. Por invitación de Nino Sarratore, del que está enamorada en secreto desde muy niña, y con la inestimable ayuda de Lila escribirá un artículo sobre ese enfrentamiento que, al final, no será publicado en la revista con la que Nino colabora. Los brillantes estudios de Elena culminan en la licenciatura en la Escuela Normal de Pisa, donde conoce a Pietro Airota, con quien se compromete, y la publicación de una novela en la que recrea la vida en el barrio y sus experiencias adolescentes en Ischia.

Peppe, Gianni y Elisa, hermanos menores de Elena.

El padre trabaja de conserje en el ayuntamiento.

La madre es ama de casa. Su paso claudicante obsesiona a Elena.

La familia Carracci (la familia de don Achille):

Don Achille Carracci, el ogro de los cuentos, usurero, traficaba en el mercado negro. Murió asesinado.

Maria Carracci, esposa de don Achille, madre de Stefano, Pinuccia y Alfonso. Trabaja en la charcutería de la familia.

Stefano Carracci, hijo del difunto don Achille, marido de Lila. Administra los bienes acumulados por su padre y, con el tiempo, se convierte en un comerciante de éxito gracias a dos charcuterías bien orientadas y a la zapatería de la piazza dei Martiri, que abre con los hermanos Solara. Insatisfecho por su atormentado matrimonio con Lila, comienza una relación con Ada Cappuccio, con la que más tarde se va a vivir cuando se queda embarazada y Lila se muda a San Giovanni a Teduccio.

Pinuccia, hija de don Achille. Primero trabaja en la charcutería de la familia y luego en la zapatería. Se casa con Rino, hermano de Lila, con el que tiene un hijo, Ferdinando, llamado Dino.

Alfonso, hijo de don Achille. Es compañero de pupitre de Elena. Está comprometido con Marisa Sarratore y pasa a ser el encargado de la zapatería de la piazza dei Martiri.

La familia Peluso (la familia del carpintero):

Alfredo Peluso, carpintero. Comunista. Tras ser acusado de haber matado a don Achille, fue condenado y acabó en la cárcel, donde murió.

Giuseppina Peluso, esposa de Alfredo. Obrera de la manufactura de tabaco, se dedicaba a sus hijos y a su marido que estaba en la cárcel. Al morir él, se suicidó.

Pasquale Peluso, hijo mayor de Alfredo y Giuseppina, albañil, militante comunista. Fue el primero en percatarse de la belleza de Lila y en declararle su amor. Detesta a los Solara. Es novio de Ada Cappuccio.

Carmela Peluso, también se hace llamar Carmen, hermana de Pasquale, es dependienta en una mercería pero Lila no tarda en contratarla en la nueva charcutería de Stefano. Tras un largo noviazgo con Enzo Scanno, este la deja sin ninguna explicación al terminar el servicio militar. Carmela se compromete enseguida con el empleado de la gasolinera de la avenida.

Otros hijos.

La familia Cappuccio (la familia de la viuda loca):

Melina es viuda y pariente de Nunzia Cerullo. Friega las escaleras de los edificios del barrio viejo. Fue amante de Donato Sarratore, el padre de Nino. Los Sarratore se marcharon del barrio precisamente a causa de esa relación y Melina casi se vuelve loca.

El marido de Melina descargaba cajas en el mercado hortofrutícola y murió en extrañas circunstancias.

Ada Cappuccio, hija de Melina. Desde niña ayudó a su madre a fregar escaleras. Gracias a Lila, la contratan como dependienta en la charcutería del barrio viejo. Comprometida durante años con Pasquale Peluso, se convierte en la amante de Stefano Carracci y al quedarse embarazada se va a vivir con él. De su relación nace Maria.

Antonio Cappuccio, su hermano, mecánico. Fue novio de Elena y está muy celoso de Nino Sarratore. La idea de tener que marcharse a hacer el servicio militar lo preocupa profundamente, pero cuando Elena recurre a los hermanos Solara para conseguir que se libre, se siente tan humillado que pone fin al noviazgo. En el servicio militar sufre un agotamiento nervioso y lo licencian anticipadamente. Al regresar al barrio, empujado por la miseria, se pone al servicio de Michele Solara, que en un momento dado lo envía a Alemania con un encargo largo y misterioso.

Otros hijos.

La familia Sarratore (la familia del ferroviario-poeta):

Donato Sarratore, ferroviario, poeta, periodista. Muy mujeriego, fue amante de Melina Cappuccio. Cuando Elena se va de vacaciones a Ischia, y es huésped en la misma casa donde se alojan los Sarratore, se ve obligada a abandonar la isla a toda prisa para evitar el acoso sexual de Donato. Sin embargo, el verano siguiente, Elena se entrega a él en la playa, impulsada por el dolor que le produce la relación de Nino y Lila. Para exorcizar esta experiencia degradante, Elena la cuenta en el libro que después le publican.

Lidia Sarratore, esposa de Donato.

Nino Sarratore, el mayor de los cinco hijos de Donato y Lidia. Detesta al padre. Es un alumno muy brillante y mantiene una larga relación clandestina con Lila que desemboca en una brevísima convivencia cuando ella se queda embarazada.

Marisa Sarratore, hermana de Nino. Está comprometida con Alfonso Carracci.

Pino, Clelia y Ciro Sarratore, los hijos más pequeños de Donato y Lidia.

La familia Scanno (la familia del verdulero):

Nicola Scanno, verdulero, murió a causa de una pulmonía.

Assunta Scanno, esposa de Nicola, murió de cáncer.

Enzo Scanno, hijo de Nicola y Assunta, también verdulero. Desde niña, Lila le tiene simpatía. Enzo mantuvo un largo noviazgo con Carmen Peluso, a la que deja sin ninguna explicación cuando regresa del servicio militar. Mientras hace la mili se pone a estudiar por libre y obtiene el diploma de perito industrial. Cuando Lila decide abandonar definitivamente a Stefano, Enzo se hace cargo de ella y de su hijo Gennaro, y los lleva a vivir a San Giovanni a Teducci.

Otros hijos.

La familia Solara (la familia del propietario del bar-pastelería del mismo nombre):

Silvio Solara, dueño del bar-pastelería, monárquico-fascista, camorrista relacionado con los negocios ilegales del barrio. Obstaculizó la creación de la fábrica de zapatos Cerullo.

Manuela Solara, esposa de Silvio, usurera, su libro rojo es muy temido en el barrio.

Marcello y Michele Solara, hijos de Silvio y Manuela. Bravucones, prepotentes, todas las chicas del barrio los adoran, menos Lila, claro está. Marcello se enamora de Lila pero ella lo rechaza. Michele, apenas unos años menor que Marcello, es más frío, más inteligente, más violento. Es novio de Gigliola, la hija del pastelero, pero con el tiempo llega a sentir una morbosa obsesión por Lila.

La familia Spagnuolo (la familia del pastelero):

El señor Spagnuolo, pastelero del bar-pastelería Solara.

Rosa Spagnuolo, esposa del pastelero.

Gigliola Spagnuolo, hija del pastelero, novia de Michele Solara.
Otros hijos.

LA FAMILIA AIROTA:
Guido Airota, profesor de literatura griega.
Adele, su mujer. Colabora en una editorial de Milán que publica
la novela de Elena.
Mariarosa Airota, la hija mayor, profesora de historia del arte en
Milán.
Pietro Airota, compañero de universidad de Elena y su novio, tie-
ne por delante una brillante carrera universitaria.

LOS MAESTROS:
Ferraro, maestro y bibliotecario. Desde que Lila y Elena eran niñas, Ferraro las premió por su voracidad lectora.
La Oliviero, maestra. Fue la primera en darse cuenta del potencial
de Lila y Elena. A los diez años, Lila escribió un cuento titulado *El hada azul*. A Elena le gustó mucho el cuento y se lo dio
a la Oliviero para que lo leyese. Pero la maestra, enfadada porque los padres de Lila decidieron que su hija no cursara el bachillerato elemental, nunca dio su opinión sobre el cuento. Es
más, dejó de ocuparse de Lila y se concentró únicamente en
los resultados de Elena. Fallece como consecuencia de una larga enfermedad poco después de la licenciatura de Elena.
Gerace, profesor de bachillerato superior.
La Galiani, profesora del curso preuniversitario. Docente muy
culta, comunista. No tarda en sentirse deslumbrada por la inteligencia de Elena. Le presta libros, la protege en su enfrentamiento con el profesor de religión, la invita a su casa a una

fiesta que dan sus hijos. Su relación se enfría cuando Nino deja a Nadia, arrastrado por la pasión que siente por Lila.

Otros personajes:

Gino, hijo del farmacéutico, primer novio de Elena.

Nella Incardo, prima de la maestra Oliviero. Vive en Barano, Ischia, y en verano alquila algunas habitaciones de su casa a la familia Sarratore. Hospedó a Elena durante unas vacaciones en la playa.

Armando, estudiante de medicina, hijo de la profesora Galiani.

Nadia, estudiante, hija de la profesora Galiani y novia de Nino, que rompe con ella en una carta que le envía desde Ischia cuando se enamora de Lila.

Bruno Soccavo, amigo de Nino Sarratore e hijo de un rico industrial de San Giovanni a Teduccio. Le da trabajo a Lila en la fábrica de embutidos de su familia.

Franco Mari, estudiante y novio de Elena en los primeros años de universidad.

Tiempo intermedio

1

Vi a Lila por última vez hace cinco años, en el invierno de 2005. Paseábamos muy de mañana por la avenida y, como nos ocurría desde hacía mucho tiempo, no conseguíamos sentirnos cómodas. Recuerdo que solo hablaba yo, ella canturreaba, saludaba a la gente que ni siquiera le contestaba, las raras veces en que me interrumpía se limitaba a pronunciar frases exclamativas, sin nexo evidente con lo que yo decía. A lo largo de los años habían pasado demasiadas cosas feas, algunas horribles, y para recuperar la confianza tendríamos que habernos confesado pensamientos secretos, pero yo no tenía fuerzas para encontrar las palabras, y a ella, que tal vez sí las tenía, no le apetecía, no le veía la utilidad.

Pese a todo, la quería mucho y cuando iba a Nápoles siempre intentaba verla, aunque debo reconocer que me daba un poco de miedo. Había cambiado mucho. La vejez se había cebado en ambas, pero mientras yo luchaba contra la tendencia a ganar peso, ella no cambiaba, estaba siempre en los huesos. Se cortaba ella misma el pelo, lo llevaba corto y muy canoso, no por decisión propia sino por dejadez. La cara muy ajada recordaba cada vez más a la de su padre. Reía con una risa nerviosa, casi un chillido, y hablaba en voz demasiado alta. Gesticulaba sin parar, dando al gesto una determinación tan feroz que era como si quisiera partir en dos los edificios, la calle, los transeúntes, a mí misma.

Estábamos llegando a la altura de la escuela primaria cuando un hombre joven que no conocía nos adelantó jadeando y le gritó que en un parterre, junto a la iglesia, habían encontrado el cadáver de una mujer. Apuramos el paso hacia los jardincillos, Lila me arrastró hacia el corrillo de curiosos abriéndose paso a empellones. La mujer, tendida de lado, era extraordinariamente gorda y vestía un impermeable pasado de moda color verde oscuro. Lila la reconoció enseguida, yo no: era nuestra amiga de la infancia Gigliola Spagnuolo, la ex mujer de Michele Solara.

No la veía desde hacía unos veinte años. La cara hermosa se había consumido, los tobillos se habían hecho enormes. El pelo, antes moreno, era ahora rojo fuego, largo como lo llevaba de jovencita, pero ralo y esparcido sobre la tierra removida. Llevaba un zapato muy gastado de tacón bajo en un pie; el otro pie estaba embutido en un calcetín de lana gris, agujereado en el dedo gordo, y el zapato se encontraba a un metro de distancia, como si lo hubiese perdido al patear por el dolor o el susto. Me eché a llorar, Lila me miró con fastidio.

Sentadas en un banco cercano, esperamos en silencio que se llevaran a Gigliola. Por ahora no se sabía qué le había ocurrido, ni cómo había muerto. Nos fuimos a casa de Lila, el antiguo y pequeño apartamento de sus padres en el que ahora vivía con su hijo Rino. Hablamos de nuestra amiga, Lila echó pestes de ella, la vida que había llevado, sus pretensiones, sus perfidias. Ahora era yo la que no conseguía escuchar, pensaba en aquella cara de perfil sobre la tierra, en lo ralo del pelo largo, en las zonas calvas blanquísimas del cráneo. Cuántos de los que habían sido niños con nosotras ya habían muerto, desaparecido de la faz de la tierra a causa de enfermedades, porque la nervadura no había resistido la lija del sufrimiento, porque su sangre había sido derramada. Nos quedamos un rato en la cocina, con desgana, sin que ninguna de las dos se decidiera a recoger, después volvimos a salir.

El sol del precioso día invernal daba a las cosas un aspecto sereno. El barrio viejo, a diferencia de nosotras, seguía idéntico. Resistían las casas bajas y grises, el patio de nuestros juegos, la avenida, las bocas negras del túnel y la violencia. Pero había cambiado el paisaje de alrededor. La verdosa extensión de los pantanos había desaparecido, la vieja fábrica de conservas estaba destruida. En su lugar, se veían los destellos de los rascacielos de cristal, en otros tiempos signo de un futuro radiante en el que nadie había creído nunca. Con el paso de los años, había registrado todos los cambios, a veces con curiosidad, aunque con frecuencia distraída. De niña había imaginado que más allá del barrio, Nápoles ofrecía maravillas. El rascacielos de la estación central, por ejemplo, me había impresionado mucho décadas antes, porque se levantaba planta tras planta, un esqueleto de edificio que entonces se nos antojaba altísimo, al lado de la audaz estación del ferrocarril. Cómo me sorprendía cuando pasaba por la piazza Garibaldi. Fíjate qué alto es, le decía a Lila, a Carmen, a Pasquale, a Ada, a Antonio, a todos los compañeros de entonces con los que me aventuraba a ir en dirección al mar, hasta el límite de los barrios ricos. Allá arriba, pensaba, viven los ángeles y seguramente disfrutan de toda la ciudad. Cómo me hubiera gustado escalarlo, subir hasta arriba del todo. Era nuestro rascacielos, a pesar de que se encontraba fuera del barrio, algo que veíamos crecer día tras día. Pero las obras se interrumpieron. Cuando regresaba a casa desde Pisa, el rascacielos de la estación, más que el símbolo de una comunidad que se renovaba, me parecía un nuevo nido de ineficiencia.

Por aquella época me convencí de que no había mucha diferencia entre el barrio y Nápoles, el malestar se deslizaba de uno a la otra sin solución de continuidad. Siempre que regresaba me encontraba con una ciudad cada vez más de mírame y no me toques, que no aguantaba los cambios de estación, el calor, el frío y, sobre todo, los temporales. Cuando no se inundaba la estación de la piazza Garibaldi, se venía abajo la Galería enfrente del museo o se producía un desprendimiento y nos quedábamos sin luz. Guardaba en mi memoria calles oscuras plagadas de peligros, el tráfico cada vez más caótico, el empedrado en mal estado, charcos enormes. Las alcantarillas sobrecargadas se desbordaban, soltaban chorros. Como ríos de lava, las aguas residuales, las inmundicias y las bacterias bajaban de las colinas cubiertas de obras flamantes y frágiles para descargar en el mar o erosionar el mundo de abajo. La gente moría a causa de la desidia, de la corrupción, de los atropellos; sin embargo, cuando llegaban las elecciones, daba su apoyo entusiasta a los políticos que le hacían la vida insoportable. En cuanto bajaba del tren, me movía con cautela por los lugares donde me había criado, procurando hablar siempre en dialecto como para dejar bien claro «soy de los vuestros, no me hagáis daño».

Cuando obtuve la licenciatura, cuando escribí a vuelapluma un relato que, de forma por completo inesperada, en pocos meses, se convirtió en libro, las cosas del mundo del que venía me parecieron aún más desmejoradas. Mientras que en Pisa, en Milán, me sentía bien, por momentos incluso feliz, cada vez que regresaba a mi ciudad temía que algo imprevisto me impidiera escapar de ella, que me arrebataran las cosas que había conquistado. No podría volver con Pietro, con quien iba a casarme pronto; me impedirían acceder al espacio pulcro de la editorial; no podría disfrutar ya de las atenciones de Adele, mi futura suegra, una madre como nunca había sido la mía. Ya en el pasado la ciudad me había parecido abarrotada, toda ella una muchedumbre de la piazza Garibaldi a la Forcella, en la Duchesca, en Lavinaio, en el Rettifilo. A finales de los años sesenta tuve la sensación de que la multitud había aumentado y de que la intolerancia, la agresividad, se extendían incontroladas. Una mañana fui hasta la via Mezzocannone, donde años antes había trabajado de dependienta en una librería. Había ido por curiosidad, para ver de nuevo el lugar donde me había deslomado, sobre todo para echar un vistazo a la universidad en la que nunca había entrado. Quería compararla con la de Pisa, con la Escuela Normal, esperaba incluso encontrarme con los hijos de la profesora Galiani —Armando, Nadia— y jactarme de mis logros. Pero la calle, los espacios universitarios me llenaron de angustia, estaban repletos de estudiantes napolitanos y de la provincia y de todo el sur, jóvenes bien vestidos, bulliciosos, seguros de sí mismos, y muchachos de modales toscos y a la vez serviles. Se amontonaban en las entradas, dentro de las aulas, delante de las secretarías donde se formaban largas colas a menudo pendencieras. Tres o cuatro se liaron a bofetadas sin previo aviso a unos pasos de mí, como si les hubiese bastado con verse para llegar a una explosión de insultos y golpes, una furia de machos que gritaba sus ansias de sangre en un dialecto que hasta a mí me costaba entender. Huí de allí, como si algo amenazante me hubiese rozado en un lugar que imaginaba seguro, habitado solo de buenas razones.

En una palabra, cada año me parecía peor. En aquella época de lluvias, la ciudad había vuelto a quebrarse, un edificio entero se había inclinado de lado como una persona que se apoya en el brazo de un viejo sillón y el brazo cede. Muertos, heridos. Y gritos, palizas, cartas bomba. Era como si la ciudad guardase en sus vísceras una furia que no conseguía salir y por eso la erosionaba, o estallaba en pústulas en la superficie, henchidas de veneno contra todos, niños, adultos, ancianos, gente de otras ciudades, norteamericanos de la OTAN, turistas de todas las nacionalidades, los mismos napolitanos. ¿Cómo se podía resistir en aquel lugar de desorden y peligro, en los suburbios, en el centro, en las colinas, al pie del Vesubio? Qué fea impresión me había causado San Giovanni a Teduccio, el viaje para llegar hasta allí. Qué fea impresión me había causado la fábrica donde trabajaba Lila, y la propia Lila, Lila con su hijo pequeño, Lila que vivía en un edificio miserable con Enzo aunque no durmieran juntos. Me había contado que él quería estudiar el funcionamiento de los ordenadores y ella intentaba ayudarlo. Se me había quedado grabada su voz que trataba de borrar San Giovanni, los embutidos, el olor de la fábrica, su condición, citándome con fingida pericia siglas como: Centro de Cibernética de la Universidad Estatal de Milán, Centro Soviético para la Aplicación de los Ordenadores a las Ciencias Sociales. Quería hacerme creer que no tardaría en crearse un centro así también en Nápoles. Y pensé: En Milán, a lo mejor, en la Unión Soviética seguramente, pero no aquí, aquí son locuras de tu imaginación desbocada a las que también estás arrastrando al pobre y leal Enzo. Mejor irse. Marcharse definitivamente, lejos de la vida que habíamos experimentado desde el nacimiento. Establecerse en territorios bien organizados donde de verdad todo era posible.

Y me largué, vaya si me largué. Aunque para descubrir en las décadas siguientes que me había equivocado, que se trataba de una cadena con eslabones cada vez más grandes: el barrio remitía a la ciudad, la ciudad a Italia, Italia a Europa, Europa a todo el planeta. Hoy lo veo así: no es el barrio el que está enfermo, no es Nápoles, sino el planeta, es el universo, o los universos. La habilidad consiste en ocultar u ocultarse el verdadero estado de las cosas.

De eso hablé aquella tarde con Lila, en el invierno de 2005, con énfasis y a manera de enmienda. Quería reconocerle que ella lo había entendido todo desde niña, sin haber salido nunca de Nápoles. Pero me avergoncé casi enseguida, noté en mis palabras el pesimismo irascible del que envejece, el tono que, lo sabía, ella detestaba. De hecho me enseñó los dientes envejecidos esbozando una sonrisa que era una mueca nerviosa y dijo:

—¿Te las das de sabihonda, sueltas sentencias? ¿Qué intenciones tienes? ¿Quieres escribir sobre nosotros? ¿Quieres escribir sobre mí?

—No.

—Di la verdad.

—Sería demasiado complicado.

—Pero lo has pensado, lo estás pensando.

—Lo cierto es que sí.

—Debes dejarme en paz, Lenù. Debes dejarnos en paz a todos. Nosotros debemos desaparecer, no nos merecemos nada, ni Gigliola ni yo, nadie.

—Eso no es verdad.

Puso una cara fea, de descontento y me escrutó con las pupilas que apenas se le veían, los labios entrecerrados.

—Está bien —dijo—, escribe si tanto te empeñas, escribe sobre Gigliola, sobre quien te dé la gana. Pero sobre mí no, ni se te ocurra, prométemelo.

—No escribiré sobre nadie, tampoco sobre ti.

—Cuidado que te vigilo.

—¿Sí?

—Voy a entrar en tu ordenador, te leeré los archivos, los borraré.

—Anda ya.

—¿Crees que no soy capaz?

—Sé que eres capaz. Pero sé protegerme.

Se rió a su antigua manera malvada.

—De mí no.

2

Nunca se me olvidarán aquellas tres palabras, fue lo último que me dijo: «De mí no». Ya llevo varias semanas escribiendo de firme, sin perder tiempo en releer lo escrito. Si Lila sigue viva —fantaseo mientras bebo el café a sorbos y contemplo el Po golpear contra los pilares del puente Principessa Isabella—, no sabrá resistirse, vendrá a curiosear en mi ordenador, leerá, y como es una vieja maniática se enojará por mi desobediencia, querrá entrometerse, corregirá, añadirá, se olvidará de su afán por desaparecer. Después enjuago la taza, vuelvo al escritorio, retomo la escritura a partir de aquella fría primavera en Milán, de aquella noche en la librería, desde la que han pasado más de cuarenta años, cuando el hombre de las gafas gruesas habló con sarcasmo de mí y de mi libro delante de todos, y yo contesté temblando, de forma confusa. Hasta que de repente se levantó Nino Sarratore, casi irreconocible por la barba descuidada, negrísima, y atacó con dureza a quien me había atacado. A partir de ese momento todo mi ser empezó a gritar en silencio su nombre —cuánto hacía que no lo veía, cuatro, cinco años— y pese a estar helada por los nervios noté que me ruborizaba.

En cuanto Nino terminó su intervención, el hombre pidió la réplica con gesto contenido. Estaba claro que se lo había tomado a mal, pero me sentía demasiado alborotada por emociones violentas para comprender enseguida el porqué. Naturalmente me había dado cuenta de que la intervención de Nino había desplazado el discurso de la literatura a la política, y de forma agresiva, casi irrespetuosa. Sin embargo, en ese momento no le di demasiada importancia a la cuestión, no lograba perdonarme el no haber sabido resistir al enfrentamiento, el haberme mostrado incoherente frente a un público muy culto. Y eso que yo era buena. En el curso preuniversitario había reaccionado a la condición de desventaja tratando de ser como la profesora Galiani, me había apropiado de sus tonos, de su lenguaje. En Pisa, aquel modelo de mujer no había sido suficiente, allí tuve que vérmelas con personas muy combativas. Franco, Pietro, todos los estudiantes que destacaban y, por supuesto, los profesores prestigiosos de la Normal, se expresaban con un lenguaje complejo, escribían con cuidadísimo artificio, tenían una habilidad categorizadora, una claridad lógica, que la Galiani no poseía. Pero me ejercité para ser como ellos. A menudo lo había conseguido, me había parecido que dominaba las palabras hasta el punto de eliminar para siempre las incongruencias de estar en el mundo, la aparición de las emociones, los discursos angustiados. En una palabra, sabía recurrir a una forma de hablar y escribir que, mediante un vocabulario muy selecto, un estilo amplio y meditado, la disposición insistente de los razonamientos y una pulcritud formal que no debía faltar nunca, apuntaba a aniquilar al interlocutor hasta el punto de quitarle las ganas de objetar. Pero aquella noche las cosas no habían salido como debían. Primero Adele y sus amigos, a los que imaginaba de finísimas lecturas, y después el hombre de las gafas gruesas, me habían intimidado. Había vuelto a ser la chiquilla voluntariosa que venía del barrio, la hija del conserje con acento dialectal del sur, que no salía de su asombro al comprobar que había ido a parar a aquel sitio para interpretar el papel de la escritora joven y culta. Y así perdí confianza y me expresé sin convicción, desordenadamente. Sin contar a Nino. Su aparición me quitó por completo el control, y la calidad de su intervención en mi defensa me confirmó que, de repente, había perdido mis habilidades. Proveníamos de ambientes no muy diferentes, los dos nos habíamos esforzado por conquistar ese lenguaje. Sin embargo, él no solo lo había utilizado con naturalidad, volviéndolo con facilidad contra su interlocutor, sino que, a intervalos, cuando le parecía necesario, se permitió incluso sembrar intencionadamente el desorden en aquel italiano refinado, usando un descarado desprecio que no tardó en hacer notar lo obsoleto y quizá también lo ridículo del tono profesoral del hombre de las gafas gruesas. Así, cuando vi que este último quería volver a hablar, pensé: Se ha enfadado mucho y si antes ha hablado mal de mi libro, ahora hablará todavía peor para humillar a Nino porque lo ha defendido.

Pero el hombre parecía centrado en otra cosa, no volvió a referirse a mi novela, no me involucró más. Se concentró en algunas fórmulas que Nino había utilizado marginalmente, pero que había repetido varias veces: expresiones como «soberbia propia de barones», «literatura antiautoritaria». Solo entonces comprendí que su enfado se debía a la tensión política del discurso. No le había gustado aquel léxico y lo subrayó quebrando la voz profunda con un imprevisto falsete sarcástico: «¿De manera que la audacia del conocimiento se define hoy como soberbia, de manera que la literatura se ha convertido en antiautoritaria?». A continuación se lanzó a jugar agudamente con la palabra «autoridad», gracias a Dios —dijo—, una barrera contra los jóvenes poco cultivados que van soltando sentencias sobre todo y al buen tuntún, recurriendo a las tonterías aprendidas en a saber qué curso alternativo de la Estatal. Y habló largo y tendido sobre el tema, dirigiéndose al público, nunca directamente a Nino o a mí. Hacia el final, se concentró primero en el anciano crítico sentado a mi lado y luego directamente en Adele, quizá desde el principio verdadero objetivo de la polémica. No tengo nada contra los jóvenes, dijo a modo de síntesis, sino contra los adultos titulados que, por interés, están siempre dispuestos a aprovechar la estupidez del momento. Y con eso se calló al fin e hizo ademán de marcharse con suaves pero enérgicos disculpe, permiso, gracias.

Los presentes se levantaron y lo dejaron pasar, hostiles y sin embargo deferentes. A esas alturas me quedó definitivamente claro que era un hombre de prestigio, un prestigio de una magnitud que hasta la propia Adele respondió a su colérico gesto de saludo con un cordial: Gracias, hasta la vista. Quizá por eso Nino sorprendió un poco a todos cuando, de forma imperativa y a la vez burlona, dando a entender que sabía con quién se la jugaba, lo llamó con el título de profesor, «Profesor, adónde va, no se me escape» y, acto seguido, gracias a la agilidad de sus largas piernas, le cortó la salida, se enfrentó a él, le dijo frases en esa nueva lengua suya que, desde donde yo estaba, oí a medias y entendí a medias, pero que debían de ser como cables de acero bajo un sol intenso. El hombre escuchó inmóvil, sin impaciencia, luego hizo un gesto con la mano que significaba apártate y se dirigió hacia la salida.

3

Aturdida, me levanté de la mesa; no conseguía asimilar que Nino estuviera realmente allí, en Milán, en aquella salita. Y sin embargo, allí estaba, venía hacia mí sonriendo, pero con paso mesurado, sin prisa. Nos estrechamos la mano, la suya estaba muy caliente, la mía, helada, y nos dijimos cuánto nos alegrábamos de vernos después de tanto tiempo. Saber que por fin había pasado lo peor de la velada y que ahora él estaba frente a mí, en carne y hueso, atenuó mi mal humor pero no mi inquietud. Se lo presenté al crítico que había elogiado generosamente mi libro, le dije que era un amigo de Nápoles, que habíamos hecho juntos el curso preuniversitario. A pesar de haber recibido también alguna estocada de Nino, el profesor fue amable, lo elogió por la forma en que había tratado a aquel tipo, se refirió a Nápoles con simpatía, se dirigió a él como a un alumno brillante al que hay que animar. Nino contó que vivía en Milán desde hacía años, se dedicaba a la geografía económica, pertenecía —y sonrió— a la categoría más miserable de la pirámide académica, es decir, la de los ayudantes. Lo hizo de un modo cautivador, sin el tono enfurruñado que utilizaba de muchacho, y tuve la impresión de que llevaba una armadura más ligera que aquella otra que me había fascinado en el curso preuniversitario, como si se hubiese desprendido de pesos excesivos para poder batirse más rápidamente y con elegancia. Noté con alivio que no llevaba alianza.

Entretanto algunas de las amigas de Adele se habían acercado para que les firmase el libro, algo que me emocionó, era la primera vez que me ocurría. Vacilé; no quería perder de vista a Nino ni un solo instante, pero al mismo tiempo quería atenuar la impresión de mocetona torpe que debía de haberles causado. Lo dejé con el profesor anciano —se llamaba Tarratano— y atendí con cortesía a mis lectoras. Quería darme prisa, pero los ejemplares eran nuevos, olían a imprenta, muy distintos de los libros raídos y malolientes que Lila y yo sacábamos de la biblioteca del barrio, y no tuve valor de emborronarlos a la ligera con el bolígrafo. Hice gala de mi mejor letra, la de la época de la maestra Oliviero, me inventé unas dedicatorias elaboradas que causaron cierta impaciencia en las señoras que esperaban. Lo hice con el corazón desbocado, vigilando a Nino. Temblaba de solo pensar que se fuera.

No lo hizo. Adele se había acercado a él y a Tarratano, y Nino se dirigía a ella con deferencia y desenvoltura a la vez. Me acordé de cuando hablaba con la profesora Galiani en los pasillos del instituto, y no tardé nada en unir mentalmente al alumno brillante de entonces con el hombre joven de ahora. Descarté, sin dudarlo, como una desviación inútil que nos había hecho sufrir a todos, al estudiante universitario de Ischia, al amante de mi amiga casada, al muchacho perdido que se escondía en el retrete de la tienda de la piazza dei Martiri y que era el padre de Gennaro, un niño al que jamás había visto. La irrupción de Lila lo había desviado, para qué negarlo, pero —en aquel momento me pareció evidente— no había sido más que un paréntesis. Por más intensa que hubiese sido aquella experiencia, por más que lo hubiese marcado profundamente, había terminado. Nino se había reencontrado a sí mismo y me alegré. Pensé: Debo contarle a Lila que lo he visto, que está bien. Después cambié de idea: No, no se lo contaré.

Cuando terminé con las dedicatorias, la salita estaba casi vacía. Adele me cogió una mano con delicadeza, me alabó mucho por la forma en que había hablado de mi libro y por cómo había contestado a la pésima intervención —así la definió— del hombre de las gafas gruesas. Al ver que yo negaba haberlo hecho bien (me constaba que no era cierto), pidió a Nino y a Tarratano que se pronunciaran; naturalmente, los dos se deshicieron en elogios. Nino llegó a decir, mientras me miraba serio: «No se imaginan ustedes cómo era esta chica ya en el bachillerato superior, inteligente, culta, muy valiente y hermosa». Mientras yo notaba que me ardían las mejillas, se puso a hablar con una gracia irónica sobre mi conflicto de años antes con el profesor de religión. Adele lo escuchaba, riendo a menudo. En nuestra familia, dijo, nos dimos cuenta enseguida de las cualidades de Elena, y luego anunció que había reservado mesa para cenar en un sitio cerca de allí. Me alarmé, murmuré incómoda que estaba cansada y no tenía hambre, insinué que como hacía mucho que no nos veíamos, me habría gustado mucho dar un breve paseo con Nino antes de irme a dormir. Sabía que era una descortesía por mi parte, la cena era una ocasión para agasajarme y agradecer a Tarratano el apoyo dado al libro, pero no supe contenerme. Adele me miró un instante con expresión irónica, replicó que, por supuesto, mi amigo también estaba invitado y, misteriosa, como para resarcirme del sacrificio que yo hacía, añadió: Te tengo reservada una sorpresa. Miré a

Nino con inquietud: ¿Aceptaría la invitación? Dijo que no quería molestar, echó un vistazo al reloj, aceptó.

4

Salimos de la librería. Adele se adelantó discretamente con Tarratano, Nino y yo los seguimos. No tardé en comprobar que no sabía qué decirle, temía que cada palabra fuera equivocada. Se encargó él de evitar el silencio. Elogió otra vez mi libro, se puso a hablar con mucho aprecio de los Airota (los definió como «la más respetable de las familias de Italia que valen algo»), dijo que conocía a Mariarosa («siempre está en primera línea, hace dos semanas tuvimos una discusión impresionante»), me felicitó porque acababa de enterarse por Adele que estaba comprometida con Pietro; me dejó de piedra cuando dijo conocer su libro sobre los ritos báquicos; pero sobre todo habló con deferencia del cabeza de familia, el profesor Guido Airota, «un hombre verdaderamente excepcional». Me molestó un poco que ya supiera lo de mi compromiso y me incomodó que el elogio de mi libro sirviera de introducción al elogio mucho más encendido de toda la familia de Pietro, del libro de Pietro. Lo interrumpí, le pregunté sobre él, pero se mostró vago, se refirió de pasada a un librito a punto de publicarse que definió como aburrido pero de lectura obligada. Insistí, le pregunté si le habían resultado difíciles los primeros años en Milán. Me contestó con frases genéricas sobre los problemas que se tienen cuando se viene del sur sin un céntimo en el bolsillo. Y de improviso me preguntó:

—¿Has vuelto a vivir a Nápoles?

—Por ahora sí.

—¿En el barrio?

—Sí.

—Yo he roto definitivamente con mi padre y ya no veo a nadie de mi familia.

—Qué lástima.

—Es mejor así. Lo único que siento es no tener noticias de Lina.

Por un instante pensé que me había equivocado, que Lila nunca había salido de su vida, que no había venido a la librería por mí sino solo para saber de ella. Después me dije: Si de veras hubiera querido noticias de Lila, en todos estos años habría encontrado la manera de informarse, y reaccioné impulsivamente, con el tono rotundo de quien quiere cerrar un tema deprisa:

—Ha dejado a su marido y vive con otro.

—¿Qué ha tenido, un niño o una niña?

—Un niño.

—Lina es valiente, incluso demasiado —dijo, con una mueca de descontento—. Pero no sabe adaptarse a la realidad, es incapaz de aceptar a los demás y aceptarse a sí misma. Quererla fue una experiencia difícil.

—¿En qué sentido?

—No sabe qué es la entrega.

—¿No exageras un poco?

—No, está mal hecha, en la cabeza y en todo, también en el sexo.

Aquellas últimas palabras —«también en el sexo»— me impresionaron más que las otras. ¿De modo que Nino tenía un juicio negativo sobre su relación con Lila? ¿De modo que, turbándome, acababa de decirme que aquella opinión incluía también la esfera sexual? Por un instante miré fijamente las siluetas oscuras de Adele y su amigo que caminaban delante de nosotros. La turbación se transformó en inquietud, percibí que «también en el sexo» era un preámbulo, que él quería ser aún más explícito. Años atrás, poco después de casarse, Stefano se había franqueado conmigo, me contó sus problemas con Lila, pero lo había hecho sin referirse nunca al sexo, en el barrio nadie lo habría hecho al hablar de la mujer a la que quería. Era impensable, por ejemplo, que Pasquale me hablara de la sexualidad de Ada o, peor aún, que Antonio hablara con Carmen o Gigliola de mi sexualidad. Era algo que se hacía entre hombres —con vulgaridad, cuando a nosotras, las chicas, no nos apreciaban o dejaban de apreciarnos—, pero entre hombres y mujeres, no. Intuí que Nino, el nuevo Nino, consideraba del todo normal tratar conmigo el tema de las relaciones sexuales que había tenido con mi amiga. Me sentí incómoda, me eché atrás. De esto, pensé, tampoco debo hablarle nunca a Lila; entretanto dije con fingida desenvoltura: Agua pasada, no nos pongamos tristes, hablemos de ti, ¿en qué trabajas, qué perspectivas tienes en la universidad, dónde vives, vives solo? Pero seguramente puse demasiado entusiasmo, debió de notar que me había escabullido a toda prisa. Sonrió irónico, iba a responderme. Pero habíamos llegado al restaurante, entramos.

5

Adele distribuyó los sitios: yo al lado de Nino y enfrente de Tarratano, ella al lado de Tarratano y enfrente de Nino. Pedimos, y, mientras, la conversación derivó hacia el hombre de las gafas gruesas, un profesor de literatura italiana —según entendí— asiduo colaborador del *Corriere della Sera*, democristiano. Esta vez ni Adele ni su amigo se mordieron la lengua. Fuera del ritual de la librería, al referirse a aquel tipo echaron pestes y alabaron a Nino por la forma en que le había hecho frente y lo había desarmado. Se divirtieron sobre todo recordando las palabras con las que él lo había atacado cuando abandonaba la sala, frases que ellos habían oído y yo no. Le preguntaron la formulación exacta, Nino evitó responder, dijo que no se acordaba. Después las palabras fueron saliendo, quizá reinventadas para la ocasión, algo así como «con tal de salvaguardar la autoridad en cada una de sus formas, usted estaría dispuesto a suspender la democracia». A partir de ese momento solo hablaron ellos tres, con creciente fervor, de los servicios secretos, de Grecia, de las torturas en las cárceles de aquel país, de Vietnam, de la inesperada aparición del movimiento estudiantil no solo en Italia sino en Europa y el mundo, de un artículo del profesor Airota aparecido en la revista *Il Ponte* —con el que Nino dijo estar de acuerdo palabra por palabra— sobre el estado de la investigación y la enseñanza en la universidad.

—Le diré a mi hija que le ha gustado —comentó Adela—. A Mariarosa le pareció malo.

—Mariarosa solo se apasiona con aquellas cosas que el mundo no puede dar.

—Así es, exactamente así.

Yo no sabía nada de aquel artículo de mi futuro suegro. Aquello hizo que me sintiera incómoda, me quedé escuchando en silencio. Primero los exámenes, luego la tesis de final de carrera, luego el libro y su publicación apresurada habían absorbido gran parte de mi tiempo. Estaba informada de los acontecimientos mundiales solo por encima y poco o nada había oído hablar sobre estudiantes, manifestaciones, enfrentamientos, heridos, detenciones, sangre. Como ya no estaba en la universidad, cuanto sabía realmente sobre aquel caos eran los refunfuños de Pietro, que se quejaba de lo que en sus cartas definía como «idioteca pisana». En consecuencia notaba a mi alrededor un escenario de trazos confusos. Trazos que, por el contrario, mis comensales parecían saber descifrar con precisión extrema, Nino mejor que los otros. Estaba a su lado, escuchaba, nuestros brazos se rozaban, solo un contacto a través de la tela que, sin embargo, me emocionaba. Había conservado su inclinación por las cifras: desgranaba datos sobre los inscritos en la universidad, ya eran multitud, y sobre la capacidad real de los edificios, sobre las horas efectivamente trabajadas por los barones, sobre cuántos, más que dedicarse a investigar y enseñar, se sentaban en el Parlamento o en los consejos de administración o se dedicaban a asesorías muy bien remuneradas y al ejercicio privado de la profesión. Adele asentía, su amigo también, a veces intervenían para hablar de personas que nunca había oído nombrar. Me sentí excluida. La celebración por mi libro ya no ocupaba el primer lugar en sus pensamientos, mi suegra parecía haber olvidado la sorpresa que me había anunciado. Susurré una disculpa y me levanté, Adele hizo un gesto distraído, Nino siguió hablando con pasión. Tarratano debió de pensar que me aburría y, solícito, dijo con voz casi inaudible:

—No tarde, me interesa mucho su opinión.

—No tengo opinión —contesté con media sonrisa.

—Una escritora —dijo sonriendo a su vez— siempre debe inventarse una.

—Tal vez no sea escritora.

—Sí que lo es.

Fui al lavabo. Nino siempre había tenido la capacidad de mostrarme mi atraso en cuanto abría la boca. Tengo que ponerme a estudiar, pensé, ¿cómo he podido descuidarme tanto? Claro, si me lo propongo, con las palabras sé simular algo de competencia, algo de pasión. Pero no puedo seguir así, he aprendido demasiadas cosas que no sirven y muy poco de las que sirven. Desde que terminó mi historia con Franco, he perdido la poca curiosidad que sentía por el mundo que él me transmitió. Y el compromiso con Pietro no me ha ayudado, lo que a él no le interesa ha dejado de interesarme a mí. Qué distinto es Pietro de su padre, de su hermana, de su madre. Y, sobre todo, qué distinto es de Nino. De haber sido por él, tampoco habría escrito mi novela. La aceptó casi con fastidio, como una infracción a las normas académicas. Tal vez esté exagerando y solo sea culpa mía. Soy una muchacha limitada, consigo concentrarme en una sola cosa a la vez y excluyo todo lo demás. Pero ahora cambiaré. En cuanto termine esta cena aburrida me llevaré a Nino conmigo, lo obligaré a pasear toda la noche, le preguntaré qué libros debo leer, qué películas debo ver, qué música debo escuchar. Lo cogeré del brazo y le diré: Tengo frío. Propósitos confusos, proposiciones incompletas. Me oculté a mí misma la inquietud que sentía, solo me dije: Podría ser la única ocasión que tenemos, mañana me iré, no lo veré más.

Entretanto me miraba en el espejo con rabia. Tenía cara de cansada, los granitos en la barbilla y las ojeras violáceas anunciaban la regla. Soy fea y bajita, tengo demasiado pecho. Debería haber comprendido hace mucho que nunca le he gustado, no es casualidad que prefiriera a Lila. Pero ¿con qué resultado? «Está mal hecha también en el sexo», dijo. Hice mal en escaparme por la tangente. Debí mostrar curiosidad, dejarlo continuar. Si vuelve a sacar el tema seré más desinhibida, le diré: ¿Cuándo una chica está mal hecha en el sexo? Te lo pregunto, le comentaré riendo, para corregirme yo también, llegado el caso. Suponiendo que eso pueda corregirse, quién sabe. Recordé con asco lo ocurrido con su padre en la playa dei Maronti. Pensé en cuando hacía el amor con Franco en la camita de su cuarto de Pisa. ¿Y si en aquellas ocasiones había hecho algo mal que fue notado pero que me fue ocultado? Y si esa misma noche, vamos a suponer, me diera por acostarme con Nino, ¿volvería a equivocarme, hasta tal punto que él pensaría: Está mal hecha como Lila, y hablaría de ello a mis espaldas con sus amigas de la Estatal, puede que incluso con Mariarosa?

Me di cuenta de lo desagradable de aquellas palabras, tendría que habérselas reprochado. De aquellas relaciones equivocadas, debería haberle dicho, de una experiencia sobre la que ahora emites un juicio negativo, nació un hijo, el pequeño Gennaro, que es muy inteligente; no está bien que hables así, la cuestión no puede reducirse a quien está mal hecha o bien hecha, Lila se arruinó por ti. Y decidí: cuando me quite de encima a Adele y a su amigo, cuando me acompañe al hotel, volveré sobre el tema y se lo diré.

Salí del lavabo. Regresé a la sala, descubrí que en mi ausencia la situación había cambiado. En cuanto mi suegra me vio, agitó una mano y alegre, con las mejillas encendidas, anunció: Por fin ha llegado la sorpresa. La sorpresa era Pietro, estaba sentado a su lado.

6

Mi novio se levantó de un salto, me abrazó. Nunca le había contado nada de Nino. Le había mencionado a Antonio, pocas palabras, y algo le había dicho de mi relación con Franco que, por lo demás, era bien conocida en el ambiente estudiantil pisano. A Nino no lo había nombrado siquiera. Era una historia que me hacía daño, tenía momentos penosos de los que me avergonzaba. Contarla suponía confesar que amaba desde siempre a una persona como jamás lo amaría a él. Y darle un orden, un sentido, suponía hablar de Lila, de Ischia, tal vez llegar hasta el punto de reconocer que el episodio de sexo con un hombre maduro, tal como figuraba en mi libro, se inspiraba en una experiencia real en la playa dei Maronti, una decisión de muchachita desesperada que ahora, al cabo de tanto tiempo, me parecía algo repugnante. Así que asuntos míos, me había guardado mis secretos. Si Pietro se hubiese enterado, habría comprendido fácilmente el motivo del descontento con el que lo recibía.

Se sentó otra vez a la cabecera de la mesa, entre su madre y Nino. Se zampó el filete, bebió vino, pero me miraba alarmado, notaba mi mal humor. Seguramente se sentía culpable por no haber llegado a tiempo y por haberse perdido un acontecimiento importante de mi vida, porque su desinterés podía interpretarse como un signo de que no me amaba, porque me había dejado entre extraños sin el consuelo de su afecto. Difícil decirle que mi cara triste, mi mutismo, tenían su explicación precisamente en el hecho de que no hubiese estado ausente hasta el final, de que se hubiese entrometido entre Nino y yo.

Por otra parte, esto último me hacía aún más infeliz. Estaba sentado a mi lado pero no me dirigía la palabra. Parecía contento de la llegada de Pietro. Le servía vino, le ofrecía sus cigarrillos, le encendía uno, y ahora los dos exhalaban humo con los labios apretados, hablaban del pesado viaje en coche de Pisa a Milán, del placer de conducir. Me impresionó qué diferentes eran: Nino, enjuto, bamboleante, la voz alta y cordial; Pietro, fornido, con su cómica madeja de pelo enredado sobre la frente enorme, las carnosas mejillas despellejadas por la navaja de afeitar, la voz normalmente baja. Parecían felices de haberse conocido, algo bastante anómalo en Pietro, siempre distante. Nino lo asediaba, se mostraba realmente interesado por sus estudios («He leído en alguna parte un artículo en el que contrapones la leche y la miel al vino y a cualquier otra forma de ebriedad»), lo animaba a hablarle del ello, y mi novio, que, en general, tendía a no decir nada sobre esos temas, cedía, corregía con afabilidad, se abría. Cuando Pietro empezaba a tomar confianza, intervino Adele.

—Basta de charla —le dijo a su hijo—. ¿Y la sorpresa para Elena?

La miré insegura. ¿Había más sorpresas? ¿No bastaba que Pietro hubiese conducido durante horas sin parar para llegar al menos a la cena en mi honor? Pensé en mi novio con curiosidad, exhibía el gesto enfurruñado que le conocía y que ponía cuando las circunstancias lo obligaban a hablar bien de sí mismo en público. Me anunció, casi con un susurro, que ya era profesor titular, un jovencísimo profesor titular con cátedra en Florencia. Así, como por arte de magia, como era habitual en él. No presumía nunca de su pericia, yo sabía poco o nada de cuánto lo apreciaban como estudioso, me ocultaba las pruebas durísimas a las que se sometía. Y ahora, soltaba así aquella noticia, con desprecio, como obligado por su madre, como si para él no significase gran cosa. Sin embargo, suponía un notable prestigio para alguien tan joven, suponía seguridad económica, suponía marcharse de Pisa, suponía sustraerse a un ambiente político y cultural que, no sé por qué, lo exasperaba desde hacía meses. Sobre todo suponía que en otoño, a más tardar a principios del año siguiente, nos casaríamos y yo me iría de Nápoles. Nadie apuntó a esto último, todos se limitaron a darnos la enhorabuena tanto a Pietro como a mí. También Nino, que enseguida echó un vistazo al reloj, soltó algunas frases ácidas sobre las carreras universitarias y exclamó que lo sentía mucho pero que debía marcharse.

Nos levantamos todos. No sabía qué hacer, busqué inútilmente su mirada, sentí dentro de mí una gran pena. Fin de la velada, ocasión perdida, deseos frustrados. Ya en la calle esperé que me diera un número de teléfono, una dirección. Se limitó a estrecharme la mano y a desearme lo mejor de lo mejor. A partir de ese momento tuve la impresión de que con cada uno de sus movimientos me excluía a propósito. A modo de despedida esbocé una media sonrisa agitando la mano en el aire como si empuñara una estilográfica. Era una súplica, significaba: Sabes dónde vivo, escríbeme, te lo ruego. Pero ya me había dado la espalda.

7

Le di las gracias a Adele y a su amigo por las molestias que se habían tomado por mí y mi libro. Los dos se deshicieron en sinceros elogios a Nino, hablándome como si yo hubiese contribuido a criarlo y a que llegara a ser tan simpático e inteligente. Pietro no dijo nada, se limitó a hacer un gesto un tanto nervioso cuando su madre le rogó que regresara temprano, pues ambos se alojaban en casa de Mariarosa. Me apresuré a decirle: No hace falta que me acompañes, ve con tu madre. A nadie se le ocurrió pensar que lo decía en serio, que estaba triste y prefería estar sola.

Durante todo el trayecto me mostré arisca. Me quejé de que Florencia no me gustaba, y no era cierto. Me quejé y dije que no quería seguir escribiendo, que quería enseñar, y no era cierto. Me quejé de que estaba cansada, de que tenía mucho sueño, y no era cierto. Y no acabó ahí la cosa, cuando Pietro me anunció sin rodeos que quería conocer a mis padres, le grité: Estás loco, a mi familia la dejas en paz, no tienes nada que ver con ellos y ellos no tienen nada que ver contigo. Entonces me preguntó asustado:

—¿Ya no quieres que nos casemos?

Estuve a punto de contestarle: No, no quiero, pero me mordí la lengua a tiempo, sabía que eso tampoco era cierto. Con un hilo de voz le dije: Perdóname, estoy deprimida, claro que quiero casarme contigo, y lo aferré de la mano, entrelacé mis dedos con los suyos. Era un hombre inteligente, extraordinariamente culto y bueno. Lo quería, no era mi intención hacerlo sufrir. Sin embargo, precisamente cuando le estrechaba la mano, precisamente cuando le confirmaba que quería casarme con él, supe con claridad que si aquella noche no se hubiese presentado en el restaurante, habría intentado acostarme con Nino.

Me costó hacerme esa confesión. Sin duda era una mala acción que Pietro no se merecía y, pese a ello, la habría cometido de buena gana y sin remordimientos. Habría encontrado la manera de atraer a Nino después de todos los años transcurridos, de la primaria al preuniversitario, hasta la época de Ischia y de la piazza dei Martiri. Me habría acostado con él, aunque aquella frase que había dicho sobre Lila no me había gustado y me angustiaba. Me habría acostado con él y nunca se lo habría contado a Pietro. A lo mejor se lo habría contado a Lila, pero a saber cuándo, en todo caso cuando fuéramos viejas, cuando imaginaba que ni a ella ni a mí ya nada podía importarnos. El tiempo, como en todo, era decisivo. Nino habría durado una sola noche, me habría dejado por la mañana. Pese a que lo conocía de toda la vida, estaba lleno de fantasías, conservarlo para siempre habría sido imposible, venía de la infancia, estaba construido con deseos infantiles, carecía de concreción, no se asomaba al futuro. En cambio Pietro era de ahora, macizo, una piedra de lindero. Delimitaba una tierra muy nueva para mí, una tierra de buenas razones, gobernada por normas recibidas de su familia que daban sentido a todas las cosas. Regían grandes ideales, el culto al buen nombre, cuestiones de principio. Nada de lo relacionado con los Airota era casualidad. Casarse, por ejemplo, suponía contribuir a una batalla laica. Los padres de Pietro se habían casado solo por lo civil y Pietro, que, por lo que yo sabía, tenía una vasta cultura religiosa, y tal vez por eso mismo nunca se habría casado por la iglesia, antes habría renunciado a mí. Lo mismo podía decirse del bautismo. Pietro no estaba bautizado, Mariarosa tampoco, de manera que nuestros posibles hijos tampoco serían bautizados. Todo en él funcionaba de ese modo, parecía guiado siempre por un orden superior que, pese a no tener un origen divino sino familiar, le daba igualmente la certeza de estar del lado de la verdad y la justicia. En cuanto al sexo, no sé, era cauto. Sabía bastantes cosas de mi historia con Franco Mari para deducir que yo no era virgen, sin embargo, nunca había mencionado el tema, ni media frase recriminatoria, ni una ocurrencia grosera, era difícil imaginarlo con una puta, y yo descartaba que hubiese dedicado un solo minuto de su vida a hablar de mujeres con otros hombres. Detestaba las ocurrencias lujuriosas. Detestaba el chismorreo, las voces estridentes, las fiestas, todo tipo de derroches. Pese a gozar de una posición muy acomodada, y en abierta polémica con sus padres y su hermana, tendía a una especie de ascetismo en la abundancia. Poseía un marcado sentido del deber, jamás habría faltado a su compromiso conmigo, jamás me habría traicionado.

De manera que no, no quería perderlo. Paciencia si mi naturaleza, tosca a pesar de los estudios cursados, estaba alejada de su rigor, si no sabía honestamente cuánto habría soportado toda aquella estructura racional. Él me daba la certidumbre de huir de la maleabilidad oportunista de mi padre y de la ordinariez de mi madre. Por eso rechacé por la fuerza el pensamiento de Nino, cogí a Pietro del brazo, murmuré: Sí, casémonos lo antes posible, quiero irme de casa, quiero sacarme el carnet de conducir, quiero viajar, quiero tener teléfono, televisión, nunca he tenido nada. Al oír aquello se puso contento, se rió, dijo que sí a todo lo que yo pretendía confusamente. Cuando estuvimos cerca del hotel se detuvo, murmuró con voz ronca: ¿Puedo dormir contigo? Aquella fue la última sorpresa de la noche. Lo miré perpleja; muchas veces había estado dispuesta a hacer el amor, él siempre lo había evitado; pero tenerlo en mi cama allí, en Milán, en el hotel, después de la discusión traumática de la librería, después de Nino, no me apetecía. Contesté: Hemos esperado tanto, podemos esperar un poco más. Lo besé en un rincón oscuro, desde el umbral del hotel lo contemplé mientras se alejaba por el corso Garibaldi y, de vez en cuando, se daba la vuelta, me decía adiós con gesto tímido. Los andares desordenados, los pies planos, la alta maraña de pelo me enternecieron.

8

De ahí en adelante la vida comenzó a martillearme sin tregua, los meses se fueron sucediendo deprisa uno tras otro, no había día en que no ocurriera algo bueno o malo. Regresé a Nápoles sin dejar de pensar en Nino, darle vueltas a nuestro encuentro sin consecuencias; por momentos se imponían las ganas de ir corriendo a ver a Lila, esperar que regresara del trabajo, contarle lo que se podía contar sin hacerle daño. Después me convencí de que la sola mención de Nino la habría mortificado, y renuncié a ello. Lila se había deslizado por su pendiente, Nino por la suya, yo tenía cosas urgentes de las que ocuparme. Por ejemplo, la misma noche de mi regreso de Milán, le comuniqué a mis padres que Pietro iría a conocerlos, que probablemente nos casaríamos antes de final de año, que me iría a vivir a Florencia.

No mostraron alegría ni satisfacción. Pensé que se habían acostumbrado definitivamente a que entrara y saliera a mi antojo, cada vez más extraña a la familia, indiferente a sus problemas de supervivencia. Y me pareció dentro de la normalidad que solo mi padre se inquietara un poco, siempre nervioso ante situaciones para las que no se sentía preparado.

—¿Es necesario que venga a nuestra casa el profesor de universidad? —preguntó molesto.

—¿Adónde iba a ir si no? —se enfadó mi madre—. ¿Cómo hará para pedir la mano de Lenuccia si no viene aquí?

Como de costumbre, me pareció más dispuesta que él, concreta, decidida hasta el punto de rozar la insensibilidad. Pero en cuanto lo hizo callar, en cuanto su marido se fue a dormir y Elisa, Peppe y Gianni se prepararon las camas en el comedor, tuve que cambiar de opinión. Me agredió en voz muy baja y pese a ello a gritos, siseando con los ojos enrojecidos: Para ti somos el último mono, nos dices las cosas a último momento, a saber quién se cree que es la señorita porque ha estudiado, porque escribe libros, porque se casa con un profesor, pero querida mía, no se te olvide que has salido de este vientre y estás hecha de esta carne, así que no te des aires de superioridad y no olvides nunca que si eres inteligente, yo, que te llevé aquí dentro, soy tan inteligente como tú o más, y que de haber tenido la oportunidad, habría hecho las mismas cosas que tú, ¿entendido? Después, aprovechando el ímpetu de aquella furia, primero me echó en cara que, como me había ido y solo había pensado en mí, por mi culpa a mis hermanos no les había ido nada bien en la escuela; después me pidió dinero, es más, me exigió que se lo diera, dijo que lo necesitaba porque tenía que comprarle un vestido decente a Elisa y arreglar un poco la casa, dado que la obligaba a recibir a mi novio.

Pasé por alto el fracaso escolar de mis hermanos. Pero le di el dinero enseguida, aunque no era cierto que lo necesitara para la casa, me pedía dinero sin cesar, cualquier excusa era buena. Seguía sin poder aceptar, aunque no lo hubiese dicho nunca abiertamente, que tuviera mi dinero en una cuenta de la oficina de correos, que no se lo entregara a ella como había hecho siempre, cuando llevaba a la playa a las hijas de la dueña de la papelería o cuando trabajaba en la librería de Mezzocannone. Tal vez, pensé, comportándose como si mi dinero le perteneciera, quiere convencerme de

47

que yo misma le pertenezco y que, aunque me case, le perteneceré siempre.

Mantuve la calma, a manera de indemnización le comuniqué que haría instalar en casa un teléfono, que compraría a plazos un aparato de televisión. Ella me miró insegura, con una admiración repentina que chocaba con cuanto acababa de decirme.

—¿Televisión y teléfono en esta casa?

—Claro.

—¿Los pagarás tú?

—Sí.

—¿Sabe el profesor que no tenemos ni un céntimo para tu dote ni para la fiesta?

—Lo sabe, y no habrá ninguna fiesta.

De nuevo cambió de humor, los ojos se le inflamaron otra vez.

—¿Cómo que no habrá fiesta? Que la pague él.

—No, prescindiremos de la fiesta.

Mi madre volvió a enfurecerse, me provocó de todas las formas posibles, quería que le replicara para enojarse mejor.

—¿Te acuerdas de la boda de Lina, te acuerdas de la fiesta que hizo?

—Sí.

—¿Y tú que eres mucho mejor que ella no quieres hacer nada?

—No.

Seguimos así hasta que decidí que más que dosificar su rabia, me convenía sumar todos los arrebatos en uno.

—No solo no daremos una fiesta —dije—, sino que nos casaremos en el ayuntamiento y no por la iglesia.

Entonces fue como si un viento fuerte hubiese abierto de par en par puertas y ventanas. Aunque de muy escasa religiosidad, mi madre perdió por completo el control y, con la cara roja, inclinada hacia adelante, se puso a chillar insultos terribles. Gritó que el matrimonio no valía nada si el cura no decía que era válido. Gritó que si no me casaba ante Dios, jamás sería esposa sino una puta cualquiera y, a pesar de la pierna dañada, casi salió volando a despertar a mi padre, a mis hermanos, para ponerlos al corriente de lo que siempre había temido, es decir, que el exceso de estudios me había ablandado el cerebro, que había tenido todas las suertes posibles, pero que me dejaba tratar como una furcia, y que ella no podría volver a salir de casa por la vergüenza de tener una hija sin Dios.

Atontado y en calzoncillos, mi padre junto con mis hermanos trataron de comprender a qué nuevo lío debían enfrentarse por culpa mía, y entretanto procuraron tranquilizarla, pero fue inútil. Gritaba que quería echarme de casa enseguida, antes de que la expusiera a la vergüenza de tener ella también, ella también, una hija concubina como Lila y Ada. Mientras, aunque no hacía nada para abofetearme en serio, golpeaba el aire como si yo fuese una sombra y me tuviera agarrada de verdad y me estuviese dando una paliza tremenda. Tardó un buen rato en calmarse, cosa que ocurrió gracias a Elisa. Mi hermana preguntó con cautela:

—Pero ¿eres tú la que se quiere casar en el ayuntamiento o es tu novio?

Le expliqué a ella, pero como si estuviese aclarando el punto a todos, que hacía tiempo que para mí la Iglesia ya no significaba nada, que a mí me daba igual casarme en el ayuntamiento o en el altar; pero para mi novio era importantísimo que nos casáramos únicamente por lo civil, que él lo sabía todo sobre temas religiosos y creía que la religión, algo muy digno, se echaba a perder cuando metía baza en los asuntos del Estado. En fin, si no nos casamos en el ayuntamiento, concluí, él no se casa conmigo.

Fue entonces cuando mi padre, que de inmediato se había puesto del lado de mi madre, dejó de golpe de hacerse eco de sus insultos y sus quejas.

—¿No se casa contigo?

—No.

—¿Y qué hace, te deja?

—Nos vamos a vivir juntos a Florencia sin casarnos.

Aquella noticia fue considerada por mi madre la más insoportable de todas. Perdió por completo los estribos, prometió que llegado el caso agarraría un cuchillo y me degollaría. En cambio, mi padre se alborotó nervioso el pelo y le dijo:

—Cállate un momento, no me hagas cabrear y pensemos. Sabemos de sobra que puedes casarte delante del cura, dar una fiesta por todo lo alto y aun así acabar muy mal.

Era evidente que él también se refería a Lila, que era el escándalo siempre vivo del barrio y, al fin, mi madre lo comprendió. El cura no era una garantía, nada era una garantía en el feo mundo en que vivíamos. Por ello no gritó más y dejó a mi padre la tarea de analizar la situación y en ese caso darme la razón. De todos modos, ella no dejó de ir de acá para allá cojeando, meneando la cabeza, profiriendo insultos por lo bajo contra mi futuro marido. ¿Qué era el profesor? ¿Era comunista? ¿Comunista y profesor? Profesor de mierda, gritó. ¿Qué clase de profesor es alguien que piensa como él? Un desgraciado piensa así. Pero qué desgraciado ni qué ocho cuartos, replicó mi padre, es alguien que ha estudiado y sabe mejor que nosotros las asquerosidades que hacen los curas, por eso quiere dar el sí en el ayuntamiento. De acuerdo, tienes razón, muchos comunistas lo hacen así. De acuerdo, tienes razón, de esta forma da la sensación de que nuestra hija no está casada. Pero yo a ese profesor de universidad le daría un voto de confianza; la quiere, no puedo creer que ponga a Lenuccia en la situación de que parezca una furcia. Y aunque no queramos fiarnos de él —pero yo sí me fío, ojo, aunque no lo conozca todavía, es una persona importante, y a las chicas de aquí ni se les ha pasado por la cabeza un partido como él—, fiémonos al menos del ayuntamiento. Yo trabajo en el ayuntamiento, y puedo asegurarte que un matrimonio celebrado allí vale tanto como el de la iglesia, puede que más.

Seguimos así durante horas. En un momento dado mis hermanos no podían más de sueño y se fueron a dormir. Yo me quedé para tranquilizar a mis padres y convencerlos de que aceptaran algo que, en ese momento, para mí era una clara señal de mi entrada en el mundo de Pietro. Además, de esa manera, por una vez me sentía más audaz que Lila. Y, sobre todo, si volvía a cruzarme con Nino, me habría gustado poder decirle con indirectas: Ya ves adónde me ha llevado la discusión con el profesor de religión, cada elección tiene su historia, muchos momentos de nuestra existencia permanecen comprimidos en un rincón a la espera de una salida, y al final esa salida llega. Pero habría exagerado, en realidad todo era más simple. Desde hacía unos diez años el Dios de la infancia, que ya era bastante débil, se había retirado a un rincón como un anciano enfermo y yo no sentía ninguna necesidad de la santidad del matrimonio. Lo esencial era irme de Nápoles.

9

El horror que sentía mi familia ante la idea de una unión exclusivamente por lo civil sin duda no se borró aquella noche, pero se atenuó. Al día siguiente, mi madre me trató como si cuanto tocaba —la cafetera, la taza con la leche, el azucarero, la hogaza de pan— estuviesen allí solo para que ella cayera en la tentación de lanzármelas a la cara. Con todo no se puso a gritar otra vez. En cuanto a mí, no le hice ni caso, salí bien temprano, fui a iniciar los trámites para la instalación del teléfono. Concluido el recado pasé por Port'Alba, recorrí las librerías. Estaba decidida a conseguir en poco tiempo expresarme sin timidez cada vez que se me presentaran situaciones como la de Milán. Elegí libros y revistas intuitivamente, gasté bastante dinero. Después de mucho dudarlo, sugestionada por aquella frase de Nino que con frecuencia me volvía a la cabeza, terminé por comprarme los *Tres ensayos sobre teoría sexual* —no sabía casi nada de Freud, y lo poco que sabía me incomodaba—, así como un par de obritas dedicadas al sexo. Pensaba hacer como en el pasado con las asignaturas de la escuela, los exámenes, la tesis, como había hecho con los diarios que me pasaba la Galiani o con los textos marxistas que unos años antes me había pasado Franco. Quería estudiar el mundo contemporáneo. Resulta difícil precisar qué llevaba almacenado ya por entonces. Estaban las discusiones con Pasquale, y también con Nino. Estaba la atención prestada a Cuba y a América Latina. Estaban la miseria incurable del barrio, la batalla perdida de Lila. Estaba la escuela que rechazó a mis hermanos simplemente porque habían sido menos tozudos que yo, menos inclinados al sacrificio. Estaban las largas conversaciones con Franco y las ocasionales con Mariarosa, confusas dentro de una única hilacha nebulosa («el mundo es profundamente injusto y hay que cambiarlo, pero la coexistencia pacífica entre el imperialismo norteamericano y las burocracias estalinistas, así como las políticas reformistas de los partidos obreros europeos y, en especial, los italianos, apuntan a mantener al proletariado en un compás de espera dependiente que echa agua al fuego de la revolución, con la consecuencia de que si gana el estancamiento mundial, si gana la socialdemocracia, en el curso de los siglos el capitalismo acabará triunfando y la clase obrera será víctima de la coacción del consumo»). Estos estímulos habían hecho efecto, seguramente bullían en mi interior desde hacía tiempo, por momentos me emocionaban. Pero creo que lo que me impulsó a ponerme al día a marchas forzadas, al menos al principio, fue la antigua urgencia de salir bien parada. Desde hacía tiempo estaba convencida de que podemos educarnos en todo, incluso en la pasión política.

Mientras pagaba, de reojo vi mi novela en una estantería, y miré enseguida para otro lado. Cada vez que veía el libro en algún escaparate, entre otras novelas de reciente publicación, sentía en mi interior una mezcla de orgullo y miedo, un pellizco de placer que acababa en angustia. Claro, el relato había nacido por casualidad, en veinte días, sin compromiso, como un sedante contra la depresión. Además, sabía bien qué era la gran literatura, había trabajado a fondo los clásicos, y mientras escribía jamás se me había pasado por la cabeza que estuviese haciendo algo de valor. Pero el esfuerzo de dar con una forma me había comprometido. Y el compromiso se había convertido en ese libro, un objeto que me contenía. Ahora yo estaba allí, expuesta, y verme me producía violentas palpitaciones en el pecho. Sentía que no solo en mi libro, sino en general en las novelas, había algo que me inquietaba, un corazón desnudo y palpitante, el mismo que se me había salido del pecho en el instante lejano en que Lila había propuesto que escribiésemos juntas un cuento. Me había tocado a mí hacerlo en serio. Pero ¿era eso lo que quería? ¿Escribir, escribir no por casualidad, escribir mejor que como lo había hecho? ¿Y estudiar los relatos del pasado y el presente para comprender cómo funcionaban, y aprender, aprenderlo todo sobre el mundo con el único propósito de construir corazones muy vivos, que nadie habría puesto a punto mejor que yo, ni siquiera Lila si hubiese tenido ocasión?

Salí de la librería, me detuve en la piazza Cavour. Hacía un día estupendo, la via Foria parecía inusualmente limpia y sólida pese a las barbacanas que apuntalaban la Galería. Me impuse la disciplina de siempre. Saqué un cuadernito que había comprado hacía poco, quería empezar a hacer como los escritores de verdad, apuntar pensamientos, observaciones, datos útiles. Leí *L'Unità* de arriba abajo, anoté lo que no sabía. En *Il Ponte* encontré el artículo del padre de Pietro, lo hojeé con curiosidad pero no me pareció tan importante como Nino había sostenido, al contrario, me causó una desagradable impresión al menos por dos motivos: en primer lugar, Guido Airota empleaba de forma aún más rígida el mismo lenguaje académico que el hombre de las gafas gruesas; en segundo lugar, en un pasaje en el que hablaba de las estudiantes («es una multitud nueva —escribía—, pertenecen a todas luces a un ambiente no acomodado, señoritingas con ropas modestas y de modesta educación que de la desmesurada fatiga de los estudios pretenden justamente un futuro hecho no solo de ritualidad doméstica»), me pareció ver una alusión a mí, voluntaria o del todo irreflexiva. Lo apunté también en mi cuaderno («¿qué soy yo para los Airota, la joya de la corona de su amplitud de miras?») y no precisamente de buen humor, de hecho, me aburría y empecé a hojear el *Corriere della Sera*.

Recuerdo que el aire estaba tibio, conservo, ya sea inventado o real, un recuerdo olfativo, mezcla de papel impreso y pizza frita. Leí los titulares página a página hasta que me quedé sin aliento. Intercalada entre cuatro densas columnas de plomo estaba mi foto. En el fondo se veía un escorzo del barrio, el túnel. El titular decía: «Memorias picantes de una muchacha ambiciosa. Primera novela de Elena Greco». Firmaba el artículo el hombre de las gafas gruesas.

10

Mientras leía me cubrí de un sudor frío, tuve la sensación de estar a punto de desmayarme. Mi libro era tratado como una ocasión para confirmar que en los últimos diez años, en todos los sectores de la vida productiva, social y cultural, desde las fábricas, a las oficinas, la universidad, el mundo editorial, el cine, el mundo entero se había desmoronado por la presión de una juventud consentida y falta de valores. De vez en cuando se citaba alguna frase mía entrecomillada para demostrar que yo era un exponente adecuado de mi generación malcriada. Hacia el final me definía como «una muchachita empeñada en ocultar su falta de talento tras unas paginitas excitantes de mediocre trivialidad».

Me eché a llorar. Era lo más duro que había leído desde la

publicación del libro, y no en un periódico de escasa tirada, sino en el diario de mayor difusión de Italia. Lo que me pareció más intolerable era la imagen de mi cara sonriente en medio de un texto tan ofensivo. Regresé a casa andando, no sin antes haberme desprendido del *Corriere*. Temía que mi madre leyera la reseña y la utilizara en mi contra. Imaginé que querría incluirla también en su álbum para echármela en cara cada vez que le diera disgustos.

Encontré la mesa puesta solo para mí. Mi padre estaba trabajando, mi madre había ido a pedir no sé qué a una vecina y mis hermanos ya habían comido. Me tragué la pasta con patatas releyendo frases sueltas de mi libro. Pensaba con desesperación: quizá sea cierto que no vale nada, quizá me lo publicaron por hacerle un favor a Adele. ¿Cómo había podido concebir frases tan flojas, consideraciones tan banales? Y qué desaliño, cuántas comas inútiles, no escribiré más. Seguí allí, deprimida entre el disgusto por la comida y el disgusto por el libro, cuando llegó Elisa con una notita. Se la había dado la señora Spagnuolo a cuyo número de teléfono, y gracias a su amabilidad, podía recurrir quien me buscara para llamadas urgentes. La notita decía que había recibido tres llamadas, una de Gina Medotti, encargada de la oficina de prensa de la editorial, una de Adele y una de Pietro.

Los tres nombres, escritos con la caligrafía premiosa de la señora Spagnuolo, tuvieron el efecto de darle cuerpo a un pensamiento que hasta minutos antes se había quedado en el fondo. Las palabras desagradables del hombre de las gafas gruesas se estaban difundiendo con rapidez, a lo largo del día llegarían a todas partes. Ya las habían leído Pietro, su familia, los directivos de la editorial. Quizá también le habían llegado a Nino. Quizá mis profesores de Pisa las tenían ante sus ojos. Seguramente habían llamado la atención de la Galiani y sus hijos. Y quién sabe, quizá también las había leído Lila. Me eché a llorar otra vez, asustando a Elisa.

—¿Qué te pasa, Lenù?

—No me siento bien.

—¿Te hago una manzanilla?

—Sí.

No hubo tiempo. Llamaron a la puerta, era Rosa Spagnuolo. Alegre, un poco jadeante tras haber subido las escaleras corriendo, dijo que mi novio preguntaba otra vez por mí, estaba al teléfono, qué bonita voz, qué bonito acento del norte. Corrí a contestar disculpándome mil veces por la molestia. Pietro intentó consolarme, dijo que su madre me recomendaba que no me disgustase, lo esencial era que se hablara del libro. Pero yo, sorprendiendo a la señora Spagnuolo que me conocía como una muchacha dócil, casi le grité: Qué me importa que se hable si se habla mal. Él me recomendó de nuevo que me calmara y añadió: Mañana saldrá un artículo en *L'Unità*. Puse fin a la llamada gélidamente, dije: Sería mejor que nadie se ocupara más de mí.

No pegué ojo en toda la noche. Por la mañana no supe resistirme y fui corriendo a comprar *L'Unità*. Lo hojeé deprisa, delante del quiosco, a un paso de la escuela primaria. Me encontré otra vez con mi foto, la misma que la del *Corriere*, en esta ocasión arriba en el centro del artículo, al lado del titular: «Jóvenes rebeldes y viejos reaccionarios. A propósito del libro de Elena Greco». No había oído nunca el nombre del firmante del artículo, pero estaba claro que era alguien que escribía bien, sus palabras actuaron como un bálsamo. Elogiaba mi novela sin medias tintas y denigraba al prestigioso profesor de las gafas gruesas. Volví a casa fortalecida, puede incluso que de buen humor. Hojeé mi libro y esta vez me pareció bien organizado, escrito con pericia. Mi madre dijo hosca: ¿Has ganado el gordo de la lotería? Dejé el diario encima de la mesa de la cocina sin decirle nada.

Hacia el final de la tarde reapareció la Spagnuolo, otra llamada para mí. Ante mi incomodidad, mis excusas, dijo sentirse muy feliz de poder serle útil a una muchacha como yo, me cubrió de elogios. Gigliola ha tenido suerte, suspiró cuando bajábamos las escaleras, su padre se la llevó a trabajar a la pastelería de los Solara cuando tenía trece años, y menos mal que se ha comprometido con Michele que si no, se habría pasado la vida deslomándose. Abrió la puerta de su casa, me precedió por el pasillo hasta el teléfono colgado de la pared. Noté que había puesto una silla expresamente para que estuviera cómoda; cuánta deferencia hacia quien había estudiado, estudiar se consideraba un truco de los chicos más listos para eludir fatigas. ¿Cómo hago para explicarle a esta mujer, pensé, que soy esclava de las letras y los números desde los seis años, que mi humor depende del éxito de sus combinaciones, que esta alegría de haberlo hecho bien es rara, inestable, que dura una hora, una tarde, una noche?

—¿Lo has leído? —me preguntó Adele.

—Sí.

—¿Estás contenta?

—Sí.

—Entonces te doy otra buena noticia. El libro empieza a venderse, si sigue así, lo reimprimimos.

—¿Qué significa eso?

—Significa que nuestro amigo del *Corriere* creyó que nos destruiría pero nos ha hecho un favor. Adiós, Elena, disfruta del éxito.

11

El libro se vendía en serio, me di cuenta en los días siguientes. La señal más notable fue que se multiplicaron las llamadas de Gina, a veces para avisarme de la publicación de una reseña en tal periódico, a veces para anunciarme alguna invitación en librerías y círculos culturales, sin olvidarse nunca de saludarme con la frase afectuosa: El libro se abre camino, licenciada Greco, enhorabuena. Gracias, decía, pero no estaba contenta. Los artículos de los periódicos me parecían superficiales, se limitaban a aplicar o bien el esquema entusiasta de *L'Unità* o el destructivo del *Corriere*. Y pese a que en cada ocasión Gina me repetía que los comentarios negativos también ayudaban al libro a abrirse camino, aquellas opiniones me hacían daño y esperaba nerviosa algunas propuestas favorables para equilibrar las contrarias y sentirme mejor. De todos modos, dejé de esconderle a mi madre las reseñas pérfidas, se las entregué todas, las buenas y las malas. Ella intentaba leerlas silabeando con aire hosco, pero nunca conseguía pasar de las primeras cuatro o cinco líneas, entonces, o encontraba enseguida un pretexto para pelearse, o por aburrimiento se refugiaba en su afán de coleccionismo. Su objetivo era llenar el álbum entero, y cuando no tenía recortes para darle se quejaba, temía que le quedasen páginas en blanco.

La reseña que más daño me hizo por aquella época apareció en el *Roma*. Seguía párrafo por párrafo la del *Corriere*, pero con un estilo florido que hacia el final hacía hincapié obsesivamente en un solo concepto, el siguiente: Las mujeres están perdiendo todo freno, basta con leer la obscena novela de Elena Greco para comprobarlo, es un mal remedio de la ya vulgar *Buenos días, tristeza*. El contenido no fue lo que más me hirió, sino la firma. El artículo era de Donato Sarratore, el padre de Nino. Pensé en cómo me había impresionado de adolescente el hecho de que aquel hombre fuese autor de un libro de poemas; pensé en el halo de gloria en el que lo había encerrado al enterarme de que escribía en periódicos. ¿A qué venía esa reseña? ¿Acaso había querido vengarse porque se había reconocido en el repulsivo padre de familia que trataba de seducir a la protagonista? Estuve tentada de llamarlo por teléfono y gritarle en dialecto los insultos más insoportables. Renuncié únicamente porque me acordé de Nino y me pareció que había descubierto algo importante: su experiencia y la mía eran similares. Los dos nos habíamos negado a tomar como modelos a nuestras familias, desde siempre me había empeñado en distanciarme de mi madre, él había roto definitivamente los lazos con su padre. Esta afinidad me consoló, la rabia se fue aplacando poco a poco.

Aunque no había tenido en cuenta que el *Roma* era el periódico más leído en el barrio. Lo comprobé al final de la tarde. Gino, el hijo del farmacéutico, ahora un joven todo músculos inflados gracias al levantamiento de pesas, justo cuando yo pasaba por allí se asomó a la puerta de la farmacia de su padre, en bata blanca de médico, a pesar de no haberse graduado. Me llamó agitando el diario y dijo, en un tono bastante serio, además, porque recientemente había hecho su pequeña carrera en una sección del partido Movimiento Social Italiano: ¿Has visto las cosas que escriben de ti? Para no darle el gusto contesté: Escriben muchas, y seguí por mi camino saludando con la mano. Él se quedó cortado, masculló algo, después añadió con explícita malicia: Tengo que leer ese libro tuyo, veo que es muy interesante.

Ese fue solo el comienzo. Al día siguiente, en la calle se me acercó Michele Solara, que se empeñó en invitarme a un café. Fuimos a su bar y mientras Gigliola nos servía sin pronunciar palabra, es más, visiblemente molesta por mi presencia y quizá también por la de su novio, él me soltó: Lenù, Gino me pasó un artículo en el que se dice que has escrito un libro prohibido para menores de dieciocho años. Fíjate tú, quién lo hubiera dicho. ¿Eso estudiaste en Pisa? ¿Eso te enseñaron en la universidad? No me lo puedo creer. Para mí que Lina y tú tenéis un pacto secreto: Ella hace cosas feas y tú las escribes. ¿Es así? Dime la verdad. Me puse colorada, no esperé el café, saludé a Gigliola y me fui. Él gritó a mis espaldas, divertido: Qué te pasa, te has ofendido, anda, ven, estaba bromeando.

Poco después siguió un encuentro con Carmen Peluso. Mi madre me había obligado a ir a la charcutería nueva de los Carracci porque allí el aceite estaba más barato. Era por la tarde, no había clientes, Carmen me cubrió de elogios. Qué bien estás, murmuró, es un honor ser amiga tuya, la única suerte que he tenido en toda mi vida. Después me contó que había leído el artículo de Sarratore, pero únicamente porque un proveedor se había dejado el *Roma* en la tienda. Lo definió como una maldad y su indignación me pareció auténtica. En cambio Pasquale, su hermano, le había pasado el artículo de *L'Unità*, muy muy bueno, con una foto bien bonita. Toda tú eres hermosa, dijo, y todo lo que haces. Se había enterado por mi madre de que pronto me casaría con un profesor universitario y me iría a Florencia a vivir en una casa digna de una señora. Ella también se casaría, con el de la gasolinera de la avenida, pero a saber cuándo, no tenían dinero. Y sin solución de continuidad empezó a quejarse de Ada. Desde que Ada había ocupado el lugar de Lila al lado de Stefano, todo había ido de mal en peor. Se dedicaba a mandar también en las charcuterías y le tenía manía, la acusaba de robar, la trataba a baqueta, la vigilaba. Por eso no aguantaba más, quería renunciar e irse a trabajar al surtidor de gasolina con su futuro marido.

La escuché con atención, me acordé de cuando Antonio y yo queríamos casarnos y poner también un surtidor. Se lo conté para divertirla, pero ella se puso a rezongar amargamente: Sí, ya, lo que faltaba, tú en un surtidor de gasolina, dichosa tú que has podido salir de esta miseria. Después murmuró frases oscuras: Hay demasiada injusticia, Lenù, demasiada, hay que acabar con ella, ya no se aguanta más. Y mientras seguía hablando, de un cajón sacó mi libro, la cubierta doblada y sucia. Era el primer ejemplar que veía en manos de alguien del barrio, me impactaron las primeras páginas, hinchadas y renegridas, y las demás apretadas y blancas. Lo leo despacio por la noche, me dijo ella, o cuando no hay clientes. Pero todavía voy por la página treinta y dos, me queda muy poco tiempo, lo tengo que hacer todo yo, los Carracci me tienen aquí encerrada desde las seis de la mañana a las nueve de la noche. Y de repente me preguntó con picardía: ¿Falta mucho para llegar a las páginas picantes? ¿Cuánto me queda por leer?

«Las páginas picantes.»

Poco después me crucé con Ada, que llevaba en brazos a Maria, la hija que había tenido con Stefano. Me costó mostrarme cordial después de lo que me había contado Carmen. Alabé a la niña, le dije que el vestido era bonito, los pendientes una monada. Pero Ada fue arisca. Me habló de Antonio, dijo que se escribían, que no era cierto que se hubiese casado y tenido hijos, dijo que yo le había quemado el cerebro y la capacidad de amar. Y siguió con mi libro. No lo había leído, me aclaró, pero había oído decir que no era un libro para tener en casa. Y casi se enojó: Imagínate, la niña se hace mayor y lo encuentra, ¿qué hago? Lo siento, no voy a comprarlo. Pero, añadió, me alegro de que te estés forrando, te felicito.

12

Estos episodios, uno detrás de otro, hicieron que me preguntara si el libro se vendía porque tanto los periódicos hostiles como los favorables hablaban de la presencia de páginas escabrosas. Incluso llegué a pensar que Nino se había referido a la sexualidad de Lila simplemente porque creía que con una que escribía lo que yo escribía se podían sacar esos temas sin problemas. Vete a saber, me dije, si Lila habrá conseguido el libro como hizo Carmen. La imaginé por la noche al volver de la fábrica —Enzo en la soledad de un cuarto, ella y el niño en el otro—, extenuada y, sin embargo, leyéndome absorta, la boca entreabierta, el ceño fruncido como hacía cuando se concentraba. ¿Qué juicio le habría merecido? ¿Acaso ella también habría limitado la novela a las páginas picantes? Aunque tal vez no lo estuviera leyendo, dudaba que tuviese dinero para comprárselo, debería haberle llevado uno de regalo. Durante un tiempo me pareció una buena idea, después lo dejé estar. Seguía apreciando a Lila más que a ninguna otra persona, pero no me decidí a ir a verla. No tenía tiempo, eran muchas las cosas que debía estudiar y aprender deprisa. Además, la conclusión de nuestro último encuentro —ella con el delantal encima del abrigo, en el patio de la fábrica, delante de la hoguera donde ardían las páginas de *El hada azul*— había sido un adiós definitivo a los restos de la infancia, la confirmación de que nuestros caminos se separaban, tal vez me habría dicho: No tengo tiempo de leerte, ¿no ves la vida que llevo? Seguí mi camino.

Mientras tanto, por el motivo que fuese, el libro se vendía cada vez mejor. En una ocasión me telefoneó Adele y, con su mezcla habitual de ironía y afecto me dijo: Si sigue así te harás rica y ya no sabrás qué hacer con el pobre Pietro. Después me pasó nada menos que con su marido. Guido quiere hablar contigo, dijo. Me puse nerviosa, había mantenido poquísimas conversaciones con el profesor Airota, y me cohibían. El padre de Pietro fue muy amable, me felicitó por el éxito, ironizó sobre el sentimiento de pudor de mis detractores, habló del larguísimo medievo italiano, me alabó por mi contribución a la modernización del país, y siguió con fórmulas de ese estilo. No dijo nada concreto sobre la novela, seguramente no la había leído, era un hombre muy ocupado. Pero fue bonito que, de todos modos, quisiera expresarme su apoyo y su estima.

No se mostró menos efusiva Mariarosa, ella también me colmó de elogios. Al principio pareció a punto de hablarme con detalle del libro después, muy agitada, cambió de tema, dijo que quería invitarme a la Estatal, le parecía importante que participara en lo que definió como «el imparable fluir de los acontecimientos». Viaja mañana mismo, me animó, ¿has visto lo que está pasando en Francia? Yo estaba al corriente, vivía pegada a una vieja radio azul cubierta de una capa de grasa que mi madre tenía en la cocina, y dije sí, es magnífico, Nanterre, las barricadas en el Barrio Latino. Pero ella me pareció mucho más informada, mucho más implicada. Planeaba viajar a París con algunos de sus compañeros, me invitó a que fuese con ella en coche. La idea me tentó. Está bien, dije, lo pensaré. Subir a Milán, pasar a Francia, llegar a París en plena revuelta, enfrentarme a la brutalidad de la policía, caer con todas mis circunstancias personales en el magma más incandescente de aquellos meses, retomar aquel viaje fuera de Italia que había hecho años antes con Franco. Qué bonito habría sido marcharme con Mariarosa, la única chica que conocía tan desinhibida, tan moderna, tan comprometida con los acontecimientos del mundo, casi tan dueña del discurso político como los hombres. La admiraba, no había muchachas que destacaran por su fama de lanzarlo todo por los aires. Los héroes jóvenes que por su cuenta y riesgo se enfrentaban a la violencia de la reacción se llamaban Rudi Dutschke, Daniel Cohn-Bendit, y, como en las películas de guerra, donde solo había hombres, era difícil identificarse con ellos, solo se podía amarlos, embutirse en la cabeza sus pensamientos, padecer por su suerte. Me dio por pensar que entre los compañeros de Mariarosa quizá estuviese también Nino. Se conocían, era posible. Ay, encontrarme otra vez con él, verme arrastrada por aquella aventura, exponerme con él a los peligros. El día pasó así. Ahora la cocina estaba en silencio, mis padres dormían, mis hermanos seguían callejeando, Elisa se lavaba encerrada en el retrete. Marcharme a la mañana siguiente.

13

Me marché, pero no a París. Después de las elecciones generales de aquel año turbulento, Gina me envió de gira para promocionar el libro. Empecé por Florencia. Una profesora amiga de un amigo de los Airota me invitó a dar una charla en la facultad de magisterio y acabé en uno de aquellos cursos alternativos, impartidos en las universidades en huelga, para hablar ante unos treinta estudiantes. Enseguida me llamó la atención el hecho de que muchas de las muchachas eran incluso peores que las descritas por mi suegro en *Il Ponte*: mal vestidas, mal maquilladas, desaliñadas en su exposición en exceso emocionada, rabiosas con los exámenes, con los profesores. Animada por la profesora, opiné con visible entusiasmo sobre las manifestaciones estudiantiles, sobre todo acerca de las que estaban en marcha en Francia. Hice gala de lo que estaba aprendiendo, me sentí satisfecha. Noté que me expresaba con convicción y claridad, que en especial las chicas me admiraban por cómo hablaba, por las cosas que sabía, por la forma en que trataba hábilmente los problemas complicados del mundo organizándolos en un cuadro coherente. No tardé en darme cuenta de que tendía a evitar toda referencia a mi libro. Me incomodaba hablar de él, temía reacciones como las del barrio, prefería resumir en mis propias palabras los pensamientos de la revista *Quaderni piacentini* o de la *Monthly Review*. Por otra parte me habían invitado por el libro, alguien pedía la palabra. Las primeras preguntas se refirieron todas al esfuerzo del personaje femenino por salvarse del ambiente en que había nacido. Solo hacia el final una muchacha, la recuerdo muy alta y delgadísima, me pidió que explicara, salpicando sus frases con risas nerviosas, por qué había considerado necesario escribir, dentro de una historia tan pulida, una parte escabrosa.

Me sentí avergonzada, tal vez me puse colorada, expuse un cúmulo de motivos sociológicos. Solo hacia el final hablé de la necesidad de contar todas las experiencias humanas de un modo franco, incluso —subrayé— aquello que parece impronunciable y que por eso callamos incluso a nosotras mismas. Aquellas últimas palabras gustaron, recuperé prestigio. La profesora que me había invitado las elogió, dijo que meditaría sobre ellas, que me escribiría.

Su aprobación me fijó en la cabeza ese puñado de conceptos que no tardaron en convertirse en un estribillo. Los usaba a menudo en público, a veces de forma divertida, a veces con tono dramático, a veces sintéticamente, a veces ampliándolos con elaboradas piruetas verbales. Me sentí especialmente cómoda una noche en una librería de Turín, frente a un público bastante numeroso al que me enfrenté con creciente desenvoltura. Empezaba a parecerme natural que alguien me interrogara con simpatía o de forma provocativa sobre el episodio de sexo en la playa, máxime cuando aquella respuesta preparada, perfeccionada de forma siempre más agradable, conquistaba cierto éxito.

Por encargo de la editorial, Tarratano, el anciano amigo de Adele, me acompañó a Turín. Dijo sentirse orgulloso de haber sido el primero en intuir el potencial de mi novela y me presentó al público con las mismas fórmulas entusiastas que había utilizado tiempo atrás en Milán. Al final de la velada me felicitó por el notable progreso que había hecho en poco tiempo. Después me preguntó con su habitual tono bondadoso: ¿Por qué acepta tan de buen grado que califiquen sus páginas eróticas de escabrosas, por qué usted misma las califica así en público? Me comentó que no debía hacerlo: en primer lugar, mi novela no se agotaba en el episodio de la playa, contenía otros más interesantes, más hermosos; además, si aquí y allá el tono tenía tintes audaces, se debía, sobre todo, a que había sido escrito por una muchacha; la obscenidad, concluyó, no es ajena a la buena literatura y al auténtico arte del relato, aunque rebase el límite de la decencia, nunca es escabroso.

Me quedé confundida. Aquel hombre cultísimo me estaba explicando con tacto que los pecados de mi libro eran veniales, y que me equivocaba al hablar siempre de ellos como si fuesen mortales. O sea que exageraba. Era víctima de la miopía del público, de su superficialidad. Me dije: Basta, debo ser menos dependiente, debo aprender a disentir de mis lectores, no debo bajar a su nivel. Y decidí que en cuanto tuviera ocasión sería más dura con quien sacara a colación aquellas páginas.

Durante la cena en el restaurante del hotel que la oficina de prensa nos había reservado, entre incómoda y divertida, escuché a Tarratano que, para confirmarme que era una escritora sustancialmente casta, citaba a Henry Miller o me explicaba, llamándome mi querida niña, que no pocas escritoras muy dotadas de los años veinte y treinta sabían y escribían sobre sexo de un modo que yo, de momento, ni siquiera imaginaba. Apunté sus nombres en mi cuadernito, pero mientras iba pensando: Pese a sus elogios, este hombre no me considera de gran talento; a sus ojos soy una muchacha agraciada con un éxito inmerecido; no considera relevantes siquiera las páginas que más atraen a los lectores, pueden escandalizar a quien sabe poco o nada, pero no a personas como él.

Dije que estaba un poco cansada y ayudé a levantarse a mi acompañante, que había bebido mucho. Era un hombre pequeño pero con un notable vientre de gastrónomo. Unos mechones de pelo blanco le caían alborotados sobre las orejas grandes, tenía una cara rojísima partida por una boca fina, una nariz grande y ojos muy vivaces, fumaba mucho, tenía los dedos amarillos. En el ascensor intentó abrazarme y besarme. Pese al forcejeo a duras penas conseguía quitármelo de encima, no se rendía. Me quedaron grabados el contacto con su barriga y su aliento a vino. En aquel entonces no se me habría ocurrido jamás que un hombre mayor, tan respetable, tan culto, aquel hombre tan amigo de mi futura suegra, pudiera comportarse de aquella manera tan inconveniente. Cuando llegamos al pasillo se apresuró a pedirme perdón, le echó la culpa al vino y se encerró a toda prisa en su habitación.

14

Al día siguiente, en el desayuno y durante todo el viaje en coche a Milán, habló con conocimiento de causa de lo que consideraba el período más apasionante de su vida, los años entre 1945 y 1948. Noté en su voz una auténtica melancolía, que desapareció cuando pasó a describir con un entusiasmo igualmente auténtico el nuevo ambiente de revolución, la energía, dijo, que se estaba apropiando de jóvenes y viejos. Me limité a asentir durante todo el tiempo, asombrada por su empeño en convencerme de que mi presente era, de hecho, su pasado entusiasta que se estaba repitiendo. Me dio un poco de lástima. En un momento dado, una distraída referencia biográfica me llevó a hacer unos cálculos rápidos: la persona que estaba frente a mí tenía cincuenta y ocho años.

Al llegar a Milán pedí que me dejara cerca de la editorial y me despedí de mi acompañante. Estaba un poco aturdida, había dormido mal. Durante el trayecto traté de quitarme definitivamente de encima el malestar del contacto físico con Tarratano, pero seguí notando su mancha y una confusa contigüidad con cierta grosería del barrio. En la editorial fui muy agasajada. No era la cortesía de unos meses antes, sino una especie de satisfacción generalizada que significaba: Qué listos hemos sido al intuir que eras buena. Hasta la telefonista, la única en aquel ambiente que me había tratado con suficiencia, salió de su garita y me abrazó. Y el redactor que tiempo atrás me había sometido a una corrección puntillosa y sutil, me invitó a comer por primera vez.

En cuanto nos sentamos en un pequeño restaurante semivacío cerca de allí, volvió a destacar que mi escritura encerraba un secreto fascinante y, entre plato y plato, me sugirió que, sin prisas pero sin dormirme demasiado en los laureles, lo mejor era que empezara a planificar una nueva novela. Tras lo cual me recordó que a las tres de la tarde yo tenía un compromiso en la Estatal. Mariarosa no tenía nada que ver, había sido la propia editorial que, a través de sus contactos, me había organizado algo con un grupo de alumnos. Cuando esté allí, dije, ¿por quién pregunto? Mi prestigioso acompañante dijo con orgullo: Mi hijo la esperará en la entrada.

Recogí el equipaje en la editorial y me fui al hotel. Estuve unos minutos y salí otra vez para la universidad. Hacía un calor insoportable. Me encontré con un telón de fondo de carteles escritos con letra apretada, banderas rojas y de pueblos en lucha, pancartas que anunciaban iniciativas y, sobre todo, con un fuerte vocerío, carcajadas y una alarma difusa. Me paseé un rato en busca de señales relacionadas conmigo. Recuerdo a un joven moreno que me atropelló de lleno al pasar corriendo, perdió el equilibrio, lo recuperó, se alejó por la calle como si lo persiguieran, aunque detrás de él no había nadie. Recuerdo el toque solitario de una trompeta, purísimo, que perforó el aire sofocante. Recuerdo una muchacha rubia, menuda, que arrastraba ruidosamente una cadena con un cerrojo enorme en el extremo y gritaba solícita a no sé quién: Ya voy. Lo recuerdo porque, mientras esperaba que alguien me reconociera y se me acercara, para darme tono saqué mi cuadernito y apunté algunas cosas. Pasó media hora, no vino nadie. Me puse a examinar con más atención anuncios y carteles esperando leer mi nombre, el título de la novela. Fue inútil. Un tanto nerviosa, renuncié a parar a uno de aquellos estudiantes, me daba vergüenza citar mi libro como tema de discusión en un ambiente donde los anuncios fijados en las paredes se referían a asuntos mucho más relevantes. Con fastidio me vi debatiéndome entre sentimientos encontrados: una fuerte simpatía por todos aquellos muchachos y chicas que en aquel sitio hacían gala de movimientos y voces de total indisciplina, y el miedo a que ahora, precisamente allí, el desorden del que llevaba huyendo desde niña pudiera atraparme otra vez para lanzarme en medio de aquel barullo donde pronto un poder incuestionable —un bedel, un profesor, el rector, la policía— me pillaría en falta —a mí, que siempre había sido buena— y me castigaría.

Pensé en largarme, ¿qué me importaba a mí un puñado de muchachos apenas más jóvenes que yo a los que les habría contado las tonterías de siempre? Quería volver al hotel, disfrutar de mi condición de autora de cierto éxito que viajaba mucho, comía en el restaurante y dormía en un hotel. Pero pasaron cinco o seis muchachas con aspecto de atareadas, cargadas de bolsas, y casi sin querer fui detrás de ellas, de las voces, de los gritos, y del sonido de la trompeta. Y así, caminando caminando, fui a parar delante de un aula repleta de la que en ese preciso instante se elevaba un clamor rabioso. Y como las muchachas a las que había seguido entraron, yo también entré con cautela.

Se estaba produciendo un acalorado enfrentamiento entre distintas facciones, tanto en el aula abarrotada, como en el pequeño gentío que sitiaba la cátedra. Me quedé cerca de la puerta, dispuesta a marcharme, disuadida por una bruma ardiente de humos y alientos, por un fuerte olor de excitación.

Traté de orientarme. Discutían sobre cuestiones de procedimiento, creo, en un ambiente en el que nadie —había quien gritaba, quien callaba, quien se pitorreaba, quien reía, quien se movía veloz como una estafeta en el campo de batalla, quien no prestaba ninguna atención, quien estudiaba— parecía considerar que el acuerdo fuera posible. Esperé que en alguna parte estuviera Mariarosa. Entretanto, me iba acostumbrando al clamor, a los olores. Cuánta gente; predominaban los hombres, guapos, feos, elegantes, desaliñados, violentos, atemorizados, divertidos. Observé con curiosidad a las mujeres, tuve la impresión de ser la única que se encontraba sola. Algunas —por ejemplo, las que había seguido hasta allí— formaban un núcleo compacto que en ese momento repartía octavillas por el aula repleta; gritaban juntas, reían juntas, y si se alejaban unos metros, no se quitaban el ojo de encima para no perderse. Amigas desde hacía tiempo o quizá conocidas ocasionales, parecían obtener autorización del grupo para estar en aquel lugar caótico, sin duda seducidas por el clima desenfrenado, pero dispuestas a aquella experiencia con la condición de no separarse, como si hubiesen establecido preventivamente, en lugares más seguros, que si una de ellas se marchaba, se marcharían todas. Otras, en cambio, solas o como mucho en pareja, se habían infiltrado en las filas masculinas y exhibían una intimidad provocadora, una disolución alegre de las distancias de seguridad, y me parecieron las más felices, las más agresivas, las más orgullosas.

Me sentí distinta, clandestinamente presente, sin los requisitos para gritar yo también algo, para permanecer dentro de aquellos vapores y aquellos olores que, se me ocurría ahora, me recordaban los olores y los vapores emanados por el cuerpo de Antonio, por su aliento, cuando nos abrazábamos en los pantanos. Había sido demasiado miserable, demasiado acuciada por la obligación de destacar en los estudios. Al cine había ido poco o nada. Nunca había comprado discos como me hubiera gustado. No había sido fan de ningún cantante, no había ido corriendo a ningún concierto, no había coleccionado autógrafos, nunca me había emborrachado, el poco sexo que había practicado había sido con disgusto, a escondidas, atemorizada. Aquellas muchachas, sin embargo, quien más, quien menos, debieron de criarse con más bienestar, y a la actual muda de piel habían llegado más preparadas que yo, quizá sentían su presencia en aquel lugar, en aquel ambiente, no como un descarrío sino como una elección adecuada y urgente. Ahora que tengo algo de dinero, pensé, ahora que a saber cuánto ganaré, puedo recuperar algunas de las cosas perdidas. O quizá no, quizá ya era demasiado culta, demasiado ignorante, demasiado contenida, estaba demasiado habituada a enfriar la vida almacenando ideas y datos, demasiado próxima al matrimonio y al acomodo definitivo, en una palabra, obtusamente demasiado formada dentro de un orden que allí parecía superado. Ese último pensamiento me horrorizó. Vete ahora mismo de aquí, me dije, cada gesto, cada palabra es una afrenta al esfuerzo que he hecho. Pero me colé en el aula repleta.

De inmediato me llamó la atención una muchacha muy hermosa, de rasgos delicados, largos cabellos negros sobre los hombros, seguramente más joven que yo. La vi y ya no pude quitarle los ojos de encima. Estaba de pie entre unos jóvenes muy combativos, y detrás, pegado a ella como un guardaespaldas, se encontraba un hombre moreno de unos treinta años que fumaba un puro. La muchacha destacaba en aquel ambiente no solo por su belleza sino porque llevaba en brazos a un niño de pocos meses, lo estaba amamantando, y mientras seguía con atención el conflicto en curso, a veces ella también gritaba algo. Cuando el niño, una mancha azul con piernecitas y piececitos desnudos de color rojizo, despegaba la boca del pezón, ella no metía el pecho en el sujetador, se quedaba así, expuesta, la camisa blanca desabrochada, el seno turgente, ceñuda, la boca entreabierta, hasta que se daba cuenta de que su hijo había dejado de mamar y mecánicamente intentaba prendérselo otra vez al pecho.

Aquella muchacha me turbó. En el aula ruidosa, con aquel humo espeso, se revelaba como un icono de maternidad fuera de la norma. Tenía unos años menos que yo, un aspecto fino, la responsabilidad de un hijo. Pero parecía empeñada sobre todo en rechazar los rasgos de la joven mujer plácidamente absorta en el cuidado de su hijo. Chillaba, gesticulaba, exigía que le dieran la palabra, reía de rabia, señalaba a alguien con desprecio. Pese a todo el hijo formaba parte de ella, le buscaba el pezón, lo perdía. Juntos componían una imagen trémula, expuesta, a punto de romperse como si estuviese pintada en un cristal, el niño se le caería de los brazos o algo, un codo, un gesto incontrolado, lo golpearía en la cabeza. Me alegré cuando de repente Mariarosa se materializó a su lado. Ahí estaba, al fin. Qué animada se la veía, qué sonrojada, qué cordial, me pareció que tenía mucha confianza con la joven madre. Agité una mano, no me vio. Le habló un rato al oído a la muchacha, desapareció, reapareció entre los que se peleaban alrededor de la cátedra. Mientras tanto, por una puerta lateral irrumpió un grupito que con su sola aparición calmó un poco los ánimos. Mariarosa hizo una seña, esperó otra como respuesta, cogió el megáfono, pronunció unas cuantas palabras que apaciguaron definitivamente el aula abarrotada. En aquel momento, durante unos segundos, tuve la sensación de que Milán, las tensiones de aquella época, mi propia agitación, tenían la fuerza de encontrarle una salida a las sombras que llevaba en la cabeza. ¿En aquellos días cuántas veces había pensado en mi primera educación política? Mariarosa cedió el megáfono a un joven que se había acercado a ella y al que reconocí al instante. Era Franco Mari, mi novio de los primeros años en Pisa.

15

Estaba idéntico: el mismo tono de voz cálido y persuasivo, la misma capacidad de organizar el discurso que partiendo de propuestas generales, paso a paso, llegaba de forma coherente a las experiencias cotidianas, a la vista de todos, desvelando su sentido. Mientras escribo me doy cuenta de que recuerdo muy poco de su aspecto físico, solo la palidez de su cara lampiña, el pelo corto. Sin embargo, hasta ese momento, su cuerpo era el único al que me había estrechado como si estuviésemos casados.

Me acerqué a Franco después de su intervención, los ojos se le iluminaron de asombro, me abrazó. Nos costó comunicarnos, un tipo lo tiró del brazo, otro se puso a hablarle con tonos duros señalándolo insistentemente con el dedo, como si tuviese que rendir cuentas de culpas horribles. Me quedé entre quienes se encontraban al lado de la cátedra, incómoda, en la confusión había perdido a Mariarosa. Pero esta vez fue ella la que dio conmigo, me tiró del brazo.

—¿Qué haces tú aquí? —preguntó, contenta.

Evité explicarle que había faltado a una cita y que me encontraba allí de casualidad.

—Lo conozco a él —dije, señalando a Franco.

—¿A Mari?

—Sí.

Me habló de Franco con entusiasmo, luego susurró: Me pasarán factura, lo he invitado yo, fíjate la que hemos armado. Y como él había dormido en su casa y al día siguiente se marchaba para Turín, insistió enseguida en que me quedase en su casa. Acepté, lástima por el hotel.

La asamblea se prolongó un buen rato, hubo momentos de gran tensión, un permanente estado de alarma. Cuando salimos de la universidad oscurecía. Además de Franco, se unieron a Mariarosa la joven madre, que se llamaba Silvia, y el hombre de unos treinta años en el que me había fijado en el aula, el que fumaba el puro, un tal Juan, pintor venezolano. Fuimos todos a cenar a una taberna que conocía mi cuñada. Charlé con Franco lo suficiente para comprender que me había equivocado, no estaba idéntico. Sobre la cara le habían puesto, o tal vez se la había puesto él solo, una máscara que, pese a coincidir a la perfección con sus rasgos de antes, le había borrado la generosidad. Ahora estaba rígido, contenido, sopesaba las palabras. En el curso de un breve intercambio en apariencia confidencial, no mencionó en ningún momento nuestra antigua relación y cuando fui yo quien habló de ella para quejarme porque dejó de escribirme, fue al grano, murmuró: Así tenía que ser. Sobre la universidad también se mostró vago, comprendí que no se había licenciado.

—Hay otras cosas que hacer —dijo.

—¿Como qué?

Se dirigió a Mariarosa, casi contrariado por el tono demasiado privado de nuestro intercambio:

—Elena pregunta qué hay que hacer.

—La revolución —respondió alegre Mariarosa.

—¿Y en el tiempo libre? —dejé caer, adoptando un tono irónico.

Juan intervino serio, agitando con dulzura el puño del niño de Silvia, que estaba a su lado:

—En el tiempo libre la preparamos.

Después de cenar nos metimos todos en el coche de Mariarosa; vivía en Sant'Ambrogio, en un viejo apartamento muy grande. Me enteré de que el venezolano tenía allí una especie de estudio, una habitación sumida en un gran desorden adonde nos llevó a Franco y a mí y nos enseñó sus obras: grandes tablas con escenas urbanas atestadas de gente, realizadas con pericia casi fotográfica, pero en las que había clavado, estropeándolas, tubitos de pintura, pinceles, paletas o cuencos para el aguarrás y trapos. Mariarosa lo alabó mucho, pero dirigiéndose sobre todo a Franco, cuya opinión parecía importarle en especial.

Los espié, no entendía. Seguramente Juan vivía allí, seguramente allí también vivía Silvia que, desenvuelta, se movía por la casa con Mirko, el niño. Pero si en un primer momento pensé que el pintor y la joven madre eran pareja y subalquilaban alguna de las habitaciones, no tardé en cambiar de idea. De hecho, durante toda la noche el venezolano manifestó hacia Silvia una amabilidad distraída, mientras que con frecuencia le pasó el brazo por los hombros a Mariarosa e incluso la besó una vez en el cuello.

Al principio se habló mucho de las obras de Juan. Franco siempre había tenido una habilidad envidiable para las artes visuales y una sensibilidad crítica muy marcada. Nos quedamos todos escuchándolo con gusto, menos Silvia, cuyo hijo, hasta ese momento muy bueno, de repente se puso a llorar y no conseguía calmarse. Yo esperé un rato a que Franco hablara también de mi libro, estaba segura de que diría cosas inteligentes como las que, con cierta dureza, estaba diciendo de los cuadros de Juan. Pero nadie mencionó mi novela, y tras un arranque de impaciencia del venezolano que no había apreciado una ocurrencia de Franco sobre el arte y la sociedad, pasamos a discurrir sobre el atraso cultural de Italia, sobre el panorama político tras las elecciones, sobre los retrocesos en cadena de la socialdemocracia, sobre estudiantes y represión policial, sobre la que se denominó enseguida «la lección de Francia». El intercambio entre los dos hombres no tardó en tornarse polémico. Silvia, que no lograba averiguar qué quería Mirko y salía, entraba, le gritaba severa como si ya fuera mayor, lanzó a menudo frases esquemáticas para mostrar su desacuerdo desde el largo pasillo por el que paseaba a su hijo o desde la habitación donde había ido para cambiarlo. Tras hablarnos de las guarderías infantiles organizadas en la Sorbona para los hijos de los estudiantes en huelga, Mariarosa evocó la ciudad de París de principios de junio, helada y lluviosa, todavía paralizada por la huelga general, aunque no de primera mano (lamentó no haber podido viajar), pero así se la había descrito en una carta una amiga suya.

Franco y Juan escucharon distraídos los dos, pero sin perder el hilo de la discusión entre ellos, al contrario, siguieron enfrentándose con animosidad creciente.

La consecuencia fue que nosotras, las tres mujeres, nos encontramos en la condición de terneras soñolientas a la espera de que los dos toros midieran hasta el fondo sus respectivas potencias. Aquello me irritó. Esperé que Mariarosa volviera a intervenir en la conversación, yo también contaba con hacerlo. Pero Franco y Juan no nos dejaron meter baza, mientras tanto, el niño gritaba y Silvia lo trataba de forma cada vez más agresiva. Lila, pensé, era mucho más joven que ella cuando tuvo a Gennaro. Y me di cuenta de que ya durante la asamblea algo me había impulsado a establecer un nexo entre ambas. Quizá había sido la soledad de madre que había experimentado Lila tras la desaparición de Nino y la ruptura con Stefano. O su belleza: si se hubiese encontrado en aquella asamblea con Gennaro habría sido una madre aún más seductora, aún más decidida que Silvia. Pero Lila ya había quedado aislada. La ola que había notado en el aula llegaría hasta San Giovanni a Teduccio, pero ella, en aquel lugar donde había acabado degradándose, ni siquiera se daría cuenta. Qué pena, me sentí culpable. Debería habérmela llevado de allí, haberla raptado, haber hecho que viajara conmigo. O al menos haber reforzado su presencia dentro de mi cuerpo, haber mezclado su voz con la mía. Como en ese momento. La oí decir: Si te callas, si dejas que estos dos sigan hablando, si te comportas como una planta de interior, al menos échale una mano a esta chica, piensa en lo que supone tener un niño pequeño. Confusión de espacios y tiempos, de humores lejanos. Me levanté de un salto, con delicadeza y preocupación le quité el niño a Silvia, ella me lo entregó de buena gana.

16

Qué niño tan bien hecho, fue un momento memorable. Mirko me sedujo de inmediato, en las muñecas y las piernas tenía unos pliegues de carne rosada. Qué hermoso era, qué forma de ojos más bonita, cuánto pelo, qué pies más largos y delicados, qué bien olía. Le susurré todos aquellos cumplidos despacito, mientras lo paseaba por la casa. Las voces de los hombres se alejaron, también las ideas que defendían, su animosidad, y ocurrió un hecho nuevo para mí. Sentí placer. Como una llamarada incontrolable noté el calor del niño, su motilidad, y me pareció que todos mis sentidos se volvían más atentos, como si la percepción de aquel fragmento perfecto de vida que tenía entre mis brazos se hubiera agudizado hasta el paroxismo y sintiera su dulzura y su responsabilidad y me dispusiera a protegerlo de todas las sombras malvadas al acecho en los rincones oscuros de la casa. Mirko debió de notarlo y se calmó. Eso también me produjo placer y me sentí orgullosa de haber podido darle paz.

Cuando regresé a la habitación, Silvia, que se había acomodado en el regazo de Mariarosa y escuchaba la discusión entre los dos hombres participando con exclamaciones nerviosas, se volvió para contemplarme y debió de verme en la cara el goce con el que estrechaba al niño contra mi pecho. Se levantó de un salto, me lo quitó con un gracias brusco, se fue a acostarlo. Me invadió una desagradable sensación de pérdida. Sentí que el calor de Mirko me abandonaba, volví a sentarme de mal humor, con pensamientos confusos. Quería recuperar al niño, esperaba que se pusiese a llorar otra vez, que Silvia me pidiera ayuda. ¿Qué bicho me ha picado? ¿Deseo tener hijos? ¿Quiero ser madre, quiero amamantar y acunar? ¿Matrimonio más embarazo? ¿Y si mi madre sale de mi vientre justamente cuando creo encontrarme a salvo?

17

Tardé en concentrarme en la lección que nos llegaba desde Francia, en el tenso enfrentamiento entre los dos hombres. Pero no me daba la gana de quedarme callada. Quería decir algo de lo que había leído y pensado sobre los hechos de París, el discurso se me retorcía en frases que se me quedaban incompletas en la mente. Y me asombraba que Mariarosa, tan capaz ella, tan libre, siguiera callada, que siempre se limitara a aprobar con bonitas sonrisas cuanto decía Franco, algo que ponía nervioso y por momentos le restaba seguridad a Juan. Si ella no habla, me dije, hablaré yo, si no, ¿por qué acepté venir aquí, por qué no me fui al hotel? Tenía una respuesta a aquellas preguntas. Deseaba enseñar a quien me había conocido en el pasado en qué me había convertido. Quería que Franco se diera cuenta de que no podía tratarme como la muchachita de antes, quería que se percatara de que me había convertido en una persona completamente distinta, quería que en presencia de Mariarosa dijese que «esa otra persona» contaba con su estima. Por ello, en vista de que el niño no lloraba, en vista de que Silvia había desaparecido con él, en vista de que ninguno de los dos me necesitaba más, esperé todavía un poco y al final encontré la manera de discrepar de mi ex novio. Una discrepancia improvisada, no intervine movida por sólidas convicciones, el objetivo era manifestarme en contra de Franco y lo hice, tenía en mente las fórmulas, las mezclé con fingida seguridad. Así, a ojo, dije que me sentía perpleja por el grado de madurez de la lucha de clases en Francia, que de momento encontraba bastante abstracta la unión estudiantes-obreros. Hablé con decisión, temía que uno de los dos hombres me interrumpiera para decir algo que reavivara la discusión entre ellos. Pero me escucharon con atención, todos, incluida Silvia que había regresado casi de puntillas sin el niño. Y ni Franco ni Juan mostraron signos de impaciencia mientras yo hablaba, al contrario, el venezolano asintió cuando en dos o tres ocasiones pronuncié la palabra «pueblo». Cosa que molestó a Mari. Estás diciendo que la situación «no es objetivamente» revolucionaria, subrayó él con ironía; ya le conocía ese tono, significaba que se defendía tomándome el pelo. Entonces hablamos a la vez, mis frases se superpusieron a las suyas y viceversa: No sé qué significa «objetivamente»; significa que actuar es inevitable; de modo que si no es inevitable, te quedas mano sobre mano; no, el deber del revolucionario es siempre hacer lo posible; en Francia los estudiantes hicieron lo imposible, la máquina de la educación se rompió y no se arreglará nunca más; reconoces que las cosas han cambiado y seguirán cambiando; sí, pero nadie te ha pedido a ti o a quien sea un certificado en papel timbrado para tener la garantía de que la situación es «objetivamente» revolucionaria, los estudiantes actuaron y punto; no es cierto; es cierto. Y así sucesivamente. Hasta que los dos callamos a la vez.

Fue un intercambio anómalo, no por los contenidos sino por el tono encendido, sin tener en cuenta los buenos modales. Noté un brillo divertido en los ojos de Mariarosa, comprendió que si Franco y yo hablábamos así, entre ambos había habido mucho más que una familiaridad entre compañeros de la universidad. Venid a echarme una mano, pidió a Silvia y a Juan. Tenía que coger una escalera, buscar sábanas para mí, para Franco. Los dos la siguieron, Juan le dijo algo al oído.

Franco clavó la vista en el suelo un momento, apretó los labios como para reprimir una sonrisa y dijo con un matiz afectuoso:

—Sigues siendo la pequeñoburguesa de siempre.

Aquella era la etiqueta con la que a menudo, años atrás, me tomaba el pelo cuando temía que nos sorprendieran en su habitación. Libre de la vigilancia de los otros, dije en un arrebato:

—Aquí el pequeñoburgués eres tú, por origen, por cultura, por comportamientos.

—No quería ofenderte.

—No me has ofendido.

—Has cambiado, te has vuelto agresiva.

—Soy la misma de siempre.

—¿Todo bien en tu casa?

—Sí.

—¿Y aquella amiga a la que apreciabas tanto?

La pregunta llegó con un salto lógico que me desorientó. ¿Le había hablado de Lila en el pasado? ¿En qué términos? ¿Y por qué le venía ahora a la cabeza? ¿Dónde estaba el nexo que él había visto por ese lado y yo no?

—Está bien —dije.

—¿Qué hace?

—Trabaja en una fábrica de embutidos en las afueras de Nápoles.

—¿No se había casado con un tendero?

—El matrimonio no funcionó.

—Cuando vaya a Nápoles tienes que presentármela.

—Claro.

—Déjame un número, una dirección.

—De acuerdo.

Me miró para evaluar qué palabras podían hacerme menos daño y preguntó:

—¿Ha leído ella tu libro?

—No lo sé. ¿Tú lo has leído?

—Claro.

—¿Qué te ha parecido?

—Bueno.

—¿En qué sentido?

—Había algunas páginas bonitas.

—¿Cuáles?

—Esas en las que das a la protagonista la capacidad de juntar a su manera los fragmentos de las cosas.

—¿Eso es todo?

—¿No te parece bastante?

—No. Está claro que no te ha gustado.

—Te he dicho que es buena.

Lo conocía, trataba de no humillarme. Aquello me exasperó y dije:

—Es un libro que ha provocado discusiones, se está vendiendo mucho.

—Entonces bien, ¿no?

—Sí, pero para ti no. ¿Qué es lo que no funciona?

Apretó otra vez los labios, se decidió a hablar:

—Dentro no hay gran cosa, Elena. Te escudas en amoríos y afanes de ascenso social para ocultar justamente lo que valdría la pena contar.

—¿Por ejemplo?

—Dejémoslo, es tarde, debemos descansar. —Trató de adoptar un aire de benévola ironía, pero en realidad mantuvo aquel tono nuevo de quien tiene un deber importante y a todo lo demás se dedica a cuentagotas—: Has hecho lo posible, ¿no? Pero, objetivamente, este no es momento para escribir novelas.

18

Mariarosa apareció en ese preciso momento con Juan y Silvia, trajeron toallas limpias y unas prendas para dormir. Seguramente ella oyó aquella última frase, comprendió sin duda que hablábamos de mi libro, pero no dijo una sola palabra. Podía haber dejado caer que a ella el libro le había gustado, que las novelas pueden escribirse en cualquier momento, pero no lo hizo. Deduje que, más allá de las manifestaciones de simpatía y afecto, en aquellos ambientes tan cultos y tan absorbidos por la pasión política mi libro era considerado una cosita insignificante, y que las páginas que contribuían a su difusión o bien eran consideradas un mal remedo de textos mucho más rompedores, que entre otras cosas yo nunca había leído, o bien merecían aquella etiqueta descalificadora de Franco: «Una historia de amoríos».

Mi cuñada me indicó el cuarto de baño y mi habitación con una cortesía evasiva. Me despedí de Franco, que se marchaba muy temprano. Solo le estreché la mano; él, por su parte, no hizo amago de ir a abrazarme. Lo vi desaparecer en una habitación con Mariarosa y por la expresión sombría de Juan, por la mirada infeliz de Silvia, comprendí que el invitado y la dueña de la casa dormirían juntos.

Me retiré a la habitación que me habían asignado. Me encontré con un fuerte olor a humo rancio, una camita sin hacer, ni una mesita de noche, ni una lámpara más que la débil luz en el centro del techo, periódicos amontonados en el suelo, algunos números del *Menabò*, de *Nuovo impegno*, de *Marcatré*, carísimos libros de arte, algunos de ellos ajados, otros evidentemente intactos. Debajo de la cama localicé un cenicero repleto de colillas, abrí la ventana, lo dejé en el alféizar. Me desnudé. El camisón que me había prestado Mariarosa era demasiado largo y demasiado estrecho. Por el pasillo en penumbra fui descalza hasta el cuarto de baño. No me pesó la falta de cepillo, nadie me había educado para que me lavase los dientes, era una costumbre reciente adquirida en Pisa.

Cuando me metí en la cama traté de borrar al Franco que había visto esa noche y sustituirlo por el Franco de años antes, el muchacho rico y generoso que me había amado, que me había ayudado, que me había comprado de todo, que me había instruido, que me había llevado a París a algunas de sus reuniones políticas y de vacaciones a Versilia, a casa de su familia. No lo conseguí. El presente se impuso con sus turbulencias, los gritos del aula abarrotada, la jerga política que me bullía en la cabeza y se derramaba sobre mi libro menospreciándolo. ¿Acaso me hacía ilusiones sobre mi futuro literario? ¿Tenía razón Franco y había otras cosas que hacer en lugar de escribir novelas? ¿Qué impresión le había causado yo? ¿Qué recuerdo conservaba de nuestro amor, suponiendo que conservara alguno? ¿Se estaría quejando de mí con Mariarosa como Nino se había quejado de Lila conmigo? Estaba afligida, desanimada. Era evidente que la velada, que yo había imaginado dulce y tal vez un tanto melancólica, me pareció triste. No veía la hora de que pasara la noche para regresar a Nápoles. Tuve que levantarme para apagar la luz. Volví a la cama en la oscuridad.

Me costó dormirme. Di vueltas y más vueltas, la cama y la habitación conservaban los olores de otros cuerpos, una intimidad similar a la de mi casa, pero en este caso se componía de rastros de desconocidos, quizá repugnantes. Me quedé traspuesta, pero me desperté de golpe, alguien había entrado en la habitación. Murmuré: ¿Quién es? Me contestó Juan, dijo sin preámbulos con voz suplicante, como si me pidiera un favor importante, casi como una forma de servicio de urgencias:

—¿Puedo dormir contigo?

La petición me pareció tan aburda que, para despertarme del todo, para comprender, pregunté:

—¿Dormir?

—Sí, me acuesto a tu lado, no te molesto, lo único que quiero es no estar solo.

—De ninguna manera.

—¿Por qué?

No supe qué contestar, murmuré:

—Estoy comprometida.

—¿Y qué? Dormimos y nada más.

—Vete, por favor, ni siquiera te conozco.

—Soy Juan, te he enseñado mis obras, ¿qué más quieres?

Noté que se sentaba en la cama, vi su silueta oscura, lo oí respirar, el aliento le olía a puro.

—Por favor —murmuré—, tengo sueño.

—Eres escritora, escribes sobre el amor. Todo lo que nos ocurre alimenta la imaginación y nos ayuda a crear. Déjame estar cerca de ti, es algo de lo que podrás escribir.

Me rozó un pie con la punta de los dedos. No lo aguanté más, me levanté de un salto y fui hacia el interruptor, encendí la luz. Seguía sentado en la cama, en calzoncillos y camiseta.

—Fuera —dije entre dientes y lo hice de una forma tan perentoria, tan visiblemente próxima a gritar, tan decidida a ser la primera en agredirlo y a luchar con todas mis fuerzas, que se levantó despacio y dijo asqueado:

—Eres una mojigata.

Salió. Cerré la puerta a su espalda, no había llave.

Estaba atónita, estaba furiosa, estaba asustada, me bullía en la cabeza un dialecto sanguinario. Esperé un poco antes de meterme otra vez en cama, pero no apagué la luz. ¿Qué daba yo a entender de mí, qué persona parecía que era, qué legitimaba la petición de Juan? ¿Sería por la fama de mujer libre que me estaba dando mi libro? ¿Sería por las palabras políticas que había pronunciado, que evidentemente no solo eran una justa dialéctica, un juego para demostrar que era tan hábil como los hombres, sino que definían toda la persona, incluida la disponibilidad sexual? ¿Era una especie de pertenencia al mismo grupo lo que había llevado a aquel hombre a meterse sin reparo alguno en mi habitación, o a Mariarosa a llevarse a Franco a la suya, ella también sin reparo alguno? ¿Acaso a mí también me había contaminado aquella excitación erótica difusa que había notado en el aula de la universidad, y la irradiaba sin darme cuenta? En Milán me había sentido dispuesta a hacer el amor con Nino, traicionando a Pietro. Pero aquella pasión venía de lejos, justificaba el deseo sexual y la traición, mientras que el sexo por el sexo, aquella petición pura y simple de orgasmo, no, no conseguía cautivarme, no estaba preparada, me disgustaba. ¿Por qué dejarme tocar por el amigo de Adele en Turín, por qué dejarme tocar en esta casa por Juan, qué tenía yo que demostrar, qué querían demostrar ellos? Recordé de pronto el episodio con Donato Sarratore. No tanto la noche en la playa de Ischia, la que había convertido en escena novelesca, sino aquella vez en que había aparecido en la cocina de Nella y yo acababa de meterme en cama y él me besó, me tocó, causándome una oleada de placer en contra de mi propia voluntad. ¿Entre la muchacha de entonces, estupefacta, atemorizada, y la mujer agredida en el ascensor, la mujer que había sufrido aquella irrupción de ahora, existía algún vínculo? ¿El cultísimo Tarratano amigo de Adele, el artista venezolano Juan estaban cortados por el mismo patrón que el padre de Nino, revisor de trenes, poetastro y plumífero?

19

No pude pegar ojo. A los nervios, a los pensamientos contradictorios se sumó Mirko, que empezó a llorar otra vez. Evoqué la fuerte emoción que había sentido al tenerlo entre mis brazos y, como no se calmaba, no pude contenerme. Me levanté, seguí el sonido del llanto, llegué a la puerta desde la que se filtraba la luz. Llamé, Silvia contestó ruda. La habitación era más acogedora que la mía, había en ella un armario, una cómoda, una cama matrimonial en la que estaba sentada la muchacha en baby-doll rosa, las piernas cruzadas, la expresión de rabia. Los brazos abandonados, el dorso de ambas manos sobre la sábana, depositado sobre los muslos desnudos, como una ofrenda votiva, Mirko también desnudo, morado, el agujero negro de la boca abierta de par en par, los ojitos apretados, agitaba brazos y piernas. Al principio me recibió con hostilidad, después se ablandó. Dijo que se sentía una madre incapaz, que no sabía qué hacer, que estaba desesperada. Al final murmuró: Está siempre así, menos cuando come, a lo mejor se siente mal, se me morirá aquí, en la cama, y mientras hablaba la vi muy distinta de Lila, fea, estropeada por las muecas nerviosas de la boca, por los ojos demasiado abiertos. Hasta que se echó a llorar.

El llanto de madre e hijo me enterneció, me hubiera gustado abrazarlos a los dos, estrecharlos, acunarlos. Susurré: ¿Puedo cogerlo en brazos? Entre sollozos me dijo que sí con la cabeza. Le quité al niño del regazo, me lo acerqué al pecho y volví a notar el flujo de olores, sonidos, tibieza, cómo, tras la separación, su energía vital se apresuraba a regresar a mí con alegría. Me paseé por la habitación murmurando una especie de letanía asintáctica que inventé sobre la marcha, una larga e insensata declaración de amor. Milagrosamente Mirko se calmó, se quedó dormido. Lo puse despacio al lado de su madre, pero sin ganas de separarme de él. Temía regresar a mi habitación, una parte de mí estaba segura de que encontraría a Juan y querría quedarse allí.

Silvia me agradeció sin gratitud, un gracias al que añadió una fría enumeración de mis méritos: Eres inteligente, lo sabes todo, sabes hacerte respetar, eres una madre auténtica, afortunados los hijos que tendrás. Me mostré esquiva, me voy, dije. A ella le dio un arrebato de ansiedad, me aferró una mano, me rogó que me quedara: Siente tu presencia, dijo, hazlo por él, dormirá tranquilo. Acepté enseguida. Nos metimos en la cama con el niño en el medio, apagamos la luz. Pero no dormimos, nos pusimos a hablar de nosotras.

En la oscuridad Silvia se volvió menos hostil. Me habló del

asco que había sentido al enterarse de que estaba embarazada. Le había ocultado el embarazo al hombre que amaba y se lo había ocultado a sí misma, se había convencido de que se le pasaría como una enfermedad que debe seguir su curso. Pero mientras tanto su cuerpo reaccionaba, se deformaba. Silvia tuvo que contárselo a sus padres, profesionales muy acomodados de Monza. Le montaron un escándalo, se marchó de casa. En lugar de reconocer que había dejado pasar los meses a la espera de un milagro, en lugar de confesarse que nunca había considerado la posibilidad de abortar por miedo físico, se había puesto a decir que quería el niño por amor al hombre que la había dejado preñada. Él le había dicho: Si tú lo quieres, por amor a ti, yo también lo quiero. Amor ella, amor él; en aquel momento ambos hablaban en serio. Pero al cabo de unos meses, incluso antes de que el embarazo llegara a término, el amor los había abandonado a los dos; Silvia insistió varias veces con pesar en ese punto. No había quedado nada, solo rencor. Se había encontrado sola y, si hasta ese momento había conseguido salir adelante, era gracias a Mariarosa, a la que elogió mucho, habló de ella con gran entusiasmo, una profesora muy buena, realmente de parte de los alumnos, una compañera inestimable.

Le conté que toda la familia Airota era digna de admiración, que estaba comprometida con Pietro, que nos casaríamos en otoño. Ella me soltó: El matrimonio me horroriza y la familia también, son cosas antiguas. Después adoptó de pronto un tono melancólico.

—El padre de Mirko también trabaja en la universidad.

—¿Ah, sí?

—Todo empezó porque cursé su asignatura. Estaba tan seguro

de sí mismo, tan preparado, era tan inteligente, apuestísimo. Tenía todas las cualidades. Y mucho antes de que comenzaran las luchas decía: Debéis reeducar a vuestros profesores, no os dejéis tratar como bestias.

—¿Se ocupa algo del niño?

Soltó una carcajada en la oscuridad, murmuró agria:

—Un hombre, salvo los momentos locos en que lo amas y se mete dentro de ti, se mantiene siempre fuera. Por eso, después, cuando ya no lo amas, te irrita incluso el hecho de pensar que alguna vez lo quisiste. Yo le gusté a él, él me gustó a mí, punto. Me ocurre varias veces al día que alguien me guste. ¿A ti no? Dura un poco, luego se me pasa. Solo queda el niño, es una parte de ti; el padre, en cambio, era un extraño y vuelve a ser un extraño. Ni siquiera su nombre tiene ya el sonido de antes. Nino, decía yo, y no hacía más que repetirlo para mis adentros en cuanto me despertaba, era una palabra mágica. Pero ahora es un sonido que me entristece.

Se quedó callada un rato.

—¿El padre de Mirko se llama Nino? —susurré al final.

—Sí, lo conoce todo el mundo, en la universidad es muy famoso.

—¿Nino qué más?

—Nino Sarratore.

20

Me fui muy temprano, dejé a Silvia durmiendo con el niño prendido al pecho. Del pintor, ni rastro. Logré despedirme de Mariarosa, que se había levantado muy temprano para llevar a Franco a la estación y acababa de regresar. Estaba adormilada, me pareció incómoda.

—¿Has dormido bien? —preguntó.

—He hablado mucho con Silvia.

—¿Te ha dicho lo de Sarratore?

—Sí.

—Sé que sois amigos.

—¿Te lo dijo él?

—Sí. Cotilleamos un poco sobre ti.

—¿Es cierto que Mirko es hijo suyo?

—Sí. —Reprimió un bostezo, sonrió—. Nino es fascinante, las chicas se lo disputan, se lo van pasando. Menos mal que estos son tiempos felices, tomas lo que quieres, más aún porque él desprende una fuerza que habla de alegría y ganas de hacer.

Dijo que el movimiento tenía una gran necesidad de personas como él. Pero, dijo, había que cuidar de él, conseguir que creciera, orientarlo. Las personas muy capaces, dijo, deben ser guiadas, porque dentro de ellas siempre acecha el demócrata burgués, el técnico empresarial, el modernizador. Las dos sentimos no haber tenido tiempo para estar juntas y nos prometimos que en la próxima ocasión trataríamos de ponerle remedio. Recogí el equipaje en el hotel, me fui.

Precisamente en el tren, durante el largo viaje a Nápoles, tomé conciencia de la segunda paternidad de Nino. Una sordidez gris se extendió de Silvia a Lila, de Mirko a Gennaro. Tuve la sensación de que la pasión de Ischia, la noche de amor en la playa de Forio, la relación secreta de la piazza dei Martiri y el embarazo palidecían, quedaban reducidos a un artefacto mecánico que, tras dejar Nápoles, Nino había activado con Silvia y a saber con cuántas otras. Aquello me ofendió, como si llevara a Lila agazapada en un rincón de la cabeza y abrigara sus mismos sentimientos. Me sentí dolida como se habría sentido ella si se hubiese enterado, me enfurecí como si hubiera sufrido el mismo agravio. Nino había traicionado a Lila, me había traicionado a mí. Ella y yo soportábamos la misma humillación, lo amábamos sin haber sido nunca correspondidas. A pesar de sus cualidades era un hombre frívolo, superficial, un organismo animal que chorreaba sudores y fluidos y dejaba a sus espaldas, como el residuo de un placer distraído, la materia viva concebida, nutrida, formada en los vientres femeninos. Recordé aquel día de hacía años, cuando vino a verme al barrio y nos quedamos hablando en el patio y al verlo desde su ventana, Melina lo había confundido con su padre. La ex amante de Donato había captado parecidos para mí inexistentes. Pero ahora estaba claro, ella estaba en lo cierto y yo me había equivocado. Nino no huía en absoluto de su padre por miedo a ser como él, Nino ya era como su padre y no quería reconocerlo.

A pesar de todo no pude detestarlo. En el calor abrasador del tren no solo me acordé de cuando lo había visto en la librería sino que lo integré en acontecimientos, palabras, frases de aquellos días. El sexo me había perseguido, me había invadido, sucio y atractivo, obsesivamente presente en los gestos, las charlas, los libros. Las paredes divisorias se estaban derrumbando, las cadenas de los buenos modales se estaban rompiendo. Y Nino vivía intensamente aquella época. Formaba parte de la agresiva asamblea de la Estatal con su olor intenso, encajaba en el desorden de la casa de Mariarosa, de la que, sin duda, había sido amante. Con su inteligencia, sus deseos, su capacidad de seducción, se movía en aquellos tiempos seguro, curioso. Tal vez me había equivocado al relacionarlo con los sucios deseos de su padre, sus comportamientos pertenecían a otra cultura, y Silvia y Mariarosa habían hecho hincapié en ello: las chicas se lo disputaban, él las tomaba, no había abusos, no había culpa, solo los derechos del deseo. A saber, tal vez cuando Nino me había dicho que Lila estaba mal hecha también en el sexo, quería expresarme que se había terminado el tiempo de las exigencias, que cargar de responsabilidad el placer era una injusticia. Y si estaba cortado por el mismo patrón que su padre, lo cierto era que su pasión por las mujeres hablaba de algo bien distinto.

Sorprendida y contrariada, llegué a Nápoles en el momento en que al pensar en cuánto amaba Nino y cuánto era amado, una parte de mí había cedido y llegado a reconocer: Qué tiene de malo, disfruta de la vida con quien sabe disfrutarla. Y mientras regresaba al barrio, me di cuenta de que precisamente porque todas lo querían y él las tomaba a todas, yo que lo había querido desde siempre, lo quería aún más. Por ello decidí que haría lo imposible por no volver a encontrarme con él. En cuanto a Lila, no sabía cómo comportarme. ¿Callarme, contárselo todo? Cuando la viera, lo decidiría sobre la marcha.

21

En casa no tuve ni quise tener tiempo de volver sobre ese punto. Pietro telefoneó, anunció que la semana siguiente iría a conocer a mis padres. Lo acepté como una desgracia inevitable, me afané por buscarle un hotel, limpiar la casa a fondo, atenuar la ansiedad de mis familiares. Esfuerzo inútil este último, la situación había empeorado. En el barrio habían aumentado los chismes malévolos sobre mi libro, sobre mí, sobre mi continuo viajar sola. Mi madre se había defendido jactándose de que estaba a punto de casarme, pero, para evitar que mi decisión de no hacerlo ante Dios complicara la situación, se había inventado que no me casaba en Nápoles sino en Génova. En consecuencia, los chismes se redoblaron, algo que la exasperó.

Una tarde me encaró con extrema dureza, dijo que la gente leía mi libro, se escandalizaba y hablaba a sus espaldas. Mis hermanos —gritó— habían tenido que darle una paliza a los hijos del carnicero, que me habían llamado zorra; y eso no era todo, le habían partido la cara a un compañero del colegio de Elisa que le había pedido que hiciera cosas feas como su hermana mayor.

—¿Qué escribiste? —me chilló.

—Nada, ma.

—¿Escribiste las porquerías que haces por ahí?

—De qué porquerías hablas, léelo.

—No tengo tiempo que perder con tus chorradas.

—Entonces déjame en paz.

—Si tu padre se entera de lo que dicen de ti, te echa de casa.

—No hace falta, me voy yo.

A última hora de la tarde salí a dar un paseo para no echarle en cara cosas de las que luego me arrepentiría. Por la calle, en los jardincillos, en la avenida, tuve la impresión de que la gente me miraba con insistencia, sombras rabiosas de un mundo en el que ya no vivía. En un momento dado me crucé con Gigliola, que volvía del trabajo. Vivíamos en el mismo edificio, cubrimos el trayecto juntas, pero temí que tarde o temprano encontrase la manera de decirme algo irritante. Sin embargo, para mi sorpresa, se expresó con timidez, ella que siempre era agresiva cuando no malvada:

—Leí tu libro, es bonito, hay que tener valor para escribir esas cosas.

Me puse tensa.

—¿Qué cosas?

—Las que haces en la playa.

—No las hago yo, las hace el personaje.

—Sí, pero las contaste muy bien, Lenù, tal como pasan, con esa suciedad. Son secretos que se saben únicamente si se es mujer. —Me agarró del brazo, me obligó a pararme, murmuró—: Si ves a Lina, dile que tenía razón, tengo que reconocérselo. Hizo bien en mandar a tomar por saco al marido, a la madre, al padre, al hermano, a Marcello, a Michele, y a toda esa mierda. Yo también debería haber huido de aquí, tomar ejemplo de vosotras dos que sois inteligentes. Pero qué le voy a hacer, nací estúpida.

Ya no nos dijimos nada importante, yo me quedé en mi rellano, ella se fue a su casa. Pero aquellas frases se me quedaron en la cabeza. Me sorprendió que hubiese unido arbitrariamente la caída de Lila y mi ascenso, como si al compararlos con su condición tuviesen la misma carga positiva. Pero sobre todo se me quedó grabado el hecho de que en la suciedad de mi relato había reconocido la suciedad de su propia experiencia. Era algo nuevo, no supe cómo valorarlo. Con más razón porque llegó Pietro y durante un tiempo se me olvidó.

22

Fui a recogerlo a la estación, lo acompañé a la via Firenze, a un hotel que me había aconsejado mi padre y por el que me había decidido. Pietro me pareció más nervioso que mi familia. Bajó del tren desaliñado como siempre, la cara cansada, enrojecida por el calor, arrastrando una maleta enorme. Quiso comprar un ramo de flores para mi madre y, en contra de su costumbre, no estuvo satisfecho hasta que le pareció lo bastante grande, lo bastante caro. Al llegar al hotel me dejó en el vestíbulo con las flores, juró que bajaría enseguida, reapareció al cabo de media hora con traje azul, camisa blanca, corbata celeste y zapatos bien lustrados. Me eché a reír, me preguntó: ¿No estoy bien? Lo tranquilicé, estaba la mar de bien. Pero por la calle noté las miradas de los hombres, las risitas burlonas, como si yo fuera sola, es más, con una pizca añadida de saña, como si quisieran destacar que mi acompañante no merecía respeto. Pietro, con aquel enorme ramo de flores que no me dejó llevar a mí, tan respetable en todos los detalles, en mi ciudad estaba fuera de lugar. Aunque me pasara el brazo libre por los hombros, tuve la sensación de que era yo quien debía protegerlo a él.

Nos abrió Elisa, luego llegó mi padre, después mis hermanos, todos vestidos de tiros largos, todos demasiado cordiales. Por último se dejó ver mi madre, el ruido de sus andares torcidos nos llegó inmediatamente después de la descarga de la cisterna del retrete. Se había marcado el pelo y puesto colorete en los labios y las mejillas, pensé que en otros tiempos había sido una muchacha hermosa. Aceptó las flores con suficiencia, pasamos al comedor que, para la ocasión, no conservaba rastros de las camas que hacíamos por la noche y recogíamos por la mañana. Todo estaba como los chorros del oro, la mesa estaba puesta con primor. Mi madre y Elisa se habían pasado días cocinando, y eso hizo que la cena fuese interminable. Pietro me dejó pasmada, se volvió muy comunicativo. Le preguntó a mi padre por su trabajo en el ayuntamiento y le dio cuerda hasta el punto de que mi padre se olvidó de su italiano forzado y se puso a contar en dialecto anécdotas divertidas sobre los empleados del ayuntamiento que mi novio, pese a entender poco, demostró apreciar muchísimo. En especial, comió como no había visto hacerlo jamás, y no solo felicitó a mi madre y a mi hermana por cada plato, sino que él, que era incapaz de freír un huevo, se interesó por los ingredientes de cada plato como si entre sus planes estuviera meterse pronto en la cocina. Fue tal su predilección por el *gâteau* de patatas que mi madre terminó sirviéndole una segunda ración muy abundante y le prometió, si bien con su tono apático, que le haría otro antes de que se marchara. Al cabo de poco el ambiente se hizo agradable. Hasta Peppe y Gianni renunciaron a salir con sus amigos.

Después de cenar llegó el momento crucial. Pietro se puso muy serio y le pidió mi mano a mi padre. Utilizó esa misma fórmula con voz emocionada, lo que hizo que a mi hermana le brillaran los ojos y divirtió a mis hermanos. Mi padre se sintió incómodo, farfulló frases de simpatía por un profesor tan bueno y serio que lo honraba con aquella petición. Y la velada parecía por fin llegar a su conclusión, cuando intervino mi madre.

—Nosotros no estamos de acuerdo en que no os caséis por la iglesia —dijo furiosa—, un matrimonio sin cura no es un matrimonio.

Silencio. Mis padres debieron de llegar a un acuerdo secreto y mi madre asumió el deber de hacerlo público. Pero mi padre no supo resistir y enseguida obsequió a Pietro con una media sonrisa para indicarle que él, pese a formar parte de aquel nosotros invocado por su mujer, estaba dispuesto a rebajar sus pretensiones. Pietro correspondió a la sonrisa, pero en esta ocasión no lo consideró un interlocutor válido y se dirigió únicamente a mi madre. Le había hablado de la hostilidad de mis padres, estaba preparado. Arrancó con un discurso sencillo, afectuoso pero, como era habitual en él, muy claro. Dijo que comprendía, pero que a su vez deseaba ser comprendido. Dijo que tenía en muy gran estima a cuantos se encomendaban con sinceridad a un dios, pero que él no había sentido la necesidad de hacerlo. Dijo que no ser creyente no suponía no creer en nada, pues él tenía sus convicciones y una fe absoluta en su amor por mí. Dijo que era ese amor lo que consolidaría nuestro matrimonio, no un altar, un cura, un funcionario del ayuntamiento. Dijo que su rechazo de la ceremonia religiosa era para él una cuestión de principio y que, seguramente, yo dejaría de amarlo, o seguramente lo amaría menos, si él demostraba ser un hombre sin principios. Dijo, en fin, que seguramente mi propia madre se negaría a confiar a su hija a una persona dispuesta a derribar aunque fuera uno solo de los pilares en que había fundado su propia existencia.

Al oír aquellas palabras mi padre dio grandes muestras de consenso, y mis hermanos se quedaron boquiabiertos, Elisa se emocionó otra vez. Pero mi madre no se inmutó. Dedicó unos instantes a palpar su alianza, después miró a Pietro a la cara y en lugar de insistir en el tema para mostrarse persuadida o volver a discutir, empezó a encomiarme con gélida determinación. Desde pequeña yo había sido una niña fuera de lo común. Había hecho cosas que ninguna otra chica del barrio había conseguido hacer. Yo era su orgullo, el orgullo de toda la familia. Yo nunca la había decepcionado. Yo me había ganado el derecho a ser feliz y si alguien llegaba a hacerme sufrir, ella lo haría sufrir mil veces más.

La escuché sin saber dónde meterme. Mientras hablaba traté de adivinar si lo decía en serio o, como era habitual en ella, pretendía aclararle a Pietro que le importaban un bledo su título de profesor y su palabrería, que no era él quien le hacía un favor a los Greco, sino que los Greco le hacían un favor a él. No lo conseguí. Pero mi novio se lo creyó a pies juntillas y mientras mi madre hablaba no hizo más que asentir. Cuando por fin ella calló, Pietro le dijo que sabía muy bien cuánto valía yo y que le estaba agradecido por haberme educado así. Luego metió la mano en un bolsillo de la chaqueta y sacó un estuche azul que me tendió con gesto tímido. Pero ¿esto qué es, pensé, me dio un anillo y ahora me da otro? Entretanto abrí el estuche. Contenía nada menos que un anillo hermosísimo, de oro rojo con un engarce de amatista rodeado de brillantes. Pietro murmuró: Era de mi abuela, la madre de mi madre, y en casa estamos todos contentos de que lo tengas tú.

Aquel regalo fue la señal de que la ceremonia había terminado. Volvimos a beber, mi padre se puso otra vez a contar hechos divertidos de su vida privada y laboral, Gianni le preguntó a Pietro de qué equipo era, Peppe lo desafió a echar un pulso. Mientras tanto yo ayudé a mi hermana a recoger. En la cocina cometí el error de preguntarle a mi madre:

—¿Qué te ha parecido?

—¿El anillo?

—Pietro.

—Es feo, tiene los pies torcidos.

—Papá no era mejor.

—¿Qué tienes tú que decir de tu padre?

—Nada.

—Entonces cállate, solo con nosotros sabes ser prepotente.

—No es cierto.

—¿No? ¿Y por qué te dejas mandar? Si él tiene principios, ¿acaso tú no tienes los tuyos? Hazte respetar.

—Ma —intervino Elisa—, Pietro es un señor y tú no sabes qué es un señor de verdad.

—¿Y tú sí? Ándate con ojo, que eres pequeña y si no sabes estar en tu sitio, te doy un bofetón. ¿Has visto qué pelo tiene? ¿Un señor lleva el pelo así?

—Un señor no tiene la belleza normal, ma, un señor se nota, tiene clase.

Mi madre fingió querer golpearla, y riendo mi hermana me sacó de la cocina y dijo alegre:

—Dichosa tú, Lenù. Qué refinado es Pietro, cómo te quiere. Te ha dado nada menos que el anillo antiguo de su abuela, ¿me lo dejas ver?

Volvimos al comedor. Todos los hombres de la casa querían echar un pulso con mi novio, les gustaba mostrarse superiores al profesor por lo menos en las pruebas de fuerza. Él no se achicó. Se quitó la chaqueta, se arremangó la camisa, se sentó a la mesa. Perdió con Peppe, perdió con Gianni, también perdió con mi padre. Pero me sorprendió el empeño con que se tomó la competición. Se puso morado, se le hinchó una vena de la frente, discutió porque sus adversarios violaban sin pudor las reglas de la confrontación. Sobre todo resistió con tozudez contra Peppe y Gianni, que levantaban pesas, contra mi padre, que era capaz de desenroscar pernos solo con la fuerza de sus dedos. Temí todo el tiempo que, con tal de no ceder, se dejara romper el brazo.

23

Pietro se quedó tres días. Mi padre y mis hermanos se encariñaron con él rápidamente. Estos últimos sobre todo se alegraban de que no se diera aires y que se interesara por ellos a pesar de que la escuela los había considerado incapaces. Mi madre, por su parte, siguió tratándolo sin afecto y solo se ablandó el día antes de que se fuera. Era domingo, mi padre dijo que quería enseñarle a su yerno lo bonita que era Nápoles. El yerno aceptó, nos propuso que comiéramos fuera.

—¿En un restaurante? —preguntó mi madre, frunciendo el ceño.

—Sí, señora, tenemos que celebrarlo.

—Mejor que cocine yo, habíamos dicho que te haría el *gâteau*.

—No, gracias, usted ya ha trabajado bastante.

Mientras nos preparábamos mi madre me preguntó en un aparte:

—¿Paga él?

—Sí.

—¿Segura?

—Segura, ma, nos ha invitado él.

Fuimos endomingados al centro por la mañana temprano. Y ocurrió algo que nos maravilló, a mí en primer lugar. Mi padre se había impuesto el deber de hacer de guía. Enseñó al invitado el Macho Angevino, el Palacio Real, las estatuas de los reyes, Castel dell'Ovo, la via Caracciolo y el mar. Pietro lo escuchaba con expresión muy atenta. Pero a partir de un momento dado él, que venía por primera vez a nuestra ciudad, pasó con discreción a contárnosla, a descubrírnosla. Fue bonito. Yo nunca había mostrado un interés especial por el ambiente de mi infancia y mi adolescencia, y me maravilló que Pietro supiese hablar de él con tan admirada erudición. Dio pruebas de conocer la historia de Nápoles, su literatura, las fábulas, las leyendas, muchas anécdotas, los monumentos visibles y los ocultos por la negligencia. Me figuré que en parte conocía la ciudad porque era un hombre que lo sabía todo y, en parte, porque la había estudiado a fondo, con su rigor habitual, porque era mi ciudad, porque mi voz, mis gestos, todo mi cuerpo habían recibido su influjo. Naturalmente, mi padre no tardó en sentirse desautorizado, mis hermanos se aburrieron. Lo noté, le hice señas a Pietro para que lo dejara. Él se sonrojó, se calló enseguida. Pero mi madre, con uno de sus giros imprevisibles, se le colgó de un brazo y le dijo:

—Sigue, me gusta, nadie me ha contado nunca estas cosas.

Fuimos a comer a un restaurante de Santa Lucia que, según mi padre (nunca había ido, pero le habían hablado de él), era magnífico.

—¿Puedo pedir lo que quiera? —me susurró Elisa al oído.

—Sí.

El tiempo pasó agradablemente, sin darnos cuenta. Mi madre bebió demasiado y dijo alguna grosería, mi padre y mis hermanos empezaron a bromear entre ellos y con Pietro. Yo no perdí de vista a mi futuro marido, tenía la certeza de que lo quería, era una persona que conocía su propia valía y, sin embargo, si hacía falta, se olvidaba de sí mismo con naturalidad. Por primera vez me fijé en su tendencia a escuchar, el tono de voz comprensivo como el de un confesor laico, y me gustaron. Quizá debí convencerlo para que se quedara un día más y llevarlo a casa de Lila, decirle: Me caso con este hombre, estoy a punto de marcharme de Nápoles con él, ¿qué me dices, hago bien? Y estaba sopesando aquella posibilidad cuando cinco o seis estudiantes que ocupaban una mesa próxima y celebraban no sé qué comiendo una pizza, empezaron a mirar con insistencia en nuestra dirección y a reírse. Comprendí enseguida que Pietro les parecía cómico por las cejas muy pobladas, por la mata de pelo alta sobre la frente. Al cabo de pocos minutos mis hermanos se levantaron a la vez, fueron a la mesa de los estudiantes y armaron una pelotera con la violencia de siempre. Hubo un alboroto, gritos, algún puñetazo. Mi madre gritó insultos en apoyo de sus hijos, mi padre y Pietro corrieron a separarlos. Pietro se mostró casi divertido, parecía no haber entendido el motivo de la pelea. Ya en la calle dijo irónico: ¿Es una costumbre local, os levantáis de repente y vais a pegarle a los de la mesa de al lado? Al final, él y mis hermanos acabaron más alegres y más unidos que antes. En cuanto pudo, mi padre llamó aparte a Peppe y Gianni y les reprochó el papel de maleducados que habían hecho delante del profesor. Oí que Peppe se justificaba casi susurrando: Se estaban burlando de Pietro, papá, ¿qué coño querías que hiciéramos? Me gustó que dijera Pietro y no el profesor, pues con eso daba a entender que había que considerarlo parte de la familia, alguien de casa, un amigo de muy grandes cualidades, y que, aunque su aspecto fuera un tanto anómalo, nadie le tomaría el pelo en su presencia. Entretanto, aquel incidente me convenció de que era mejor no llevar a Pietro a casa de Lila, la conocía, era mala, lo habría encontrado ridículo y se habría burlado de él como los muchachos del restaurante.

Por la noche, agotados tras pasar el día fuera, comimos algo en casa y luego volvimos a salir todos juntos, acompañamos a mi novio hasta la puerta de su hotel. En el momento de despedirnos, mi madre, que estaba eufórica, de pronto le estampó dos sonoros besos en las mejillas. Pero cuando regresamos al barrio poniendo a Pietro por las nubes, ella se mantuvo distante todo el trayecto sin abrir la boca. Solo antes de retirarse a su dormitorio me dijo con rencor:

—Tienes mucha suerte, no te lo mereces a ese pobre muchacho.

24

El libro se vendió a lo largo de todo el verano, yo seguí hablando de él por toda Italia. Ahora procuraba defenderlo con tono indiferente, a veces enfriando al público más indiscreto. De vez en cuando me venían a la cabeza las palabras de Gigliola y las mezclaba con las mías tratando de encontrarles un hueco.

Entretanto, a principios de septiembre, Pietro se trasladó a Florencia, a un hotelito cerca de la estación, y se puso a buscar casa. Encontró un pequeño apartamento de alquiler por la zona de Santa Maria del Carmine y lo fui a ver enseguida. Tenía dos habitaciones oscuras, en pésimo estado. La cocina era diminuta, el baño no tenía ventana. En el pasado, cuando iba a estudiar al flamante apartamento de Lila, a menudo ella dejaba que me tendiera en su bañera reluciente y disfrutara de la tibieza y la gruesa capa de espuma. La bañera de la casa de Florencia estaba mellada, amarillenta, era de esas en las que hay que sentarse. Pero reprimí el descontento, dije que me parecía bien; Pietro empezaba el curso, tenía trabajo, no podía perder tiempo. No obstante, en comparación con la casa de mis padres era un palacio.

Cuando Pietro se disponía a firmar el contrato de alquiler, Adele hizo una escapada y no se mostró tan tímida como yo. Opinó que el apartamento era un tugurio por completo inadecuado para dos personas que debían pasar gran parte de su tiempo encerradas en casa trabajando. Por ello hizo lo que su hijo no había hecho y que habría podido hacer. Cogió el teléfono y, sin hacer caso de la contrariedad manifiesta de Pietro, movilizó a unos cuantos conocidos florentinos, toda gente con cierto poder. A los pocos días encontró en San Niccolò, por un alquiler irrisorio porque era un favor, cinco habitaciones luminosas, una cocina grande, un baño pasable. No se conformó con eso: mandó hacer unas reformas por su cuenta, me ayudó a amueblar la casa. Enumeraba posibilidades, daba consejos, me guiaba. Con frecuencia comprobé que no se fiaba ni de mi docilidad ni de mi gusto. Si decía que sí, quería enterarse bien si yo estaba realmente de acuerdo, si decía que no, me perseguía hasta que cambiaba de opinión. En general, hacíamos siempre lo que ella decía. Por otra parte, raras veces me oponía, la seguía sin tensiones, es más, me esforzaba por aprender. Me subyugaba el ritmo de sus frases, su gesto, sus peinados, sus vestidos, sus zapatos, sus broches, sus collares, sus pendientes siempre hermosísimos. Y a ella le gustaba mi actitud de alumna aplicada. Me convenció para que me cortara el pelo muy corto, me animó a comprar ropa de su gusto en una tienda carísima que le hacía grandes descuentos, me regaló un par de zapatos que le gustaban y que se habría comprado para ella pero no los consideraba adecuados para su edad, incluso me llevó a ver a un amigo suyo dentista.

Entretanto, ya fuera porque, según Adele, el apartamento requería siempre nuevos arreglos, ya fuera porque Pietro estaba agobiado con el trabajo, la boda se aplazó del otoño a la primavera, lo que permitió a mi madre prolongar su guerra para sacarme dinero. Traté de evitar conflictos demasiado duros demostrándole que no me olvidaba de mi familia de origen. Cuando llegó el teléfono, hice pintar el pasillo y la cocina, mandé colocar un nuevo papel pintado de flores color vino en el comedor, le regalé un abrigo a Elisa, compré un televisor a plazos. Llegó un momento en que también me hice un regalo: me apunté a una autoescuela, aprobé fácilmente el examen, me saqué el carnet de conducir. Mi madre se puso furiosa:

—¿Te gusta tirar el dinero? ¿Para qué necesitas tú el carnet de conducir si no tienes coche?

—Ya veremos.

—¿Quieres comprarte un coche, ¿eh? ¿Cuánto dinero tienes guardado?

—No es asunto tuyo.

Pietro tenía coche, una vez casada contaba con usar el suyo. Cuando él regresó a Nápoles, precisamente en coche, para llevar a sus padres a conocer a los míos, me dejó conducir un poco por el barrio viejo y el nuevo. Recorrí al volante la avenida, pasé delante de la escuela primaria, de la biblioteca, subí por las calles donde Lila había tenido su casa tras la boda, di la vuelta, bordeé los jardincillos y aquella experiencia de conducción es lo único divertido que recuerdo. Por lo demás, fue una tarde horrible a la que siguió una cena interminable. Pietro y yo hicimos un gran esfuerzo para sacar a las dos familias de su incomodidad, eran mundos tan distantes que los silencios fueron muy prolongados. Cuando los Airota se marcharon cargados con una cantidad enorme de sobras que mi madre se empeñó en darles, de repente tuve la sensación de estar equivocándome en todo. Yo venía de esa familia, Pietro de la otra, cada uno llevaba en el cuerpo a sus antepasados. ¿Cómo iría nuestro matrimonio? ¿Qué me esperaba? ¿Prevalecerían las afinidades sobre las diferencias? ¿Sería capaz de escribir otro libro? ¿Cuándo, sobre qué? ¿Y Pietro me apoyaría? ¿Y Adele? ¿Y Mariarosa?

Una noche, mientras tales pensamientos me daban vueltas en la cabeza, me llamaron desde la calle. Corrí a la ventana, había reconocido enseguida la voz de Pasquale Peluso. Comprobé que no estaba solo, Enzo lo acompañaba. Me alarmé. ¿A esa hora Enzo no debía estar en San Giovanni a Teduccio, en casa, con Lila y Gennaro?

—¿Puedes bajar? —me gritó Pasquale.

—¿Qué ocurre?

—Lina no se siente bien y quiere verte.

Voy, dije, y me lancé escaleras abajo a pesar de que mi madre gritó a mis espaldas: Adónde vas a estas horas, vuelve aquí.

25

Hacía mucho que no veía a Pasquale y a Enzo, pero no hubo rodeos, habían venido por Lila y me hablaron enseguida de ella.

Pasquale se había dejado la barba como el Che Guevara y dio la impresión de que esa decisión lo mejoraba. Sus ojos parecían más grandes y más intensos, el bigote poblado le cubría los dientes picados incluso cuando reía. Pero Enzo no había cambiado, siempre silencioso, siempre concentrado. Solo cuando nos montamos en el viejo coche de Pasquale caí en la cuenta de lo sorprendente que era verlos juntos. Estaba convencida de que en el barrio ya nadie quería saber nada de Lila y Enzo. Sin embargo, las cosas no eran así: Pasquale iba a verlos a su casa, había acompañado a Enzo a buscarme, Lila los había enviado juntos a mi casa.

Fue Enzo quien me contó lo sucedido a su manera parca y ordenada. Al salir de trabajar en una obra por la zona de San Giovanni a Teduccio, Pasquale debía ir a cenar a casa de ellos. Pero Lila, que solía volver de la fábrica sobre las cuatro y media, todavía no había aparecido a las siete, cuando llegaron Enzo y Pasquale. En el apartamento no había nadie, Gennaro estaba en casa de la vecina. Los dos se pusieron a cocinar, Enzo le dio de comer al niño. Lila apareció sobre las nueve, palidísima, muy nerviosa. No respondió a las preguntas de Enzo y Pasquale. La única frase que dijo, pero con tono de pánico era: Se me están despegando las uñas. Era falso, Enzo le cogió las manos para comprobarlo, las uñas estaban en su sitio. Entonces ella se enojó y se encerró en su habitación con Gennaro. Al cabo de un rato pidió a gritos que fueran a ver si yo estaba en el barrio, quería hablar conmigo urgentemente.

—¿Habéis discutido? —le pregunté a Enzo.

—No.

—¿Se encontraba mal, se ha hecho daño en el trabajo?

—Creo que no, no lo sé.

—Ahora no nos angustiemos —me dijo Pasquale—. ¿Qué te apuestas a que cuando Lina te vea se calma? No sabes cómo me alegro de que te hayamos encontrado, ahora eres una persona importante, estarás muy ocupada.

Como me mostraba esquiva, citó como prueba el antiguo artículo de *L'Unità* y Enzo asintió con la cabeza para indicar que él también lo había leído.

—Lila también lo leyó —dijo.

—¿Y qué dijo?

—Estaba encantada con la foto.

—Pero daban a entender —protestó Pasquale— que todavía eras estudiante. Deberías escribir una carta al periódico para decirles que ya tienes el título.

Se quejó de todo el espacio que *L'Unità* dedicaba a los estudiantes. Enzo le dio la razón, hacían comentarios no muy alejados de los que había oído en Milán, aunque la jerga era más tosca. Estaba claro que en especial Pasquale quería entretenerme con argumentos dignos de alguien que, pese a ser amiga de ellos, aparecía en *L'Unità* con foto y todo. Aunque quizá lo hicieron también para mitigar la angustia, la de ellos y la mía.

Escuché lo que contaban. Comprendí enseguida que su relación se había fortalecido precisamente gracias a la pasión política. Se encontraban a menudo después del trabajo, en reuniones del partido o de no sé qué comité. Los escuché, intervine por educación, replicaron, pero entretanto no conseguí quitarme de la cabeza a Lila carcomida por vete a saber qué angustia, ella que siempre era tan resistente. Cuando llegamos a San Giovanni me pareció que estaban orgullosos de mí, Pasquale, en particular, no se había perdido una sola de mis palabras y con frecuencia me miraba por el espejo retrovisor. Aunque conservaba su tono sabelotodo de siempre —era secretario de la sección del Partido Comunista del barrio—, en realidad atribuía a mi consenso político el poder de ratificar que estaba en lo cierto. Tanto es así que cuando se sintió abiertamente apoyado, me comentó con cierto pesar que él, Enzo y otros estaban abocados a un duro enfrentamiento dentro del partido, que antes de romper con las vacilaciones y plantear la confrontación —lo dijo enojado, golpeando el volante con las manos— prefería esperar un silbido de Aldo Moro, como cuando se llama a un perro obediente.

—¿Qué opinas? —preguntó.

—Es así —dije.

—Eres lista —me alabó entonces con solemnidad mientras subíamos las sucias escaleras—, siempre lo has sido. ¿No, Enzo?

Enzo asintió con la cabeza, pero comprendí que su preocupación por Lila aumentaba como la mía con cada escalón que subíamos, y se sentía culpable por haberse distraído con la conversación. Abrió la puerta, dijo en voz alta ya estamos aquí, me indicó una puerta con la mitad cubierta por un cristal esmerilado de la que provenía una claridad de pocos vatios. Llamé con suavidad, entré.

26

Lila estaba acostada en un catre, completamente vestida. Gennaro dormía a su lado. Pasa, me dijo, sabía que vendrías, dame un beso. La besé en las dos mejillas, me senté en la camita vacía que debía de ser la de su hijo. ¿Cuánto tiempo había pasado desde la última vez que la vi? La encontré todavía más delgada, más pálida, tenía los ojos enrojecidos, las fosas nasales agrietadas, las manos largas llenas de cortes. Siguió hablando casi sin pausas, en voz baja para no despertar al niño: Te he visto en los periódicos, qué guapa estás, qué bonito pelo, lo sé todo de ti, sé que te casas, él es profesor, bien hecho, te vas a vivir a Florencia, perdona que te haya hecho venir a estas horas, es que la cabeza no me ayuda, se me despega como el papel pintado, menos mal que estás aquí.

—¿Qué ocurre? —le pregunté e hice ademán de acariciarle una mano.

Bastaron aquella pregunta, aquel gesto. Abrió los ojos como platos, se agitó, retiró la mano bruscamente.

—No estoy bien —dijo—, pero espera, no te asustes, ahora me calmo.

Se calmó. Dijo despacio, recitando casi cada palabra:

—Te he molestado, Lenù, porque me tienes que prometer una cosa, eres la única de quien me fío. Si llegara a pasarme algo, si acabo en el hospital, si me llevan al manicomio, si no me encuentran más, tú tienes que ocuparte de Gennaro, debes llevarlo contigo, educarlo en tu casa. Enzo es bueno, es honrado, me fío de él, pero al niño no puede darle lo que tú le puedes dar.

—¿Por qué dices esas cosas? ¿Qué te ocurre? Si no me lo cuentas, no lo entiendo.

—Antes debes prometérmelo.

—De acuerdo.

Se agitó otra vez, me asustó.

—No, no me digas de acuerdo. Debes decirme, aquí y ahora, que te quedarás con el niño. Y si te hiciera falta dinero, busca a

Nino, dile que debe ayudarte. Pero prométeme: «Al niño lo educo yo».

La miré indecisa, se lo prometí. Se lo prometí y estuve escuchándola toda la noche.

27

Tal vez esta es la última vez que hablo de Lila con todo lujo de detalles. Después ella se volvió cada vez más huidiza y el material a mi disposición se empobreció. Por culpa de la divergencia de nuestras vidas, por culpa de la distancia. Sin embargo, incluso cuando viví en otras ciudades y no nos veíamos casi nunca y ella, como de costumbre, nunca me daba noticias suyas y yo me esforzaba en no pedírselas, su sombra me acicateaba, me deprimía, me henchía de orgullo, me desinflaba, impidiendo que me tranquilizara.

Hoy, cuando escribo, aquel acicate me resulta aún más necesario. Quiero que ella esté, por eso escribo. Quiero que borre, que añada, que colabore en nuestra historia volcando en ella, según su inspiración, las cosas que sabe, que dijo o que pensó: aquella vez que se encontró delante de Gino, el fascista; aquella vez que conoció a Nadia, la hija de la profesora Galiani; aquella vez que regresó a la casa del corso Vittorio Emanuele donde tiempo antes se había sentido fuera de lugar; la vez que observó con crudeza su experiencia del sexo. En mi incomodidad mientras la escuchaba, en los dolores, en las pocas cosas que le dije durante su largo relato, pensaré después.

28

En cuanto *El hada azul* se convirtió en cenizas volátiles en la hoguera de la explanada, Lila regresó al trabajo. No sé cuánto influyó en ella nuestro encuentro, seguramente durante días se sintió infeliz pero consiguió no preguntarse por qué. Había aprendido que buscar motivos le hacía daño y esperó que la infelicidad se transformara primero en un mal humor genérico, luego en melancolía y, por último, en el afán normal de cada día: ocuparse de Gennaro, rehacer las camas, mantener la casa limpia, lavar y planchar la ropa del niño, de Enzo y la suya, preparar la comida para los tres, dejar a Rino en casa de la vecina con mil recomendaciones, correr a la fábrica y soportar la fatiga y los atropellos, regresar y dedicarse a su hijo y también un poco a los niños con los que Gennaro jugaba, ocuparse de la cena, comer otra vez los tres juntos, acostar a Gennaro mientras Enzo recogía y lavaba los platos, regresar a la cocina para ayudarlo a estudiar, algo que él valoraba mucho y que ella, aunque cansada, no quería negarle.

¿Qué veía en Enzo? Bien mirado, creo que lo mismo que había querido ver en Stefano y en Nino: una forma de reorganizarlo todo por fin del modo adecuado. Pero mientras que Stefano, tras quitarse la máscara del dinero, había resultado ser una persona peligrosa y sin sustancia; mientras que Nino, tras quitarse la máscara de la inteligencia, se había convertido en un humo negro de dolor, de momento le parecía que Enzo era incapaz de darle sorpresas desagradables. Había sido el niño de la primaria que ella, por oscuros motivos, siempre había respetado, y ahora era un hombre tan íntimamente compacto en todos sus gestos, tan decidido frente al mundo y tan tolerante con ella, que excluía que pudiese deformarse de golpe.

Es verdad, no dormían juntos, Lila no podía. Cada cual se encerraba en una habitación, y ella lo oía moverse al otro lado de la pared hasta que cesaban los ruidos y solo quedaban los de la casa, los del edificio y de la calle. Le costaba conciliar el sueño a pesar del cansancio. En la oscuridad todos los motivos de infelicidad que, por prudencia, había dejado sin nombre, se mezclaban y se concentraban en Gennaro. Pensaba: ¿Qué será de este niño? Pensaba: No debo llamarlo Rinuccio, de ese modo lo empujo a retroceder al dialecto. Pensaba: Tengo que ayudar también a los niños con los que juega si no quiero que, a fuerza de estar con ellos, se eche a perder. Pensaba: No tengo tiempo, ya no soy la de antes, ya no escribo, ya no leo ni un solo libro.

A veces notaba un peso en el pecho. Se alarmaba, encendía la luz en mitad de la noche, miraba a su hijo dormido. Veía en él poco o nada de Nino, Gennaro le recordaba más bien a su hermano. Cuando era más pequeño, el niño la seguía a todas partes, pero ahora se aburría, gritaba, quería irse a jugar, le decía palabrotas. Lo quiero mucho —reflexionaba Lila—, pero ¿lo quiero mucho tal como es? Fea pregunta. Cuanto más examinaba a su hijo y aunque su vecina lo encontrara muy inteligente, más notaba que no estaba saliendo como ella hubiera querido. Sentía que los años que se había dedicado solo a él no habían servido, ahora consideraba falso que la calidad de una persona dependiera de la calidad de su primera infancia. Había que ser constantes, y Gennaro no tenía constancia; por otra parte, ella tampoco la tenía. Se me va la cabeza continuamente, se decía, yo estoy mal hecha y él está mal hecho. Después se avergonzaba de pensar así, le susurraba al niño dormido: Eres listo, ya sabes leer, ya sabes escribir, sabes sumar y restar, tu madre es una estúpida, nunca está contenta. Besaba al pequeño en la frente, apagaba la luz.

Pero seguía sin poder conciliar el sueño, sobre todo cuando Enzo regresaba tarde y se iba a la cama sin invitarla a estudiar. En esas ocasiones, Lila imaginaba que había estado con alguna puta o que tenía una amante, una obrera de la fábrica donde trabajaba, una militante de la célula comunista en la que se había inscrito enseguida. Los hombres son así, pensaba, al menos los que yo conocí, tienen que chingar sin parar si no, no son felices. Dudo que Enzo sea distinto, por qué debería serlo. Por lo demás, yo lo he rechazado, lo he dejado solo en la cama, no puedo exigir nada. Solo temía que él se enamorara y la echara. No le preocupaba encontrarse sin casa, tenía un trabajo en la fábrica de embutidos y se sentía fuerte, sorprendentemente, mucho más fuerte que cuando se había casado con Stefano y se había visto con mucho dinero pero sometida a él. Más bien la aterraba perder la gentileza de Enzo, la atención que prestaba a cada una de sus ansiedades, la fuerza tranquila que desprendía y gracias a la cual la había salvado, primero de la ausencia de Nino, después de la presencia de Stefano. Máxime porque en las condiciones de vida que llevaba ahora, él era el único que seguía gratificándola al atribuirle capacidades extraordinarias.

—¿Sabes qué significa esto?

—No.

—Míralo bien.

—Es alemán, Enzo, no entiendo el alemán.

—Pero si te concentras, al cabo de un tiempo lo entenderás —le decía él, medio en broma, medio en serio.

Enzo, que había hecho un gran esfuerzo para obtener el diploma y lo había conseguido, la consideraba a ella, que no había pasado de quinto curso de la primaria, dotada de una inteligencia mucho más ágil que la suya y le atribuía la virtud milagrosa de dominar enseguida cualquier materia. De hecho, cuando a partir de poquísimos elementos se había convencido no solo de que los lenguajes de programación de los ordenadores albergaban el futuro de la humanidad, sino de que la élite que se adelantara a dominarlos desempeñaría un papel excepcional en la historia del mundo, de inmediato se dirigió a ella.

—Ayúdame.

—Estoy cansada.

—Llevamos un asco de vida, Lina, tenemos que cambiar.

—A mí me va bien así.

—El niño está todo el día con extraños.

—Es mayor, no puede vivir bajo una campana de cristal.

—Fíjate cómo tienes las manos.

—Son mis manos y hago con ellas lo que me da la gana.

—Quiero ganar más, para ti y para Gennaro.

—Tú ocúpate de tus cosas que yo me ocupo de las mías.

Reacciones ásperas, como siempre. Enzo se había matriculado en un curso por correspondencia con entregas mensuales —algo caro para sus bolsillos, con exámenes periódicos que había que enviar a un centro internacional de procesamiento de datos con sede en Zurich, que los devolvía corregidos—, y poco a poco había interesado a Lila y ella se esforzaba por seguirle el ritmo. Pero se comportaba de una forma completamente distinta a como lo había hecho con Nino, al que acosaba con la obsesión de demostrarle que estaba en condiciones de ayudarlo en todo. Cuando estudiaba con Enzo estaba tranquila, no intentaba ganarle. Las horas que por la noche dedicaban al curso eran para él un esfuerzo, para ella un sedante. Tal vez por eso, las raras veces en que regresaba tarde y daba la impresión de poder prescindir de ella, Lila se quedaba despierta, inquieta, escuchando el ruido del agua en el retrete, con la que imaginaba que Enzo se estaba quitando del cuerpo todo rastro del contacto con sus amantes.

29

En la fábrica —lo había comprendido enseguida— el cansancio excesivo empujaba a la gente a querer follar no con la mujer o el marido y en su propia casa, a la que regresaba extenuada y sin ganas, sino allí, en el trabajo, por la mañana o por la tarde. Los hombres alargaban la mano a la menor ocasión, bastaba con que pasaran a tu lado para que te hicieran propuestas; las mujeres, sobre todo las menos jóvenes, reían, se frotaban contra ellos con sus pechos grandes, se enamoraban, y el amor se convertía en una distracción que atenuaba el cansancio y el aburrimiento, daba una impresión de verdadera vida.

Desde los primeros días de trabajo los hombres intentaron acortar distancias, como para olerla. Lila los rechazaba, ellos reían o se alejaban canturreando cancioncitas plagadas de alusiones obscenas. Una mañana, para dejar las cosas claras de una vez por todas, casi le arrancó la oreja a un tipo que al pasar a su lado le dijo una frase vulgar y le estampó un beso en el cuello. Era un tipo guapetón, de unos cuarenta años, se llamaba Edo, le hablaba a todas de forma insinuante y contaba chistes verdes con mucha gracia. Lila le agarró el pabellón con una mano, se lo estrujó y tiró con todas sus fuerzas, las uñas clavadas en la carne, y no soltó la presa aunque el hombre chillaba al tiempo que trataba de esquivar las patadas que ella le daba. Después, hecha una furia, fue a ver a Bruno Soccavo para protestar.

Desde que Bruno había hecho que la contratasen, Lila lo había visto pocas veces, de pasada, sin prestarle atención. En aquellas circunstancias, sin embargo, tuvo ocasión de observarlo bien; estaba de pie, detrás del escritorio, se levantó expresamente, como hacen los caballeros cuando en la habitación entra una señora. Lila se sorprendió: Soccavo tenía la cara hinchada, los ojos empañados por la abundancia, el pecho pesado, y sobre todo una tez encendida que chocaba como un magma contra el pelo negrísimo y el blanco de los dientes de lobo. Se preguntó: ¿Qué tendrá que ver este tipo con el muchacho amigo de Nino que estudiaba derecho? Y sintió que no había continuidad entre la época de Ischia y la fábrica de embutidos; en medio se extendía el vacío, y en el salto de un espacio al otro Bruno se había echado a perder, quizá porque su padre había estado enfermo hacía poco y el peso de la empresa (las deudas, decían) había caído de pronto sobre sus hombros.

Le expuso sus quejas, él se echó a reír.

—Lina —la reprendió—, yo te hice un favor, ahora no me montes follones. Aquí todos nos deslomamos, no estés siempre con el fusil preparado. De vez en cuando la gente tiene que relajarse, si no, me crea problemas.

—Pues os relajáis entre vosotros.

Él le lanzó una mirada divertida.

—Sabía que te gustaba la broma.

—Me gusta cuando decido yo.

El tono violento de Lila hizo que cambiara el suyo. Se puso serio, le dijo sin mirarla: Tú siempre igual, qué guapa estabas en Ischia. Después le indicó la puerta y añadió: Vete a trabajar, anda.

A partir de entonces, cada vez que se cruzaba con ella por la fábrica, nunca dejaba de dirigirle la palabra delante de todos y siempre para hacerle algún cumplido amable. Aquella confianza terminó por confirmar la situación de Lila en la fábrica: caía en gracia al joven Soccavo, por lo que convenía dejarla en paz. Al parecer, aquel punto se confirmó una tarde, poco después del descanso de mediodía, cuando una mujerona llamada Teresa le cerró el paso y le dijo con recochineo: Te buscan en la sala de curado. Lila fue a la enorme sala donde secaban los embutidos, un cuarto rectangular repleto de fiambres que colgaban del techo bajo una luz amarillenta. Se encontró allí a Bruno que, al parecer, estaba haciendo unos controles, cuando en realidad andaba con ganas de conversación.

Mientras daba vueltas por la sala palpando y oliendo con aire de experto, le preguntó por Pinuccia, su cuñada, y —algo que irritó a Lila— dijo sin mirarla, es más, examinando una *sopressata*: Nunca estuvo contenta con tu hermano, aquel verano se enamoró de mí como tú de Nino. Luego pasó delante de ella y dándole la espalda añadió: Gracias a ella descubrí que a las mujeres embarazadas les gusta mucho hacer el amor. Y sin darle tiempo a comentar o ironizar o enojarse, se detuvo en el centro de la sala y dijo que si desde niño el establecimiento en su conjunto le había dado náuseas, allí, en el secadero, siempre se había sentido bien, tenía algo satisfactorio, pleno, el producto que llegaba a su plenitud, que se afinaba, que despedía su olor, que estaba listo para salir al mercado. Mira, toca, le dijo, es compacto, duro, huele el aroma que despide, se parece al olor que sueltan un hombre y una mujer cuando se abrazan y se tocan —¿te gusta?—, si supieras la de mujeres que he traído aquí desde que era jovencito. Entonces la aferró por la cintura, le recorrió el largo cuello con los labios, y ya le estaba apretando el trasero, parecía tener cien manos, la toqueteó por encima del delantal, por debajo, a una velocidad frenética y jadeante, una exploración sin placer, un puro deseo intrusivo.

Comenzando por el olor de los embutidos, a Lila todo le trajo a la memoria la violencia de Stefano, y por unos segundos se sintió anulada, temió por su vida. Después la furia se apoderó de ella, golpeó a Bruno en la cara y entre las piernas, le gritó eres un hombre de mierda, ahí abajo no tienes nada, anda, ven aquí, sácala que te la arranco, cabrón.

Bruno la soltó, retrocedió. Se tocó el labio, sangraba, soltó una risita incómoda, farfulló: Perdona, pensé que por lo menos sentirías un poco de gratitud. Lila le gritó: ¿Me estás diciendo que si no pago prenda, me despides, es eso? Él se rió otra vez, negó con la cabeza: No, si no quieres, no quieres, basta, te he pedido perdón, ¿qué más tengo que hacer? Pero ella estaba fuera de sí, solo entonces comenzaba a notarse encima el rastro de sus manos y sabía que le duraría, que no era algo que se quitara con jabón. Retrocedió hacia la puerta, le dijo: Por ahora te ha ido bien, pero me despidas o no, juro que haré que maldigas el momento en que me has tocado. Salió mientras él murmuraba: Qué te he hecho, no te he hecho nada, anda, ven aquí, si todos los problemas fueran estos, anda, hagamos las paces.

Ella volvió a su puesto. Trabajaba entonces en medio de los vapores de la zona de lavado, era una especie de auxiliar que, entre otras cosas, debía mantener seco el suelo, un esfuerzo por completo inútil. Edo, el tipo al que casi le había arrancado la oreja, la miró con curiosidad. Todos, obreros y obreras, clavaron los ojos en ella cuando regresó del secadero. Lila no respondió a la mirada de nadie. Agarró un trapo, lo tiró sobre las baldosas, comenzó a pasarlo por el suelo, que era un cenagal, diciendo en voz alta, amenazante: Vamos a ver si hay algún otro hijo de puta que quiera intentarlo. Sus compañeros se concentraron en el trabajo.

Se pasó días esperando el despido, pero no llegó. Las veces en que por casualidad se cruzaba con Bruno, él le sonreía amable, ella respondía con un gesto frío. Ninguna consecuencia, pues, salvo el asco de aquellas manos cortas y los arrebatos de odio. Pero los jefecillos, al ver que Lila seguía pasando de todos ellos con la soberbia de siempre, volvieron de golpe a atormentarla cambiándola sin cesar de puesto, haciéndola trabajar hasta agotarla, diciéndole obscenidades. Señal de que les habían dado permiso.

A Enzo no le contó nada de la oreja que casi le había arrancado a Edo, de la agresión de Bruno, de las marranadas y las fatigas de cada día. Si él le preguntaba qué tal le iba en la fábrica de embutidos, le contestaba con sarcasmo: ¿Por qué no me cuentas qué tal te va donde trabajas tú? Y como él callaba, Lila se burlaba un rato de él y luego se dedicaban juntos a hacer los ejercicios del curso por correspondencia. Se refugiaban en el estudio por varios motivos, el más importante, para evitar preguntarse por el futuro: qué eran el uno para el otro, por qué él se ocupaba de ella y de Gennaro, por qué ella aceptaba que lo hiciera, por qué desde hacía tiempo vivían en la misma casa pero todas las noches Enzo esperaba inútilmente que ella fuera con él y daba vueltas y más vueltas en la cama, iba a la cocina con la excusa de beber agua, lanzaba una mirada al cristal de la puerta para comprobar si no había apagado la luz y espiar su sombra. Tensiones mudas —llamo a su puerta, lo dejo entrar—, dudas de él y de ella. Al final preferían aturdirse compitiendo con los diagramas de bloques como si se tratara de aparatos de gimnasia.

—Hagamos el esquema de la puerta que se abre —decía Lila.

—Hagamos el esquema del nudo de la corbata —decía Enzo.

—Hagamos el esquema de cuando le ato los zapatos a Gennaro —decía Lila.

—Hagamos el esquema de cuando preparamos café con la cafetera napolitana.

De las acciones más simples a las más complicadas, se devanaban los sesos para esquematizar la cotidianidad, aunque las pruebas de Zurich no lo tuvieran previsto. Y no porque Enzo lo quisiera sino porque como siempre Lila, que había empezado con sordina, a medida que pasaban los días se había ido entusiasmando cada vez más y ahora, a pesar de que por la noche la casa estaba helada, le había entrado el frenesí de reducir la totalidad del mundo miserable en el que vivían a la verdad del 0 y el 1. Era como si tendiese a una linealidad abstracta —la linealidad que paría todas las abstracciones—, esperaba que le asegurase una pulcritud relajante.

—Esquematicemos la fábrica —le propuso una noche.

—¿Todo lo que se hace allí? —preguntó él, perplejo.

—Sí.

La miró y dijo:

—De acuerdo, empecemos por la tuya.

Ella hizo una mueca de fastidio, murmuró un buenas noches y se fue a su cuarto.

30

Aquellos equilibrios, ya bastante precarios, se modificaron al reaparecer Pasquale. Trabajaba en una obra de la zona y había ido a San Giovanni a Teduccio para asistir a una reunión en la sección local del Partido Comunista. Él y Enzo se encontraron por casualidad en la calle y recuperaron enseguida la antigua confianza, terminaron hablando de política, manifestaron el mismo descontento. Al principio, Enzo fue cauto en sus comentarios, pero Pasquale, a pesar de que en el barrio tenía un cargo importante —era secretario de sección—, por sorpresa, fue de todo menos cauto y atacó al partido, que era revisionista, y también al sindicato, que con demasiada frecuencia cerraba los dos ojos. Los dos confraternizaron hasta tal punto que Lila se encontró en casa a Pasquale a la hora de cenar y tuvo que preparar algo también para él.

La velada empezó mal. Ella se sintió observada, tuvo que hacer un esfuerzo para no enfadarse. ¿Qué quería Pasquale, espiarla, contar en el barrio cómo vivía? ¿Con qué derecho se presentaba allí para juzgarla? No le dirigía una sola palabra amistosa, no le daba información sobre su familia, sobre Nunzia, sobre su hermano Rino, sobre Fernando. Eso sí, le lanzaba miradas de macho como en la fábrica, de valoración, y si ella se daba cuenta, apartaba la vista. Seguramente la encontraba más fea, sin duda estaría pensando: Cómo pude enamorarme de esta de jovencito, qué estúpido fui. Y sin duda la consideraba una pésima madre, en vista de que en lugar de haber criado a su hijo en el bienestar de las charcuterías Carracci, lo había arrastrado hasta aquella miseria. En un momento dado Lila resopló y le dijo a Enzo: Recoge tú, yo me voy a la cama. Pero Pasquale adoptó por sorpresa el tono de las grandes ocasiones y un tanto emocionado le dijo: Lina, antes de que te vayas tengo que decirte algo: no hay ninguna mujer como tú, te entregas a la vida con una fuerza que si la tuviéramos todos, a saber desde cuándo el mundo ya habría cambiado. Así, roto el hielo de ese modo, le contó que Fernando se había puesto otra vez a remendar zapatos, que Rino se había convertido en la cruz de Stefano y le mendigaba dinero sin parar, que a Nunzia se la veía poco, no salía de casa. Pero tú hiciste bien, remachó: En el barrio nadie le dio tantas patadas en la cara a los Carracci y a los Solara como tú, y estoy de tu parte.

A partir de aquella noche fue a menudo por allí, lo que repercutió mucho en el estudio del curso por correspondencia. Llegaba a la hora de cenar con cuatro pizzas calientes, interpretaba el papel habitual de quien lo sabe todo sobre cómo funciona el mundo capitalista y anticapitalista, y la antigua amistad se reforzó. Era evidente que vivía sin afectos; su hermana Carmen tenía novio y disponía de poco tiempo para ocuparse de él. Pero reaccionaba a la soledad con un activismo rabioso que a Lila le gustaba, la intrigaba. Aunque exhausto tras deslomarse en la obra, se dedicaba al sindicato, iba a lanzar pintura roja como la sangre contra el consulado de Estados Unidos, si había que dar leña a los fascistas estaba siempre en primera fila, participaba en un comité obreros-estudiantes en el que no paraba de pelearse con estos últimos. Y no hablemos del Partido Comunista: a causa de sus posturas muy críticas, esperaba perder el cargo de secretario de la sección de un momento a otro. Con Enzo y con Lila hablaba a calzón quitado, mezclando resentimientos personales y motivos políticos. A mí me dicen que soy enemigo del partido, se quejaba, a mí me dicen que monto demasiado follón, que tengo que quedarme tranquilo. Son ellos los que están destruyendo el partido, ellos los que lo están transformando en una pieza del sistema, ellos los que han convertido el antifascismo en vigilancia democrática. ¿Sabéis a quién han puesto al frente de la sección del Movimiento Social en el barrio? A Gino, el hijo del farmacéutico, un siervo estúpido de Michele Solara. ¿Y yo tengo que aguantar que los fascistas levanten la cabeza en mi barrio? Mi padre —decía conmovido— se entregó por entero al partido, ¿y para qué, por este antifascismo superficial, por esta mierda de hoy? Cuando el pobre había ido a parar a la cárcel siendo inocente, inocentísimo, se enfadaba —él no había matado a don Achille—, el partido lo había abandonado, pese a haber sido un gran compañero, pese a haberse tragado los «cuatro días de Nápoles» y combatido en el ponte della Sanità, pese a que durante la posguerra, en el barrio, se había expuesto más que nadie. ¿Y Giuseppina, su madre? ¿Alguien la había apoyado? En cuanto hablaba de su madre, Pasquale se sentaba a Gennaro en las rodillas y le preguntaba: ¿Ves qué guapa es tu madre, la quieres?

Lila escuchaba. A veces le daba por pensar que debería haberle dicho que sí a aquel muchacho, el primero que se había fijado en ella, sin apuntar a Stefano y su dinero, sin meterse en líos por culpa de Nino: quedarse en su sitio, no pecar de soberbia, apaciguar la cabeza. Pero otras veces, por culpa de las diatribas de Pasquale, se sentía otra vez atrapada por la infancia, por la ferocidad del barrio, por don Achille, por su asesinato que ella, de pequeña, había contado tantas veces y con tantos detalles inventados que ahora tenía la impresión de haberlo presenciado. Y así se acordaba de la detención del padre de Pasquale, de que el carpintero gritaba como un descosido, igual que su mujer y que Carmen, y no le gustaba, los recuerdos verdaderos se mezclaban con los falsos, veía la violencia, la sangre. Entonces se estremecía, inquieta, eludía el flujo de los rencores de Pasquale, para calmarse lo animaba a evocar, yo qué sé, la Navidad y la Semana Santa en familia, la buena cocina de su mamá Giuseppina. Él se dio cuenta enseguida de este detalle y quizá debió de pensar que Lila echaba de menos los afectos familiares como los echaba de menos él. La cuestión es que en cierta ocasión llegó sin avisar y le dijo alegre: Mira a quién he traído. Le había llevado a Nunzia.

Madre e hija se abrazaron, Nunzia lloró a moco tendido, le regaló un pinocho de trapo a Gennaro. En cuanto intentó criticar a su hija por sus decisiones, Lila, que al principio se había alegrado de verla, le dijo: Ma, o hacemos como si nada hubiera pasado o será mejor que te vayas. Nunzia se ofendió, se puso a jugar con el niño, diciendo a menudo, como si hablara de veras con el pequeño: Si tu mamá se va a trabajar, ¿dónde te deja a ti, pobre criatura? A este punto, Pasquale comprendió que se había equivocado, dijo que era tarde, que debían irse. Nunzia se levantó y se dirigió a su hija con un tono entre la amenaza y la súplica. Tú, se lamentó, primero nos hiciste vivir como señores y después nos arruinaste. Tu hermano se sintió abandonado y no quiere verte más, tu padre te ha borrado; Lina, te lo ruego, no te digo que hagas las paces con tu marido, eso no es posible, pero por lo menos aclara las cosas con los Solara, que por tu culpa esos se quedaron con todo, y Rino, tu padre, nosotros, los Cerullo, volvemos a no ser nadie.

Lila la escuchó y luego casi la sacó a empujones y le dijo: Es mejor que no vuelvas. A Pasquale le gritó lo mismo.

31

Demasiados problemas juntos: los sentimientos de culpa por
Gennaro, por Enzo; los duros turnos en el trabajo, las horas extra,
las porquerías de Bruno; su familia que quería que volviera a cargar con ellos; y la presencia de Pasquale con el que era inútil mostrarse arisca. Él no se enfadaba nunca, irrumpía alegre, y a veces
arrastraba a Lila, Gennaro y Enzo a la pizzería, a veces los llevaba
en coche a Agerola para que el niño tomara el aire. Pero sobre
todo trató de implicarla en sus actividades. La animó a inscribirse
en el sindicato, a pesar de que ella no quería, lo hizo únicamente
como una afrenta a Soccavo, que no lo habría visto con buenos
ojos. Le pasó folletos de distintos tipos, muy claros, muy esencia-
les, sobre temas como la hoja de salario, la contratación, las «jau-
las salariales», sabiendo muy bien que si él ni siquiera los había
hojeado, tarde o temprano Lila acabaría leyéndolos. Se la llevó
junto con Enzo y el niño a la Riviera di Chiaia, a una manifestación por la paz en Vietnam que terminó en una desbandada general: piedras que volaban, fascistas que provocaban, policías que
cargaban, Pasquale que repartía golpes, Lila que gritaba insultos y
Enzo que maldecía el momento en que habían decidido meter a
Gennaro en aquella barahúnda.

En aquella época hubo, sobre todo, dos episodios que conta-
ron para Lila. En una ocasión Pasquale insistió mucho en que ella
fuera a oír a una compañera importante. Lila aceptó la invitación,
sentía curiosidad. Pero escuchó poco o nada de la exposición —un
discurso superficial sobre el partido y la clase obrera— porque la
compañera importante llegó tarde y cuando la reunión comenzó

al fin, Gennaro se impacientó, ella se vio obligada a entretenerlo, y salía a la calle para que jugara, lo entraba de nuevo, volvía a salir. No obstante, lo poco que escuchó le bastó para percatarse de cuánta grandeza tenía aquella mujer y de cómo se distinguía en todo del público obrero y pequeñoburgués que tenía delante. Por ello, al darse cuenta de que Pasquale, Enzo y algún otro no estaban contentos con lo que decía la oradora, pensó que eran injustos, que deberían haber estado agradecidos a aquella señora culta que había ido a malgastar su tiempo con ellos. Cuando Pasquale hizo una intervención tan polémica que la compañera diputada se enojó y con la voz quebrada exclamó irritada: Basta, ahora me levanto y me voy, su reacción le gustó, se sintió de su parte. Pero, evidentemente, como le ocurría siempre, por dentro era una maraña de sentimientos. Cuando Enzo gritó para apoyar a Pasquale: Compañera, sin nosotros tú ni siquiera existes, por eso te vas a quedar donde estás hasta que nosotros queramos y te irás solo cuando nosotros te lo digamos, cambió de idea, compartió de pronto la violencia de aquel «nosotros», le pareció que la mujer se la merecía. Regresó a casa enojada con el niño que le había echado a perder la velada.

Mucho más agitada fue la reunión del comité en la que Pasquale, en su afán por comprometerse, se había apuntado. Lila fue no solo porque a él le importaba mucho, sino porque le parecía que la inquietud que lo impulsaba a buscar y a entender era buena. El comité se reunía en Nápoles, en una vieja casa de la via dei Tribunali. Llegaron una noche en el coche de Pasquale, se encaramaron a la escalinata maltrecha, pero monumental. La habitación era grande, los asistentes, pocos. Lila se dio cuenta de lo fácil que era distinguir las caras de los estudiantes de las de los trabajadores, la desenvoltura de los jefes del balbuceo de las bases. Hubo algo que no tardó en irritarla. Los estudiantes hacían unos discursos que le parecieron hipócritas. Además, siempre con la misma cantilena: Estamos aquí para aprender de vosotros, es decir, de los obreros; en realidad, hacían gala de ideas demasiado claras sobre el capital, la explotación, la traición de las socialdemocracias, las formas de la lucha de clase. Para colmo, según descubrió, las pocas muchachas, en general taciturnas, se deshacían en cháchara zalameras con Enzo y Pasquale. Sobre todo Pasquale, el más sociable, era tratado con mucha simpatía. Era considerado un obrero que, a pesar de llevar en el bolsillo el carnet del Partido Comunista, a pesar de dirigir una sección, había decidido llevar su experiencia de proletario al campo revolucionario. Cuando él o Enzo tomaron la palabra, los estudiantes se mostraron siempre de acuerdo, mientras que entre ellos no hacían más que tirarse de los pelos. Como siempre, Enzo fue de pocas palabras pero consistentes. Pasquale, por su parte, medio en dialecto, medio en italiano, habló con locuacidad de los progresos que hacía el trabajo político en las obras de la provincia y lanzó dardos polémicos contra los estudiantes, que eran poco activos. Al final, sin preaviso, la sacó a colación a ella, Lila. La presentó con nombre y apellido, la definió como compañera obrera que trabajaba en una pequeña industria de alimentación, la elogió mucho.

Lila arrugó la frente, entrecerró los ojos, no le gustó que todos la miraran como un bicho raro. Y cuando, después de Pasquale, intervino una muchacha —la primera mujer en tomar la palabra— se molestó todavía más; en primer lugar porque se expresaba como un libro, en segundo lugar porque la citó varias veces llamándola compañera Cerullo, en tercer lugar porque la conocía:

era Nadia, la hija de la profesora Galiani, la novia de Nino que le mandaba cartas de amor a Ischia.

Al principio temió que Nadia la hubiese reconocido a su vez, pero aunque la muchacha hablaba dirigiéndose casi siempre a ella, no dio señales de recordarla. Por lo demás, ¿a santo de qué debería acordarse de ella? A saber a cuántas fiestas de ricos había asistido y qué multitud de sombras nublaba su memoria. En cambio Lila había tenido aquella única ocasión de años atrás y le había quedado muy grabada. Se acordaba con precisión de la casa del corso Vittorio Emanuele, de Nino, de todos aquellos jóvenes de buena familia, de los libros, los cuadros, y la desagradable experiencia por la que había pasado, de la desazón que había sentido. No lo soportó, se levantó mientras Nadia seguía hablando y salió a pasear con Gennaro, llevando consigo una energía negativa que, al no encontrar un desahogo concreto, se le anudó en el estómago.

Al cabo de un rato regresó, decidida a dar su opinión para no sentirse menos. Un joven con el pelo rizado hablaba con gran competencia sobre la empresa Italsider y el trabajo a destajo. Lila esperó a que el muchacho terminara, e ignorando la mirada perpleja de Enzo, pidió la palabra. Habló largo rato, en italiano, mientras Gennaro se agitaba en sus brazos. Empezó despacio luego, en el silencio general, siguió con voz tal vez demasiado alta. Con tono burlón dijo que no sabía nada de la clase obrera. Dijo que solo conocía a los obreros y obreras de la fábrica donde trabajaba, personas de las que no había absolutamente nada que aprender más que la miseria. ¿Os imagináis, preguntó, lo que supone pasar ocho horas diarias sumergidos hasta la cintura en el agua de cocción de las mortadelas? ¿Os imagináis lo que supone tener los dedos llenos de heridas a fuerza de descarnar huesos de animales?

¿Os imagináis lo que supone entrar y salir de las cámaras frigoríficas a veinte grados bajo cero para cobrar diez liras más la hora —diez liras— en concepto de complemento por frío? Si os lo imagináis, ¿qué creéis que vais a aprender de gente que está obligada a vivir así? Las obreras tienen que dejarse tocar el culo sin rechistar por jefecitos y compañeros. Si al hijo del amo le viene en gana, algunas deben seguirlo al secadero, cosa que pedía ya su padre, tal vez también su abuelo, y allí, antes de echársete encima, ese mismo hijo del dueño te suelta un discursito ensayado sobre cómo lo excita el olor del embutido. Tanto hombres como mujeres son sometidos a cacheos, porque a la salida hay una cosa que se llama «parcial» y que, si se enciende la luz roja en lugar de la verde, quiere decir que te estás llevando salamis o mortadelas. El «parcial» lo dirige el guardián, un espía del dueño, que enciende la luz roja no solo a los posibles ladrones sino sobre todo a las muchachas guapas y reservadas y a los tocapelotas. Esa es la situación en la fábrica donde yo trabajo. El sindicato nunca ha puesto los pies allí y los obreros no son más que pobre gente bajo coacción, sujeta a la ley del dueño, es decir, yo te pago, por tanto, te poseo y poseo tu vida, tu familia, cuanto te rodea, y si no haces lo que te digo, te destruyo.

Al principio nadie abrió la boca. Después siguieron otras intervenciones, y en todas citaron a Lila con devoción. Al terminar la reunión, Nadia fue a abrazarla. La colmó de elogios: Qué hermosa eres, qué bien lo has hecho, qué bien hablas. Le dio las gracias, le dijo seria: Has hecho que comprendamos cuánto trabajo nos queda por delante. A pesar del tono alto, casi solemne, a Lila le pareció más niña de como la recordaba cuando, aquella noche de hacía unos años, la había visto con Nino. ¿Qué hacían, ella y el

hijo de Sarratore, bailaban, charlaban, se toqueteaban, se besa-
ban? Ya no lo sabía. Sin duda, la muchacha tenía una hermosura
que no se olvida. Y ahora, al verla ante ella, le pareció aún más
limpia que entonces, limpia y frágil y tan genuinamente expuesta
al padecimiento ajeno, que parecía sentir en carne propia su tormento hasta lo insoportable.

—¿Volverás?

—Tengo al niño.

—Debes volver, te necesitamos.

Pero Lila negó con la cabeza, incómoda, le repitió a Nadia:
Tengo al niño, y se lo enseñó con un gesto de la mano, le dijo a
Gennaro: Saluda a la señorita, dile que sabes leer y escribir, dile
algo para que vea lo bien que hablas. Y como Gennaro miró para
otro lado y ocultó la cara en su cuello, y Nadia esbozó una sonrisa
pero no pareció hacerle caso, repitió: Tengo al niño, trabajo ocho
horas al día sin contar las extras, la gente que está en mi situación,
por la noche solo quiere dormir. Se marchó confundida, con la
impresión de haberse expuesto demasiado a personas con buenas
intenciones, sin duda, pero que, aunque lo comprendían todo en
abstracto, en concreto no podían entenderla. «Yo sé —le quedó
dando vueltas en la cabeza sin llegar a convertirse en sonido—, yo
sé qué significa la vida acomodada llena de buenas intenciones, tú
no te imaginas siquiera lo que es la verdadera miseria.»

En la calle su desazón aumentó. Mientras iban hacia el coche,
notó que Pasquale y Enzo estaban enfurruñados, intuyó que su
intervención los había herido. Pasquale la sujetó de un brazo con
delicadeza, salvando la distancia física que hasta ese momento no
había intentado franquear, y le preguntó:

—¿De verdad trabajas en esas condiciones?

Molesta por el contacto, ella apartó el brazo y se revolvió:

—¿Y tú cómo trabajas, vosotros dos cómo trabajáis?

No le contestaron. Trabajaban duramente, ya se sabía. Y al menos Enzo, en la fábrica, seguramente tenía ante los ojos a alguna obrera no menos derrengada que Lila por el esfuerzo, las humillaciones y las obligaciones domésticas. Sin embargo, ahora, los dos se ensombrecían por las condiciones en las que trabajaba ella, no podían tolerarlo. A los hombres había que ocultárselo todo. Preferían no saber, preferían fingir que lo que ocurría bajo las órdenes del patrón, milagrosamente no le ocurría a la mujer a la que querían y a la que —esa era la idea con la que se habían criado— debían proteger aun a costa de su vida. Ante aquel silencio Lila se enfadó todavía más.

—A tomar por culo —dijo—, vosotros y la clase obrera.

Subieron al coche, durante todo el viaje hasta San Giovanni a Teduccio solo intercambiaron frases vagas. Pero cuando Pasquale los dejó delante de su casa le dijo serio: No hay nada que hacer, siempre eres la mejor, y arrancó de vuelta para el barrio. En cambio Enzo, con el niño dormido en brazos, refunfuñó sombrío:

—¿Por qué nunca me has contado nada? ¿Alguien te ha metido mano en la fábrica?

Estaban cansados, decidió tranquilizarlo, le contestó:

—Conmigo no se atreven.

32

Días más tarde empezaron los problemas. Lila llegó al trabajo muy de mañana, con la cabeza ocupada en mil tareas y por completo desprevenida ante lo que ocurriría. Hacía mucho frío, llevaba días con un poco de tos, notaba que estaba incubando una gripe. En la entrada se encontró con un par de chicos, debían de haber decidido faltar a clase. Uno de ellos la saludó con cierta confianza y no le entregó una octavilla, como ocurría a veces, sino varias páginas ciclostiladas. Ella respondió al saludo con una mirada perpleja, había visto al chico en el comité de la via dei Tribunali. Después se metió el folleto en el bolsillo del abrigo y pasó delante de Filippo, el guardián, sin dignarse a mirarlo siquiera, hasta el punto de que él le gritó: Así me gusta, no me des ni los buenos días, ¿eh?

Trabajó con la obstinación de siempre —en aquella época estaba en la sala de deshuesado—, se olvidó del chico. A la hora del almuerzo fue al patio con su fiambrera a buscar un rincón para comer al sol, pero en cuanto la vio Filippo salió de la garita y fue hacia ella. Era un tipo cincuentón, de baja estatura, pesado, propenso a las obscenidades más asquerosas pero dado también a un sentimentalismo empalagoso. Hacía poco había tenido el sexto hijo y se conmovía fácilmente, abría la cartera y obligaba a todos a ver la foto del niño. Lila pensó que quizá se había decidido a enseñársela también a ella, pero no fue así. El hombre sacó el folleto ciclostilado del bolsillo de la cazadora y con tono muy agresivo le dijo:

—Cerù, escúchame bien lo que te voy a decir. Si las cosas que están escritas aquí se las dijiste tú a esos cabronazos, te has metido en un buen lío, ¿lo has entendido?

—No sé de qué coño me estás hablando —le contestó ella, gélida—, déjame comer.

Filippo le lanzó con rabia el folleto a la cara y estalló:

—No lo sabes, ¿eh? Entonces léelo. Aquí dentro siempre hemos estado todos a partir un piñón y solo una zorra como tú podría ir por ahí diciendo estas cosas. ¿O sea que yo enciendo el parcial como me da la gana? ¿Yo le meto mano a las mujeres? ¿Yo, un padre de familia? Fíjate bien lo que te digo, si don Bruno no te las hace pagar y bien caro, como hay Dios que te parto la cara yo mismo.

Le dio la espalda y regresó a su garita.

Lila terminó de comer tranquilamente, luego recogió el folleto. El título era pretencioso: «Investigación sobre la condición obrera en Nápoles y provincia». Echó una ojeada a las páginas, encontró una entera dedicada a la fábrica de embutidos Soccavo. Leyó palabra por palabra cuanto había salido de su boca en la reunión de la via dei Tribunali.

Hizo como si nada. Dejó el folleto en el suelo, volvió a entrar sin mirar en ningún momento hacia la garita y retomó su trabajo. Pero estaba furiosa con quien la había metido en aquel berenjenal sin avisar siquiera, especialmente con Nadia, la mosquita muerta; seguro que ella había escrito aquello, todo bien ordenadito y lleno de necedades emocionadas. Mientras trabajaba a cuchillo la carne fría, el olor le daba náuseas y la rabia iba en aumento, notó a su alrededor la hostilidad de sus compañeros, hombres y mujeres. Todos se conocían desde hacía tiempo, sabían que eran víctimas conniventes, y no tenían la menor duda de quién había hecho de espía, ella, la única que de entrada se había comportado como si la necesidad de deslomarse no coincidiera con la necesidad de humillarse.

Por la tarde llegó Bruno y al rato la mandó llamar. Estaba más colorado de lo habitual, tenía en la mano el folleto ciclostilado.

—¿Has sido tú?

—No.

—Dime la verdad, Lina. Allá fuera ya hay bastante gente que monta follones, ¿ahora tú también los ayudas?

—Te he dicho que no.

—No, ¿eh? Pero aquí no hay nadie que tenga la capacidad y la cara dura de inventarse todas estas mentiras.

—Habrá sido alguno de los empleados.

—Los empleados ni en sueños.

—Entonces qué quieres de mí, los pajaritos cantan, tómala con ellos.

Él resopló, parecía realmente agotado.

—Te di un trabajo —dijo—. Me callé la boca cuando te inscribiste en la CGIL, mi padre te hubiera echado a patadas. De acuerdo, cometí una estupidez en la sala de curado, pero te pedí disculpas, no puedes decir que te he acosado. ¿Y tú qué haces, te vengas dejando mi empresa en mal lugar y poniendo negro sobre blanco que yo me llevo a las obreras a la sala de curado? ¿Cómo se te ocurre, yo con las obreras, estás loca? Estás haciendo que me arrepienta del bien que te he hecho.

—¿El bien? Yo trabajo como una burra y tú me pagas una miseria. Es más el bien que yo te hago a ti que el que tú me haces a mí.

—¿Lo ves? Hablas como uno de esos cabrones. Al menos ten el valor de reconocer que esto lo has escrito tú.

—Yo no he escrito nada.

Bruno torció la boca, miró las páginas que tenía delante, y ella comprendió que vacilaba, no se decidía: ¿Emplear tonos más duros, amenazarla, despedirla, dar marcha atrás y tratar de averiguar si se estaban cocinando otras iniciativas de ese tipo? Se decidió ella, dijo en voz baja —a regañadientes pero con un pequeño mohín cautivador que desentonaba con el recuerdo de la violencia de él, aún viva en su cuerpo— tres frases conciliadoras:

—Fíate, tengo un hijo pequeño, de verdad que esto no lo he hecho yo.

Él asintió con la cabeza pero al mismo tiempo refunfuñó, descontento:

—¿Sabes lo que me obligas a hacer ahora?

—No, y no quiero saberlo.

—Te lo digo igual. Si esos son amigos tuyos, avísales. En cuanto vuelvan a montarme follón delante de la verja, haré que los muelan a palos para que se les pasen las ganas. En cuanto a ti, ándate con cuidado, si sigues tirando de la cuerda, acabarás rompiéndola.

La jornada no terminó allí. A la salida, al pasar Lila, se encendió la luz roja del parcial. El ritual de siempre, todos los días el guardián elegía alegremente a tres o cuatro víctimas, las muchachas tímidas se dejaban manosear sin levantar la vista, las mujeres avispadas reían y decían: Filì, si tienes que tocar, toca, pero date prisa que tengo que preparar la cena. Esa vez Filippo paró solo a Lila. Hacía frío, el viento soplaba con fuerza. El guardián salió de la garita.

—Atrévete a rozarme siquiera —dijo Lila, estremeciéndose— y juro que como hay Dios que te mato yo o te mando matar.

Filippo le indicó, ceñudo, una mesita de bar que desde siempre estaba al lado de la garita.

—Vacía los bolsillos de una vez, pon las cosas aquí encima.

Lila se encontró en el abrigo una salchicha fresca, notó con asco la carne blanda prensada dentro de la tripa. La sacó, soltó una carcajada y dijo:

—Qué gente de mierda sois todos.

33

Amenazas de denuncia por robo. Deducciones del salario, multas. E insultos de Filippo a ella, de ella a Filippo. A Bruno no se le vio el pelo, sin embargo, seguro que seguía en la fábrica, su coche estaba en el patio. Lila intuyó que a partir de ese momento para ella las cosas empeorarían aún más.

Regresó a casa más cansada de lo habitual, se enojó con Gennaro porque quería quedarse con la vecina, preparó la cena. A Enzo le dijo que se las arreglara solo con el estudio y se acostó temprano. Como no lograba entrar en calor bajo las mantas, se levantó y se puso un jersey de lana encima del camisón. Se disponía a meterse otra vez en la cama cuando de pronto, sin motivo aparente, notó el corazón en la garganta latiendo con tanta fuerza que parecía el de otra persona.

Ya conocía aquellos síntomas, acompañaban a aquella cosa a la que después —once años más tarde, en 1980— llamaría desbordamiento. Nunca se le había manifestado de forma tan violenta, y sobre todo era la primera vez que le ocurría estando sola, sin gente a su alrededor que, por un motivo u otro, pusiera en marcha aquel malestar. Con un rictus horrorizado, no tardó en darse cuenta de que no estaba sola. De la cabeza despegada le salían figuras y voces del día, fluctuaban por la habitación: los dos muchachos del comité, el guardián, los compañeros de trabajo, Bruno en la sala de curado, Nadia, todos a cámara rápida como en una película muda, incluso los destellos de la luz roja del parcial se repetían a intervalos brevísimos, incluso Filippo que le arrancaba la salchicha de las manos y profería amenazas. Todo era una alucinación creada por la mente; en la habitación, salvo Gennaro acostado en la camita de al lado, con su respiración regular, no había personas ni sonidos reales. Pero aquello no la calmó, al contrario, multiplicó su espanto. Los latidos del corazón eran tan potentes que parecían capaces de hacer saltar el engranaje de las cosas. La tenacidad de la mordaza que apretaba y mantenía unidas las paredes del cuarto se debilitaba, aquellos golpes violentos en la garganta sacudían la cama, abrían grietas en el enlucido, le desencajaban la bóveda craneal, tal vez romperían al niño, sí, lo romperían como un muñeco de celuloide, abriéndolo por el pecho y la barriga y la cabeza para desvelar su interior. Tengo que alejarlo, pensó, cuanto más cerca esté, más probabilidades hay de que se rompa. Pero se acordó de otro niño al que había alejado, el niño que jamás había conseguido formarse en su vientre, el hijo de Stefano. Lo eché de mí, o eso decían a mis espaldas Pinuccia y Gigliola. A lo mejor fue así, a lo mejor lo expulsé de mí a propósito. ¿Por qué nada de lo que he hecho hasta ahora me ha salido bien? El latido no daba señales de calmarse, las siluetas de humo la asediaban con el zumbido de sus voces, se levantó de nuevo de la cama, se sentó en el borde. Estaba empapada de un sudor pegajoso, como aceite helado. Apoyó los pies descalzos contra la camita de Gennaro, la empujó despacio, y la alejó aunque no demasiado. Si lo tenía a su lado, temía romperlo, si lo alejaba, tenía miedo de perderlo. Fue a la cocina con pasos pequeños, apoyándose en los muebles, en las paredes, pero mirando siempre a su espalda por temor a que el suelo cediera y se tragara a Gennaro. Bebió del grifo, se enjuagó la cara, el corazón se detuvo de golpe, lanzándola hacia delante como por efecto de un brusco frenazo.

Se acabó. El machihembrado de las cosas se unió otra vez, el cuerpo se recuperó, se secó. Ahora Lila temblaba, y estaba tan cansada que las paredes le daban vueltas, temió desmayarse. Tengo que ir a ver a Enzo, pensó, entrar en calor, meterme en su cama ahora, apretarme a su espalda mientras duerme, conciliar yo también el sueño. Pero renunció. Se notó en la cara el pequeño mohín gracioso que había hecho al decirle a Bruno: Fíate, tengo un hijo pequeño, de verdad que esto no lo he hecho yo, una mueca cautivadora, seductora quizá, el cuerpo de mujer que reaccionaba por su cuenta pese al asco. Se avergonzó; ¿cómo había podido comportarse de aquel modo sabiendo lo que Soccavo le había hecho en la sala de curado? Y aun así. Ah, ese urgir a los hombres y empujarlos como animalitos obedientes hacia objetivos que no eran los suyos. No, no, basta, en el pasado lo había hecho por distintos motivos, casi sin darse cuenta, con Stefano, con Nino, con los Solara, puede que incluso con Enzo; pero basta ya, no quería más. Se las arreglaría sola, con el guardián, con sus compañeros de trabajo, con los estudiantes, con Soccavo, con su propia cabeza llena de pretensiones que no conseguía resignarse y, consumida por el choque con personas y cosas, estaba cediendo.

34

Al despertar comprobó que tenía fiebre, tomó una aspirina y fue igualmente a trabajar. En el cielo todavía nocturno había una luz débil, azulada, que lamía edificios bajos, hierbajos cubiertos de barro y chatarra. Al enfilar el trayecto sin asfaltar que conducía a la fábrica, mientras esquivaba charcos, comprobó que los estudiantes eran cuatro, los dos del día anterior, un tercero de la misma edad y uno grueso, decididamente obeso, de unos veinte años. Estaban pegando en la tapia carteles que invitaban a la lucha y apenas habían empezado a repartir unas octavillas con el mismo contenido. Pero si el día antes tanto los obreros como las obreras, por curiosidad, por educación, las habían aceptado, ahora la gran mayoría o pasaba de largo con la cabeza gacha o cogía la octavilla, hacía una pelota y la tiraba enseguida.

En cuanto vio que los chicos ya estaban allí, puntuales como si aquello que llamaban trabajo político tuviese horarios más constrictivos que el suyo, Lila sintió aversión. La aversión se transformó en hostilidad cuando el chico del día anterior la reconoció y, con ánimo cordial, fue hacia ella corriendo empuñando un buen fajo de octavillas en la mano.

—¿Todo en orden, compañera?

Lila no le hizo caso, tenía la garganta inflamada, le latían las sienes. El muchacho la persiguió.

—Soy Darío —dijo inseguro—, a lo mejor no te acuerdas, nos vimos en la via dei Tribunali.

—Ya sé quién coño eres —le soltó—, pero no quiero tener nada que ver ni contigo ni con tus amigos.

Darío se quedó sin habla y aminoró el paso.

—¿La octavilla no la quieres? —dijo para sí.

Lila no contestó para evitar gritarle cosas antipáticas. Pero se le quedó grabada la cara de confusión del muchacho, esa expresión que adoptan las personas cuando sienten que están en lo cierto y no entienden por qué los demás no son de la misma opinión. Pensó que debería haberle explicado como era debido por qué en el comité había dicho las cosas que había dicho, y por qué le había parecido inadmisible que aquellas cosas hubiesen terminado en un folleto ciclostilado, y por qué consideraba inútil y estúpido que ellos cuatro, en lugar de seguir en la cama o estar a punto de entrar en el aula de una escuela, estuvieran allí, con el frío, repartiendo una hoja con un texto denso a personas que apenas sabían leer y que, para colmo, no tenían motivos para someterse a ese esfuerzo, dado que ya sabían cómo era la situación, la vivían a diario, o podían incluso contar detalles peores, sonidos impronunciables que nunca nadie habría dicho, escrito, leído, y que, sin embargo, en potencia, guardaban los verdaderos motivos de su sumisión. Pero tenía fiebre, estaba harta de todo, le hubiera costado demasiado trabajo. Además, había llegado a la verja y allí la situación se estaba complicando.

El guardián se desgañitaba con el muchacho más grande, el obeso, le chillaba en dialecto: Tú pasa de esa línea, pasa, cabrón, pasa, y así entras sin permiso en una propiedad privada y te pego un tiro. El estudiante, encabronado a su vez, replicaba riendo, una larga carcajada agresiva, que acompañaba con insultos, lo llamaba siervo, le gritaba en italiano, dispara, a ver cómo disparas, esta no es propiedad privada, todo lo que hay aquí dentro es del pueblo. Lila pasó al lado de ambos —la de veces que había asistido a fanfarronadas de ese estilo, Rino, Antonio, Pasquale, incluso Enzo eran maestros en esas cosas— y le dijo a Filippo, seria: Dale el gusto, no pierdas tiempo en charlas, alguien que podría estar durmiendo o estudiando en lugar de venir aquí a tocar los cojones se merece que le peguen un tiro. El guardián la vio, la oyó, se quedó boquiabierto tratando de decidir si de veras lo animaba a cometer una locura o le tomaba el pelo. El estudiante no tuvo dudas; la miró con rabia, le gritó: Anda, entra, ve a besarle el culo al patrón, y retrocedió unos cuantos pasos meneando la cabeza, luego siguió repartiendo octavillas a un par de metros de la verja.

Lila enfiló hacia el patio. Eran las siete de la mañana y ya estaba cansada, notó que le ardían los ojos, ocho horas de trabajo le parecían una eternidad. Entretanto a sus espaldas se oyó un chirrido de frenos y gritos masculinos, se dio media vuelta. Habían llegado dos automóviles, uno gris y otro azul. Alguien ya se había bajado del primero y se puso a romper los carteles recién encolados a la tapia. Esto se pone feo, pensó Lila, e instintivamente volvió atrás sabiendo que debía hacer como los demás, darse prisa, entrar y ponerse a trabajar.

Dio unos cuantos pasos, los suficientes para distinguir con claridad al joven que iba al volante del automóvil gris: era Gino. Lo vio abrir la portezuela y apearse del coche, alto y musculoso como era ahora, empuñando un garrote. Los demás, los que arrancaban carteles, los que todavía se estaban bajando despacio de los coches, siete u ocho en total, llevaban cadenas y barras de hierro. Fascistas, casi todos del barrio, Lila conocía a algunos. Fascistas como había sido don Achille, el padre de Stefano, como el propio Stefano no tardó en revelarse, como eran los Solara, abuelo, padre, nietos, aunque a intervalos eran monárquicos o democristianos, según conviniera. Los detestaba desde que, de niña, se había imaginado con lujo de detalles sus marranadas, desde que le pareció descubrir que no había manera de librarse de ellos, de hacer borrón y cuenta nueva. El vínculo entre pasado y presente nunca se había perdido realmente, el barrio los amaba en su gran mayoría, los mimaba, aparecían con su mugre a cuestas cada vez que surgía la ocasión de repartir palos.

Darío, el chico de la via dei Tribunali, fue el primero en reaccionar, corrió a protestar por los carteles arrancados. Llevaba en la mano la resma de octavillas, Lila pensó: Tíralas, imbécil, pero él no lo hizo. Lo oyó decir en italiano frases inútiles como dejadlo ya, no tenéis derecho, y lo vio darse la vuelta hacia los suyos en busca de ayuda. Este no tiene ni idea de cómo repartir palos: Nunca pierdas de vista al adversario, en el barrio nadie se ponía a charlar. Como mucho se lanzaban gritos entrecerrando los ojos para meter miedo y de paso aprovechar para ser el primero en golpear y hacer el mayor daño posible, sin detenerse, correspondía a los demás detenerte si podían. Uno de los que arrancaban carteles se comportó exactamente de ese modo, sin preámbulos, golpeó a Darío en la cara, con el puño, lo tiró al suelo en medio de las octavillas que se le habían caído, después se le echó encima y siguió golpeándolo, mientras las hojas volaban a su alrededor como si una feroz excitación se hubiese apoderado de las cosas. A esas alturas el estudiante obeso vio al chico en el suelo y corrió en su auxilio desarmado, pero a medio camino lo detuvo un tipo con una cadena que lo golpeó en un brazo. Enardecido, el joven aferró la cadena y empezó a tirar para arrancársela a su agresor, y los dos se la disputaron unos segundos insultándose a gritos. Hasta que Gino se acercó al estudiante gordo por la espalda y lo derribó de un garrotazo.

Lila se olvidó de la fiebre y del cansancio, corrió a la verja sin un objetivo preciso. No sabía si quería tener un ángulo visual más claro, si quería ayudar a los estudiantes, si sencillamente la movía un instinto que siempre había tenido, en virtud del cual las palizas no le daban miedo, al contrario, encendían su furia. No le dio tiempo a salir a la calle, tuvo que apartarse para que no la arrollara un grupito de trabajadores que atravesaban la verja a la carrera. Hubo quien había intentado detener a los agresores, seguramente Edo junto con otros, pero no lo habían conseguido y ahora huían. Huían hombres y mujeres, perseguidos por dos jóvenes con barras de hierro. Una que se llamaba Isa, una empleada, mientras corría le gritó a Filippo: Por qué no intervienes, haz algo, llama a los guardias, y Edo, al que le sangraba la mano, dijo en voz alta como hablando consigo mismo: Voy a buscar el hacha y ya veremos. Por tanto, cuando Lila llegó al camino sin asfaltar, el coche azul ya se alejaba, y en el gris se estaba subiendo Gino, que la reconoció, se detuvo estupefacto, dijo: Lina, ¿aquí has venido a parar? Después, izado al interior del vehículo por sus camaradas, arrancó y partió gritando por la ventanilla: Vivías como una señora, cabrona, y mira tú cómo vives ahora.

35

Pasó la jornada de trabajo sumida en la angustia; como siempre, Lila la contuvo con una actitud a veces desdeñosa, a veces amenazante. Todos le dejaron entrever que la culpa de aquel ambiente de tensión, desatado de repente en una fábrica siempre tranquila, la tenía ella. No tardaron en perfilarse dos grupos: uno, compuesto por unos pocos, quería reunirse en algún lugar a la hora del almuerzo y aprovechar la situación para animar a Lila a que fuese a ver al dueño con alguna cauta reivindicación económica; el otro, compuesto por la mayoría, a Lila ni siquiera le dirigía la palabra y se mostraba contrario a cualquier iniciativa que complicara una vida laboral de por sí complicada. No hubo manera de que los dos grupos llegasen a un acuerdo. Es más, Edo, que pertenecía al primer grupo y estaba bastante nervioso porque le dolía la mano, llegó a decir a un compañero que pertenecía al segundo: Si se me infecta la mano, si me la cortan, voy a tu casa, la rocío con gasolina y te quemo a ti con toda tu familia dentro. Lila no hizo caso a ninguno de los dos bandos. Se encerró en sí misma y trabajó con la cabeza gacha y su eficiencia habitual, echándose a la espalda los chismorreos, los insultos y el resfriado. Pero reflexionó mucho sobre lo que le esperaba, por la cabeza febril le pasó un torbellino de pensamientos distintos, qué había pasado con los estudiantes golpeados, dónde habían huido, en qué lío la habían metido; Gino la criticaría por todo el barrio, le iría con el cuento a Michele Solara; qué humillación pedirle favores a Bruno, pero no le quedaba otro remedio, temía que la despidiese, temía perder un salario que, aunque miserable, le permitía querer a Enzo sin considerarlo fundamental para su supervivencia y la de Gennaro.

Después recordó la mala noche que había pasado. ¿Qué le había ocurrido, debía ver a un médico? ¿Y si el médico le encontraba algún mal, cómo se las arreglaría con el trabajo y el niño? Cuidado, no debía inquietarse, debía poner orden. Por eso, a la hora del almuerzo, agobiada por las preocupaciones, se resignó a ir a ver a Bruno. Quería hablarle de la mala jugada que le hicieron con la salchicha, de los fascistas de Gino, e insistir en que no tenía la culpa. Pero antes, despreciándose, se encerró en el retrete para arreglarse el pelo y pintarse un poco los labios. La secretaria le dijo hostil que Bruno no estaba, y que era casi seguro que no iría en toda la semana. La asaltó otra vez la angustia. Cada vez más nerviosa, pensó en pedirle a Pasquale que impidiera a los estudiantes regresar a la verja, se dijo que, desaparecidos los muchachos del comité, desaparecerían los fascistas, la fábrica se tranquilizaría y regresaría a las antiguas costumbres. Pero ¿cómo localizaría a Peluso? No sabía dónde estaba la obra donde trabajaba, no se veía con ánimo de ir a buscarlo al barrio, temía cruzarse con su madre, su padre, o con su hermano, con el que no deseaba enfrentarse. Y así, molida, sumó todas sus insatisfacciones y decidió acudir directamente a Nadia. Al finalizar su turno volvió corriendo a su casa, dejó una nota a Enzo en la que le pedía que preparara la cena, abrigó bien a Gennaro con abrigo y gorro, subió a un autobús tras otro, hasta llegar al corso Vittorio Emanuele.

El cielo era de color pastel, sin un penacho de nubes, pero la luz de finales de la tarde iba mermando y el viento era fuerte, soplaba un aire violeta. Se acordó con precisión de la casa, el portón, cada detalle, y la humillación de años antes reavivó aún más el rencor de ahora. Qué deleznable era el pasado, se desmoronaba sin cesar, se le venía encima. De aquella casa a la que había subido conmigo para ir a una fiesta que la había hecho sufrir, ahora había salido rodando Nadia, la ex novia de Nino, para hacerla sufrir aún más. Pero ella no era de las que se quedaban quietas, caminó calle arriba arrastrando a Gennaro. Quería decirle a aquella muchacha: Tú y los otros estáis metiendo en líos a mi hijo; para ti solo es una diversión, nunca te pasará nada grave; para mí, para él, no, es algo serio, así que o haces algo para arreglarlo todo o te parto la cara. Eso mismo pensaba decirle, y tosía y la rabia iba en aumento, no veía la hora de desahogarse.

Encontró el portón abierto. Subió la escalera, se acordó de mí y de ella, de Stefano, que nos había acompañado a la fiesta, de los trajes, de los zapatos, de cada palabra que nos habíamos dicho a la ida y a la vuelta. Tocó el timbre, le abrió la profesora Galiani en persona, idéntica a como la recordaba, amable, toda arreglada aunque estuviera en casa. En comparación con ella, Lila se sintió sucia por el olor a carne cruda que llevaba encima, por el resfriado que le congestionaba el pecho, por la fiebre que desordenaba los sentimientos, por el niño que se quejaba en dialecto, disgustándola.

—¿Está Nadia? —preguntó, brusca.

—No, ha salido.

—¿Cuándo vuelve?

—Lo siento, no lo sé, dentro de diez minutos, dentro de una hora, hace lo que le viene en gana.

—¿Puede decirle que Lina ha preguntado por ella?

—¿Es algo urgente?

—Sí.

—¿Quiere dejarme a mí el recado?

¿Y qué recado iba a dejarle? Lila se despistó, le dio por mirar más allá de la Galiani. Se entrevía la vejez aristocrática de los muebles y las arañas de luces, la estantería repleta que la había embelesado, los preciosos cuadros de las paredes. Pensó: Ahí tienes, el mundo que ambicionaba Nino antes de enfangarse conmigo. Pensó: Qué sé yo de esta otra Nápoles, nada; nunca viviré aquí y Gennaro tampoco; que sea destruida entonces, que venga el fuego y la ceniza, que la lava llegue hasta lo alto de las colinas. Finalmente respondió: No, gracias, tengo que hablar con Nadia. Se dispuso a despedirse, había hecho el viaje en balde. Pero le había gustado el comportamiento hostil con el que la profesora había hablado de su hija y exclamó de repente, con un tono frívolo:

—¿Sabe que hace unos años vine a una fiesta en esta casa? Me esperaba quién sabe qué pero me aburrí, no veía la hora de irme.

36

La Galiani también debió de notar algo que le gustó, quizá una franqueza rayana en la mala educación. Cuando Lina mencionó nuestra amistad, la profesora pareció contenta, exclamó: Ah, sí, Greco, no hemos vuelto a verla, el éxito se le ha subido a la cabeza. Hizo pasar a la madre y al niño al salón, donde había dejado a su nietecito que jugaba, un niño rubio al que casi ordenó: Marco, saluda a nuestro nuevo amigo. Lila, a su vez, empujó a su hijo hacia adelante, dijo: Ve, Gennaro, juega con Marco, y se sentó en un viejo y cómodo sillón verde sin dejar de hablar de la fiesta de años antes. La profesora lamentó no guardar ningún recuerdo, Lila se acordaba de todo. Dijo que había sido una de las peores veladas de su vida. Le contó cómo se había sentido fuera de lugar, ironizó sin morderse la lengua sobre las charlas que había oído y de las que no se había enterado de nada. Era muy ignorante, exclamó con una alegría excesiva, y hoy lo soy todavía más que entonces.

La Galiani la escuchaba, impresionada por su sinceridad, por aquel tono que descolocaba, por las frases en un italiano muy intenso, de una ironía hábilmente administrada. Imagino que debió de notar en Lila ese algo inasible que seducía y alarmaba a un tiempo, una potencia de sirena, le ocurría a todos, le ocurrió a ella también; la charla se interrumpió solo cuando Gennaro le dio una bofetada a Marco gritándole un insulto en dialecto y quitándole un cochecito verde. Lila se levantó como una tromba, agarró a su hijo del brazo, con fuerza le pegó varias veces en la mano con la que había golpeado al otro niño, y aunque la Galiani decía débilmente: Déjelo, son niños, lo recriminó con dureza obligándolo a devolver el juguete. Marco lloraba. Gennaro no derramó una lágrima, es más, le tiró el juguete con desprecio. Lila lo golpeó de nuevo, muy fuerte, en la cabeza.

—Nos vamos —dijo luego, nerviosa.

—No se vaya, quédese un rato más.

Lila se sentó otra vez.

—No es siempre así.

—Es un niño guapísimo. ¿No, Gennaro, que eres guapo y bueno?

—No es bueno, no es nada bueno. Pero es muy aplicado. Aunque sea pequeño, sabe leer y escribir todas las letras, mayúsculas y minúsculas. ¿Qué me dices, Gennà, quieres enseñarle a la profesora cómo lees?

Cogió una revista de una bonita mesa de cristal, le indicó una palabra al azar de la cubierta, dijo: Lee, anda. Gennaro se negó, Lila le dio un golpecito en el hombro, repitió amenazante: Que leas, Gennà. El niño deletreó de mala gana, d-e-s-t, luego se detuvo mirando con rabia el cochecito de Marco. Marco lo apretó fuerte contra el pecho, sonrió y leyó con desenvoltura, destino.

Lila se quedó mortificada, se ensombreció, miró al nieto de la Galiani con irritación.

—Lee bien.

—Porque yo le dedico mucho tiempo. Sus padres siempre están por ahí.

—¿Cuántos años tiene?

—Tres y medio.

—Parece mayor.

—Sí, es bien plantado. ¿Y su hijo cuántos tiene?

—Todavía no ha cumplido cinco —reconoció Lila de mala gana.

La profesora acarició a Gennaro.

—Tu mamá te ha hecho leer una palabra difícil —le dijo—, pero eres muy aplicado, se nota que sabes leer.

En ese momento se oyó un revuelo, la puerta de las escaleras se abrió y se cerró, ruido de pasos por la casa, voces masculinas, voces femeninas. Ahí están mis hijos, dijo la Galiani y llamó: Nadia. No fue Nadia quien asomó la cabeza en la habitación, irrumpió bulliciosamente una muchacha esbelta, muy pálida, rubísima y con unos ojos de un azul tan azul que parecía de imitación. La muchacha abrió los brazos y le gritó a Marco: ¿Quién le da un beso a su mamá? El niño corrió a recibirla y ella lo abrazó, lo besuqueó, mientras asomaba Armando, el hijo mayor de la Galiani. Lila se acordó también de él inmediatamente, y lo observó mientras arrancaba casi a Marco de los brazos de su madre gritando: Ahora mismo le das también al menos treinta besos a papá. Marco empezó a besar a su padre en la mejilla contando, uno, dos, tres, cuatro.

—Nadia —llamó otra vez la Galiani con un tono de repente crispado—. ¿Estás sorda? Ven, que tienes visita.

Nadia apareció al fin en la habitación. Detrás de ella entró Pasquale.

37

El resentimiento de Lila volvió a estallar. ¿Así que al salir del trabajo Pasquale corría a casa de esa gente, entre madres y padres y abuelas y tíos y niños felices, todos afectuosos, todos bien educados, todos de mentalidad tan abierta que lo acogían como a uno de ellos, aunque trabajara de albañil y todavía llevara encima las sucias huellas de la fatiga?

Nadia la abrazó a su manera emocionada. Menos mal que estás aquí, le dijo, deja al niño con mi madre, tenemos que hablar. Lila replicó agresiva que sí, tenían que hablar enseguida, ella había ido para eso. Y como subrayó que disponía de apenas unos minutos, Pasquale se ofreció a acompañarla a casa en coche. Salieron del salón, dejaron a los niños y a la abuela y se reunieron todos —también Armando, también la muchacha rubia, que se llamaba Isabella— en el cuarto de Nadia, un cuarto espacioso, con una camita, un escritorio, estantes repletos de libros, carteles de cantantes, películas y luchas revolucionarias de las que Lila sabía poco o nada. Allí estaban otros tres jóvenes, dos a los que ella no había visto nunca, y Dario, bastante maltrecho por la paliza que le habían dado, repantigado en la cama de Nadia con los zapatos encima del edredón rosa. Los tres fumaban, el cuarto estaba lleno de humo. Lila no esperó más, ni siquiera respondió al saludo de Dario. Dijo que la habían metido en un lío, que por su desconsideración corría el riesgo de que la despidiesen, que el folleto ciclostilado había armado un lío padre, que nunca más debían acercarse a la verja, que por culpa de ellos habían llegado los fascistas y ahora todo el mundo la tenía tomada tanto con los rojos como con los negros. Y a Dario le dijo entre dientes: En cuanto a ti, si no sabes repartir leña, quédate en tu casa, ¿sabías que podían haberte matado? Pasquale intentó interrumpirla en un par de ocasiones, pero ella lo rechazó despectiva, como si su sola presencia en aquella casa fuera una traición. En cambio los demás escucharon en silencio. Solo cuando Lila hubo terminado, intervino Armando. Tenía los rasgos delicados de su madre, las cejas negras pobladísimas, la sombra violácea de la barba bien rasurada que le llegaba hasta los pómulos, y hablaba con una voz cálida, gruesa. Se presentó, dijo alegrarse mucho de conocerla, y lamentar no haber estado cuando había hablado en el comité, pero que habían debatido mucho entre ellos sobre lo que había contado y como lo habían considerado una contribución importante, al final habían decidido poner cada una de sus palabras por escrito. No te preocupes, concluyó tranquilo, te apoyaremos a ti y a tus compañeros en todas las formas posibles.

Lila tosió, el humo del cuarto le irritaba aún más la garganta.

—Deberías haberme informado.

—Es cierto, pero no hubo tiempo.

—El tiempo, si se quiere, se encuentra.

—Somos pocos y cada vez hay más iniciativas.

—¿A qué te dedicas?

—¿En qué sentido?

—¿Cómo te ganas la vida?

—Soy médico.

—¿Como tu padre?

—Sí.

—¿Y en este momento te estás jugando el puesto? ¿De un momento a otro tú y tu hijo podéis terminar en la calle?

—Es un error competir a ver quién arriesga más, Lina —dijo Armando, meneando la cabeza descontento.

—A él lo detuvieron dos veces —aclaró Pasquale— y yo llevo encima ocho denuncias. Aquí no hay quien arriesga menos o arriesga más.

—¿Ah, no?

—No —dijo Nadia—, estamos todos en primera línea y dispuestos a asumir nuestras responsabilidades.

—¿Y si pierdo mi trabajo, vengo a vivir aquí, me dais vosotros de comer, la responsabilidad de mi vida la asumís vosotros? —gritó Lila, olvidándose de que estaba en casa ajena.

—Si quieres, sí —contestó Nadia tranquilamente.

Tres palabras nada más. Lila comprendió que la frase no iba en broma, que Nadia hablaba en serio, que aunque Bruno Soccavo despidiera a todo el personal, ella, con su voz licorosa, habría ofrecido la misma respuesta falta de sentido. Aseguraba que estaba al servicio de los obreros y, mientras tanto, desde su cuarto en una casa llena de libros, con vistas al mar, quería mandarte, quería decirte lo que debías hacer con tu trabajo, decidía por ti, tenía la solución lista aunque terminaras en la calle. Yo sí quiero, a punto estuvo de decirle, lo rompo todo mucho mejor que tú, mosquita muerta, no hace falta que tú me digas, con esa voz de santurrona, cómo tengo que pensar, qué tengo que hacer; pero se contuvo.

—Tengo prisa —le dijo a Pasquale con brusquedad—, ¿qué haces, me acompañas o te quedas?

Silencio. Pasquale lanzó una mirada a Nadia, farfulló: Te acompaño, y Lila hizo ademán de salir del cuarto sin saludar. La muchacha se apresuró a abrirle paso y mientras le iba diciendo que era inaceptable trabajar en las condiciones que Lila había descrito tan bien, que era urgente encender la chispa de la lucha, y otras frases por el estilo. No te eches atrás, la exhortó al fin, antes de entrar en el salón. Pero no obtuvo respuesta.

La Galiani leía ceñuda, sentada en un sillón. Cuando levantó la vista, se dirigió a Lila ignorando a su hija, ignorando a Pasquale que acababa de aparecer con aire incómodo.

—¿Se marcha?

—Sí, es tarde. Muévete, Gennaro, devuélvele el cochecito a Marco y ponte el abrigo.

La Galiani sonrió a su nieto, que estaba enfurruñado.

—Marco se lo ha regalado.

Lila entrecerró los ojos hasta que fueron dos rendijas.

—Todos son generosos en esta casa, gracias.

La profesora la observó mientras peleaba con su niño para ponerle el abrigo.

—¿Puedo preguntarle algo?

—Diga.

—¿Qué estudios tiene?

La pregunta pareció disgustar a Nadia, que intervino:

—Mamá, Lina tiene que irse.

Por primera vez Lila notó el nerviosismo en su voz de niña, y eso la complació.

—¿Me dejas hablar un poco? —le soltó la Galiani con un tono no menos nervioso. Y le repitió a Lila, pero con amabilidad—: ¿Qué estudios tiene?

—Ninguno.

—Al oír cómo habla, cómo grita, no lo parece.

—Es así, dejé los estudios en quinto de primaria.

—¿Por qué?

—No tenía aptitudes.

—¿Cómo lo supo?

—Greco sí las tenía, yo no.

La Galiani meneó la cabeza mostrando su desacuerdo,

—Si hubiese estudiado —dijo—, habría tenido tanto éxito como Greco.

—¿Y usted cómo lo sabe?

—Es mi trabajo.

—Ustedes los profesores insisten tanto en los estudios porque con eso se ganan el pan, pero estudiar no sirve para nada, ni siquiera para mejorar, al contrario, hace a la gente aún más mala.

—¿Elena se ha vuelto más mala?

—No, ella no.

—¿Cómo es eso?

Lila le encasquetó a su hijo el gorro de lana.

—De niñas hicimos un pacto: la mala soy yo.

38

En el coche la tomó con Pasquale («¿Te has convertido en el siervo de esa gente?») y él dejó que se desahogara. Cuando consideró que había agotado todas las recriminaciones, atacó con sus fórmulas políticas, la condición obrera en el sur, el estado de servidumbre en el que se encontraba, el chantaje permanente, la debilidad de los sindicatos cuando no su falta, la necesidad de forzar las situaciones y llegar a la lucha. Lina, le dijo en dialecto con tono de desconsuelo, tú tienes miedo de perder las cuatro liras que te pagan, y tienes razón, debes criar a Gennaro. Pero yo sé que eres una compañera de verdad, sé que lo entiendes, los trabajadores de aquí no hemos estado nunca dentro de las franjas salariales, estamos fuera de toda regla, estamos bajo cero. Por eso es un insulto decir: Dejadme en paz, yo tengo mis problemas y voy a lo mío. Cada uno, en el puesto que le ha tocado, debe hacer lo que puede.

Lila estaba exhausta, menos mal que Gennaro dormía en el asiento posterior con el cochecito apretado en la mano derecha. Oyó el discursito de Pasquale a ratos. De vez en cuando le venían a la cabeza la hermosa casa del corso Vittorio Emanuele y la profesora y Armando e Isabella y Nino, que se había largado para buscarse en algún lugar una esposa del estilo de Nadia, y Marco, que tenía tres años y ya sabía leer mucho mejor que su hijo. Qué esfuerzo inútil conseguir que Gennaro fuese aplicado. El niño ya se estaba echando a perder, se estaba sumergiendo en aquel ambiente y ella no conseguía retenerlo. Cuando llegaron frente a su casa y se vio obligada a invitar a Pasquale a subir, le dijo: No sé qué ha preparado Enzo, cocina muy mal, no sé si te conviene quedarte, y esperó que se fuera. Pero él contestó: Subo diez minutos y me voy, de modo que ella le rozó un brazo con la punta de los dedos y murmuró:

—No le cuentes nada a tu amigo.

—¿Nada de qué?

—De los fascistas. Si se entera, esta misma noche sale a partirle la cara a Gino.

—¿Lo quieres?

—No quiero hacerle daño.

—Ah.

—Es así.

—Mira que Enzo sabe mejor que yo y que tú qué hay que hacer.

—Sí, pero de todos modos no le cuentes nada.

Pasquale asintió con expresión ceñuda. Cargó con Gennaro, que no quería despertarse, y lo subió escaleras arriba seguido de Lila, que rezongaba amargada: Vaya día, estoy muerta de cansancio, tú y tus amigos me habéis metido en un lío enorme. A Enzo le dijeron que habían estado en una reunión en casa de Nadia, y Pasquale no le dio pie a preguntar, charló sin parar hasta medianoche. Dijo que Nápoles, como todo el mundo, era un hervidero de vida nueva; elogió mucho a Armando que, como buen médico que era, en lugar de pensar en su carrera curaba gratis a la gente sin dinero, se ocupaba de los niños de los Quartieri Spagnoli y con Nadia e Isabella estaba metido en mil proyectos al servicio del pueblo, un asilo, un ambulatorio. Dijo que ya nadie estaba solo, los compañeros se ayudaban, la ciudad vivía momentos hermosísimos. Vosotros, dijo, no debéis quedaros aquí encerrados en casa, debéis salir, debemos estar más juntos. Y al final anunció que para él el Partido Comunista se había terminado, demasiadas cosas feas, demasiados compromisos nacionales e internacionales, no aguantaba más aquella mediocridad. Enzo se inquietó mucho con esa decisión, la discusión entre ellos se encrespó y continuó largo rato, el partido es el partido, no, sí, no, ya está bien de políticas de estabilización, hay que atacar al sistema en sus estructuras. Lila se aburrió enseguida, fue a acostar a Gennaro, que entretanto había cenado lloriqueando porque tenía sueño, y ya no regresó a la cocina.

Pero se quedó despierta incluso cuando Pasquale se marchó y se apagaron los signos de la presencia de Enzo en la casa. Se tomó la temperatura, tenía treinta y ocho. Recordó el momento en que a Gennaro le había costado leer. Vaya palabra le había puesto delante de los ojos: destino. Seguro que Gennaro no la había oído nunca. No basta con conocer el alfabeto, pensó, son muchas las dificultades. Si Nino lo hubiese tenido con Nadia, el destino de ese hijo habría sido bien distinto. Se sintió una madre inadecuada. Sin embargo fui yo quien lo quiso, pensó, con Stefano no deseaba hijos, con Nino, sí. A Nino lo había querido de veras. Lo había deseado muchísimo, había deseado gustarle, y por complacerlo habría hecho de buena gana todo aquello que por su marido había tenido que hacer a la fuerza, venciendo el asco, simplemente para que no la matara. Pero eso que decían que debía sentir al ser penetrada, no lo había sentido nunca, la verdad, y no solo con Stefano, tampoco con Nino. Los hombres le daban tanta importancia a la polla, estaban tan orgullosos de ella, que tenían la convicción de que tú debías darle más importancia que ellos. Gennaro también, no hacía más que juguetear con su pilila, a veces daba vergüenza cuánto se la meneaba con las manos, cuanto se la estiraba. Lila temía que se hiciera daño, e incluso para lavarlo o ayudarlo a mear, había tenido que esforzarse, acostumbrarse. Enzo era tan discreto, nunca iba por la casa en calzoncillos, nunca decía una palabra vulgar. Por ese motivo sentía por él un intenso afecto, y le estaba agradecida por su devota espera en el otro cuarto, que jamás había desembocado en un mal paso. El control que él ejercía sobre las cosas y sobre sí mismo le pareció el único consuelo. Pero después afloró el sentimiento de culpa, eso que a ella la consolaba, seguramente a él lo hacía sufrir. Y la idea de que Enzo sufriera por su culpa se sumó a todas las cosas feas de aquel día. Los acontecimientos y las conversaciones le dieron vueltas en la cabeza en desorden, largo rato. Tonos de voz, palabras sueltas. ¿Cómo comportarse al día siguiente en la fábrica? ¿De verdad había todo ese fervor en Nápoles y el mundo, o eran Pasquale, Nadia y Armando quienes se lo imaginaban por aburrimiento, para aplacar sus propias ansias, para darse ánimos? ¿Debía fiarse, con el riesgo de caer prisionera de las fantasías? ¿O era mejor recurrir otra vez a Bruno para salir del lío? Pero ¿de veras servía de algo tratar de calmarlo, y arriesgarse a que se le echara otra vez encima? ¿Servía de algo someterse a los atropellos de Filippo y los jefecillos? No logró avanzar mucho. Al final, en el duermevela, llegó a un viejo principio que nosotras dos habíamos asimilado desde pequeñas. Le pareció que para salvarse, para salvar a Gennaro, debía someter a quien quería someterla, debía meter miedo a quien quería meterle miedo. Se durmió con la intención de hacer daño: a Nadia, demostrándole que no era más que una chica de buena familia toda palabrería melosa; a Soccavo, echándole a perder el placer de olisquear embutidos y mujeres en la sala de curado.

39

Se despertó a las cinco de la mañana empapada en sudor, ya no tenía fiebre. En la verja de la fábrica no se encontró con los estudiantes, sino con los fascistas. Los mismos coches, las mismas caras del día anterior, gritaban consignas, repartían octavillas. Lila notó que se cocinaba más violencia y avanzó, la cabeza gacha, las manos en los bolsillos, con la esperanza de entrar en el establecimiento antes de los palos. Pero Gino se le plantó delante.

—¿Todavía sabes leer? —le preguntó en dialecto tendiéndole una octavilla. Ella siguió con las manos hundidas en los bolsillos del abrigo.

—Yo sí —replicó—. ¿Y tú cuándo aprendiste?

Intentó seguir su camino, pero fue inútil. Gino se lo impidió, por la fuerza le metió la octavilla en el bolsillo con un gesto tan violento que le arañó la mano con la uña. Con calma Lila hizo una pelota con el papel.

—No sirve ni para limpiarse el culo —dijo, y lo tiró.

—Recógelo —le ordenó el hijo del farmacéutico agarrándola del brazo—, recógelo ahora mismo y ándate con mucho ojo, que ayer por la tarde le pedí al cornudo de tu marido permiso para romperte la cara y él me lo dio.

Lila clavó los ojos en los suyos.

—¿Y tú para romperme la cara fuiste a pedirle permiso a mi marido? Suéltame el brazo ahora mismo, cabrón.

En ese momento llegó Edo, que en lugar de hacerse el loco, como era de esperar, se detuvo.

—¿Te está molestando, Cerù?

Fue un instante. Gino le dio un puñetazo en la cara, Edo quedó tendido en el suelo. Lila sintió el corazón en la boca, todo empezó a tomar velocidad, cogió una piedra y apretándola con fuerza golpeó en el pecho al hijo del farmacéutico. Siguió un largo instante. Mientras Gino la empujaba lanzándola contra un poste de la luz, mientras Edo trataba de incorporarse, por la calle sin asfaltar, levantando polvo, llegó otro coche. Lila lo reconoció, era el automóvil destartalado de Pasquale. Ahí lo tienes, pensó, Armando me hizo caso, quizá también Nadia, son gente educada, pero Pasquale no pudo resistirse, ha venido a hacer la guerra. En efecto, se abrieron las portezuelas y bajaron cinco hombres, él incluido. Era gente de las obras, llevaban mazas nudosas con las que empezaron a golpear a los fascistas con una ferocidad metódica, sin encarnizarse, un solo golpe certero con el propósito de derribarlos. Lila se dio cuenta enseguida de que Pasquale iba a por Gino y como ella a Gino lo tenía aún a unos pasos, lo agarró de un brazo con las dos manos y le dijo riendo: Será mejor que te vayas, si no, te matan. Pero él no se fue, al contrario, la apartó de otro empujón y se abalanzó sobre Pasquale. Lila ayudó entonces a Edo a levantarse, trató de arrastrarlo hasta el patio, lo cual resultó difícil porque pesaba y se retorcía, gritaba insultos, sangraba. Se calmó un poco al ver a Pasquale golpear a Gino con el garrote y dejarlo tendido en el suelo. Ya había mucha confusión, volaban a modo de proyectiles restos de objetos viejos recogidos al costado de la calle y escupitajos e insultos. Pasquale había dejado aturdido a Gino y, con la ayuda de otro, un hombre en camiseta de tirantes encima de unos anchos pantalones azules sucios de cal, se precipitaron hacia el patio. Los dos aporrearon la garita de Filippo que, aterrorizado, se había encerrado dentro. Destrozaron los cristales y gritaban obscenidades, mientras la sirena de la policía se aproximaba. Lila notó una vez más el placer ansioso de la violencia. Sí, pensó, debía meter miedo a quien quería meterle miedo, no hay otro remedio, golpe por golpe, lo que tú me quitas yo vuelvo a cogerlo, lo que tú me haces, te lo devuelvo. Pero mientras Pasquale y los suyos ya se subían al coche, mientras los fascistas hacían lo mismo levantando a peso a Gino y llevándoselo, mientras la sirena de la policía se acercaba cada vez más, ella notó espantada que el corazón se le estaba poniendo como el resorte demasiado tensado de un juguete y comprendió que debía buscar cuanto antes un lugar donde sentarse. Cuando estuvo dentro de la fábrica, se dejó caer en el vestíbulo, la espalda apoyada en la pared, y trató de calmarse. Teresa, la mujerona que andaría por los cuarenta y trabajaba en la sala de deshuesado, se ocupó de Edo y le limpió la sangre de la cara.

—¿A este primero le arrancas una oreja y después le prestas auxilio? —le tomó el pelo a Lila—. Tendrías que haberlo dejado allá fuera.

—Él me ayudó a mí y yo a él.

Teresa se dirigió a Edo incrédula:

—¿Que tú la has ayudado?

—No me daba la gana —farfulló él— que un extraño le partiera la cara, quiero ser yo quien se la parta.

—¿Habéis visto cómo se ha cagado encima Filippo? —dijo la mujer.

—Se lo tiene merecido —rezongó Edo—, lástima que solo le rompieran la garita.

Teresa se volvió hacia Lila y le preguntó con un punto de malicia:

—¿Tú has llamado a los comunistas? Di la verdad.

¿Está bromeando, se preguntó Lila, o es una espía y dentro de nada le irá con el cuento al dueño?

—No —contestó—, pero sé quién ha llamado a los fascistas.

—¿Quién?

—Soccavo.

40

Por la noche después de la cena, Pasquale apareció con una expresión siniestra e invitó a Enzo a una reunión en la sección de San Giovanni a Teduccio. Lila estuvo a solas con él unos minutos.

—Menuda cagada la de esta mañana —le dijo.

—Hago lo que es necesario.

—¿Tus amigos estaban de acuerdo?

—¿Quiénes son mis amigos?

—Nadia y su hermano.

—Claro que estaban de acuerdo.

—Pero se quedaron en casa.

—¿Quién te ha dicho que se quedaron en casa? —rezongó Pasquale.

No estaba de buen humor, es más, era como si estuviese vacío de energías, como si el ejercicio de la violencia se hubiese tragado su deseo de hacer. Para colmo no le había pedido que fuese a la reunión, se había dirigido solo a Enzo, algo que no ocurría nunca, incluso cuando era tarde, hacía frío y resultaba improbable que ella sacara a Gennaro. Tal vez tenían otras guerras de hombres que emprender. Tal vez estaba enfadado con ella porque, con su resistencia a la lucha, lo hacía quedar mal con Nadia y Armando. Seguramente estaba molesto por el tono crítico con el que ella se había referido a la expedición de la mañana. Está convencido, pensó Lila, de que yo no he entendido por qué atacó a Gino de ese modo, por qué quería romperle la cabeza al guardián. Buenos o malos, todos los hombres se creen que en cada una de sus empresas debes colocarlos en un altar cual san Jorge que mata al dragón. Me considera una ingrata, lo hizo para vengarme, le gustaría que al menos le diera las gracias.

Cuando los dos salieron, se acostó, leyó hasta tarde los folletos sobre trabajo y sindicato que Pasquale le había dado tiempo antes. Le sirvieron para mantenerse anclada a las cosas grises de cada día, temía el silencio de la casa, el sueño, los latidos desobedientes del corazón, las formas que a cada momento amenazaban con estropearse. Leyó mucho pese al cansancio y, como le ocurría siempre, se apasionó, aprendió deprisa muchísimas cosas. Para sentirse a salvo, se obligó a esperar que Enzo regresara. Pero él no volvió, el sonido de la respiración regular de Gennaro acabó por hacerse hipnótico y se quedó dormida.

A la mañana siguiente, Edo y la mujer de la sala de deshuesado empezaron a rondarla con palabras y gestos tímidamente amistosos. Y Lila no solo no los rechazó sino que también trató con amabilidad a sus otros compañeros. Se mostró disponible con quien bufaba, comprensiva con quien se enojaba, solidaria con quien maldecía por los atropellos. Llevó el malestar de unos hacia el malestar de otros uniéndolo todo firmemente a base de buenas palabras. En especial en los días siguientes, le dio cada vez más cuerda a Edo, a Teresa y a su minúsculo partido, transformando la pausa del almuerzo en un momento de conciliábulo. Y como cuando quería sabía dar la impresión de que no era ella la que hacía y deshacía, sino que eran los demás, se encontró cada vez más rodeada de gente contenta de oír que les decían que sus quejas genéricas no eran más que necesidades justas y urgentes. Sumó las reivindicaciones de la sala de deshuesado a las de las celdas, a las de la zona de lavado, y descubrió no sin cierta sorpresa que los problemas de un sector dependían de los problemas de otro y que todos juntos eran eslabones de la misma cadena de explotación. Hizo una lista pormenorizada de las enfermedades originadas por las condiciones de trabajo: lesiones en las manos, en los huesos, en los bronquios. Reunió datos suficientes para demostrar que todo el establecimiento estaba en pésimo estado, que las condiciones higiénicas eran deplorables, que se trabajaba con productos a veces deteriorados, a veces de dudosa procedencia. Cuando pudo hablar con Pasquale cara a cara y le contó lo que había organizado en tan poco tiempo, pese a ser un arisco se quedó con la boca abierta de admiración, dijo radiante: Sabía que lo harías, y le concertó cita con un tal Capone, secretario de la Cámara del Trabajo.

Lila pasó a limpio con su bonita letra cuanto había puesto negro sobre blanco y le llevó la copia a Capone. El secretario examinó las páginas, él también se entusiasmó. Le dijo cosas como: De dónde has salido, compañera, has hecho un magnífico trabajo, muy bien. Y luego: Nosotros nunca conseguimos entrar en la fábrica Soccavo, ahí son todos fascistas, pero ahora que estás tú, las cosas cambiarán.

—¿Cómo procederemos a partir de ahora? —preguntó ella.

—Formad una comisión.

—Ya la tenemos formada.

—Estupendo, entonces lo primero es poner orden en esto.

—¿En qué sentido ponemos orden?

Capone miró a Pasquale, Pasquale no dijo nada.

—Estáis pidiendo demasiadas cosas juntas, algunas de ellas no se han pedido en ningún otro sitio, hay que establecer prioridades.

—Allí dentro todo es prioritario.

—Ya lo sé, pero es cuestión de táctica: si lo pedís todo de golpe, os arriesgáis a no conseguir nada.

Lila entrecerró los ojos como dos rendijas, siguió una disputa. Entre otras cosas salió a relucir que la comisión no podía ir a negociar directamente con el patrón, hacía falta la mediación del sindicato.

—¿Y yo no soy el sindicato? —se encabritó ella.

—Claro que sí, pero hay unos momentos y unas maneras.

Se enzarzaron de nuevo. Capone dijo: Decididlo vosotros, abrid la discusión, no sé, sobre los turnos, las vacaciones, las horas extra, y luego se irá avanzando. De todos modos, concluyó, no sabes cómo me alegro de tener una compañera como tú, es algo raro, debemos coordinarnos, haremos grandes avances en el sector de la alimentación, escasean las mujeres comprometidas. Dicho lo cual echó mano de la cartera, que llevaba en el bolsillo posterior de los pantalones, y le preguntó:

—¿Quieres algo de dinero para los gastos?

—¿Qué gastos?

—El ciclostil, el papel, el tiempo que pierdes, cosas así.

—No.

Capone volvió a guardar la cartera en el bolsillo.

—Y ahora no vayas a desanimarte y desaparecer, Lina, mantengámonos en contacto. Me apunto tu nombre y apellido, quiero hablar de ti en el sindicato, tenemos que utilizarte.

Lila se marchó descontenta, le dijo a Pasquale: ¿Con quién me has llevado a hablar? Él la tranquilizó, le confirmó que Capone era una bellísima persona, dijo que tenía razón, que había que comprender, que estaba la estrategia y estaba la táctica. Después se dejó llevar por el entusiasmo, casi se conmueve, hizo ademán de abrazarla, lo pensó mejor, dijo: Tú tira para adelante, Lina, a la mierda la burocracia, yo mientras informo al comité.

Lila no hizo ninguna selección de los objetivos. Se limitó a reducir el primer borrador, que era muy amplio, y volcarlo en una hoja bien apretada que le entregó a Edo: una lista de peticiones que atacaban la organización del trabajo, los ritmos, el estado general de la fábrica, la calidad del producto, el riesgo permanente de sufrir heridas o padecer enfermedades, las indemnizaciones miserables, los aumentos salariales. Así las cosas surgió el problema de quién le llevaría la lista a Bruno.

—Ve tú —le dijo Lila a Edo.

—Yo me cabreo con facilidad.

—Mejor.

—No soy la persona adecuada.

—Eres muy adecuado.

—No, ve tú que estás inscrita en el sindicato. Además sabes hablar bien, enseguida lo pondrás en su sitio.

41

Lila sabía desde el principio que le tocaría a ella. Fue dando largas, dejó a Gennaro con su vecina, asistió con Pasquale a una reunión del comité de la via dei Tribunali convocada para discutir también la situación en la fábrica Soccavo. Esta vez eran doce, incluidos Nadia, Armando, Isabella y Pasquale. Lila hizo circular la copia que había preparado para Capone, en aquella primera versión todas las peticiones estaban mejor argumentadas. Nadia las leyó con atención. Al final dijo: Pasquale tenía razón, eres de las que no se echan atrás, en poquísimo tiempo has hecho un trabajo excelente. Y elogió con un tono de sincera admiración no solo el contenido político y sindical del documento sino su redacción; qué buena eres, dijo, ¿cuándo se había visto que se pudiera escribir así sobre este asunto? Sin embargo, después de aquella introducción, le desaconsejó que planteara enseguida un enfrentamiento directo con Soccavo. Y Armando fue del mismo parecer.

—Esperemos a reforzarnos y crecer —dijo—, la fabriquita de Soccavo es una realidad que necesita madurar. Tenemos un pie dentro, eso en sí es un gran resultado, no podemos arriesgarnos a que acaben con nosotros simplemente por precipitarnos.

—¿Qué proponéis? —preguntó Darío.

—Convoquemos una reunión más amplia —contestó Nadia, pero dirigiéndose a Lila—. Volveremos a vernos lo antes posible con tus compañeros, consolidaremos vuestra estructura y, en todo caso, con tu material prepararemos otro documento ciclostilado.

Ante aquellas súbitas cautelas, Lila sintió una satisfacción pendenciera muy grande.

—¿O sea que os pensáis que me he tomado todo este trabajo y estoy arriesgando mi puesto de trabajo para que vosotros podáis hacer una reunión más amplia y otro documento ciclostilado? —dijo con recochineo.

No tuvo ocasión de disfrutar de aquella impresión de revancha. De repente, Nadia, que estaba delante de ella, empezó a vibrar como un cristal mal sujeto, se desmoronó. Sin un motivo evidente, a Lila se le cerró la garganta, y los gestos más leves de los presentes, incluso un pestañeo, se aceleraron. Cerró los ojos, se apoyó en el respaldo de la silla destartalada en la que estaba sentada, sintió que se ahogaba.

—¿Te pasa algo? —preguntó Armando.

Pasquale se inquietó.

—Se cansa demasiado —dijo—. Lina, ¿qué tienes, quieres un vaso de agua?

Darío corrió a buscar agua, mientras Armando le tomaba el pulso y Pasquale, nervioso, la apremiaba:

—Qué notas, estira las piernas, respira.

Lila susurró que se encontraba bien, apartó de golpe la muñeca que le sostenía Armando, dijo que lo único que quería era que la dejaran en paz un momento. Y como Dario había regresado con el agua, bebió un sorbito, murmuró que no era nada, solo un poco de gripe.

—¿Tienes fiebre? —preguntó Armando con tranquilidad.

—Hoy no.

—¿Tos, dificultad para respirar?

—Un poco, noto que el corazón me late en la garganta.

—¿Estás un poco mejor ahora?

—Sí.

—Acompáñame a la otra habitación.

Lila no quería y, sin embargo, notaba por dentro una gran angustia. Obedeció, se levantó con dificultad, siguió a Armando, que entretanto había cogido un maletín de cuero negro con hebillas doradas. Fueron a una habitación que Lila no había visto aún, grande, fría, con tres catres en los que había viejos colchones de aspecto mugriento, un armario con espejo y el azogue carcomido, una cómoda. Exhausta, se sentó en una de las camas, no se sometía a una visita médica desde el embarazo. Cuando él le preguntó por los síntomas, se los ocultó todos, solo se refirió al peso que notaba en el pecho, pero añadió: Es una tontería.

Armando le hizo la revisión en silencio y ella odió al instante aquel silencio, le pareció un silencio maligno. Aquel hombre distante, limpio, a pesar de sus preguntas, parecía no fiarse en absoluto de las respuestas. Las sometía a una comprobación como si solo su cuerpo, potenciado por instrumentos y competencias, fuese un mecanismo fiable. La auscultaba, la palpaba, la escrutaba, y entretanto le imponía la espera de palabras definitivas sobre lo que le estaba ocurriendo en el pecho, en el vientre, en la garganta, lugares aparentemente bien conocidos que ahora ella sentía como del todo desconocidos.

—¿Duermes bien? —le preguntó por fin Armando.

—Muy bien.

—¿Cuánto?

—Depende.

—¿De qué?

—De los pensamientos.

—¿Comes suficiente?

—Cuando tengo ganas.

—¿A veces te cuesta respirar?

—No.

—¿Dolor en el tórax?

—Un peso, pero ligero.

—¿Sudores fríos?

—No.

—¿Te has desmayado alguna vez o has notado que ibas a hacerlo?

—No.

—¿Eres regular?

—¿En qué?

—La menstruación.

—No.

—¿Cuándo fue la última vez que te vino?

—No lo sé.

—¿No lo apuntas?

—¿Hay que apuntarlo?

—Es mejor. ¿Utilizas anticonceptivos?

—¿Qué quieres decir?

—Preservativos, espiral, la píldora.

—¿Qué píldora?

—Un nuevo medicamento: lo tomas y no te quedas embarazada.

—¿En serio?

—Sí, en serio. ¿Tu marido nunca utiliza preservativos?

—Ya no tengo marido.

—¿Te dejó?

—Lo dejé yo.

—¿Cuando estabais juntos los utilizaba?

—No tengo ni idea de cómo es un preservativo.

—¿Tienes una vida sexual regular?

—¿Qué necesidad hay de hablar de estas cosas?

—Si no quieres, no hablamos.

—No quiero.

Armando guardó sus instrumentos en el maletín, se sentó en una silla medio desfondada, lanzó un suspiro.

—Tienes que parar, Lina, has sometido a tu cuerpo a un esfuerzo excesivo.

—¿Qué quieres decir?

—Que estás desnutrida, agitada, te has descuidado mucho.

—¿Y qué más?

—Tienes un poco de catarro, te daré un jarabe.

—¿Y qué más?

—Deberías hacerte una serie de análisis, el hígado está un poco agrandado.

—No tengo tiempo para análisis, recétame algo.

Armando meneó la cabeza, descontento.

—Vamos a ver —dijo—, como he visto que contigo es mejor ir al grano, te lo diré sin más, tienes un soplo.

—¿Qué es?

—Un problema en el corazón, y podría ser algo no benigno.

Lila hizo una mueca de ansiedad.

—¿Qué quieres decir, me voy a morir?

—No —dijo él sonriendo—, pero tiene que verte un cardiólogo. Mañana ve a verme al hospital y te mandaré a uno muy competente.

Lila arrugó la frente y se levantó.

—Mañana estaré ocupada —dijo gélida—, iré a ver a Soccavo.

42

La exasperó el tono preocupado de Pasquale. Mientras conducía hacia su casa le preguntó:

—¿Qué te ha dicho Armando, cómo estás?

—Bien, tengo que comer más.

—Lo ves, no te cuidas.

—Pasquà —estalló Lila—, tú no eres mi padre, no eres mi hermano, no eres nadie. Déjame en paz, ¿está claro?

—¿No puedo preocuparme por ti?

—No, y ojo con lo que haces y lo que dices, sobre todo a Enzo. Si le cuentas que me he sentido mal, cosa que no es verdad, ha sido solo un mareo, te arriesgas a perder mi amistad.

—Tómate un par de días de descanso, no vayas a ver a Soccavo. Capone no te lo aconsejó, tampoco el comité, es una cuestión de oportunidad política.

—Me importa un carajo la oportunidad política. Vosotros me habéis metido en líos y ahora hago lo que me da la gana.

No lo invitó a subir y él se fue enojado. Una vez en casa, Lila le hizo muchos mimos a Gennaro, preparó la cena, esperó a Enzo. Ahora le parecía que tenía la respiración entrecortada de forma estable. Como Enzo tardaba, le dio de comer a Gennaro, temió que fuera una de esas noches en las que se iba con mujeres y regresaba de madrugada. Cuando el niño derramó un vaso lleno de agua, dejó de lado las ternuras, le gritó como si fuera adulto, en dialecto: ¿Quieres parar de moverte de una vez o tengo que llenarte la cara de bofetadas, por qué te empeñas en arruinarme así la vida?

Enzo llegó en ese momento, ella trató de ser amable. Comieron, si bien Lila tenía la impresión de que al bocado le costaba llegar al estómago, le raspaba por dentro. En cuanto Gennaro se durmió, se dedicaron al curso por correspondencia de Zurich, pero Enzo se cansó enseguida, en varias ocasiones, con amabilidad, dijo que quería irse a dormir. Fueron intentos vanos, Lila trataba de demorarse, tenía miedo de encerrarse en su habitación, temía que en cuanto se encontrara sola en la oscuridad reaparecieran todos juntos los síntomas que le había ocultado a Armando y la mataran.

—¿Me dices qué tienes? —le preguntó él en voz baja.

—Nada.

—Vas y vienes con Pasquale, ¿por qué, qué secretos tenéis?

—Son cosas del sindicato, me obligaron a afiliarme y ahora tengo que ocuparme de algunos asuntos.

Enzo puso cara de desaliento.

—¿Qué pasa? —le preguntó ella.

—Pasquale me ha contado lo que estás haciendo en la fábrica. Se lo contaste a él, se lo contaste a los del comité. ¿Por qué el único que no se merece saber nada soy yo?

Lila se irritó, se levantó, fue al retrete. Pasquale no había resistido. ¿Qué le había contado? ¿Solo lo del jaleo sindical que quería armarle a Soccavo o también lo de Gino, de la indisposición que había tenido en la via dei Tribunali? No había podido callarse la boca, la amistad entre hombres tiene pactos no escritos pero sólidos, no como la amistad entre mujeres. Tiró de la cadena y volvió con Enzo.

—Pasquale es un soplón —dijo.

—Pasquale es un amigo. Pero tú, ¿qué eres tú?

El tono le hizo daño, cedió de forma inesperada, de golpe. Los ojos se le llenaron de lágrimas, intentó tragárselas pero fue inútil, humillada por su propia debilidad.

—No quiero causarte más problemas de los que ya te he causado —sollozó—, tengo miedo de que me eches. —Se sonó la nariz y añadió con un hilo de voz—: ¿Puedo dormir contigo?

Enzo la miró incrédulo.

—¿Dormir cómo?

—Como quieres tú.

—¿Y tú quieres?

Lila murmuró, la vista clavada en el jarro de agua en el centro de la mesa, un jarro gracioso, le gustaba mucho a Gennaro, tenía cabeza de gallina:

—Lo esencial es que me dejes estar a tu lado.

Enzo meneó la cabeza descontento.

—Tú no me quieres.

—Te quiero, pero no siento nada.

—¿No sientes nada por mí?

—Qué dices, a ti te quiero un montón y todas las noches deseo que me llames y me tengas abrazada. Pero aparte de eso no deseo nada más.

Enzo palideció, su cara hermosa se contrajo como si sufriera un dolor insoportable.

—Te repugno —confirmó.

—No, no, no, hagamos lo que quieras, ahora mismo, estoy dispuesta.

Él esbozó una sonrisa desolada, guardó silencio un rato. Luego no soportó la ansiedad de ella y refunfuñó:

—Vamos a dormir.

—¿Cada cual en su habitación?

—No, en la mía.

Aliviada, Lila fue a desvestirse. Se puso el camisón, entró en la habitación de Enzo temblando de frío. Él ya estaba en la cama.

—¿Me pongo de este lado?

—Sí.

Se escurrió entre las mantas, apoyó la cabeza sobre su hombro, le pasó un brazo sobre el pecho. Enzo se quedó inmóvil, ella notó enseguida que desprendía un calor intensísimo.

—Tengo los pies helados —susurró—, ¿puedo ponerlos cerca de los tuyos?

—Sí.

—¿Te acaricio un poco?

—Déjame en paz.

Poco a poco se le fue pasando el frío. El dolor del pecho se desvaneció, se olvidó del nudo en la garganta, se abandonó a la tregua de la tibieza.

—¿Puedo dormir? —preguntó, aturdida por el cansancio.
—Duerme.

43

Al alba se sobresaltó, su cuerpo le recordó que debía despertarse. En un santiamén la asaltaron los malos pensamientos, todos muy nítidos: el corazón enfermo, las regresiones de Gennaro, los fascistas del barrio, la pedantería de Nadia, la informalidad de Pasquale, la lista de reivindicaciones. Solo entonces se dio cuenta de que había dormido con Enzo, pero él ya no estaba en la cama. Se levantó deprisa justo para oír que se cerraba la puerta de casa. ¿Se había levantado en cuanto ella se había dormido? ¿Se había pasado toda la noche despierto? ¿Había dormido en la otra habitación con el niño? ¿O se había dormido con ella olvidándose de todos los deseos? Lo único cierto era que había desayunado solo, después de dejar la mesa puesta para ella y Gennaro. Se había ido a trabajar sin decir una palabra, la cabeza llena de pensamientos.

Después de dejar a su hijo con la vecina, Lila también se fue corriendo para la fábrica.

—Entonces qué, ¿te has decidido? —preguntó Edo, de morros.

—Me decidiré cuando yo quiera —contestó Lila, recuperando sus tonos de antes.

—Somos una comisión, tienes que informarnos.

—¿Habéis hecho circular la lista?

—Sí.

—¿Y qué dicen los demás?

—El que calla otorga.

—No —dijo ella—, el que calla se caga encima.

Capone tenía razón, Nadia y Armando también. Era una iniciativa débil, forzada. Lila trabajó con saña cortando carne, tenía ganas de hacer daño y hacerse daño. Clavarse el cuchillo en la mano, dejar que resbalara ahora, de la carne muerta a la suya, viva. De gritar, de arremeter contra los demás, de hacer pagar a todos su incapacidad de encontrar un equilibrio. Ay, Lina Cerullo, eres incorregible. ¿Por qué preparaste esa lista? ¿No quieres dejarte explotar? ¿Quieres mejorar tu situación y la de esta gente? ¿Estás convencida de que tú y ellos empezaréis por aquí, por lo que sois ahora, para después sumaros a la marcha victoriosa del proletariado del mundo entero? Ni hablar. ¿Marcha para convertirse en qué? ¿Otra vez en obreros, siempre obreros? ¿Obreros que se desloman de la mañana a la noche, pero en el poder? Ni hablar. Detallitos para dorarle la píldora a la fatiga. Te consta de sobra que son unas condiciones terribles, no hay que mejorarlas sino eliminarlas, lo sabes desde niña. ¿Mejorar, mejorarse? Tú, por ejemplo, ¿has mejorado, has llegado a ser como Nadia o Isabella? ¿Tu hermano ha mejorado, ha llegado a ser como Armando? ¿Y tu hijo es como Marco? No, nosotros seguiremos siendo como somos y ellos seguirán siendo como son. Entonces, ¿por qué no te resignas? La culpa la tiene tu cabeza que no sabe calmarse, busca sin cesar una manera de funcionar. Diseñar zapatos. Ingeniárselas para montar una fábrica de zapatos. Reescribir los artículos de Nino, obsesionarlo hasta que hacía lo que tú le decías. Con Enzo, usar el curso por correspondencia de Zurich a tu manera. Y ahora demostrarle a Nadia que si ella hace la revolución, tú la haces mejor que ella. La cabeza, ah, sí, el mal está ahí; por la insatisfacción de la cabeza el cuerpo está enfermando. Estoy harta de mí, de todo. También estoy harta de Gennaro, su destino, si le va bien, es acabar en un puesto como este y humillarse ante cualquier patrón por cinco liras más. ¿Y entonces? Entonces, Cerullo, asume tus responsabilidades y haz lo que siempre tuviste en mente: Dale un susto a Soccavo, quítale el vicio de cepillarse a las obreras en la sala de secado. Hazle ver al estudiante con cara de lobo lo que has sabido preparar. Aquel verano en Ischia. Las bebidas, la casa de Forio, la cama lujosa en la que dormí con Nino. El dinero salía de este lugar, de este olor fétido, de estas jornadas transcurridas en la mierda, de este esfuerzo retribuido con unas pocas liras. ¿Qué he cortado aquí? Sale a chorros una pasta amarillenta, qué asco. El mundo da vueltas, menos mal, si se cae, se rompe.

Poco antes de la pausa del almuerzo se decidió, le dijo a Edo: Voy. Pero ni siquiera tuvo tiempo de quitarse el delantal, fue la secretaria del dueño quien se presentó en la sala de deshuesado para decirle:

—El doctor Soccavo quiere que vayas ahora mismo a su despacho.

Lila pensó que algún chivato le había ido ya con el cuento a Bruno sobre lo que estaban preparando. Dejó su puesto de trabajo, sacó de su armarito la hoja con las reivindicaciones y subió. Llamó a la puerta del despacho, entró. Bruno no estaba solo en la habitación. Sentado en el sillón, con el cigarrillo en los labios, encontró a Michele Solara.

44

Sabía desde siempre que tarde o temprano Michele volvería a aparecer en su vida, pero encontrárselo en el despacho de Bruno la atemorizó igual que los espíritus de los rincones oscuros de la casa cuando era niña. Qué pinta aquí este tipo, pensó, tengo que irme. Pero al verla Solara se puso de pie, abrió los brazos, parecía realmente emocionado. Dijo en italiano: Lina, qué gusto, qué alegría verte. Quería abrazarla, y lo habría hecho si ella no lo hubiese rechazado con un gesto instintivo de repugnancia. Michele se quedó unos instantes con los brazos abiertos, después, desordenadamente, con una mano se acarició un pómulo, la nuca, y con la otra señaló a Lila y hablándole a Soccavo dijo con falsedad:

—Fíjate tú, no me lo puedo creer, de veras, ¿tú tenías escondida a la señora Carracci entre los embutidos?

—Vuelvo más tarde —le dijo Lila a Bruno con brusquedad.

—Siéntate —le ordenó él, taciturno.

—Prefiero estar de pie.

—Siéntate, que te cansas.

Ella negó con la cabeza, siguió de pie, y Michele miró a Soccavo con una sonrisa cómplice.

—Ella es así —le dijo—, resígnate, nunca obedece.

La voz de Solara le sonó a Lila más poderosa que en el pasado, pronunciaba las sílabas finales de todas las palabras, como si en esos últimos años se hubiese sometido a ejercicios de pronunciación. Tal vez para ahorrar fuerzas, tal vez por el puro afán de contradecirlo, cambió de idea y se sentó. Michele, a su vez, ocupó el sillón, pero dirigiéndose por completo a ella, como si a partir de ese momento Bruno ya no estuviese en la habitación. La escrutó un buen rato, con simpatía, y con cierta pena le dijo: Tienes las manos estropeadas, qué pena, con lo bonitas que las tenías de chica. Y enseguida se puso a hablar de la tienda de la piazza dei Martiri con tono informativo, como si Lila fuese todavía su empleada y se encontraran en una reunión de trabajo. Le habló de nuevas estanterías, nuevos puntos de luz y le contó que había mandado tapiar otra vez la puerta del lavabo que daba al patio. Lila se acordó de aquella puerta y dijo con calma, en dialecto:

—Me importa un carajo tu tienda.

—Nuestra tienda, querrás decir, la creamos juntos.

—Yo contigo nunca creé nada.

Michele sonrió otra vez, meneando la cabeza en señal de leve desacuerdo. El que pone el dinero, dijo, hace y deshace exactamente como el que trabaja con las manos y la cabeza. El dinero inventa los panoramas, las situaciones, la vida de las personas. No te imaginas a la de gente que puedo hacer feliz o arruinar con solo firmar un cheque. Después siguió charlando con tranquilidad, parecía contento de contarle las últimas noticias como suelen hacer los amigos. Comenzó por Alfonso, que en la piazza dei Martiri había hecho bien su trabajo y ahora ganaba lo suficiente para poder formar una familia. Pero no tenía ganas de casarse, prefería mantener a la pobre Marisa en su condición de novia vitalicia y seguir haciendo lo que le daba la gana. Entonces él, como patrono, lo había animado, una vida ordenada es beneficiosa para los empleados, se había ofrecido a pagarle el banquete de boda, y así, por fin, en junio se celebraría la boda. Ves, le dijo, lo de Alfonso no es nada, si hubieras seguido trabajando conmigo, a ti te habría dado todo lo que me hubieses pedido, te habrías convertido en una reina. Después, sin darle tiempo a replicar, sacudió la ceniza del cigarrillo en un viejo cenicero de bronce y le anunció que él también se casaba, también en junio, y con Gigliola, naturalmente, el gran amor de su vida. Lástima que no pueda invitarte, se lamentó, me hubiera gustado, pero no quiero incomodar a tu marido. Y se puso a hablar de Stefano, de Ada y de su niña, alabándolos a los tres, subrayando que las dos charcuterías ya no funcionaban como antes. Hasta que a Carracci le duró el dinero de su padre, le comentó, se mantuvo a flote, pero el comercio ahora es un mar agitado, desde hace un tiempo Stefano hace aguas, no sale adelante. La competencia, dijo, había aumentado, no paraban de abrirse nuevas tiendas. A Marcello, por ejemplo, también se le había metido en la cabeza ampliar el viejo almacén de don Carlo, que en paz descanse, y transformarlo en uno de esos locales donde se vendía de todo, pastillas de jabón, bombillas eléctricas, mortadela, dulces. Y así lo había hecho, la empresa marchaba viento en popa, la había llamado De Todo para Todos.

—¿Estás diciendo que tu hermano y tú habéis conseguido arruinar también a Stefano?

—¿Cómo que arruinar, Lina? Nosotros hacemos nuestro trabajo y punto, es más, cuando podemos ayudar a los amigos, los ayudamos con mucho gusto. ¿Adivina a quién puso Marcello a trabajar en la nueva tienda?

—No lo sé.

—A tu hermano.

—¿O sea que habéis convertido a Rino en vuestro dependiente?

—Bueno, tú lo dejaste en la estacada, y el pobre tiene que cargar con tu padre, tu madre, un hijo, Pinuccia que está otra vez embarazada. ¿Qué querías que hiciera? Le pidió ayuda a Marcello y Marcello lo ayudó. ¿No te alegras?

—No, no me alegro —contestó Lila, gélida—, no me gusta nada de lo que hacéis.

Michele torció el gesto, se acordó de Bruno.

—Ya lo ves, es como te decía, su problema es que tiene mal carácter.

Bruno esbozó una sonrisa incómoda que quería ser cómplice.

—Es así.

—¿A ti también te ha hecho daño?

—Un poco.

—¿Sabías que todavía era una niña cuando le puso una chaira en el cuello a mi hermano que era el doble de grande? Y no iba en broma, se notaba que estaba dispuesta a usarla.

—¿En serio?

—Sí. Esta es corajuda, decidida.

Lila apretó los puños con fuerza, detestaba la debilidad que se notaba en el cuerpo. La habitación le daba vueltas, los cuerpos de las cosas muertas y de las personas vivas se dilataban. Miró a Michele que aplastaba la colilla en el cenicero. Estaba empleando demasiada energía como si él también, a pesar del tono tranquilo, tratara de dar rienda suelta a un malestar. Lila clavó la vista en sus dedos que no paraban de aplastar la colilla, las uñas estaban blancas. Una vez, pensó, me pidió que fuera su amante. Pero no es eso lo que en realidad quiere, hay algo más, algo que no tiene que ver con follar y que ni él mismo sabe explicarse. Tiene una fijación, es como una superstición. Tal vez cree que tengo un poder y que ese poder le resulta indispensable. Lo querría para sí pero no logra apoderarse de él, y sufre por ello, es una cosa que no me puede quitar por la fuerza. Sí, tal vez sea así. Si no fuera así, ya me habría aplastado. Pero ¿por qué justamente yo? ¿Qué ha visto en mí que le sirve? No debo quedarme aquí, bajo su mirada, no debo escucharlo, me da miedo lo que ve y lo que quiere.

—Te dejo una cosa y me voy —le dijo Lila a Soccavo.

Se puso en pie, dispuesta a entregar la lista de reivindicaciones, un gesto que le pareció cada vez más carente de sentido y, sin embargo, necesario. Quería dejar la hoja en la mesa al lado del cenicero, y salir de aquella habitación. Pero la voz de Michele la detuvo. Ahora era decididamente afectuosa, casi acariciante, como si hubiese intuido que ella trataba de rehuirlo e hiciera todo lo posible para engatusarla y retenerla.

—¿Lo ves? —siguió diciéndole a Soccavo—. Tiene muy mal carácter. Estoy hablando y ella pasa olímpicamente, saca una hoja, dice que quiere irse. Pero la perdonas, porque ese mal carácter se compensa con muchísimas cualidades. ¿Tú te crees que has contratado a una obrera? Ni hablar. Esta señora es mucho, mucho más que eso. Si la dejas hacer, transforma la mierda en oro, es capaz de reorganizarte este cuchitril y llevarlo a niveles que ni te imaginas. ¿Por qué? Porque tiene una cabeza que normalmente no solo no la tiene ninguna mujer, sino que tampoco la tenemos nosotros, los hombres. Yo la tengo fichada desde que era casi una niña y es así, tal cual. Esta me diseñó unos zapatos que todavía hoy sigo vendiendo en Nápoles y fuera, y gano un montón de dinero. Y me reestructuró una tienda de la piazza dei Martiri con una fantasía tan grande que me la convirtió en un salón para los señores de la via Chiaia, de Posillipo, del Vomero. Y podría hacer muchas, muchísimas cosas más. Pero es una cabeza loca, se cree que puede hacer siempre lo que le viene en gana. Va, viene, arregla, rompe. ¿Qué te crees, que yo la despedí? No, un buen día, como si tal cosa, no se presentó más a trabajar. Así como te lo cuento, desapareció. Y si la agarras de nuevo, se vuelve a escapar, es una anguila. Su problema es este, aunque es muy inteligente, no llega a entender qué puede y qué no puede hacer. Eso es porque todavía no ha encontrado un hombre de verdad. Un hombre de verdad pone a la mujer en su sitio. ¿Que no sabe cocinar? Aprende. ¿Que tiene la casa sucia? La limpia. Un hombre de verdad es capaz de conseguir que la mujer haga de todo. Por ponerte un ejemplo, no hace mucho conocí a una tipa que no sabía silbar. Pues bien, estuvimos juntos apenas dos horas, horas de fuego, y después le dije: Anda, ahora silba. Y ella, no te lo vas a creer, silbó. Si a la mujer la sabes educar, bien. Si no la sabes educar, déjala correr, que te hará daño.

Pronunció aquellas últimas palabras con un tono muy serio, como si resumiesen un mandamiento imprescindible. Pero ya mientras hablaba, debió de darse cuenta de que él no había estado y seguía sin estar en condiciones de respetar su propia ley. Entonces cambió de expresión, cambió la voz de golpe, sintió la urgencia de humillarla. Con un arranque de impaciencia se volvió hacia Lila y, en un crescendo de vulgaridades dialectales, subrayó:

—Pero con esta es difícil, no te la quitas de encima así como así. Y eso que, ahí donde la ves, tiene los ojos pequeños, las tetas pequeñas, el culo pequeño, es un palo de escoba. Qué vas a hacer con una así, ni siquiera se te levanta. Pero basta un segundo, un solo segundo, la miras y quieres tirártela.

Fue entonces cuando Lila notó un impacto violento dentro de la cabeza, como si el corazón, en lugar de martillearle en la garganta, le hubiese estallado en la bóveda craneal. Le gritó un insulto no menos repulsivo que las palabras que él acababa de pronunciar, agarró el cenicero de bronce del escritorio desparramando ceniza y colillas por todas partes, trató de golpearlo. Pero el ademán, pese a la furia, le salió lento, sin fuerza. Y también la voz de Bruno —«Lina, por favor, qué haces»— la atravesó apática. Tal vez por eso, Solara la inmovilizó fácilmente y fácilmente le quitó el cenicero.

—¿Tú te crees que dependes del doctor Soccavo? —le dijo con rabia— ¿Te crees que aquí yo no soy nadie? Te equivocas. Hace tiempo que el doctor Soccavo está en el libro rojo de mi madre, que es un libro mucho más importante que el *Libro rojo de Mao*. Por eso no dependes de él, dependes de mí, siempre y solo de mí. Y hasta ahora yo te he dejado hacer, quería ver adónde mierda ibas a parar, tú y el mamón ese con el que follas. Pero a partir de ahora que no se te olvide que te tengo bien fichada y si te necesito, tienes que venir corriendo, ¿está claro?

Solo entonces Bruno se levantó de un salto y, nerviosísimo, exclamó:

—Suéltala, Michè, ahora sí que exageras.

Solara soltó despacio la muñeca de Lila, y dirigiéndose a Soccavo, masculló de nuevo en italiano:

—Tienes razón, perdona. Pero la señora Carracci tiene esa capacidad, de un modo u otro siempre te obliga a exagerar.

Lina reprimió la rabia, se restregó con cuidado la muñeca, con la punta de los dedos se quitó la ceniza que le había caído encima. Después dobló la hoja de las reivindicaciones, la puso delante de Bruno y mientras iba hacia la puerta se volvió hacia Solara y le dijo:

—Sé silbar desde los cinco años.

45

Cuando bajó del despacho del jefe, muy pálida, Edo le preguntó cómo había ido, pero Lila no le contestó, lo apartó con la mano y se encerró en el lavabo. Temía que Bruno la mandara llamar de inmediato, temía verse obligada a un enfrentamiento en presencia de Michele, temía la fragilidad insólita de su cuerpo, no conseguía acostumbrarse. Desde el ventanuco vigiló el patio y lanzó un suspiro de alivio cuando vio a Michele, alto, el paso nervioso, la frente con entradas, la cara rasurada con esmero, cazadora de cuero negro con pantalones oscuros, subirse a su coche y marcharse. A ese punto, regresó a la sala de deshuesado.

—¿Y? ¿Qué tal ha ido? —le preguntó Edo de nuevo.

—Ha ido bien. Pero de ahora en adelante os las arregláis solos.

—¿En qué sentido?

No tuvo tiempo de contestar, la secretaria de Bruno llegó jadeante, el patrón quería verla de inmediato. Acudió como esa santa que, pese a tener aún la cabeza sobre los hombros, la lleva también en la mano como si ya se la hubiesen cortado. En cuanto la tuvo enfrente, Bruno casi gritó:

—¿Qué queréis, que por la mañana también os lleve el café a la cama? ¿Qué es esta novedad, Lina? Pero ¿te das cuenta? Siéntate y explícamelo. No me lo puedo creer.

Lila le explicó petición por petición con el tono que empleaba con Gennaro cuando se negaba a entender. Destacó que le convenía tomarse en serio aquel papel y abordar los distintos puntos con espíritu constructivo, porque si él se comportaba de forma irrazonable, no tardaría en caerle encima la inspección de trabajo.

Por último, le preguntó en qué clase de líos se había metido para acabar en manos de gente peligrosa como los Solara. Al oírla, Bruno perdió por completo la calma. La tez roja se tornó violácea, los ojos se le inyectaron de sangre, le dijo a gritos que la arruinaría, que no tenía más que darle unas liras bajo mano a los cuatro gilipollas que había puesto en su contra para dejarlo todo arreglado. Aulló que hacía años que su padre daba gratificaciones a la inspección de trabajo, que me vengan a inspeccionar, mira cómo tiemblo. Gritó que los Solara le quitarían las ganas de hacerse la sindicalista y concluyó con la voz quebrada: Fuera, fuera inmediatamente, fuera.

Lila fue hacia la puerta.

—Es la última vez que me ves —le dijo desde el umbral—. A partir de este momento dejo de trabajar aquí dentro.

Al oír aquellas palabras Soccavo volvió bruscamente en sí. Hizo una mueca de alarma, debía de haberle prometido a Michele que no la despediría.

—¿Qué pasa? ¿Ahora te ofendes? —le dijo—. ¿Ahora me vienes con caprichos? Qué dices, anda, ven aquí, hablemos, soy yo quien decide si te despido o no. Cabrona, te he dicho que vengas.

Por una fracción de segundo a ella le vino de nuevo a la cabeza Ischia, las mañanas en que esperábamos que llegaran Nino y su amigo rico que tenía casa en Forio, el muchacho lleno de atenciones y siempre paciente. Salió y cerró la puerta a sus espaldas. De inmediato se echó a temblar con violencia, se cubrió de sudor. No fue a la sala de deshuesado, no se despidió de Edo ni de Teresa, pasó delante de Filippo que la miró extrañado, le gritó: Cerù, adónde vas, vuelve. Pero ella cubrió a la carrera todo el camino sin asfaltar, se subió al primer autobús que iba a la Marina, llegó a la playa. Vagó mucho. Soplaba un viento frío, subió al Vomero en el funicular, paseó por la piazza Vanvitelli, la via Scarlatti, la via Cimarosa, tomó otra vez el funicular de bajada. Se dio cuenta tarde de que se había olvidado de Gennaro. Regresó a casa a las nueve, pidió a Enzo y a Pasquale, que le hacían preguntas ansiosas para entender qué le había pasado, que fueran al barrio a buscarme.

Y aquí estamos ahora, en plena noche, en esta habitación desnuda de San Giovanni a Teduccio. Gennaro duerme, Lila habla y habla en voz baja, Enzo y Pasquale esperan en la cocina. Yo me siento como el caballero de una novela antigua que, encerrado en su armadura resplandeciente, tras acometer mil empresas prodigiosas por el mundo, se topa con un pastor harapiento, desnutrido, que sin apartarse nunca del pastizal, con portentoso coraje doblega y domina a horribles bestias con sus propias manos.

46

Fui una oyente tranquila, la dejé hablar. Algunos momentos del relato, sobre todo cuando la expresión de la cara de Lila y el curso de las frases experimentaban una repentina y dolorosa contracción nerviosa, me turbaron mucho. Noté un fuerte sentimiento de culpa, pensé: Esta es la vida que podía haberme tocado y si no ha sido así también es mérito de Lila. A veces estuve a punto de abrazarla, con más frecuencia tuve ganas de hacerle preguntas y comentarios. Pero en general me contuve, la interrumpí dos o tres veces como mucho.

Por ejemplo, seguro que me entrometí cuando ella habló de la Galiani y de sus hijos. Me hubiera gustado que me contara mejor qué había dicho mi profesora, cuáles habían sido sus palabras exactas, si con Nadia y Armando había surgido alguna vez mi nombre. Pero advertí a tiempo la mezquindad de tales demandas y me contuve, aunque una parte de mí considerase que la curiosidad era legítima, al fin y al cabo se trataba de conocidos míos a los que apreciaba.

—Antes de marcharme definitivamente a Florencia —me limité a decir—, tendré que ir a saludar a la Galiani. Si acaso me acompañas, ¿te apetece? —Y añadí—: Después de Ischia nos distanciamos un poco, ella me echó a mí la culpa de que Nino dejara a Nadia. —Y como Lila me miró como si no me viese, dije—: Los Galiani son magníficas personas, un pelín creídos, eso del soplo hay que comprobarlo.

—El soplo existe —reaccionó entonces ella.

—De acuerdo —contesté—, pero Armando también te dijo que vieras a un cardiólogo.

—Pero él de todos modos lo oyó —dijo.

Pero sobre todo me sentí implicada en los asuntos de sexo. Cuando me contó lo de la sala de secado, estuve a punto de decirle: A mí, en Turín, se me echó encima un viejo intelectual; y en Milán, un pintor venezolano al que había conocido pocas horas antes entró en mi cuarto para meterse en mi cama como si se tratara de un favor que le debía. Sin embargo, también en ese caso me contuve. ¿Qué sentido tenía hablar de mis cosas en ese momento? Además, ¿lo que hubiera podido referirle se parecía de veras a lo que ella me estaba contando?

Esta última pregunta se me planteó con claridad en el momento en que de la enunciación de los hechos —años antes cuando me contó su noche de bodas solo habíamos hablado de hechos muy brutales— Lila pasó a hablarme de su sexualidad en general. Para nosotras era algo por completo nuevo que abordáramos ese tema. La procacidad del ambiente del que proveníamos servía para agredir o defenderse pero, precisamente porque era la lengua de la violencia, no facilitaba sino que obstaculizaba las confidencias íntimas. Por eso sentí vergüenza, clavé la vista en el suelo cuando con el crudo vocabulario del barrio dijo que chingar nunca le había proporcionado el placer que de jovencita había esperado, al contrario, siempre había sentido poco o nada, y que después de Stefano, después de Nino, hacerlo le causaba hasta fastidio, tanto es así que no había podido aceptar dentro de ella ni siquiera a un hombre amable como Enzo. Y no solo eso, añadió con un léxico aún más brutal, que había hecho a la fuerza, a veces por curiosidad, a veces por pasión, todo aquello que un hombre podía querer de una mujer, pero que incluso cuando había deseado concebir un hijo con Nino, y se había quedado embarazada, el placer que especialmente en esa circunstancia de gran amor se decía que debía existir, pues no había existido.

Ante tanta claridad comprendí que no podía seguir callada, que debía hacerle notar mi afinidad, que debía reaccionar a sus confidencias con una confidencia similar. Pero la idea de tener que hablar de mí —el dialecto me disgustaba y, aunque pasara por ser autora de páginas escabrosas, el italiano que había aprendido me parecía demasiado precioso para la materia pegajosa de las experiencias sexuales— aumentó la incomodidad, me olvidé de que la suya era una confesión difícil, que cada palabra aunque vulgar se engarzaba en la extenuación que reflejaba su cara, en el temblor de sus manos, y fui al grano.

—Para mí no es así —dije.

No mentí, aunque tampoco era la verdad. La verdad era más complicada y para darle forma habría necesitado las palabras de la experiencia. Debería haberle explicado que cuando salía con Antonio restregarme contra él, dejar que me tocara, me había producido siempre un gran placer, y que todavía deseaba ese placer. Debería haber admitido que dejarme penetrar también había sido para mí una decepción, una experiencia echada a perder por el sentimiento de culpa, por la incomodidad en que se mantenían las relaciones sexuales, por el miedo de ser descubiertos, por la prisa que se derivaba, por el terror de quedarme embarazada. Pero debería haber añadido que Franco —lo poco que sabía del sexo en gran parte podía atribuirse a él—, antes de entrar dentro de mí y después dejaba que me restregara contra su pierna, su vientre, y eso era bonito, y a veces hacía que también la penetración fuese agradable. En consecuencia —debería haberle dicho a modo de conclusión—, ahora esperaba mi boda, Pietro era un hombre muy amable, confiaba en que la tranquilidad y la legitimidad del lecho conyugal me ofrecerían el tiempo y la ocasión de descubrir el placer del coito. Si me hubiese expresado de ese modo, habría sido honesta. Pero nosotras dos, con casi veinticinco años, no contábamos con la tradición de confidencias tan articuladas. Solo hubo algunas referencias genéricas durante su noviazgo con Stefano y el mío con Antonio, pero se trató de frases reacias, de alusiones. En cuanto a Donato Sarratore, en cuanto a Franco, nunca le había hablado ni del primero ni del segundo. Por eso me ceñí a aquellas pocas palabras —«para mí no es así»—, que debieron de sonarle como si le estuviese diciendo: Tal vez no seas normal. Y de hecho me miró perpleja.

—En el libro escribiste otra cosa —dijo como para defenderse.

Entonces lo había leído.

—A estas alturas ni sé qué acabé poniendo en mi libro —murmuré a la defensiva.

—Acabaste poniendo cosas sucias —dijo—, cosas que los hombres no quieren oír y que las mujeres saben pero tienen miedo de decir. ¿Y ahora qué haces, te escondes?

Más o menos esas fueron sus palabras, seguro dijo «sucias». De modo que ella también me citaba las páginas escabrosas y lo hacía como Gigliola, que había empleado la palabra «suciedad». Esperé que me diera una valoración general del libro, pero no lo hizo, se sirvió de él solo como un puente para remachar otra vez aquello que llamó varias veces, con insistencia, «el fastidio de chingar». Eso está en tu novela, exclamó, y si lo contaste es que lo conoces, es inútil que me digas: para mí no es así. Y farfullé sí, tal vez sea cierto, pero no sé. Y mientras ella con atormentada desvergüenza seguía confiándome sus cosas —mucha excitación, satisfacción poca, sensación de asco—, me acordé otra vez de Nino, asomaron de nuevo las preguntas a las que no cesaba de darle vueltas en la cabeza. Aquella larga noche llena de confesiones, ¿era un buen momento para decirle que lo había visto? ¿Debía avisarla que no podía contar con Nino para que la ayudara con Gennaro, que tenía otro hijo, que a los hijos se los echaba a las espaldas con indiferencia? ¿Debía aprovechar ese momento, esas admisiones suyas, para hacerle saber que en Milán él me había dicho algo desagradable de ella, «Lila está mal hecha también en el sexo»? ¿Debía llegar a decirle que en sus confidencias agitadas, en su forma de leer las páginas sucias de mi libro, ahora, mientras hablaba, me parecía hallar una confirmación de que, en esencia, tenía razón? ¿Qué había querido dar a entender, de hecho, el hijo de

Sarratore sino aquello que ella misma estaba admitiendo? ¿Se había dado cuenta de que para Lila dejarse penetrar era solo un deber, que no lograba gozar de la cópula? Él, me dije, es experto. Ha conocido a muchas mujeres, sabe lo que es una buena conducta sexual femenina, por lo tanto, sabe reconocer una mala conducta. «Estar mal hecha en el sexo» significa, evidentemente, no poder sentir placer con los embates del hombre, significa retorcerse de ganas restregándose para calmar el deseo, significa agarrarle las manos, llevarle las manos hacia el sexo como a veces había hecho yo con Franco ignorando su fastidio, incluso el tedio de quien ya ha tenido su orgasmo y quisiera dormir. Aumentó la incomodidad, pensé: Escribí esto en mi novela, esto lo reconocieron Gigliola y Lila, ¿probablemente también lo reconoció Nino y por eso quería hablar de ello? Me lo tragué todo.

—Lo siento —murmuré sin ton ni son.

—¿Qué?

—Que te hayas quedado embarazada sin alegría.

—Más lo siento yo —contestó ella en un arrebato de sarcasmo.

Por último la interrumpí cuando ya al alba acababa de referirme el enfrentamiento con Michele. Le dije: Basta, cálmate, tómate la temperatura. Tenía treinta y ocho y medio. La abracé con fuerza, le susurré: Ahora yo me ocuparé de ti y hasta que te hayas restablecido estaremos siempre juntas, y si tengo que irme a Florencia el niño y tú os vendréis conmigo. Se negó con energía, me hizo la última confesión de aquella noche en vela. Dijo que había hecho mal en seguir a Enzo a San Giovanni a Teduccio, quería regresar al barrio.

—¿Al barrio?

—Sí.

—Estás loca.

—En cuanto me sienta mejor, me voy.

Se lo eché en cara, le dije que esa idea era producto de la fiebre, que el barrio la destrozaría, que volver a poner allí los pies era una estupidez.

—Yo no veo la hora de irme —exclamé.

—Tú eres fuerte —me contestó, asombrándome—, yo nunca he sido fuerte. Cuanto más te alejas, más verdadera te sientes, mejor estás. Yo, apenas cruzo el túnel de la avenida, me asusto. ¿Te acuerdas cuando tratamos de llegar a la playa y nos pilló la lluvia? ¿Cuál de las dos quería seguir adelante y cuál dio media vuelta, tú o yo?

—No me acuerdo. De todos modos, tú al barrio no vuelves.

Intenté inútilmente hacerla cambiar de idea, discutimos mucho.

—Anda —dijo al final—, habla con esos dos, hace horas que esperan. No han pegado ojo y tienen que ir a trabajar.

—¿Qué les digo?

—Lo que te dé la gana.

La arropé con las mantas, tapé también a Gennaro, que se había pasado toda la noche moviéndose en sueños. Noté que Lila ya se estaba durmiendo.

—No tardaré en volver —murmuré.

—Acuérdate de lo que me has prometido —dijo.

—¿Qué?

—¿Ya te has olvidado? Si me ocurre algo, tienes que ocuparte de Gennaro.

—No te ocurrirá nada.

Mientras salía del cuarto, Lila se sobresaltó en el duermevela y murmuró:

—Vigílame hasta que me duerma. Vigílame siempre, también cuando te vayas de Nápoles. Así sé que me ves y estoy tranquila.

47

En el tiempo que transcurrió desde aquella noche hasta el día de mi boda —me casé el 17 de mayo de 1969 en Florencia, y después de un viaje de novios a Venecia de apenas tres días inicié con entusiasmo mi vida de casada—, traté de hacer por Lila todo lo que pude. La verdad es que al principio pensé en atenderla hasta que se le curara la gripe. Estaba ocupada con la casa de Florencia, tenía algunos compromisos por lo del libro —el teléfono sonaba sin cesar y mi madre rezongaba, le había dado el número a medio barrio pero nadie la llamaba, tener este trasto en casa, decía, es más un incordio que otra cosa, las llamadas casi siempre eran para mí—, tomaba apuntes para hipotéticas nuevas novelas, trataba de llenar las lagunas de mi cultura literaria y política. Pero el estado de debilidad general en el que se encontraba mi amiga me llevó pronto a desatender mis asuntos y a ocuparme cada vez más de ella. Mi madre captó enseguida que habíamos retomado nuestra relación, la cosa le pareció indignante, echó rayos y centellas, nos cubrió a las dos de insultos. Seguía creyendo que podía decirme lo que debía o no debía hacer, me seguía renqueando, sin parar de criticarme, a veces parecía decidida a colarse en mi propio cuerpo con tal de no permitir que fuese dueña de mí misma. ¿Qué tienes tú que ver con esa, me apremiaba, piensa en lo que eres tú y en lo que es ella, no te parece suficiente con el libro asqueroso que has escrito que encima quieres seguir siendo amiga de una zorra? Pero yo me comporté como si estuviese sorda. Vi a Lila todos los días y me dediqué a reorganizarle la vida desde el momento en que la dejé dormida en su cuarto y me enfrenté a los dos hombres que habían esperado toda la noche en la cocina.

Les dije a Enzo y a Pasquale que Lila estaba enferma, que no podía seguir trabajando en la fábrica Soccavo, que lo había dejado. Con Enzo no tuve necesidad de derrochar palabras, desde hacía tiempo había comprendido que ella no podía seguir en la fábrica, que se había metido en una situación difícil, que algo en su interior estaba cediendo. En cambio Pasquale, mientras conducía de madrugada hacia el barrio por calles todavía sin tráfico, se resistió. No exageremos, dijo, es cierto que Lila lleva una vida dura, pero es lo que le pasa a todos los explotados del mundo. Después, con la misma modalidad que lo caracterizaba desde jovencito, se puso a hablarme de los campesinos del sur, de los obreros del norte, de África, de los afroamericanos, de los vietnamitas, del imperialismo estadounidense. No tardé en interrumpirlo, le dije: Pasquale, si Lina sigue así, se muere. No se rindió, siguió planteándome objeciones, y no porque no apreciara a Lila, sino porque la lucha en la fábrica Soccavo le parecía importante, consideraba fundamental el papel de nuestra amiga y, en el fondo, estaba convencido de que echarle tanto cuento a una gripe de nada no era cosa de ella sino mía, intelectual pequeñoburguesa más preocupada por una febrícula que por las consecuencias políticas negativas de una derrota obrera. Como no se decidía a decirme estas cosas de forma explícita sino con medias frases, se las resumí yo con imperturbable claridad, para demostrarle que había entendido. Aquello lo puso más nervioso aún y cuando me dejó en la verja me dijo: Ahora tengo que irme a trabajar, Lenù, pero ya seguiremos hablando. En cuanto regresé a la casa de San Giovanni a Teduccio le dije a Enzo en un aparte: Mantén a Pasquale lejos de Lina, si es que la quieres, no debe oír hablar más de la fábrica.

En aquella época llevaba siempre en el bolso un libro y mi cuaderno de apuntes: leía en el autobús o cuando Lila se quedaba dormida. A veces la descubría con los ojos abiertos, mirándome fijamente, tal vez espiaba para ver qué leía, pero nunca me preguntó siquiera el título del libro, y cuando traté de leerle unas páginas —de las escenas de la posada de Upton, recuerdo—, cerró los ojos como si la aburriera. Al cabo de unos días, se le pasó la fiebre, pero no la tos, por eso la obligué a seguir guardando cama. Me ocupé de la casa, cociné, me dediqué a Gennaro. Tal vez porque ya era grandecito, un tanto agresivo, caprichoso, encontré al niño falto de la inerme seducción que desprendía Mirko, el otro hijo de Nino. Pero a veces pasaba de juegos violentos a melancolías repentinas, se dormía en el suelo, y eso me enterneció, le tomé cariño, algo que, cuando le resultó claro, hizo que no se despegara de mí, impidiéndome ocuparme de las tareas de la casa o leer.

Entretanto traté de comprender mejor la situación de Lila. ¿Tenía dinero? No. Le presté un poco y lo aceptó después de jurarme mil veces que me lo devolvería. ¿Cuánto le debía Bruno? Dos meses. ¿Y la indemnización? No lo sabía. ¿A qué se dedicaba Enzo, cuánto ganaba? Ni idea. ¿Y ese curso por correspondencia de Zurich, qué posibilidades concretas ofrecía? No sé. No paraba de toser, le dolía el pecho, sudaba, notaba un nudo en la garganta, de repente el corazón le latía enloquecido. Apunté con sumo cuidado todos los síntomas e intenté convencerla de que era necesario que se sometiera a una nueva revisión médica, mucho más seria de la que le había hecho Armando. No me dijo que sí pero tampoco se opuso. Una noche en que Enzo todavía no había regresado, vino Pasquale en una escapada, dijo con buenas maneras que él, los compañeros del comité y algunos obreros de la fábrica Soccavo querían saber cómo estaba. Repetí que no se encontraba bien, que necesitaba reposo, pero él igualmente pidió verla, solo para saludarla. Lo dejé en la cocina, fui a ver a Lila, le aconsejé que no lo viera. Hizo una mueca que significaba: Hago lo que me digas. Me conmovió que se sometiera a mí —ella que desde siempre había mandado, hecho y deshecho— sin discutir.

48

Esa misma noche desde la casa de mis padres mantuve una larga conversación telefónica con Pietro, le conté punto por punto todos los problemas de Lila y cuánto me gustaría ayudarla. Me escuchó con paciencia. En un momento dado mostró incluso espíritu de colaboración, se acordó de un joven helenista pisano, obsesionado con los ordenadores, que fantaseaba con que revolucionarían la filología. Me enterneció que, pese a ser alguien que estaba siempre pensando en su trabajo, en esa ocasión se esforzara en resultar útil por amor a mí.

—Localízalo —le rogué—, háblale de Enzo, nunca se sabe, podría surgir una perspectiva de trabajo.

Prometió que lo haría y añadió que, por lo que recordaba, Mariarosa había tenido una breve historia de amor con un joven abogado napolitano, a lo mejor conseguía localizarlo y pedirle si me podía ayudar.

—¿A qué?

—A recuperar el dinero de tu amiga.

Me entusiasmé.

—Telefonea a Mariarosa.

—De acuerdo.

—Que no se quede en promesa —insistí—, telefonea de verdad, por favor.

Guardó silencio, luego dijo:

—En este momento has usado el tono de mi madre.

—¿En qué sentido?

—Parecías ella cuando algo le interesa mucho.

—Por desgracia, no me parezco en nada.

Guardó silencio otra vez.

—Menos mal que eres distinta. De todos modos, en estas cosas ella es única. Háblale de esa chica y verás como te ayuda.

Llamé a Adele. Lo hice con cierto reparo, que superé acordándome de todas las veces que la había visto en acción tanto por mi libro, como para buscar la casa de Florencia. Era una mujer a la que le gustaba esforzarse. Si necesitaba algo, cogía el teléfono, y eslabón tras eslabón, formaba la cadena que la llevaba a su objetivo. Sabía pedir de tal forma que resultaba imposible decirle que no. Y franqueaba con desenvoltura fronteras ideológicas, no respetaba jerarquías, localizaba mujeres de la limpieza, empleaduchos, industriales, intelectuales, ministros, y a todos se dirigía con cordial indiferencia, como si en realidad fuera ella quien estuviera haciendo el favor que estaba a punto de pedir. Entre mil disculpas incómodas por las molestias que le causaba, a Adele también le conté con lujo de detalles lo de mi amiga, y ella sintió curiosidad, se apasionó, se indignó.

—Déjame que lo piense —me dijo al final.

—Claro.

—Mientras tanto, ¿puedo darte un consejo?

—Claro.

—No seas tímida. Eres escritora, usa tu papel, experiméntalo, hazlo valer. Estos son tiempos decisivos, todo está saltando por los aires. Participa, mantente presente. Empieza por esa gentuza de tu tierra, ponla contra las cuerdas.

—¿Cómo?

—Escribiendo. Dale a Soccavo y a la gente como él un susto de muerte. ¿Me prometes que lo harás?

—Lo intentaré.

Me pasó el nombre de un redactor de *L'Unità*.

49

La llamada telefónica a Pietro y, sobre todo, a mi suegra, liberaron un sentimiento que hasta ese momento había mantenido a raya, es más, que había reprimido, pero que estaba vivo y dispuesto a ganar terreno. Tenía que ver con mi cambio de estado civil. Era probable que los Airota, sobre todo Guido, pero quizá la propia Adele, consideraran que yo, aunque muy voluntariosa, era una chica muy alejada de la persona que hubieran querido para su hijo. Era igualmente probable que mi origen, mi entonación dialectal, mi falta de elegancia en todo, sometieran a una dura prueba su amplitud de miras. Con cierto exceso hubiera podido suponer que también la publicación de mi libro formaba parte de un plan de emergencia destinado a hacer de mí alguien presentable en su mundo. Pero era incontrovertible el hecho de que me habían aceptado, me disponía a casarme con Pietro con su consentimiento, estaba a punto de entrar en una familia protectora, una especie de castillo bien fortificado desde el cual podía avanzar sin miedo o en el que podría refugiarme si me sentía en peligro. Por tanto, urgía que me acostumbrara a esa nueva pertenencia, sobre todo debía ser consciente de ella. Ya no era una pequeña cerillera siempre al borde de consumir el último fósforo, me había provisto de una considerable reserva de cerillas. Por ello —lo comprendí de golpe— podía hacer por Lila mucho más de lo que había calculado hacer.

Con esta perspectiva, le pedí a mi amiga que me diera la documentación que había reunido contra Soccavo y ella me la entregó pasivamente, sin siquiera preguntar en qué la utilizaría. Me puse a leer con creciente interés. Cuántas cosas terribles había logrado decir con precisión y eficacia. Cuántas experiencias insoportables se advertían tras la descripción de la fábrica. Durante largo rato di vueltas en mis manos a esas páginas, después, de golpe, casi sin haberlo decidido, busqué en la guía, telefoneé a la fábrica Soccavo. Impuse a mi voz el tono apropiado, dije con la soberbia apropiada: Soy Elena Greco, pedí que me pasaran con Bruno. Él fue cordial —qué alegría oírte—, yo, fría. Dijo: Cuántas cosas estupendas has hecho, Elena, he visto tu foto en el *Roma*, muy bien, qué tiempos aquellos en Ischia. Le contesté que a mí también me alegraba oírlo, pero que Ischia estaba muy lejos, y que para bien y para mal todos habíamos cambiado, que de él, por ejemplo, había oído malos rumores que confiaba que no fuesen ciertos. Comprendió al vuelo y se rebeló enseguida. Habló fatal de Lila, de su ingratitud, de los problemas que le había causado. Yo cambié de tono, le contesté que creía más a Lila que a él. Coge papel y bolígrafo, dije, apunta mi número, ¿lo tienes? Ahora da orden de que le paguen hasta el último centavo de lo que le debes, y avísame cuándo puedo pasar a recoger el dinero, no me gustaría que tu foto saliera en los diarios.

Colgué antes de que pudiera replicar, me sentí orgullosa de mí misma. No había mostrado la mínima emoción, había estado seca, unas pocas frases en italiano, al principio amables, luego distantes. Esperé que Pietro tuviera razón: ¿de veras estaba adquiriendo el tono de Adele, estaba aprendiendo sin darme cuenta su manera de estar en el mundo? Decidí averiguar si, en caso de querer, me encontraba en condiciones de cumplir la amenaza con la que había concluido la llamada telefónica. Inquieta como no había estado al llamar a Bruno —se trataba siempre del muchacho aburrido que había tratado de besarme en la playa de Citara—, marqué el número de la redacción de *L'Unità*. Mientras el teléfono sonaba, esperé que no se oyera como fondo la voz de mi madre que le gritaba a Elisa algo en dialecto. Me llamo Elena Greco, le dije a la telefonista, no me dio tiempo de decirle qué quería, la mujer exclamó: ¿Elena Greco la escritora? Había leído mi libro, me cubrió de elogios. Le di las gracias, me sentí alegre, fuerte, sin necesidad de hacerlo le expliqué que tenía pensado escribir un artículo sobre una pequeña fábrica de las afueras, le mencioné al redactor que me había aconsejado Adele. La telefonista me felicitó otra vez, adoptó de nuevo un tono profesional. No se retire, me dijo. Al cabo de un minuto, una voz masculina muy ronca me preguntó burlona desde cuándo quienes cultivaban las bellas letras estaban dispuestos a ensuciar su pluma con el trabajo a destajo, los turnos y las horas extra, temas aburridísimos de los que se mantenían a distancia en especial las jóvenes novelistas de éxito.

—¿De qué se trata? —me preguntó—. ¿Trabajadores de la construcción, portuarios, mineros?

—Es una pequeña fábrica de embutidos —murmuré—, nada del otro mundo.

El hombre siguió tomándome el pelo:

—No tiene por qué disculparse, me parece estupendo. Si Elena Greco, a la que este periódico le dedicó nada menos que media página de elogios desmesurados, decide escribir sobre salchichas, ¿qué vamos a decir nosotros, los pobres redactores, que no nos interesa? ¿Treinta líneas le parecen bien? ¿Son pocas? Aumentemos, pongamos sesenta. Cuando termine, ¿qué hará, me lo trae en persona o me lo dicta?

Enseguida me puse a escribir el artículo. Debía exprimir de las páginas de Lila mis sesenta líneas y por el bien de ella quería hacer un buen trabajo. Pero no tenía ninguna experiencia en artículos periodísticos, a excepción de aquella vez en que, con quince años y pésimos resultados, había tratado de escribir sobre el conflicto con el profesor de religión para la revista de Nino. No sé, quizá fuera ese recuerdo lo que me complicó las cosas. O quizá el sarcasmo del redactor que todavía me resonaba en los oídos, especialmente cuando al final de la conversación me dio recuerdos para mi suegra. Sin duda le dediqué mucho tiempo, redacté y corregí con empeño. Cuando me pareció que había terminado no me sentí satisfecha y no llevé el artículo al periódico. Antes debo hablar con Lila, me dije, es algo que debemos decidir juntas, lo entrego mañana.

Al día siguiente fui a casa de Lila, me pareció que estaba bastante mal. Refunfuñó que cuando yo no estaba, ciertas presencias aprovechaban para salir de las cosas y molestarla a ella y a Gennaro. Después se dio cuenta de que me alarmaba y puso una cara divertida, murmuró que eran tonterías, que lo único que quería era que me quedara con ella más tiempo. Hablamos mucho, la tranquilicé, pero no le pedí que leyera el artículo. Desistí cuando me dio por pensar que si *L'Unità* me rechazaba la nota, me vería obligada a decirle que no la habían encontrado adecuada y me sentiría humillada. Por la noche, hizo falta la llamada telefónica de Adele para inocularme una considerable dosis de optimismo y hacer que me decidiera. Había hablado con su marido y también con Mariarosa. En pocas horas puso en movimiento a medio mundo: eminencias de la medicina, profesores socialistas con conocimientos sobre sindicatos, un democristiano al que definió como un poco memo pero buena persona y muy experto en derechos de los trabajadores. El resultado fue que al día siguiente tenía cita con el mejor cardiólogo de Nápoles —un amigo de amigos, no tenía que pagar nada—, que la inspección de trabajo haría inmediatamente una visita a la fábrica Soccavo, que para recuperar el dinero de Lila podía recurrir a ese amigo de Mariarosa que Pietro me había mencionado, un joven abogado socialista con bufete en la piazza Nicola Amore, al que ya había puesto al corriente.

—¿Contenta?

—Sí.

—¿Has escrito tu artículo?

—Sí.

—¿Lo ves? Estaba segura de que no lo escribirías.

—Ya lo tengo listo, mañana lo llevo a *L'Unità*.

—Bien. Corro el riesgo de subestimarte.

—¿Es un riesgo?

—La subestimación siempre lo es. ¿Qué tal va con el tontaina de mi hijo?

50

A partir de ese momento todo empezó a volverse fluido, como si dominara el arte de hacer rodar los acontecimientos como agua de manantial. Pietro también había trabajado para Lila. Su colega helenista resultó ser un literato parlanchín, pero de todos modos fue útil, conocía a alguien de Bolonia realmente experto en ordenadores —la fuente fiable de sus fantasías de filólogo— que le había dado el número de un conocido de Nápoles, considerado igualmente fiable. Me dictó nombre, apellido, dirección y teléfono de ese señor napolitano y yo le hice muchas fiestas, ironicé con afecto sobre su esfuerzo emprendedor, incluso le solté un beso por teléfono.

Fui enseguida a ver a Lila. Tenía una tos cavernosa, la cara tirante y pálida, la mirada excesivamente vigilante. Pero yo llevaba magníficas noticias y estaba contenta. La sacudí, la abracé, sostuve sus manos entre las mías con fuerza, y mientras tanto le hablé de la llamada telefónica que había hecho a Bruno, le leí el artículo que había preparado, le enumeré los resultados del solícito ajetreo de Pietro, de mi suegra, de mi cuñada. Me escuchó como si le hablara desde muy lejos —de otro mundo al que me hubiera ido—, y lograra oír claramente solo la mitad de las cosas que decía. Para colmo, Gennaro la zarandeaba sin parar para que jugaran y ella, mientras yo hablaba, lo escuchaba sin entusiasmo. Me sentí contenta de todos modos. En otros tiempos Lila había abierto la milagrosa caja registradora de la charcutería y me había comprado de todo, especialmente libros. Ahora yo abría mis cajas y le devolvía el favor, con la esperanza de que se sintiera a salvo como ya me sentía yo.

—Entonces, ¿vienes mañana a ver al cardiólogo? —le pregunté al fin.

Reaccionó a la pregunta de un modo incongruente, dijo con una risita:

—A Nadia no le gustará esta forma de encarar las cosas. Y a su hermano tampoco.

—¿Qué forma? No entiendo.

—Nada.

—Lila —dije—, por favor, qué tiene que ver Nadia, no le des más importancia de la que ya se da ella. Y a Armando déjalo correr, siempre fue un tipo superficial.

Me sorprendí de mis propios juicios, a fin de cuentas sabía poco de los hijos de la Galiani. Y por unos segundos tuve la impresión de que Lila podría no reconocerme y ver ante ella a un espíritu que se aprovechaba de su debilidad. En realidad, más que hablar mal de Nadia y Armando, solo pretendía hacerle entender que las jerarquías del poder eran otras, que comparados con los Airota, los Galiani no pintaban nada, y que la gente como Bruno Soccavo o el camorrista de Michele pintaba todavía menos, en fin, que debía hacer lo que yo le decía y dejar de preocuparse. Pero mientras iba hablando me di cuenta de que rayaba en la jactancia y le acaricié la mejilla, me mostré llena de admiración por el compromiso político de los dos hermanos, y riendo le solté: Pero fíate de mí.

—De acuerdo —refunfuñó ella—, vayamos al cardiólogo.

—¿Y a Enzo —le insistí—, para cuándo le pido cita, a qué hora, en qué días?

—Cuando quieras, pero después de las cinco.

En cuanto regresé a casa volví a ponerme al teléfono. Llamé al abogado, le conté con detalle la situación de Lila. Telefoneé al cardiólogo, le confirmé la cita. Telefoneé al experto en ordenadores, trabajaba en el Ente para el Desarrollo, me dijo que los cursos por correspondencia de Zurich no servían para nada, pero que de todos modos podía mandarle a Enzo tal día a tal hora a tal dirección. Telefoneé a *L'Unità*, el redactor dijo: Se lo toma usted con calma, ¿me va a traer el artículo o habrá que esperar hasta Navidad? Telefoneé a la secretaria de Soccavo, le rogué que le dijera al patrón que, como no había tenido noticias de él, no tardaría en salir un artículo mío en *L'Unità*.

Esta última llamada produjo una rápida y violenta reacción. Soccavo me llamó dos minutos más tarde, esta vez no fue amigable, me amenazó. Le contesté que dentro de poco se le echarían encima la inspección de trabajo y un abogado que se ocuparía de los intereses de Lila. Después, agradablemente sobreexcitada —me sentía orgullosa de batirme, por afecto y convicción, contra la injusticia, a despecho de Pasquale y Franco que todavía se creían que podían darme lecciones—, a última hora de la tarde fui corriendo a *L'Unità* a entregar mi artículo.

El hombre con el que había hablado era de mediana edad, bajito, gordo, con ojillos vivaces permanentemente encendidos por una ironía benévola. Me hizo sentar en una silla desvencijada y leyó el artículo con atención. Al final dejó las hojas sobre el escritorio y dijo:

—¿Y estas son sesenta líneas? A mí me parecen ciento cincuenta.

Noté que me sonrojaba.

—Las he contado varias veces, son sesenta —murmuré.

—Sí, pero manuscritas y con una letra que no se lee ni con lupa. Aunque la nota es realmente buena, compañera. Agénciate una máquina de escribir y recorta lo que puedas.

—¿Ahora?

—¿Cuándo si no? Para una vez que tengo algo que si lo compagino se ve, ¿me quieres hacer esperar hasta las calendas griegas?

51

Qué llena de energía me sentí en aquellos días. Fuimos al cardiólogo, una lumbrera que tenía casa y consulta en la via Crispi. Para la ocasión cuidé mucho mi aspecto. El médico, pese a ser de Nápoles, estaba relacionado con el mundo de Adele y no quería hacerla quedar mal. Me cepillé el pelo, me puse un vestido que ella me había regalado, usé un perfume suave parecido al suyo, me maquillé con discreción. Quería que el doctor, si llegaba a telefonear a mi suegra o se encontraba con ella por casualidad, le hablara bien de mí. En cambio Lila se presentó tal como la veía todos los días en su casa, sin preocuparse en absoluto de su aspecto. Nos sentamos en un recibidor grande, con cuadros del siglo XIX en las paredes: una dama en un sillón con una sirvienta negra en el fondo, el retrato de una anciana señora y una escena de caza grande y luminosa. Había otras dos personas esperando, un hombre y una mujer, los dos mayores, los dos con el aspecto pulcro y elegante de la gente acomodada. Esperamos en silencio. Lila, que por el camino ya me había elogiado mucho por mi aspecto, hizo un solo comentario en voz baja: Pareces salida de uno de estos cuadros, tú eres la dama y yo la criada.

Esperamos unos minutos. Una enfermera nos llamó, y sin motivos aparentes nos hizo pasar antes que los pacientes que esperaban. Solo entonces Lila se puso nerviosa, quiso que estuviera presente, juró que sola no entraría nunca y terminó empujándome para que entrara primero como si fuera yo quien debía pasar la revisión. El médico era un hombre huesudo de unos sesenta años, de abundante cabello cano. Me recibió con amabilidad, lo sabía todo de mí, charló durante diez minutos como si Lila no estuviese presente. Dijo que su hijo también se había graduado en la Escuela Normal, pero seis años antes que yo. Subrayó que su hermano era escritor y tenía cierta popularidad, pero solo en Nápoles. Elogió mucho a los Airota, conocía bien a un primo de Adele que era un físico famoso.

—¿Cuándo será la boda? —me preguntó.

—El diecisiete de mayo.

—¿El diecisiete? Trae mala suerte. Por favor, cambie de fecha.

—Ya no es posible.

Lila estuvo callada todo el rato. No prestó ninguna atención al médico, percibí su curiosidad, parecía asombrada por cada gesto, por cada palabra mía. Cuando el médico se concentró al fin en ella y le hizo muchísimas preguntas, ella contestó de mala gana, en dialecto o con un italiano penoso que reproducía fórmulas dialectales. Tuve que intervenir a menudo para recordarle los síntomas que me había referido o para dar importancia a aquellos a los que ella restaba importancia. Al final, con expresión ceñuda se sometió a una revisión minuciosa y a pruebas exhaustivas, como si el cardiólogo y yo le estuviéramos haciendo un agravio. Contemplé su cuerpo delgado en una combinación de color celeste pálido, demasiado grande para ella, muy ajada. A su cuello largo parecía costarle trabajo sostener la cabeza, la piel tirante sobre los huesos como papel de seda a punto de rasgarse. Noté que el pulgar de su mano izquierda hacía de vez en cuando un movimiento involuntario. Pasó más de media hora antes de que el doctor le pidiese que se vistiera. Ella se vistió vigilándolo de reojo, entonces comprobé que estaba asustada. El cardiólogo fue al escritorio, se sentó y finalmente anunció que estaba todo en orden, no había encontrado ningún soplo. Señora, le dijo, tiene usted un corazón perfecto. Pero el efecto de ese dictamen en Lila fue, en apariencia, inconsistente, no se mostró contenta, al contrario, pareció contrariada. Fui yo la que se sintió aliviada como si aquel corazón fuera mío, y fui yo quien dio señales de preocupación cuando el médico, dirigiéndose otra vez a mí y no a Lila, como si su falta de reacción lo hubiese ofendido, añadió ceñudo que, no obstante, en relación con el estado general de mi amiga había que tomar medidas urgentes. El problema, dijo, no es la tos, la señora está resfriada, tuvo un poco de gripe, le recetaré un jarabe. Según él, el problema era el agotamiento debido a un grave deterioro orgánico, Lila debía cuidarse más, comer con regularidad, someterse a un tratamiento reconstituyente, concederse por lo menos ocho horas de sueño. Gran parte de los síntomas de su amiga, me dijo, desaparecerán cuando haya recuperado fuerzas. De todos modos, concluyó, le aconsejo que la vea un neurólogo.

Aquella última palabra sacudió a Lila. Arrugó la frente, se inclinó hacia delante, habló en italiano.

—¿Me está diciendo que estoy enferma de los nervios?

El médico la miró sorprendido, como si por arte de magia la

paciente a la que acababa de explorar hubiese sido sustituida por otra persona.

—Al contrario, le aconsejo que se someta a una revisión, nada más.

—¿He hecho o dicho algo indebido?

—No, no se preocupe, la revisión no tiene otra finalidad que obtener un cuadro claro de su situación.

—Una pariente mía —dijo Lila—, prima de mi madre, era infeliz, fue infeliz toda su vida. En verano, cuando yo era pequeña, la oía por la ventana abierta, gritaba, reía. O bien cuando la veía por la calle, hacía cosas un poco raras. Cosas de la infelicidad, pero aun así nunca fue a un neurólogo, al contrario, no fue nunca a ningún médico.

—Pues no le hubiera venido mal una visita.

—Las enfermedades nerviosas son cosa de señoras.

—¿La prima de su madre no es una señora?

—No.

—¿Y usted?

—Yo todavía menos.

—¿Se siente feliz?

—Estoy estupendamente.

El médico se dirigió otra vez a mí, malcarado:

—Reposo absoluto. Oblíguele a hacer este tratamiento, bien hecho. Si tiene ocasión de llevarla unos días al campo, tanto mejor.

Lila se echó a reír, volvió al dialecto:

—La última vez que fui a ver a un médico me mandó que fuera a la playa y tuve un montón de problemas.

El cardiólogo fingió no haberla oído, me sonrió para conseguir de mí una sonrisa cómplice, me indicó el nombre de un neurólogo amigo suyo, al que telefoneó en persona para que nos atendiera lo antes posible. No fue fácil arrastrar a Lila a la nueva consulta médica. Dijo que no tenía tiempo que perder, que ya se había aburrido de sobra con el cardiólogo, que debía ocuparse de Gennaro y, sobre todo, que no tenía dinero que tirar y tampoco quería que lo tirara yo. Le aseguré que la visita era gratis, y al final accedió de mala gana.

El neurólogo era un hombrecito vivaz, completamente calvo, con consulta en un viejo edificio de la via Toledo, y en cuya sala de espera muy ordenada exhibía únicamente libros de filosofía. Le gustaba tanto oírse hablar que me pareció que prestaba más atención al hilo de su discurso que a la paciente. La examinaba y se dirigía a mí, le hacía preguntas y me proponía una profunda reflexión suya sin tener en cuenta las respuestas que ella le daba. De todas maneras concluyó distraído que los nervios de Lila estaban en orden como su músculo cardíaco. Pero —añadió siempre dirigiéndose a mí— mi colega tiene razón, mi querida licenciada Greco, el organismo está debilitado, en consecuencia, tanto el alma iracunda como la concupiscente aprovechan para imponerse a la racional, devolvamos el bienestar al cuerpo y devolveremos la salud a la mente. A continuación llenó una receta con signos indescifrables, al tiempo que recitaba en voz alta los nombres de los medicamentos y las dosis. Después pasó a los consejos. Para relajarse, le aconsejó largos paseos, pero evitando la playa, mejor, dijo, el bosque de Capodimonte o del parque dei Camaldoli. Le aconsejó que leyera mucho, pero durante el día, jamás por la noche. Le aconsejó que tuviera las manos ocupadas, pese a que le habría bastado con echar una mirada atenta a las de Lila para comprender que ella las tenía demasiado ocupadas. Cuando se puso a insistir sobre los beneficios neurológicos de las labores de ganchillo, Lila se agitó en la silla, no esperó a que el médico terminara de hablar, y al hilo de sus pensamientos secretos, le preguntó:

—Aprovechando que estamos aquí, ¿me podría dar esas píldoras para no tener hijos?

El médico frunció el ceño, creo que yo también. Me pareció una petición fuera de lugar.

—¿Usted está casada?

—Lo estuve, ya no lo estoy.

—¿En qué sentido ya no lo está?

—Me separé.

—Sigue estando casada.

—Vaya.

—¿Tiene hijos?

—Uno.

—Uno solo es poco.

—A mí me basta.

—En su estado, un embarazo la ayudaría, no hay mejor medicina para una mujer.

—Conozco mujeres destrozadas por los embarazos. Mejor las píldoras.

—Para su problema debe consultar con un ginecólogo.

—¿Usted solo entiende de nervios, no conoce esas píldoras?

El médico se molestó. Charló un rato más y luego, cuando ya estábamos en la puerta, me dio la dirección y el teléfono de una doctora que trabajaba en un laboratorio de análisis de Ponte di Tappia. Póngase en contacto con ella, como si la petición del anticonceptivo la hubiese hecho yo, y se despidió de nosotras. A la salida, la secretaria pretendió que pagáramos. Comprendí que el neurólogo era ajeno a la cadena de favores que había puesto en marcha Adele. Pagué.

Cuando estuvimos en la calle, Lila casi gritó, enfadada: No tomaré ni uno solo de los medicamentos que me ha dado ese imbécil, total, la cabeza se me va lo mismo, ya lo sé. Contesté: No estoy de acuerdo, pero haz lo que quieras. Entonces ella se quedó confusa, murmuró: No la tengo tomada contigo, sino con los médicos, y paseamos en dirección de Ponte di Tappia, pero sin confesárnoslo, como si camináramos sin rumbo fijo, para estirar las piernas. A ratos callaba, a ratos imitaba con irritación los tonos y las charlas del neurólogo. Me pareció que esas antipatías suyas eran síntoma de una recuperación de la vitalidad.

—¿Te va un poco mejor con Enzo? —le pregunté.

—Siempre igual.

—Entonces ¿para qué quieres las píldoras?

—¿Tú las conoces?

—Sí.

—¿Y las tomas?

—No, pero las tomaré en cuanto me case.

—¿No quieres hijos?

—Sí, pero antes quiero escribir otro libro.

—¿Tu marido sabe que no quieres tenerlos enseguida?

—Se lo diré.

—¿Vamos a ver a esa mujer y le pedimos que nos dé píldoras para las dos?

—Lila, no son caramelos que puedes tomar sin ton ni son. Si no haces nada con Enzo, déjalo estar.

Ella me miró amusgando los ojos, en cuyo interior apenas se veían las pupilas.

—Ahora no hago nada, pero más adelante quién sabe.

—¿En serio?

—¿Según tú no debería?

—Eres muy dueña.

En Ponte di Tappia buscamos una cabina y telefoneamos a la doctora; dijo estar dispuesta a vernos enseguida. De camino al laboratorio me mostré cada vez más contenta de su acercamiento a Enzo, y ella pareció animada por mi aprobación. Fuimos otra vez las muchachitas de otros tiempos, no hicimos más que decirnos: Habla tú con ella que eres más cara dura; no, tú que vas vestida como una señora, yo no tengo prisa; yo tampoco; entonces para qué vamos.

La doctora nos esperaba en el portón, con su bata blanca. Era una mujer sociable, de voz chillona. Nos invitó al bar y nos trató como si fuéramos amigas desde hacía tiempo. Subrayó en varias ocasiones que no era ginecóloga, pero se mostró tan pródiga en explicaciones y consejos que, mientras yo me mantuve distante, aburriéndome un poco, Lila hizo preguntas cada vez más explícitas, planteó objeciones, nuevas preguntas y observaciones irónicas. Simpatizaron mucho. Al final, junto con un montón de recomendaciones, recibimos una receta cada una. La doctora se negó a ser recompensada porque, dijo, era una misión que se había propuesto junto con otros amigos. Al despedirse —quería regresar al trabajo— en lugar de estrecharnos la mano nos abrazó. Ya en la calle, Lila dijo seria: Al fin una persona respetable. Ahora estaba alegre, hacía tiempo que no la veía así.

52

A pesar del apoyo entusiasta del redactor, *L'Unità* tardaba en publicar mi artículo. Estaba nerviosa, temía que no saliera más. Pero justo al día siguiente de la visita al neurólogo, por la mañana bien temprano fui al quiosco, hojeé el periódico pasando a toda prisa de página en página y por fin lo encontré. Esperaba que lo publicaran recortado entre bagatelas locales, pero no, ahí estaba, en las páginas nacionales, entero, con mi firma; verla impresa me traspasó como una aguja larga. Pietro me telefoneó contento, también Adele se mostró entusiasmada, dijo que a su marido le había gustado mucho el artículo, incluso a Mariarosa. Lo sorprendente fue que me telefonearon para felicitarme el director de mi editorial, dos personalidades conocidísimas que colaboraban desde hacía años con la editorial, y Franco, Franco Mari, que le había pedido mi número a Mariarosa, me habló con respeto, dijo que se alegraba por mí, que había ofrecido un ejemplo de investigación en toda regla sobre la condición obrera, que esperaba que nos viéramos pronto para poder reflexionar juntos. Así las cosas, esperé que por algún canal imprevisto me llegara también la aprobación de Nino. Fue inútil, me quedé mortificada. Tampoco dio señales de vida Pasquale aunque, no obstante, desde hacía tiempo había dejado de leer el diario del partido por rechazo político. De todas maneras me consoló el redactor de *L'Unità*, que me buscó para contarme cuánto había gustado la nota en la redacción, y con su habitual actitud burlona me invitó a que me comprara una máquina de escribir y siguiera produciendo cosas buenas.

Sin embargo, debo decir que la llamada telefónica que más me descolocó fue la de Bruno Soccavo. Me hizo llamar por su secretaria, luego se puso él. Habló con un tono melancólico, como si el artículo —que en principio no citó nunca— lo hubiera golpeado con tanta dureza que le hubiese arrebatado todo espíritu vital. Dijo que en los días pasados en Ischia, durante nuestros agradables paseos por la playa, me había amado como nunca había amado después. Me declaró toda su admiración por el rumbo que desde jovencita había conseguido imprimirle a mi vida. Juró que su padre le había entregado una empresa en serias dificultades, plagada de feas costumbres, y él no era más que el heredero involuntario de una situación que él mismo consideraba deplorable. Afirmó que mi artículo —por fin lo citó— había sido esclarecedor y que quería corregir lo antes posible muchos defectos heredados del pasado. Lamentó los malentendidos con Lila y me anunció que el departamento de administración estaba arreglándolo todo con mi abogado. Concluyó con cautela: Tú conoces a los Solara, en este trance difícil me están ayudando a darle una nueva cara a la fábrica Soccavo. Y añadió: Michele te envía muchos recuerdos. Le mandé saludos, tomé nota de sus buenos propósitos y colgué. Telefoneé enseguida al abogado amigo de Mariarosa para comentarle la llamada. Él me confirmó que el tema del dinero se había resuelto y días más tarde fui a verlo al bufete para el que trabajaba. Tenía apenas unos años más que yo, era simpático, salvo por los labios finos y desagradables, vestía con mucho esmero. Quiso llevarme a un bar a tomar un café. Estaba lleno de admiración por Guido Airota, se acordaba bien de Pietro. Me entregó el dinero que la fábrica Soccavo había pagado a Lila, me rogó que tuviera cuidado no fuera a ser que me robaran. Describió el caos de estudiantes, sindicalistas y policías que había encontrado en la verja, dijo que también se había presentado en la fábrica el inspector de trabajo. Sin embargo no me pareció satisfecho.

—¿Conoces a los Solara? —me preguntó ya en la puerta, cuando estábamos a punto de despedirnos.

—Es gente del barrio en el que me crié.

—¿Sabes que ellos están detrás de la fábrica Soccavo?

—Sí.

—¿Y no estás preocupada?

—No entiendo.

—Quiero decir, el hecho de que los conozcas desde siempre y que hayas estudiado fuera de Nápoles, quizá no te permita ver con claridad la situación.

—La veo con mucha claridad.

—En los últimos años los Solara se han extendido, en esta ciudad son gente de peso.

—¿Y?

Apretó los labios, me tendió la mano.

—Nada, hemos conseguido el dinero, todo está en orden. Saludos a Mariarosa y Pietro. ¿Para cuándo la boda? ¿Te gusta Florencia?

53

Le entregué el dinero a Lila, que lo contó con satisfacción dos veces, nada menos, y quiso devolverme enseguida la cantidad que le había prestado. Poco después llegó Enzo, acababa de entrevistarse con el experto en ordenadores. Se lo veía contento, naturalmente dentro de los límites de esa impasibilidad suya que, tal vez incluso contra su propio deseo, reprimía emociones y palabras. Lila y yo nos las vimos negras para arrancarle la información, pero al final obtuvimos un panorama bastante claro. El experto había sido muy amable. Al principio le confirmó que el curso por correspondencia de Zurich era dinero tirado, pero después se había dado cuenta de que Enzo valía, pese a la inutilidad del curso. Le comentó que IBM estaba a punto de producir en Italia, en su establecimiento de Vimercate, un ordenador modernísimo, y que la filial de Nápoles necesitaba con urgencia perforadores verificadores, operadores, programadores analistas. Le aseguró que le avisaría en cuanto la empresa comenzara los cursos de formación. Había tomado nota de todos sus datos.

—¿Te ha parecido serio? —preguntó Lila.

Para atestiguar la seriedad de su interlocutor, se refirió a mí y dijo:

—Lo sabía todo del novio de Lenuccia.

—¿Qué dijo?

—Me dijo que es el hijo de una persona importante.

Lila puso cara de disgusto. Sabía, obviamente, que la cita se había conseguido a través de Pietro y que el apellido Airota había influido en el buen éxito de aquella reunión, pero me pareció contrariada por el hecho de que Enzo lo reconociera. Pensé que le molestaba la idea de que él también me debiera algo, como si aquella deuda, que entre ella y yo no podía tener consecuencia alguna, ni siquiera la dependencia de la gratitud, a Enzo, en cambio, podía perjudicarlo. Me apresuré a decir que el prestigio de mi suegro tenía poca importancia, que el experto en ordenadores me había dejado bien claro que lo ayudaría únicamente si valía. Lila reaccionó con un gesto de aprobación un tanto excesivo.

—Vale muchísimo —subrayó.

—En mi vida he visto un ordenador —dijo Enzo.

—¿Y qué? Ese tipo se habrá dado cuenta igual de que sabes manejarte.

Él lo pensó y le contestó a Lila con una admiración que por un momento me dio envidia:

—Se quedó impresionado con los ejercicios que me hiciste hacer.

—¿Sí?

—Sí. Sobre todo el esquema de cosas como planchar, como clavar un clavo.

A partir de ese momento bromearon entre ellos recurriendo a unas fórmulas que no comprendía y me dejaban de lado. Y de repente los vi como una pareja enamorada, muy feliz, con un secreto propio tan secreto que incluso ellos mismos desconocían. Volví a ver el patio de cuando éramos niñas. Volví a ver a Lila y a Enzo mientras rivalizaban por obtener la mejor nota en aritmética ante los ojos del director y la Oliviero. Volví a verlos mientras él, que nunca lloraba, se desesperaba por haberla herido con una piedra. Pensé: Su manera de estar juntos proviene de lo mejor del barrio. Tal vez Lila tenga razón en querer regresar.

54

Empecé a fijarme en los carteles de «Se arrienda» pegados en los portones, que indicaban las casas en alquiler. Entretanto llegó, dirigida a mí y no a mi familia, la invitación a la boda de Gigliola Spagnuolo y Michele Solara. A las pocas horas me trajeron en mano otra invitación, se casaban Marisa Sarratore y Alfonso Carracci, y tanto la familia Solara como la familia Carracci se dirigían a mí con deferencia: Distinguida doctora Elena Greco. Casi de inmediato, las dos participaciones de boda me parecieron una buena ocasión para enterarme de si valía la pena apoyar el regreso de Lila al barrio. Planeé ir a ver a Michele, Alfonso, Gigliola, Marisa, en apariencia para felicitarlos y decirles que las bodas se celebrarían cuando yo ya no estaría en Nápoles, pero en realidad solo para averiguar si los Solara y los Carracci seguían con ganas de atormentar a Lila. Alfonso me parecía la única persona capaz de decirme de forma desapasionada hasta qué punto seguía vivo el rencor de Stefano hacia su mujer. Y con Michele —aunque lo detestaba, puede que sobre todo porque lo detestaba— planeaba hablar con calma de los problemas de salud de Lila, haciéndole entender que, aunque él se creía vete a saber qué y se mofaba de mí como si fuera la muchachita de otros tiempos, ahora ya tenía fuerza suficiente para complicarle la vida y los negocios en caso de que le diera por seguir persiguiendo a mi amiga. Metí las dos tarjetas en el bolso, no quería que mi madre las viera y se ofendiera por el relieve que se me daba a mí y no a ella y a mi padre. Me tomé un día para dedicarlo a esas visitas.

El tiempo no presagiaba nada bueno, cogí el paraguas, aunque estaba de buen humor, quería andar, reflexionar, darle una especie de saludo al barrio y a la ciudad. Llevada por mi costumbre de estudiante aplicada empecé por la visita más difícil, la de Solara. Fui al bar, pero no estaban ni él ni Gigliola y tampoco Marcello, me dijeron que quizá estaban en la nueva tienda de la avenida. Hice una escapada al ritmo de los ociosos que miran a su alrededor sin prisas. Habían borrado definitivamente el recuerdo de la gruta oscura y profunda de don Carlo, donde de pequeña iba a comprar jabón líquido y otros productos para la casa. De las ventanas del tercer piso partía un enorme cartel, dispuesto en vertical, «De Todo para Todos», que llegaba hasta la amplia entrada. La tienda estaba llena de luces encendidas aunque fuese de día, y ofrecía artículos de todo tipo, el triunfo de la abundancia. Encontré a Rino, el hermano de Lila, había engordado mucho. Me trató con frialdad, dijo que ahí dentro el patrón era él, no sabía nada de los Solara. Si buscas a Michele ve a su casa, dijo hostil, y me dio la espalda como si tuviera algo urgente que hacer.

Me puse otra vez en camino, fui al barrio nuevo, donde sabía que toda la familia Solara había adquirido años antes un piso inmenso. Me abrió Manuela, la madre, la usurera, a la que no veía desde la boda de Lila. Noté que me observaba por la mirilla. Lo hizo un buen rato, después descorrió el cerrojo y apareció en el vano de la puerta, en parte contenida por la oscuridad del apartamento, en parte erosionada por la luz que llegaba del ventanal de las escaleras. Se había consumido. La piel tirante cubría los huesos grandes, tenía una pupila muy luminosa y la otra casi apagada. En las orejas, el cuello, el vestido oscuro que le bailaba encima, destellaban oros como si se preparase para una fiesta. Me trató con amabilidad, quiso que pasara, que tomara un café. Michele no estaba, me enteré de que tenía otra casa, en Posillipo, adonde se iría a vivir definitivamente después de la boda. La estaba decorando con Gigliola.

—¿Dejarán el barrio? —pregunté.

—Por supuesto.

—¿Para ir a Posillipo?

—Seis habitaciones, Lenù, frente al mar. Yo hubiera preferido el Vomero, pero Michele quiso hacer lo que le daba la gana. Eso sí, es un apartamento bien ventilado, por la mañana hay una luz que no te la puedes ni imaginar.

Me sorprendió. Jamás hubiera pensado que los Solara se alejarían del lugar de sus trapicheos, de la guarida donde ocultaban el botín. Y hete aquí que precisamente Michele, el más despierto, el más ávido de la familia, se iba a vivir a otro lugar, más arriba, encima de Posillipo, frente al mar y el Vesubio. El delirio de grandeza de los dos hermanos había aumentado de verdad, el abogado tenía razón. Pero en un primer momento me puse contenta, me alegré de que Michele se marchara del barrio. Consideré que aquello jugaba a favor de un posible regreso de Lila.

55

Le pedí la dirección a la señora Manuela, me despedí y crucé la ciudad, primero en metro hasta Mergellina, después un trecho andando y un trecho en autobús hasta Posillipo. Estaba intrigada. Me sentía parte de un poder legítimo, universalmente admirado, aureolado de cultura de alto nivel, y quería comprobar qué aspecto estridente había asumido el poder que desde la infancia había tenido ante mis ojos, el placer vulgar del abuso, la práctica impune del crimen, las trampas sonrientes a la obediencia a las leyes, la ostentación del derroche tal como los encarnaban los hermanos Solara. Pero Michele se me escapó de nuevo. En el último piso de un edificio de reciente construcción, solo encontré a Gigliola, que me recibió con evidente admiración y con una ojeriza igualmente evidente. Noté que mientras había utilizado el teléfono de su madre a todas horas yo había sido cordial, pero desde que había hecho instalar el aparato en casa de mis padres toda la familia Spagnuolo había salido de mi vida sin que me diera cuenta. ¿Y ahora, a las doce de la mañana, sin previo aviso, en un día oscuro que amenazaba lluvia, me presentaba allí, en Posillipo, irrumpía en la casa todavía patas arriba de una futura esposa? Sentí vergüenza, me mostré artificialmente alegre para que me perdonara. Durante un rato Gigliola exhibió su enfado, tal vez incluso su alarma, después se impuso la jactancia. Deseó que la envidiara, quiso sentir de forma tangible que yo la consideraba la más afortunada de todas nosotras. Por ello, vigilando mis reacciones, disfrutando de mi entusiasmo, me enseñó una habitación tras otra, los muebles carísimos, las lámparas suntuosas, dos cuartos de baño grandes, el calentador de agua enorme, el frigorífico, la lavadora, nada menos que tres teléfonos, por desgracia todavía no funcionaban, el televisor de no sé cuántas pulgadas y, por último, la terraza, que no era una terraza sino un jardín colgante repleto de flores que, por culpa del mal día, no se podían apreciar en todo su colorido.

—Mira, ¿alguna vez habías visto el mar así? ¿Y Nápoles? ¿Y el Vesubio? ¿Y el cielo? ¿Alguna vez habías visto en el barrio todo este cielo?

Nunça. El mar era de plomo y el golfo lo ceñía como el borde de un crisol. La masa densa y enmarañada de nubes negrísimas rodaba hacia nosotras. Pero en el fondo, entre el mar y las nubes, se veía un claro alargado que chocaba contra la sombra violeta del Vesubio, una herida por la que chorreaba un blanco de plomo cegador. Nos quedamos un buen rato mirando, los vestidos ceñidos al cuerpo por el viento. Estaba como hipnotizada por la belleza de Nápoles, nunca la había visto así, ni siquiera años antes desde la terraza de la Galiani. La destrucción de la ciudad ofrecía a cambio de un alto precio puntos de vista en cemento asomados a un paisaje extraordinario. Michele había adquirido uno memorable.

—¿No te gusta?

—Maravilloso.

—No hay comparación con la casa de Lina en el barrio, ¿no?

—No, no hay comparación.

—He dicho Lina, pero ahora allí vive Ada.

—Sí.

—Esto de aquí es mucho más señorial.

—Sí.

—Pero has puesto mala cara.

—No, me alegro por ti.

—A cada cual, lo suyo. Tú has estudiado y escribes libros, y yo tengo esto.

—Sí.

—No estás convencida.

—Estoy convencidísima.

—En este edificio, si te fijas en las placas, solo viven ingenieros, abogados, grandes profesores. El paisaje y las comodidades se pagan. Si tu marido y tú ahorráis, yo creo que también os podréis comprar un piso como este.

—No creo.

—¿Él no quiere venir a vivir a Nápoles?

—Lo descarto.

—Nunca se sabe. Qué suerte tienes, he oído la voz de Pietro muchas veces por teléfono, lo he visto desde la ventana, se nota que es un buen muchacho. No es como Michele, hará lo que tú quieras.

Dicho lo cual me hizo entrar en la casa, quiso que comiéramos algo. Sacó jamón y provolone, cortó unas rebanadas de pan. Es todavía una leonera, se disculpó, pero cuando pases por Nápoles con tu marido, ven a visitarme, te enseñaré cómo lo he arreglado todo. Abrió los ojos enormes y brillantes, entusiasmada por el esfuerzo de que no quedaran dudas sobre su bienestar. Pero ese futuro improbable —Pietro y yo viajando a Nápoles y haciéndoles una visita a ella y a Michele— debió de resultar insidioso. Se distrajo un momento, le vinieron malos pensamientos, y cuando retomó la jactancia, había perdido fe en lo que decía, empezó a cambiar. Yo también he tenido suerte, recalcó, pero habló sin satisfacción, es más, con una especie de sarcasmo dirigido contra sí misma. Carmen, enumeró, acabó emparejándose con el del surtidor de la avenida, Pinuccia está amargada con el mamarracho de Rino, Ada es la puta de Stefano. Yo, en cambio, dichosa de mí, tengo a Michele, que es guapo, inteligente, manda a todo el mundo y por fin se decide a casarse conmigo, y ya ves adónde me ha traído, no sabes la fiesta que ha preparado, organizaremos una boda que ni el sha de Persia organizó cuando se casó con Soraya. Menos mal que lo pesqué y me lo quedé para mí de pequeña, he sido la más lista. Y continuó, pero adoptando un talante autoirónico. Cantó las alabanzas de su propia astucia, pasando poco a poco de las comodidades que había conquistado al acaparar a Solara a la soledad de su tarea de novia. A Michele, dijo, apenas se le ve el pelo, es como si me estuviera casando sola. De repente me preguntó, casi como si de veras quisiera una opinión: ¿Tú crees que existo? Mírame, en tu opinión, ¿existo? Con la palma de la mano se golpeó el pecho exuberante, pero lo hizo como para demostrarme prácticamente que la mano la traspasaba, que por culpa de Michele, su cuerpo ya no estaba. Él lo había tomado todo de ella enseguida, cuando era casi una niña. Él la había consumido, la había ajado, y ahora que ella tenía veinticinco años, él ya se había acostumbrado y ni la miraba. Se trinca a todas las que se le ponen por delante. No sabes qué asco me da cuando alguien pregunta cuántos hijos queréis y él fanfarronea, dice: Preguntadle a Gigliola, yo ya tengo hijos, pero ni idea de cuántos son. ¿Tu marido dice estas cosas? ¿Tu marido dice, con Lenuccia quiero tres hijos, con las otras no sé? Delante de todos me trata como un trapo. Y yo sé por qué. Nunca me ha querido. Se casa conmigo para tener una criada de confianza, todos los hombres se casan para eso. Y nunca deja de repetirme: Qué coño hago yo contigo, no sabes nada, no eres inteligente, no tienes buen gusto, esta casa contigo es un desperdicio, contigo todo se vuelve un asco. Se echó a llorar, dijo entre sollozos:

—Perdona, hablo así porque escribiste ese libro que me gustó y sé que conoces estos dolores.

—¿Por qué dejas que te diga esas cosas?

—Porque si no, no se casa conmigo.

—Pero después de la boda se las harás pagar.

—¿De qué forma? Le importo una mierda, si ahora no lo veo nunca, imagínate después.

—Entonces no te entiendo.

—No me entiendes porque no estás en mi lugar. ¿Tú te quedarías con un tipo que sabes bien que está enamorado de otra?

La miré perpleja.

—¿Michele tiene una amante?

—Muchísimas, es hombre, la mete y la saca donde le parece. Pero ese no es el punto.

—¿Y cuál es el punto?

—Lenù, si te lo digo, no tienes que contárselo a nadie, si no Michele me mata.

Se lo prometí, y he mantenido la promesa: lo escribo aquí, ahora, solo porque ella está muerta.

—Quiere a Lina —dijo—. Y la quiere como a mí nunca me ha querido, como nunca más volverá a querer a nadie.

—Tonterías.

—No me digas que son tonterías, Lenù, porque si no, es mejor que te vayas. Es así. Él quiere a Lina desde aquel maldito día en que ella le puso la chaira en la garganta a Marcello. No me lo estoy inventando, me lo ha dicho él.

Y me contó unas cosas que me turbaron profundamente. Me contó que no hacía mucho, en esa misma casa, una noche Michele se había emborrachado y le había dicho con cuántas mujeres había estado, el número exacto: Ciento veintidós, gratis y pagando. Tú estás en esa lista, aclaró, y seguramente no formas parte de las que más me hicieron gozar, al contrario. ¿Sabes por qué? Porque eres imbécil y hasta para follar bien hace falta un poco de inteligencia. Por ejemplo, no sabes hacer una mamada, eres una negada, y es inútil explicártelo, no te sale, se nota demasiado que te da asco. Y siguió así durante un rato, diciendo más y más barbaridades, con él la vulgaridad era la norma. Después quiso explicarle bien claro cómo estaban las cosas: se casaba con ella por el respeto que le tenía a su padre, consumado pastelero al que tenía cariño; se casaba porque había que tener esposa y también hijos y también una casa de representación; pero no quería que hubiese equívocos: ella para él no era nada, no la había puesto en un altar, no era la que él más quería, de modo que ni se le ocurriera atreverse a tocarle los cojones creyéndose con algún derecho. Feas palabras. En un momento dado, hasta Michele debió de darse cuenta, y le entró una especie de melancolía. Murmuró que para él las mujeres eran juguetes con unos cuantos agujeros para jugar con ellos. Todas. Todas menos una. Lina era la única mujer del mundo a la que amaba —amaba, sí, como en las películas— y respetaba. Me dijo, sollozó Gigliola, que ella sí habría sabido cómo decorar esta casa. Me dijo que darle a ella dinero para que lo gastara, eso sí habría sido un placer. Me dijo que con ella a su lado habría llegado a ser alguien realmente importante en Nápoles. Me dijo: ¿Te acuerdas de lo que fue capaz de hacer con aquella foto de ella vestida de novia, te acuerdas cómo arregló la tienda? Y tú, y Pinuccia, y todas las demás, ¿qué coño sois, qué coño sabéis hacer? Eso le había dicho y algo más. Le había dicho que pensaba en Lila día y noche, pero no con las ganas normales, el deseo de ella no se parecía al que él conocía. En realidad, no la quería. Es decir, no la quería como en general quería a las mujeres, para sentirlas debajo, para darles la vuelta de un lado, del otro, abrirlas, desfondarlas, para ponerlas bajo los pies y aplastarlas. No la quería para beneficiársela y olvidarse de ella. La quería por la ternura de esa cabeza llena de ideas. La quería por su inventiva. Y la quería sin estropearla, para hacerla durar. La quería no para follársela, esa palabra aplicada a Lila le molestaba. La quería para besarla y acariciarla. La quería para que lo acariciara, lo ayudara, lo guiara, le diera órdenes. La quería para ver cómo cambiaba con el paso del tiempo, cómo envejecía. La quería para reflexionar con ella y para que lo ayudara a reflexionar. ¿Lo entiendes? Habló de ella como nunca me ha hablado a mí, que nos vamos a casar. Te lo juro, es tal como te lo cuento. Murmuraba:

Mi hermano Marcello y ese huevón de Stefano, y Enzo con su cara de culo, ¿qué han entendido de Lina? ¿Se han dado cuenta de lo que perdieron, de lo que pueden perder? No, no tienen inteligencia para eso. Solo yo sé qué es ella, quién es. La he reconocido. Y sufro al pensar en cómo se está desaprovechando. Desvarió así, para desahogarse. Y yo lo escuché sin decir nada, hasta que se durmió. Lo miraba y decía: Cómo es posible que Michele sea capaz de semejante sentimiento; no es él quien habla, es otro. Y odié a ese otro, pensé: Ahora lo acuchillo mientras duerme y recupero a mi Michele. Con Lila no tengo nada, no le guardo rencor. Hace años quería matarla, cuando Michele me quitó la tienda de la piazza dei Martiri y me mandó otra vez detrás del mostrador de la pastelería. Entonces me sentí una mierda. Pero ahora ya no la odio, ella no tiene nada que ver. Siempre quiso mantenerse al margen. No es imbécil como yo que me caso con él, nunca se lo quedará. Es más, como Michele arramblará con todo lo que encuentre a su paso pero con ella no podrá, desde hace un tiempo le tengo cariño: Por lo menos hay una que lo hará sudar sangre.

Me quedé escuchándola, a intervalos traté de restarle importancia para consolarla. Le dije: Si se casa contigo significa que, diga lo que diga, te aprecia, no desesperes. Gigliola meneó enérgicamente la cabeza, se secó las mejillas con los dedos. Tú no lo conoces, dijo, nadie lo conoce como yo.

—¿Te parece que puede perder la cabeza y hacerle daño a Lina? —pregunté.

Soltó una especie de exclamación, entre la carcajada y el grito.

—¿Él? ¿A Lina? ¿No has visto cómo se ha comportado en todos estos años? Él puede hacerme daño a mí, a ti, a quien sea, incluso a su padre, a su madre, a su hermano. Puede hacerle daño a todas las personas a las que Lina aprecia, a su hijo, a Enzo. Y puede hacerlo sin ningún escrúpulo, en frío. Pero a ella, a ella personalmente, nunca le hará nada.

56

Decidí completar mi ronda de exploración. Fui andando hasta Mergellina y llegué a la piazza dei Martiri justo cuando el cielo negro estaba tan bajo que parecía apoyarse sobre los edificios. Me apresuré a entrar en la elegante zapatería Solara convencida de que el temporal estallaría de un momento a otro. Encontré a Alfonso todavía más guapo de lo que recordaba, ojos grandes de largas pestañas, labios bien perfilados, el cuerpo esbelto y fuerte a la vez, su italiano se había vuelto un tanto artificial por el estudio del latín y el griego. Se mostró sinceramente feliz de verme. El pasar juntos los arduos años del bachillerato elemental y superior había creado entre ambos una relación afectuosa que, aunque llevábamos tiempo sin vernos, se reanudó enseguida. Empezamos a bromear. Hablamos a calzón quitado, atropelladamente, de nuestro pasado escolar, de los profesores, del libro que había publicado, de su boda, de la mía. Fui yo, naturalmente, quien sacó a colación a Lila, y él se mostró confuso, no quería hablar mal de ella, pero tampoco de su hermano, ni siquiera de Ada.

—Era previsible que acabara así —se limitó a decir.

—¿Por qué?

—¿Te acuerdas cuando te decía que Lina me daba miedo?

—Sí.

—No era miedo, lo comprendí mucho más tarde.

—¿Y qué era?

—Extrañamiento y apoyo, un efecto de distancia y cercanía a la vez.

—¿Y eso?

—Es difícil de explicar. Tú y yo nos hicimos amigos enseguida, a ti te quiero. Con ella eso siempre me pareció imposible. Tenía un no sé qué de tremendo que hacía que me dieran ganas de ponerme de rodillas y confesarle mis pensamientos más íntimos.

—Hermoso, una experiencia casi religiosa —ironicé.

Él se quedó serio.

—No, solo es reconocer una subordinación. Fue hermoso cuando me ayudó a estudiar, eso sí. Leía el manual, entendía enseguida, me resumía todo de forma sencilla. Entonces hubo y todavía hoy hay momentos en que pienso: Si hubiese nacido mujer, me habría gustado ser como ella. En realidad, dentro de la familia Carracci éramos dos cuerpos extraños, ni ella ni yo podíamos durar. Por eso a mí sus culpas nunca me han importado para nada, yo siempre me sentí de su parte.

—¿Stefano sigue cabreado con ella?

—No lo sé. Si la odia, está metido en demasiados líos para darse cuenta. En este momento, Lina es el último de sus problemas.

La afirmación me pareció sincera y, sobre todo, fundada, dejé a un lado el tema de Lila. Volví a preguntarle por Marisa, por la familia Sarratore y, al final, por Nino. Fue vago al hablar de todos, en especial, de Nino, al que nadie —por deseo de Donato, me dijo— se había atrevido a invitar al insoportable banquete de boda que se le venía encima.

—¿No estás contento de casarte? —aventuré.

Miró a través del escaparate: relampagueaba, tronaba, pero todavía no llovía.

—Estaba bien como estaba —dijo.

—¿Y Marisa?

—Ella no, no estaba bien.

—¿Querías que fuera novia toda la vida?

—No lo sé.

—O sea que al final le darás el gusto.

—Recurrió a Michele.

Lo miré confusa.

—¿En qué sentido?

Se rió, una risita nerviosa.

—Fue a verlo, lo puso en mi contra.

Estaba sentada en un puf, él estaba de pie, a contraluz. Tenía la figura tensa y compacta de los toreros en las películas sobre corridas.

—No lo entiendo. ¿Te casas con Marisa porque ella le pidió a Solara que te dijera que debías hacerlo?

—Yo me caso con Marisa para no darle un disgusto a Michele. Fue él quien me puso en la tienda, confió en mi capacidad, le tengo cariño.

—Estás loco.

—Lo dices porque tienes una idea equivocada de Michele, no sabéis cómo es. —Contrajo la cara, trató en vano de contener las lágrimas. Añadió—: Marisa está embarazada.

—Ah.

De manera que ese era el verdadero motivo. Muy avergonzada, le cogí una mano, traté de calmarlo. Se tranquilizó con mucho esfuerzo.

—La vida es algo muy feo, Lenù —me dijo.

—No es verdad. Marisa será una buena esposa y una madre estupenda.

—Marisa me la trae floja.

—Ahora no exageres.

Me clavó los ojos, noté que me examinaba como para comprender algo de mí que lo dejaba pasmado.

—¿A ti tampoco te ha dicho nada Lina? —preguntó.

—¿Qué me tenía que decir?

Meneó la cabeza, repentinamente divertido.

—¿Ves cómo tengo razón? Es una persona fuera de lo común. Una vez le confié un secreto. Estaba asustado y necesitaba contarle a alguien el motivo de mi miedo. Se lo dije a ella y ella me escuchó con atención, hasta tal punto que me calmé. Para mí fue importante hablar con ella, me parecía que no escuchaba con los oídos sino con un órgano que solo ella tenía y que hacía que las palabras fueran aceptables. Al final no le pedí, como se suele hacer: Jura, por favor, que no me traicionarás. Pero ahora está claro que si no te lo ha contado a ti, no se lo ha contado a nadie, ni siquiera para desquitarse, ni siquiera en la época más dura para ella, en la de los odios y las palizas de mi hermano.

No lo interrumpí. Solo sentí que estaba disgustada porque le había confiado a saber qué a Lila y no a mí, que también era amiga suya de toda la vida. Él debió de notarlo y decidió poner remedio.

—Lenù, soy maricón —me susurró al oído, abrazándome con fuerza—, las mujeres no me gustan.

Cuando estaba a punto de marcharme, murmuró incómodo: Estaba seguro de que ya te habías dado cuenta. Aquello aumentó mi disgusto, en realidad, jamás se me había pasado por la cabeza.

57

Así pasó aquel largo día, oscuro pero sin lluvia. Y comenzó entonces a invertirse una tendencia que transformó rápidamente una fase en apariencia de crecimiento de la relación entre Lila y yo en deseo de cortar por lo sano y volver a ocuparme de mi vida. O tal vez había comenzado antes, con detalles minúsculos que, aunque me irritaban, apenas notaba, y en cambio ahora empezaban a sumarse. La serie de visitas había sido útil, sin embargo, regresé a casa insatisfecha. ¿Qué amistad era la mía con Lila, si ella me había ocultado durante años lo de Alfonso, con el que sabía que tenía una relación importante? ¿Acaso era posible que no se hubiese dado cuenta de la dependencia absoluta que tenía Michele de ella, o acaso por motivos suyos había decidido ocultármela?

Pasé el resto del día sumida en un caos de lugares, tiempos, personas distintas: la trastornada señora Manuela, el vacuo de Rino, Gigliola en la primaria, Gigliola en el bachillerato elemental, Gigliola seducida por la belleza poderosa de los jóvenes Solara, Gigliola deslumbrada por el Fiat 1100, y Michele que atraía a las mujeres como Nino, pero a diferencia de él era capaz de una pasión absoluta, y Lila, Lila que había sabido suscitar esa pasión, un impulso que no solo se nutría de un afán de mandar, de bravuconadas de arrabal, de venganza, de bajas pasiones, como ella solía decir, sino que era una forma obsesiva de valorización de la mujer, no devoción, no subordinación, más bien un amor masculino de lo más refinado, un sentimiento complicado que, con determinación, en cierto modo con ferocidad, sabía hacer que una mujer fuese la elegida entre todas las mujeres. Compartí los sentimientos de Gigliola, comprendí su humillación.

Por la noche vi a Lila y a Enzo. No dije nada de la exploración que había hecho por el bien de ella y también para proteger al hombre con el que vivía. Aproveché un momento en que Lila estaba en la cocina para darle de comer al niño, y le dije a Enzo que ella tenía intención de regresar al barrio. Decidí no ocultarle mi opinión. Dije que no me parecía buena idea, pero que creía que había que apoyar todo aquello que pudiese ayudarla a estabilizarse —estaba sana, solo necesitaba recuperar el equilibrio—, o que ella juzgaba de ayuda. Tanto más cuanto que había pasado el tiempo y que, por lo que yo sabía, en el barrio no estarían peor que en San Giovanni a Teduccio. Enzo se encogió de hombros.

—No tengo nada en contra. Me levantaré más temprano por la mañana, volveré un poco más tarde por la noche.

—He visto que se alquila la vieja casa de don Carlo. Los hijos se fueron a Caserta y ahora la viuda quiere reunirse con ellos.

—¿Cuánto pide de alquiler?

Se lo dije: en el barrio los alquileres estaban más baratos que en San Giovanni a Teduccio.

—De acuerdo —accedió Enzo.

—De todos modos ya sabes que tendréis problemas.

—Aquí también los tenemos.

—Las molestias se multiplicarán, y también las peticiones.

—Ya se verá.

—¿Estarás a su lado?

—Mientras ella quiera, sí.

Nos reunimos con Lila en la cocina, le hablamos de la casa de don Carlo. Ella acababa de pelearse con Gennaro. Ahora que el niño pasaba más tiempo con su madre y menos con la vecina estaba desorientado, tenía menos libertad, se veía obligado a perder una serie de costumbres y se rebelaba, con cinco años pretendía que le dieran de comer. Lila se había puesto a gritar, él había estrellado el plato contra el suelo rompiéndolo en mil pedazos. Cuando entramos en la cocina, Lila acababa de darle una bofetada.

—¿Has sido tú quien le ha dado de comer haciendo el avioncito con la cuchara? —me preguntó agresiva.

—Solo una vez.

—No lo hagas.

—No ocurrirá más —dije.

—Sí, nunca más, porque después tú te vas a hacer de escritora y yo tengo que malgastar así mi tiempo.

Poco a poco se tranquilizó, limpié el suelo. Enzo le dijo que a él ya le iba bien buscar casa en el barrio; conteniendo el resentimiento, yo le hablé del apartamento de don Carlo. Nos escuchó sin ganas mientras consolaba al niño, luego reaccionó como si Enzo hubiese sido el que quería mudarse, como si yo fuera la que la empujaba a tomar aquella decisión. Nos dijo: De acuerdo, hago lo que vosotros me digáis.

Al día siguiente fuimos todos a ver la casa. Estaba en pésimas condiciones, pero Lila se entusiasmó: le gustaba que estuviera en las lindes del barrio, casi tocando el túnel, y que desde las ventanas se viera el surtidor de gasolina del novio de Carmen. Enzo observó que por la noche les molestaría el tráfico de camiones que pasaban por la avenida y los trenes en el patio de maniobras. Pero como a ella le parecieron bonitos también los ruidos que habían acompañado nuestra infancia, acordaron con la viuda un precio adecuado. A partir de ese momento, por las noches, en lugar de regresar a San Giovanni a Teduccio, Enzo iba al barrio a ocuparse de una serie de trabajos que debían transformar el apartamento en una vivienda digna.

Mayo ya estaba a la vuelta de la esquina, la fecha de mi boda se acercaba, iba a Florencia y volvía. Pero Lila, como si no tuviera en absoluto en cuenta esa fecha, me comprometía en gastos para terminar de arreglar definitivamente la casa. Compramos una cama de matrimonio, un catre para Gennaro, fuimos juntas a echar la solicitud para la instalación del teléfono. La gente nos observaba por la calle, algunos me saludaban solo a mí, algunos a las dos, otros hacían como que no nos habían visto. En cualquier caso, Lila parecía sentirse cómoda. Una vez nos cruzamos con Ada, estaba sola, hizo gestos amables, pasó de largo como si llevara prisa. Otra vez nos encontramos con Maria, la madre de Stefano, Lila y yo la saludamos, ella nos volvió la cara. Una vez Stefano en persona pasó en coche y se paró por iniciativa propia; se bajó del automóvil, habló alegremente solo conmigo, me preguntó por mi boda, alabó Florencia, donde había estado hacía poco con Ada y la niña; le hizo una carantoña a Gennaro, saludó a Lila con una inclinación de la cabeza y se marchó. Una vez vimos a Fernando, el padre de Lila: encorvado, muy envejecido, estaba de pie, delante de la escuela primaria, y Lila se inquietó, le dijo a Gennaro que quería que conociese a su abuelo, yo traté de impedírselo, pero ella quiso ir de todos modos, y Fernando hizo como si la hija no estuviera presente, miró a su nieto unos segundos, dijo bien claro: Si ves a tu madre, dile que es una zorra, y se marchó.

Pero el encuentro más perturbador, aunque en un primer momento pareció el menos significativo, se produjo el día antes de que ella se mudara definitivamente al nuevo apartamento. Justo cuando salíamos de casa, nos encontramos con Melina, que llevaba de la mano a su nieta Maria, la hija de Stefano y Ada. Como siempre tenía ese aire distraído, pero iba bien vestida, se había oxigenado el pelo, llevaba la cara muy maquillada. Me reconoció a mí pero no a Lila, o tal vez al principio decidió hablar solo conmigo. Se dirigió a mí como si todavía fuera la novia de Antonio, su hijo; dijo que pronto regresaría de Alemania y que en sus cartas preguntaba siempre por mí. Le alabé mucho el vestido y el pelo, me pareció contenta. Pero se mostró aún más contenta cuando elogié a su nieta que, tímida, se apretaba a la falda de su abuela. Fue entonces cuando debió de sentirse en la obligación de colmar de elogios a Gennaro y dirigiéndose a Lila, preguntó: ¿Es tu hijo? Solo entonces pareció percatarse de la presencia de Lila —que hasta ese momento la había mirado fijamente sin decir palabra—, y debió de acordarse de que era la mujer a la que su hija Ada le había robado el marido. Los ojos se le hundieron en las ojeras enormes y dijo muy seria: Lina, qué fea y flaca te has puesto, con razón Stefano te dejó plantada, a los hombres les gusta que haya carne, si no, no saben de dónde agarrarse y se van. Después, con un movimiento demasiado rápido de la cabeza se dirigió a Gennaro, casi gritó señalando a la niña: ¿Sabías que esta es tu hermanita? Daos un beso, venga, ay, madre mía del alma, qué guapos sois. Gennaro besó enseguida a la niña, que se dejó besar sin protestar, y al ver las dos caras juntas, Melina exclamó: Cómo se parecen los dos a su padre, clavaditos. Tras esa confirmación, como si tuviera cosas urgentes que hacer, tiró de su nieta y se marchó sin despedirse.

Lila se había quedado muda todo el rato. Pero me di cuenta de que le ocurría algo muy violento, como aquella vez cuando de niña había visto a Melina pasar por la avenida comiendo jabón blando. En cuanto la mujer y la niña se alejaron, en un arrebato se despeinó frenéticamente con una mano, parpadeó y dijo: Me volveré como ella. Después trató de arreglarse otra vez el pelo.

—¿Has oído lo que ha dicho? —murmuró.

—No es cierto que estés flaca y fea.

—Qué coño me importa si estoy flaca y fea, te hablo del parecido.

—¿Qué parecido?

—Entre los dos niños. Melina tiene razón, los dos son idénticos a Stefano.

—Pero qué dices, la pequeña sí, pero Gennaro es distinto.

Ella se echó a reír, después de tanto tiempo recuperó la carcajada maliciosa de siempre.

—Son dos gotas de agua —remachó.

58

Tenía que irme como fuera. Ya había hecho por ella cuanto podía, ahora me arriesgaba a empantanarme yo misma en reflexiones inútiles sobre quién era el verdadero padre de Gennaro, sobre cuán lejos había llegado a ver Melina, sobre las vueltas secretas que daba la cabeza de Lila, sobre lo que sabía y no sabía o suponía y no decía, o le iba bien creer, y así sucesivamente, en una espiral que me consumía. Hablamos de aquel encuentro aprovechando que Enzo estaba trabajando. Empleé lugares comunes como: Una mujer siempre sabe quién es el padre de sus hijos.

Dije: Tú siempre sentiste que ese hijo era de Nino, es más, lo quisiste precisamente por eso, ¿y ahora estás segura de que es de Stefano solo porque te lo ha dicho Melina, la loca? Pero ella reía socarrona, decía: Qué estúpida, ¿cómo no me di cuenta? Y parecía alegrarse, algo para mí incomprensible. Así que al final me callé. Si aquella nueva convicción la ayudaba a sentirse mejor, estupendo. Y si se trataba de otro síntoma de su inestabilidad, ¿qué podía yo hacer? Basta. Habían comprado mi libro en Francia, España y Alemania, lo traducirían. Había publicado otros dos artículos sobre el trabajo femenino en las fábricas de Campania y en *L'Unità* estaban contentos. En la editorial me presionaban para que escribiera otra novela. En fin, que debía dedicarme a mil cosas mías, con Lila ya me había prodigado bastante y no podía seguir perdiéndome detrás de los enredos de su vida. En Milán, animada por Adele, me compré para la boda un traje chaqueta color crema, me quedaba bien, la chaqueta era muy ajustada, la falda corta. Mientras me lo probaba pensé en Lila, en su suntuoso traje de novia, en la foto que la modista había expuesto en el escaparate del Rettifilo, y la comparación hizo que me sintiera definitivamente distinta. Su boda, la mía: mundos ya alejados. Hacía un tiempo le había comentado que no me casaría por la iglesia, que no me pondría el traje de novia tradicional, que Pietro había aceptado a duras penas que asistieran los parientes más próximos.

—¿Por qué? —me preguntó, pero sin un interés especial.

—¿Por qué qué?

—Por qué no os casáis por la iglesia.

—No somos creyentes.

—¿Y el dedo de Dios, y el Espíritu Santo? —citó, recordándo-

me el artículo que habíamos escrito juntas cuando éramos jovencitas.

—He crecido.

—Al menos organiza una fiesta, invita a los amigos.

—A Pietro no le gusta.

—¿A mí tampoco me vas a invitar?

—¿Vendrías?

Se echó a reír meneando la cabeza.

—No.

Eso fue todo. Pero a primeros de mayo, cuando decidí cumplir con una última iniciativa antes de abandonar definitivamente
la ciudad, en ese y en otros aspectos, las cosas tomaron un cariz
desagradable. Decidí al fin ir a ver a la Galiani. Busqué su número, la llamé por teléfono. Le dije que estaba a punto de casarme,
que me iba a vivir a Florencia, que quería pasar a saludarla. Ella,
sin sorprenderse, sin alegría, pero con amabilidad, me citó a las
cinco de la tarde del día siguiente. Antes de colgar, me pidió: Trae
también a esa amiga tuya, Lina, si le apetece.

En ese caso Lila no se hizo rogar, dejó a Gennaro con Enzo.
Me maquillé, me peiné, me vestí según el gusto que había aprendido de Adele, y ayudé a Lila a quedar al menos presentable, puesto que resultaba difícil convencerla de que se pusiera guapa. Quería llevar unos pasteles, le dije que no era necesario. Pero compré
un ejemplar de mi libro, aunque daba por seguro que la Galiani lo
había leído; lo hice con el único propósito de poder dedicárselo.

Llegamos puntuales, tocamos el timbre, silencio. Tocamos otra
vez, nos abrió Nadia, jadeante, ligera de ropa, sin su cortesía habitual, como si hubiésemos sembrado el desorden no solo en su aspecto sino en su buena educación. Le comenté que tenía una cita

con su madre. No está, dijo, pero nos hizo pasar a la sala. Desapareció.

Nos quedamos mudas, intercambiamos sonrisitas incómodas en el silencio de la casa. Pasaron tal vez cinco minutos, al fin se oyeron unos pasos en el corredor. Asomó Pasquale un poco desgreñado. Lila no mostró la menor sorpresa, yo exclamé realmente asombrada: ¿Qué haces tú aquí? Él contestó serio, sin cordialidad: Qué hacéis vosotras aquí. Aquella frase le dio la vuelta a la situación, yo le tuve que explicar a él, como si aquella fuera su casa, que tenía una cita con mi profesora.

—Ah —dijo, y le preguntó a Lila, con recochineo—: ¿Y tú ya te has recuperado?

—Bastante.

—Me alegro.

Me enfadé, respondí por ella, dije que Lila apenas empezaba a encontrarse mejor y que, de todos modos, la fábrica Soccavo había recibido una buena lección, habían ido los inspectores, la empresa había tenido que pagarle a Lila todo lo que le debía.

—¿Ah, sí? —dijo él en el momento en que reapareció Nadia, ahora arreglada como para salir—. ¿Qué te parece, Nadia? Dice la licenciada Greco que le dio una buena lección a Soccavo.

—¡Yo no! —exclamé.

—No, ella no, a Soccavo la lección se la dio el Padre Eterno.

Nadia esbozó una sonrisa, cruzó la habitación y, aunque el sofá estaba libre, con un gracioso movimiento se sentó en las rodillas de Pasquale. Me sentí incómoda.

—Yo solo traté de ayudar a Lina.

Pasquale pasó un brazo por la cintura de Nadia y se inclinó hacia mí.

—Muy bien —exclamó—. Eso quiere decir que en todas las fábricas, en todas las obras, en todos los rincones de Italia y el mundo, en cuanto el patrón monta un follón y los obreros corren peligro, llamamos a Elena Greco, ella telefonea a sus amigos, a la inspección de trabajo, a los santos del cielo y lo arregla.

Nunca me había hablado de ese modo, ni siquiera cuando era jovencita y él ya me parecía mayor, se daba aires de político experto. Me sentí ofendida, iba a contestarle, pero intervino Nadia, dejándome fuera. Se dirigió a Lila con su vocecita lenta, como si conmigo no valiera la pena hablar:

—Los inspectores de trabajo no sirven de nada, Lina. Fueron a la fábrica de Soccavo, levantaron sus actas, ¿y después? En la fábrica todo sigue como antes. Entretanto, quienes se expusieron están en un lío, quien guardó silencio recibió unas cuantas liras bajo mano, la policía cargó contra nosotros y los fascistas vinieron hasta la puerta de mi casa y le pegaron una paliza a Armando.

No terminó siquiera de hablar y Pasquale volvió a dirigirse a mí con más dureza que antes, esta vez levantando la voz:

—Explícanos qué mierda creías resolver —dijo con una pena y una desilusión sinceras—. ¿Tú sabes la situación que hay en Italia? ¿Tienes idea de qué es la lucha de clases?

—No grites, por favor —lo invitó Nadia, luego se dirigió otra vez a Lila y casi susurró—: A los compañeros no se los abandona.

—Habría salido mal de todos modos —contestó ella.

—¿Qué quieres decir?

—Ahí dentro no se gana con octavillas, ni siquiera repartiendo palos a los fascistas.

—¿Y cómo se gana?

Lila se quedó callada.

—¿Se gana movilizando a los amigos buenos de los patronos? —dijo Pasquale entre dientes mirándola—. ¿Se gana aceptando un poco de dinero y a los demás que les den?

—Basta ya, Pasquale —estallé, y sin querer también levanté la voz—: ¿A qué viene ese tono? Las cosas no ocurrieron así.

Quería explicarme, hacerlo callar, aunque notaba un vacío en la cabeza, no sabía qué argumentos emplear, y el único concepto que tenía en la punta de la lengua era pérfido y políticamente inutilizable: ¿Me tratas así porque ahora que puedes tocar con tus manos a esta señorita de buena familia, te crees quién sabe quién? Pero Lila me detuvo con un gesto de fastidio del todo inesperado que me confundió.

—Basta, Lenù, ellos tienen razón —dijo.

Me sentí fatal. ¿Que tenían razón ellos? Quería replicar, desahogarme también con ella, ¿qué había querido decir? Pero en ese momento llegó la Galiani, se oyeron sus pasos en el corredor.

59

Esperé que la profesora no me hubiese oído gritar. Y entretanto rogaba por que Nadia se levantara de un salto de las rodillas de Pasquale y corriera a sentarse en el sofá, deseaba verlos a los dos humillados por la necesidad de fingir una falta de intimidad. Noté que también Lila los miraba irónica. Pero los dos se quedaron donde estaban, es más, Nadia echó un brazo alrededor del cuello de Pasquale como si temiera caerse, al tiempo que le decía a su madre que acababa de asomar por la puerta: La próxima vez avísame cuando tengas visitas. La profesora no le contestó, se dirigió a nosotras con frialdad: Disculpadme, se me ha hecho tarde, pasemos a mi despacho. La seguimos, mientras Pasquale apartaba a Nadia murmurando con un tono que de pronto me pareció deprimido: Anda, vamos a tu cuarto.

La Galiani se adelantó por el pasillo refunfuñando irritada: Lo que realmente me molesta es la grosería. Nos hizo pasar a una habitación ventilada con un viejo escritorio, muchos libros, antiguas sillas tapizadas. Adoptó un tono amable, pero estaba claro que luchaba contra el mal humor. Dijo que se alegraba de verme y de volver a ver a Lila; sin embargo, en cada palabra que decía y en las pausas la noté más y más encolerizada, tuve ganas de marcharme lo antes posible. Me disculpé por no haber dado señales de vida, me referí de un modo un tanto angustiado al esfuerzo de los estudios, el libro, las mil cosas que me habían tenido ocupada, mi compromiso, la boda ya próxima.

—¿Te casas por la iglesia o solo por lo civil?

—Solo por lo civil.

—Bien.

Se dirigió a Lila, quería incluirla en la conversación.

—¿Usted se casó por la iglesia?

—Sí.

—¿Es creyente?

—No.

—Entonces ¿por qué se casó por la iglesia?

—Por la costumbre.

—No habría que hacer las cosas solo por la costumbre.

—La de cosas que hacemos así.

—¿Irá a la boda de Elena?

—No me ha invitado.

Me estremecí y me apresuré a aclarar:

—No es verdad.

—Es cierto —rió Lila, socarrona—, se avergüenza de mí.

El tono era irónico, pero de todos modos me sentí herida.
¿Qué le pasaba? ¿Por qué antes no me había dado la razón delante
de Nadia y Pasquale, y ahora decía algo tan desagradable delante de
la profesora?

—Tonterías —dije, y para calmarme, saqué mi libro del bolso,
se lo tendí a la Galiani diciendo—: Quería darle esto.

Ella lo miró un instante sin verlo, abstraída en alguno de sus
pensamientos, luego me dio las gracias, dijo que ya lo tenía y me
lo devolvió.

—¿A qué se dedica tu marido? —me preguntó.

—Es catedrático de literatura latina en Florencia.

—¿Es mucho mayor que tú?

—Tiene veintisiete años.

—¿Tan joven y ya catedrático?

—Es bueno.

—¿Cómo se llama?

—Pietro Airota.

La Galiani me miró de hito en hito, como en la escuela cuando me tomaba la lección y le daba una respuesta que consideraba
incompleta.

—¿Pariente de Guido Airota?

—Es su hijo.

Sonrió con explícita malicia.

—Buen matrimonio.

—Nos queremos.

—¿Has empezado ya a escribir otro libro?

—Eso intento.

—He visto que colaboras con *L'Unità*.

—Pocas cosas.

—Yo ya no escribo para ellos, es un periódico de burócratas.

Se dedicó otra vez a Lila, daba la impresión de que quería comunicarle su simpatía de todas las formas posibles.

—Es notable lo que hizo en la fábrica —le dijo.

Lila hizo una mueca de irritación.

—No hice nada.

—No es verdad.

La Galiani se levantó, hurgó entre los papeles del escritorio, le enseñó unas hojas como si fueran una prueba irrefutable.

—Nadia dejó este texto suyo por ahí y yo me permití leerlo. Es un trabajo valiente, nuevo, muy bien escrito. Deseaba volver a verla para poder decírselo.

En sus manos tenía las páginas de Lila de las que yo había extraído mi primer artículo para *L'Unità*.

60

Ay, sí, era hora de que me hiciera a un lado. Salí de la casa de los Galiani amargada, con la boca seca, sin haber encontrado el valor de decirle a la profesora que no tenía derecho a tratarme de ese modo. No se pronunció sobre mi libro, aunque lo tenía desde hacía tiempo y seguramente lo había leído o al menos hojeado. No me pidió que le dedicara el ejemplar que le había llevado expresamente y cuando yo, antes de marcharnos —por pura debilidad, por una necesidad mía de concluir aquella relación de un modo afectuoso—, me ofrecí de todos modos a dedicárselo, no dijo ni sí ni no, sonrió, siguió hablando con Lila. Además, no dijo nada de mis artículos, al contrario, antes los había citado únicamente para incluirlos en el juicio negativo a propósito de *L'Unità*, luego sacó las páginas de Lila y se puso a hablar con ella como si mi opinión sobre aquella materia no contara para nada, como si ya no estuviera en la habitación. Me hubiera gustado gritarle: Sí, es cierto, Lila tiene una gran inteligencia, inteligencia que siempre le reconocí, que amo, que ha influido en todo lo que he hecho; pero yo he cultivado la mía con gran esfuerzo y con éxito, me aprecian en todas partes, no soy una nulidad pretenciosa como tu hija. Pero me quedé callada, escuchando cómo hablaban de la fábrica, del trabajo y las reivindicaciones. En el rellano siguieron hablando entre ellas, hasta que la Galiani se despidió de mí distraídamente, en cambio, a Lila le dijo, tuteándola ya: Da señales de vida, y la abrazó. Me sentí humillada. Para colmo a Pasquale y a Nadia no se les volvió a ver el pelo, no tuve ocasión de rebatirles y me tragué también la rabia contra ellos: qué tenía de malo ayudar a una amiga, para hacerlo me había expuesto, cómo se habían permitido criticar mi actuación. Ahora, en las escaleras, en el vestíbulo, en la acera del corso Vittorio Emanuele, estábamos solo Lila y yo. Me sentí dispuesta a gritarle: De veras piensas que me avergüenzo de ti, cómo se te ocurre, por qué le diste la razón a esos dos, eres una ingrata, hice de todo para estar a tu lado, para serte útil, y tú me tratas así, estás realmente mal de la cabeza. En cuanto estuvimos en la calle, antes de que pudiera abrir la boca (por otra parte, ¿qué habría cambiado si lo hubiese hecho?), ella me cogió del brazo y se puso a defenderme y a despotricar contra la Galiani.

No encontré un solo resquicio para echarle en cara que hubiese tomado partido por Pasquale y Nadia y su excusa insensata de que no la quería en mi boda. Se comportó como si hubiese sido otra Lila la que decía aquellas cosas, una Lila de la que ni ella misma sabía nada y a la cual era inútil pedir explicaciones. Qué gentuza —empezó a decir y no paró hasta el metro de la piazza Amedeo—, has visto cómo te ha tratado la vieja, se ha querido vengar, no puede soportar que escribas libros y artículos, no puede soportar que estés a punto de hacer una buena boda y lo que menos puede soportar es que Nadia, educada expresamente para ser mejor que todas, Nadia que debía darle tantas satisfacciones, no haga nada bueno, se ha liado con el albañil y hace de puta delante de sus propias narices; sí, no puede soportarlo, pero tú haces mal en disgustarte, pasa de ellos, no deberías haberle dejado tu libro, no deberías haberle preguntado si quería una dedicatoria y, sobre todo, no deberías habérsela escrito, a esta gente hay que tratarla a patadas en el culo, tu defecto es que eres demasiado buena, cuando todos los que estudiaron te dicen algo, tú picas, como si solo ellos tuvieran cabeza, pero no es así, relájate, anda, cásate, haz el viaje de novios, ya te has preocupado demasiado por mí, escribe otra novela, sabes que espero de ti cosas hermosísimas, te quiero.

Derrotada, la escuché durante todo el tiempo. Con ella no había manera de tranquilizarse, tarde o temprano, todos los puntos firmes de nuestra relación resultaban ser una fórmula provisional, no tardaba en desplazársele algo dentro de la cabeza que la desequilibraba y me desequilibraba. No entendí si aquellas palabras servían, de hecho, para pedirme perdón, si hablaba en broma ocultando sentimientos que no tenía intención de confiarme o si apuntaba a un adiós definitivo. Ciertamente era falsa, y era ingrata, y yo, pese a todos mis cambios, seguía siendo inferior a ella. Sentí que nunca conseguiría librarme de aquella subordinación, y me resultó insoportable. Deseé —y no conseguí mantener a raya el deseo— que el cardiólogo se hubiese equivocado, que Armando tuviera razón, que estuviera realmente enferma y se muriera.

Desde entonces y durante años dejamos de vernos, solo nos hablábamos por teléfono. Nos convertimos la una para la otra en fragmentos de voz, sin tener jamás la comprobación de la mirada. Pero el deseo de que se muriera se mantuvo agazapado en un rincón, lo echaba y no se iba.

61

La víspera de mi marcha para Florencia no pude dormir. De todos los pensamientos dolorosos, el más persistente estaba relacionado con Pasquale. Sus críticas me quemaban. En un primer momento las había rechazado en bloque, ahora oscilaba entre la convicción de que no me las merecía y la idea de que si Lila le había dado la razón tal vez me había equivocado. Al final hice algo que no había hecho nunca: a las cuatro de la mañana me levanté de la cama y salí de mi casa sola, antes de que amaneciera. Me sentía muy desdichada, quería que me ocurriera algo feo, un acontecimiento que, al castigarme por mis actos errados y mis malos pensamientos, de rebote castigara también a Lila. Pero no me pasó nada. Caminé largo rato por las calles desiertas, mucho más seguras que cuando estaban abarrotadas. El cielo se tornó violáceo. Llegué a la playa frente al mar, hoja grisácea bajo el cielo pálido con nubes raras de bordes rosados. La mole de Castel dell'Ovo estaba nítidamente partida en dos por la luz, una silueta ocre resplandeciente por el lado del Vesubio, una mancha marrón por el lado de Mergellina y Posillipo. La calle a lo largo del espigón estaba vacía, el mar no hacía ruido pero emanaba un olor intenso. A saber qué sentimiento me habrían producido Nápoles, yo misma, si todas las mañanas me hubiese despertado en uno de esos edificios costeros y no en el barrio. ¿Qué pretendo? ¿Cambiar mi nacimiento? ¿Además de a mí misma cambiar también a los demás? ¿Repoblar esta ciudad ahora desierta con ciudadanos despojados del tormento de la miseria o la avidez, del resentimiento y las furias, capaces de disfrutar del esplendor del paisaje como las divinidades que en otros tiempos lo habitaron? ¿Complacer a mi demonio, darle una buena vida y sentirme feliz? Había usado el poder de los Airota, gente que luchaba por el socialismo desde hacía generaciones, gente que estaba de parte de aquellos como Pasquale y Lila, no porque pensara en arreglar todos los desastres del mundo, sino porque estaba en condiciones de ayudar a una persona que quería, y me había parecido una falta no hacerlo. ¿Había actuado mal? ¿Debía dejar a Lila con sus problemas? Nunca más, nunca más movería un dedo por nadie. Me marché, fui a casarme.

62

No recuerdo nada de mi boda. El apoyo de alguna foto, en lugar de avivar la memoria, la congeló alrededor de unas pocas imágenes: Pietro con una expresión distraída, yo que parecía enojada, mi madre que está desenfocada pero aun así consigue mostrarse descontenta. O no. De la ceremonia en sí no recuerdo nada, si bien llevo grabada en la memoria la larga discusión que tuve con Pietro días antes de casarnos. Le dije que tenía intención de tomar la píldora para no quedarme embarazada, que en primer lugar me parecía urgente tratar de escribir otro libro. Tenía la certeza de que estaría de acuerdo conmigo. En cambio, por sorpresa, se mostró contrario. En primer lugar lo convirtió en un problema de legalidad, la píldora todavía no estaba oficialmente en el mercado; después dijo que se corría la voz de que dañaba la salud; luego hizo un discurso complicado sobre sexo, amor y fecundación; por último refunfuñó que cuando alguien tiene realmente que escribir, escribe como sea, aunque esté esperando un hijo. Me disgusté, me enojé, aquella reacción no me pareció coherente con el joven culto que había querido casarse solo por lo civil, y se lo dije. Reñimos. Llegamos al día de la boca sin reconciliarnos, él mudo, yo fría.

Hay además otra sorpresa que no se me ha borrado: la fiesta. Habíamos decidido casarnos, saludar a los parientes, irnos a casa sin celebraciones de ningún tipo. Aquella decisión había madurado tras enlazar la vocación ascética de Pietro y mi tendencia a demostrar que ya no pertenecía al mundo de mi madre. Pero nuestra línea de conducta fue desbaratada en secreto por Adele. Nos arrastró a casa de una amiga suya, para un brindis, según dijo; una vez allí, Pietro y yo nos encontramos en medio de una gran fiesta en una nobilísima residencia florentina, entre un notable número de parientes de los Airota y personas conocidas y conocidísimas que se quedaron hasta la noche. Mi marido se puso negro, y yo me pregunté desorientada por qué, dado que de hecho se trataba de la fiesta de mi boda, había tenido que limitarme a invitar únicamente a mis padres y mis hermanos.

—¿Tú sabías algo de esto? —le dije a Pietro.

—No.

Durante un rato enfrentamos juntos la situación. Pero él no tardó en eludir los intentos de su madre y su hermana de presentarle a esta o a aquella persona, se atrincheró en un rincón junto con mis parientes, conversó con ellos todo el rato. Al principio, un tanto a disgusto, me resigné a vivir en la trampa en la que habíamos caído, después empecé a encontrar emocionante que políticos de fama, prestigiosos intelectuales, jóvenes revolucionarios, incluso un poeta y un novelista de renombre, mostraran interés por mí, por mi libro y me elogiaran por los artículos de *L'Unità*. El tiempo pasó volando, me sentí cada vez más aceptada en el mundo de los Airota. Incluso mi suegro quiso tenerme a su lado y me interrogó con amabilidad sobre mi competencia en asuntos de trabajo. No tardó en formarse un corrillo, eran todas personas comprometidas con diarios y revistas en los que discurrían sobre la marea de reivindicaciones que recorría el país. Y ahí estaba yo, con ellos, y aquella era mi fiesta, y yo me encontraba en el centro de la conversación.

En un momento dado, mi suegro elogió mucho un ensayo aparecido en *Mondo Operaio* que, según él, planteaba con nítida inteligencia el problema de la democracia en Italia. Gracias a una gran cantidad de datos, en esencia, el texto venía a demostrar que mientras la RAI, los grandes periódicos, la escuela, la universidad, el poder judicial siguieran trabajando día tras día para consolidar la ideología dominante, las elecciones estarían de hecho amañadas, y los partidos obreros nunca conseguirían los votos suficientes para gobernar. Gestos de asentimiento, citas en apoyo de la idea, referencias a tal y cual contribución. Al final el profesor Airota, con toda su autoridad, mencionó el nombre del autor del artículo, y supe incluso antes de que lo pronunciara —Giovanni Sarratore— que se trataba de Nino. Me puse tan contenta que no pude contenerme, dije que lo conocía, llamé a Adele para que confirmara a su marido y a los allí presentes qué brillante era mi amigo napolitano.

Nino participó en mi boda aun sin estar presente, y hablando de él me sentí autorizada a referirme también a mí, a las razones por las que había empezado a ocuparme de las luchas de los trabajadores, de la necesidad de ofrecer elementos para que partidos y representaciones parlamentarias de izquierda subsanaran los retrasos que habían acumulado en la comprensión del ambiente político y económico existente, y así seguí pronunciando otras fórmulas que había aprendido hacía poco pero que usé con desenvoltura. Me sentí capaz. Y me puse cada vez de mejor humor, me gustó estar al lado de mis suegros y sentirme apreciada por sus amigos. Al final, cuando mis parientes se despidieron tímidamente y se marcharon corriendo para alojarse no sé dónde a la espera del primer tren que los llevara de vuelta a Nápoles, se me habían pasado las ganas de seguir de morros con Pietro. Debió de darse cuenta, porque se ablandó a su vez y abandonó toda tensión.

En cuanto llegamos a nuestro apartamento y cerramos la puerta de casa a nuestras espaldas, empezamos a hacer el amor. Al principio me gustó mucho, pero el día me reservaba otro descubrimiento sorprendente. Cuando Antonio, mi primer novio, se frotaba contra mí era rápido e intenso; Franco hacía grandes esfuerzos por contenerse, pero llegaba un momento en que se retiraba con un jadeo, o, cuando se ponía preservativo, se detenía de golpe y parecía volverse más pesado, me aplastaba bajo su peso riéndose en mi oído. En cambio Pietro se afanó durante un tiempo que me pareció eterno. Me daba golpes meditados, violentos, hasta el punto de que poco a poco el placer inicial se atenuó, vencido por la insistencia monótona y el dolor que notaba en el vientre. Se cubrió de sudor a causa de la prolongada fatiga, tal vez por el sufrimiento, y al verle la cara y el cuello empapados, al tocarle la espalda mojada, se me pasaron por completo las ganas. Pero él no se percató, siguió retirándose y luego hundiéndose dentro de mí con fuerza, rítmicamente, sin detenerse nunca. No sabía cómo comportarme. Lo acariciaba, le susurraba palabras de amor y, mientras tanto, esperaba que acabara. Cuando estalló en un bramido y se desplomó, exhausto al fin, me alegré, aunque me sentía dolorida e insatisfecha.

Se quedó en la cama muy poco rato, se levantó, fue al cuarto de baño. Lo esperé unos minutos, pero estaba cansada, me quedé profundamente dormida. Me desperté sobresaltada una hora más tarde y vi que no había vuelto a la cama. Lo encontré en su despacho, sentado a su escritorio.

—¿Qué haces?

—Trabajo.

—Ven a dormir.

—Ve tú, ya iré yo luego.

Estoy convencida de que me quedé embarazada esa noche.

63

En cuanto supe que esperaba un hijo me entró el pánico y telefoneé a mi madre. Por más que nuestra relación fuera conflictiva, en aquellas circunstancias prevaleció la necesidad de hablar con ella. Fue un error, enseguida empezó a agobiarme. Quería viajar, pasar en casa una temporada, ayudarme, guiarme, o, al revés, llevarme de vuelta al barrio, tenerme otra vez a su lado, ponerme en manos de la vieja comadrona que había traído al mundo a todos sus hijos. Me costó Dios y ayuda mantenerla a raya, dije que me atendía un ginecólogo amigo de mi suegra, un gran profesor, y que daría a luz en su clínica. Se ofendió. Me soltó entre dientes: Prefieres a tu suegra que a mí, y no me telefoneó más.

Al cabo de unos días llamó Lila. Tras mi marcha, habíamos intercambiado algunas llamadas, pero de pocos minutos, no queríamos gastar demasiado, ella alegre, yo distante, ella que me preguntaba irónica por mi vida de casada, yo que la informaba seria sobre mi salud. En esta ocasión me di cuenta de que algo no funcionaba.

—¿La tienes tomada conmigo? —preguntó.

—No, ¿por qué?

—No me has avisado. La noticia me llegó gracias a que tu madre presume con todos de tu embarazo.

—Me lo confirmaron hace muy poco.

—Creía que tomabas la píldora.

Me incomodé.

—Sí, pero después decidí que no.

—¿Por qué?

—Los años pasan.

—¿Y el libro que tienes que escribir?

—Ya veré.

—No lo dejes.

—Haré lo posible.

—Debes hacer lo imposible.

—Lo intentaré.

—Yo sí tomo la píldora.

—¿O sea que con Enzo van bien las cosas?

—Bastante bien, pero nunca más quiero quedarme embarazada.

Calló, yo tampoco dije nada. Cuando habló de nuevo, me contó tanto sobre la primera vez que se había dado cuenta de que esperaba un hijo como de la segunda. Definió ambas como una fea experiencia: La segunda, dijo, estaba segura de que el niño era de Nino y aunque me sentía mal estaba contenta. Pero contenta o no, ya lo verás, el cuerpo sufre, no le da la gana de deformarse, hay demasiado dolor. Y a partir de ese momento siguió en un crescendo cada vez más negro, eran cosas suyas que ya me había contado pero nunca con tanto afán por implicarme en su padecimiento para que yo también lo sintiera. Era como si quisiera prepararme para lo que me esperaba, estaba muy preocupada por mí y por mi futuro. La vida de otro, dijo, primero se te agarra al vientre y cuando al fin sale, te convierte en prisionera, te lleva de la traílla, ya no vuelves a ser dueña de ti misma. Describió animadamente cada fase de mi maternidad calcándola de la suya, se expresó con su habitual eficacia. Es como si te hubieses fabricado tu propio tormento, exclamó, y me di cuenta de que no lograba pensar que ella era ella y yo era yo, le parecía inconcebible que yo pudiera tener un embarazo distinto del suyo, un sentimiento de los hijos distinto. Daba tan por descontado que me encontraría con sus mismas dificultades, que me pareció dispuesta a considerar como traición un posible goce mío de la maternidad.

No quise oírla más, aparté el auricular del oído, me aterraba. Nos despedimos sin entusiasmo.

—Si me necesitas —dijo—, avísame.

—De acuerdo.

—Tú me ayudaste, ahora te quiero ayudar yo.

—De acuerdo.

Pero aquella llamada telefónica no me ayudó en absoluto, al contrario, me dejó inquieta. Vivía en una ciudad de la que no sabía nada, aunque gracias a Pietro ya conocía hasta el último de sus rincones, algo que no podía decir de Nápoles. Amaba el paseo a la orilla del Arno, hacía largas caminatas, pero no me gustaba el color de las casas, me ponía de mal humor. El tono burlón de sus habitantes —el portero del edificio, el carnicero, el panadero, el cartero— me impulsaba a ser igualmente burlona, de él nacía una hostilidad sin motivo. Y además, a la infinidad de amigos de mis suegros, tan disponibles el día de la boda, no se les había vuelto a ver el pelo, y Pietro no tenía intención de verlos. Me sentía sola y frágil. Compré algunos libros sobre cómo ser una madre perfecta y me preparé con mi habitual diligencia.

Pasaron los días, las semanas, pero lo sorprendente fue que el embarazo no me pesó ni pizca, al contrario, me volvió ligera. Las náuseas fueron irrelevantes, no noté debilidad alguna, ni en el cuerpo, ni en el humor, ni en las ganas de hacer cosas. Estaba de cuatro meses cuando mi libro recibió un premio importante que me proporcionó un renombre aún mayor y algo más de dinero. Fui a recogerlo a pesar del ambiente político hostil reinante en aquel tipo de reconocimientos y me sentí en un estado de gracia, orgullosa de mí misma, con un sentimiento de plenitud física e intelectual que barrió con mi timidez y me hizo muy comunicativa. En el discurso de agradecimiento hablé demasiado, dije que me sentía feliz como los astronautas en la blanca extensión de la luna. Un par de días más tarde, como me sentía fuerte, telefoneé a Lila para contarle lo del premio. Quería que supiera que las cosas no iban como ella había previsto, al contrario, que todo marchaba sin contratiempos, que estaba satisfecha. Era tal mi engreimiento que deseaba pasar por alto los disgustos que me había dado. Pero Lila había leído en *Il Mattino* —solo los diarios napolitanos habían dedicado unas líneas al premio— aquella frase mía sobre los astronautas y, sin darme tiempo a contárselo, me la criticó con dureza. La blanca extensión de la luna, ironizó, para decir chorradas a veces vale más callarse la boca. Y añadió que la luna era una piedra entre miles de millones de piedras más y, visto que todas eran piedras, lo mejor era mantenerse con los pies bien plantados en los problemas de la tierra.

Se me encogió el estómago. ¿Por qué seguía hiriéndome? ¿No quería que fuera feliz? ¿O acaso no se había recuperado nunca y era su malestar lo que acentuaba su lado malvado? Me vinieron a la cabeza una serie de palabrotas pero no conseguí pronunciarlas. Ella, como si ni siquiera se hubiese percatado de que me había hecho daño, o como si pensara que tenía derecho a hacérmelo, se puso a contarme sus cosas con tono muy amigable. Había hecho las paces con su hermano, con su madre, incluso con su padre; se había peleado con Michele Solara por el viejo asunto de la marca de los zapatos y el dinero que le debía a Rino; se había puesto en contacto con Stefano para exigirle que, al menos desde el punto de vista económico, se comportara como padre también con Gennaro y no solo con Maria. Empleó frases rabiosas, por momentos vulgares, contra Rino, contra los Solara, contra Stefano. Al final, como si de verdad tuviera una urgente necesidad de conocer mi opinión, me preguntó: ¿He hecho bien? No le contesté. Había ganado un premio importante y ella solo se había fijado en la frase sobre los astronautas. Le pregunté, quizá para ofenderla, si seguía notando aquellos síntomas como si la cabeza se le despegara. Dijo que no, repitió un par de veces que estaba estupendamente, dejó caer con una risita autoirónica: Solo de vez en cuando con el rabillo del ojo veo gente salir de los muebles. Y luego me preguntó: ¿Va todo bien con el embarazo? Bien, muy bien, dije, nunca me he sentido mejor.

Viajé mucho en esos meses. Me invitaban aquí y allá no solo por mi libro sino también por los artículos que escribía, que a su vez me obligaban a desplazarme para ver de cerca las nuevas formas de huelga, las reacciones de la patronal. Nunca pensé en esmerarme para llegar a ser articulista. Lo hacía porque haciéndolo era feliz. Me sentía desobediente, en rebelión y henchida de tal poder que mi docilidad parecía una mascarada. Precisamente gracias a ella conseguía colarme en los piquetes delante de las fábricas, hablaba con obreros, obreras, sindicalistas, me escabullía entre los agentes de policía. Nada me daba miedo. Cuando la Banca dell'Agricoltura saltó por los aires me encontraba en Milán, en la editorial, pero no me alarmé, no me asaltaron negros presagios.

Me consideraba parte de una fuerza imparable, me consideraba invulnerable. Nadie podía hacerme daño ni a mí ni a mi niño. Nosotros dos éramos la única realidad duradera, yo visible y él (o ella, pero Pietro deseaba un varón) por ahora invisible. El resto era un flujo de aire, una oleada inmaterial de imágenes y sonidos que, fuera desastrosa o benéfica, constituía material para mi trabajo, pasaba de largo o se detenía para que yo la pusiera en palabras mágicas dentro de un relato, un artículo, un discurso público, procurando que nada quedara fuera del esquema y todos los conceptos gustaran a los Airota, a la editorial, a Nino que, sin duda, desde alguna parte me leía, también a Pasquale, por qué no, y a Nadia, y a Lila, que al fin deberían pensar: Mira, hemos sido injustos con Lena, está de nuestra parte, fíjate tú lo que escribe.

Fue una época especialmente intensa, la del embarazo. Me sorprendió que estar preñada me volviera más propensa a hacer el amor. Era yo quien buscaba a Pietro, lo abrazaba, lo besaba, aunque él no tenía predilección por los besos y pasaba casi enseguida a poseerme de aquella manera suya larga, dolorosa. Después se levantaba, trabajaba hasta tarde. Yo dormía una o dos horas, me despertaba, no lo encontraba en la cama, encendía la luz, leía hasta que me notaba cansada. Entonces iba a su despacho, lo obligaba a ir a la cama. Él me obedecía, pero se levantaba muy temprano, era como si el sueño lo espantara. En cambio yo dormía hasta mediodía.

Hubo un solo acontecimiento que me angustió. Estaba de siete meses, la barriga me pesaba. Me encontraba en la verja de entrada de la empresa Nuovo Pignone, se produjeron disturbios, escapé. Tal vez hice un mal movimiento, no lo sé, lo cierto es que noté una punzada muy dolorosa en el centro de la nalga derecha que me bajó por la pierna como un hierro caliente. Volví a casa renqueando, me metí en cama, se me pasó. Pero de vez en cuando el dolor reaparecía, se irradiaba por el muslo hacia la ingle. Me acostumbré a reaccionar buscando posturas que lo atenuaran, pero cuando me di cuenta de que tendía a renquear invariablemente, me asusté, fui a ver al médico que seguía mi embarazo. Me tranquilizó, dijo que estaba todo en orden, el peso que llevaba en el vientre me fatigaba y eso me producía un poco de ciática. A qué viene tanta preocupación, me preguntó con tono afectuoso, es usted una persona tan serena. Mentí, le dije que no lo sabía. En realidad lo sabía muy bien, temía que el paso de mi madre me hubiese alcanzado al fin, que se hubiese instalado en mi cuerpo, que renquearía siempre como ella.

Tras oír las palabras del ginecólogo me tranquilicé. El dolor duró un tiempo más, pero luego desapareció. Pietro me prohibió que hiciera más locuras, basta ya con tanto correr de aquí para allá. Le di la razón, los últimos meses del embarazo los pasé leyendo, no escribí casi nada. Nuestra hija nació el 12 de febrero de 1970, a las cinco y veinte de la mañana. La llamamos Adele, aunque mi suegra no hacía más que repetir: Pobre niña, Adele es un nombre horrible, ¿por qué no le ponéis cualquier otro menos ese? Di a luz tras unos dolores atroces que, sin embargo, duraron poco. Cuando la niña nació y la vi, el pelo negrísimo, un organismo violáceo que se retorcía y gemía llena de energía, sentí un placer físico tan arrollador que aún hoy no consigo encontrar ningún otro con el que compararlo. No la bautizamos, mi madre me gritó al teléfono cosas muy desagradables, juró que no vendría nunca a conocerla. Se calmará, pensé entristecida, de todas maneras, si no viene, peor para ella.

En cuanto me levanté, telefoneé a Lila, no quería que se ofendiera porque no le había avisado.

—Ha sido una experiencia hermosísima —dije.

—¿El qué?

—El embarazo, el parto. Adele es muy guapa y muy buena.

—Cada cual cuenta la vida como le viene bien —me contestó.

64

Qué madeja de hilos con puntas ilocalizables descubrí dentro de mí en aquella época. Eran viejos y desteñidos, novísimos, a veces de colores vivaces, a veces sin color, finísimos, casi invisibles. Aquel estado de bienestar terminó de golpe precisamente cuando tenía la impresión de haber huido de los vaticinios de Lila. La niña cambió a peor, y los hilos más antiguos de aquella trama afloraron a la superficie como por obra de un gesto distraído. Al principio, cuando estábamos aún en la clínica, se me había prendido al pecho fácilmente, pero una vez en casa algo se torció y ya no quiso saber nada. Mamaba unos segundos y se ponía a chillar como un animalito furioso. Me vi débil, expuesta a viejas supersticiones. ¿Qué le pasaba? ¿Mis pezones eran demasiado pequeños, se le salían de la boca? ¿Mi leche no le gustaba? ¿O tal vez, con un maleficio a distancia le habían inoculado una aversión hacia mí, su madre?

Comenzó un calvario de médico en médico, ella y yo solas, Pietro siempre estaba ocupado con la universidad. El pecho inútilmente hinchado empezó a hacerme daño, notaba en los senos piedras candentes, imaginaba infecciones, amputaciones. Para vaciarme y recoger leche suficiente para alimentar a la niña con biberón, para aliviar el dolor, me torturaba con el sacaleches. Le susurraba persuasiva: Come, venga, eres tan buena, eres tan dulce, qué boquita más rica tienes, qué ojitos más lindos, qué te pasa, qué tienes. Inútil. Muy a mi pesar primero me decanté por la lactancia mixta, después renuncié también a eso. Pasé a la leche artificial, que me obligó día y noche a largos preparativos, un engorroso sistema de esterilización de tetinas y biberón, un control obsesivo del peso primero y de la nutrición después, sentimientos de culpa con cada diarrea. A veces me acordaba de Silvia que, en el clima turbulento de la asamblea estudiantil de Milán, amamantaba con naturalidad a Mirko, el hijo de Nino. ¿Por qué yo no? Me hartaba de llorar en secreto.

Durante unos días la niña se regularizó, sentí alivio, esperé que hubiese llegado el momento de reorganizar mi vida. Pero la tregua duró menos de una semana. En su primer año de vida la pequeña apenas pegó ojo, su cuerpo tan menudo se retorcía y alborotaba durante horas con una energía y una resistencia insospechadas. Solo se calmaba si la paseaba por la casa, estrechándola entre mis brazos, hablándole: Y ahora esta niña tan bonita de su mamá se portará bien, ahora se estará calladita, ahora descansará, ahora se dormirá. Pero la niña tan bonita no quería dormir, parecía temerle al sueño como su padre. ¿Qué tenía, dolor de barriga, hambre, miedo al abandono porque no le había dado el pecho, mal de ojo, le había entrado un demonio en el cuerpo? ¿Y yo qué tenía? ¿Qué veneno se me había metido en la leche? ¿Y la pierna? ¿Era una impresión mía o empezaba a dolerme otra vez? ¿Era culpa de mi madre? ¿Quería castigarme porque me había pasado toda la vida tratando de no parecerme a ella? ¿O había algo más?

Una noche, resurgió el hilo de voz de Gigliola, cuando iba por el barrio diciendo que Lila tenía un poder tremendo, que era capaz de hacer maleficios con el fuego, que ahogaba a las criaturas en su vientre. Me avergoncé de mí misma, traté de reaccionar, necesitaba descansar. Traté entonces de dejar a la pequeña con Pietro que por su costumbre de estudiar de noche notaba menos el cansancio. Decía: Estoy agotada, llámame dentro de un par de horas, y me iba a la cama, me sumía en el sueño como si perdiera el sentido. Pero en una ocasión me despertó el llanto desesperado de la niña, esperé, no paraba. Me levanté. Descubrí que Pietro había llevado la cuna a su despacho y, sin prestar la menor atención a los gritos de su hija, seguía doblado sobre sus libros, rellenando fichas como si estuviese sordo. Perdí por completo los papeles, me hundí aún más, lo insulté en mi dialecto. Te importa una mierda todo, ¿eso que haces es más importante que tu hija? Distante y gélido, mi marido me invitó a salir de la habitación y a llevarme la cuna. Debía terminar un artículo importante para una revista inglesa, el plazo de entrega estaba muy próximo. A partir de entonces no le pedí más ayuda y si él me la ofrecía, le decía: No, gracias, ya me arreglo, sé que estás ocupado. Después de cenar daba vueltas a mi alrededor indeciso, cohibido, después se encerraba en su despacho y trabajaba hasta altas horas de la noche.

65

Me sentí abandonada pero con la impresión de que me lo merecía: no era capaz de procurarle serenidad a mi hija. Sin embargo, apreté los dientes y fui tirando, pese a que me sentía cada vez más asustada. Mi organismo se negaba al papel de madre. Y por más que rechazara el dolor de la pierna haciendo lo imposible por ignorarlo, el dolor había vuelto, aumentaba. Pero yo insistía, me deslomaba cargando con todo. Como el edificio no tenía ascensor, subía y bajaba el cochecito con la niña dentro, iba a hacer la compra, regresaba cargada de bolsas, limpiaba la casa, cocinaba, pensaba: Me estoy poniendo fea y vieja antes de tiempo, como las mujeres del barrio. Y naturalmente, justo cuando me sentía más desesperada, telefoneaba Lila.

En cuanto oía su voz me entraban ganas de gritarle: Qué me has hecho, todo iba de maravilla y ahora, de buenas a primeras, pasa lo que tú decías, la niña está mal, renqueo, cómo es posible, no aguanto más. Pero lograba contenerme a tiempo, murmuraba: Todo bien, la niña está un poquito pesada y por ahora engorda poco, pero es maravillosa, estoy contenta. Después me dedicaba a preguntarle con fingido interés por Enzo, por Gennaro, por las relaciones con Stefano, por su hermano, el barrio, si había tenido más problemas con Bruno Soccavo y Michele. Contestaba en un feo dialecto sucio y agresivo, pero en general sin rabia. Soccavo, decía, tendrá que sudar tinta china. Y a Michele, si me lo llego a encontrar, le escupo a la cara. En cuanto a Gennaro, ahora hablaba de él explícitamente como hijo de Stefano y decía: Es cuadrado como su padre, y reía si yo le decía es un niño tan agradable, me soltaba: Qué madrecita más buena, te lo regalo. En aquellas frases notaba el sarcasmo de quien sabía, gracias a quién sabe qué secreto poder, lo que realmente me pasaba, y sentía rencor, pero con más motivo insistía con mi teatro —escucha qué vocecita más linda tiene Dede, aquí en Florencia se está de maravilla, estoy leyendo un libro interesante de Baran— y seguía así hasta que ella me obligaba a bajar el telón para hablarme del curso de IBM que había empezado Enzo.

Solo de él hablaba con respeto, mucho rato, y en cuanto terminaba me preguntaba por Pietro.

—¿Estás bien con tu marido?

—Estupendamente.

—Yo también con Enzo.

Cuando colgaba, su voz dejaba una estela de imágenes y sonidos del pasado que me duraba horas en la cabeza: el patio, los juegos peligrosos, la muñeca que ella me había tirado al sótano, las escaleras oscuras para ir a recuperarla a casa de don Achille, su boda, su generosidad y su malicia, cómo se había quedado con Nino. No tolera mi buena suerte, pensaba amedrentada, quiere que vuelva con ella, tenerme a sus órdenes, que la respalde en sus cosas, en sus guerras miserables del barrio. Después me decía: Seré estúpida, de qué me ha servido estudiar, y simulaba tenerlo todo bajo control. A mi hermana Elisa, que me telefoneaba con frecuencia, le decía que ser madre era una maravilla. A Carmen Peluso, que me avisaba de su boda con el de la gasolinera de la avenida, le contestaba: Ay, qué buena noticia, te deseo que seas muy feliz, dale recuerdos a Pasquale, en qué anda metido. Con mi madre, las raras veces que llamaba, me mostraba fingidamente radiante, una sola vez bajé la guardia y le pregunté: Qué te pasó en la pierna, por qué renqueas, pero me contestó: A ti qué carajo te importa, métete en tus asuntos.

Luché durante meses, traté de mantener a raya las partes más opacas de mí misma. A veces me sorprendía rezándole a la Virgen pese a considerarme atea, y me avergonzaba. Con frecuencia, cuando estaba sola en casa con la niña, soltaba unos gritos desesperados, no palabras, solo el aliento que salía con la desesperación. Pero aquella época horrible se negaba a pasar, fue un tiempo lento y tormentoso. Por las noches, paseaba a la niña de una punta a otra del pasillo, renqueando, ya no le susurraba palabras sin sentido, la ignoraba y trataba de pensar en mí, tenía siempre en la mano un libro, una revista, aunque apenas lograba leer nada. De día, cuando Adele dormía plácidamente —al principio había empezado a llamarla Ade, sin darme cuenta de que esas tres letras incluían un infierno porque recordaban demasiado el Hades, hasta el punto de que cuando Pietro me lo hizo notar, me sentí incómoda y pasé a Dede—, intentaba escribir para el diario. Pero ya no tenía tiempo —y seguramente tampoco ganas— de andar por ahí paseándome en nombre de *L'Unità*. De ese modo, los textos que escribía perdieron energía, solo trataba de lucir mi habilidad formal y me salía un guirigay carente de sustancia. Una vez escribí deprisa y corriendo un artículo, se lo hice leer a Pietro antes de dictárselo a los de la redacción.

—Está vacío —dijo.

—¿En qué sentido?

—No son más que palabras.

Me ofendí, de todos modos lo dicté. No lo publicaron. Y a partir de ese momento, con cierto malestar, tanto la redacción local como la nacional empezaron a rechazar mis textos pretextando problemas de espacio. Sufrí, como a través de violentas sacudidas provenientes de profundidades inaccesibles, me di cuenta de que a mi alrededor se estaba desmoronando todo aquello que hasta poco antes había tomado por una forma de vida y de trabajo adquirida. Leía solo por tener los ojos posados en un libro o una revista, pero era como si me detuviese en los signos y ya no tuviera acceso a los significados. En dos o tres ocasiones me topé por casualidad con artículos de Nino, pero leerlos no me procuró el placer habitual de imaginármelo, de oír su voz, de disfrutar de sus pensamientos. Me alegré por él, claro, si escribía significaba que estaba bien, que vivía su vida a saber dónde, a saber con quién. Pero clavaba la vista en la firma, leía unas cuantas líneas, me retraía siempre como si cada una de sus frases negro sobre blanco hiciera aún más insoportable mi situación. Ya no tenía curiosidad, no lograba siquiera cuidar mi aspecto. Por lo demás, ¿para qué cuidarme? No veía a nadie, solo a Pietro, que me trataba con modales amables, pero percibía que yo para él era una sombra. A veces tenía la sensación de pensar con su cabeza y me parecía captar su descontento. Casarme no había hecho más que complicarle la existencia de estudioso, y justo cuando su fama iba en aumento, especialmente en Inglaterra y Estados Unidos. Lo admiraba; sin embargo, me exasperaba. Le hablaba siempre con una mezcla de resentimiento y subordinación.

Basta, dejemos estar *L'Unità*, me impuse un día, ya será bastante si consigo encontrar el tema adecuado para un nuevo libro, en cuanto lo tenga listo, todo se arreglará. Pero ¿qué libro? A mi suegra, a la editorial les aseguraba que lo tenía encarrilado, pero mentía, mentía en toda ocasión con tonos muy cordiales. En realidad no tenía más que cuadernos repletos de apuntes desganados, nada más. Y cuando los abría, de noche o de día según los horarios que me marcaba Dede, me quedaba dormida encima de ellos sin darme cuenta. Un día, a última hora de la tarde, Pietro regresó de la universidad y me encontró en una situación peor de la que yo lo había sorprendido a él tiempo atrás: estaba en la cocina, profundamente dormida, con la cabeza apoyada sobre la mesa; la niña no había comido y se la oía chillar a lo lejos, en el dormitorio. Su padre la encontró en la cuna, semidesnuda, olvidada. Cuando Dede se calmó, agarrada vorazmente al biberón, Pietro dijo desolado:

—¿Será posible que no tengas a nadie que pueda ayudarte?

—En esta ciudad no, lo sabes de sobra.

—Pídele a tu madre que venga, o a tu hermana.

—No quiero.

—Entonces pídeselo a esa amiga tuya de Nápoles. Tú te prodigaste con ella, ella hará lo mismo por ti.

Di un respingo. Por una fracción de segundo, sentí con claridad que una parte de mí estaba segura de que Lila ya estaba presente, en mi casa; si en otros tiempos acechaba dentro de mí, ahora se había escurrido dentro de Dede, con los ojos entrecerrados, la frente fruncida. Meneé la cabeza con energía. Deseché enseguida aquella imagen, deseché aquella posibilidad, pero ¿qué cosas se me ocurrían?

Pietro se resignó a telefonear a su madre. Le pidió muy a regañadientes si podía venir a quedarse unos días con nosotros.

66

Me puse en manos de mi suegra con una sensación inmediata de alivio, y también en ese caso ella resultó ser la mujer a la que me hubiera gustado parecerme. Al cabo de pocos días dio con una mocetona de poco más de veinte años, Clelia, originaria de la Maremma, a la que impartió instrucciones precisas para que se ocupara lo mejor posible de la casa, de la compra, de la cocina. Cuando Pietro se encontró a Clelia en casa sin siquiera haber sido consultado se rebeló.

—En mi casa no quiero esclavas —dijo.

—No es una esclava, es una asalariada —le contestó Adele con calma.

—Para ti entonces la que tendría que hacer de esclava soy yo, ¿no? —le solté, fuerte gracias a la presencia de mi suegra.

—Tú haces de madre, no de esclava.

—Te lavo y te plancho la ropa, te limpio la casa, te cocino, te he dado una hija, la crío entre mil dificultades, estoy exhausta.

—¿Y quién te obliga, cuándo te he pedido yo nada?

No aguanté el embate, pero Adele sí; aplastó al hijo con un sarcasmo rayano a veces en la ferocidad, y Clelia se quedó. Tras lo cual mi suegra me quitó a la niña, trasladó la cuna al cuarto que le había asignado, vigiló con gran precisión los horarios de los biberones tanto de noche como de día. Cuando se dio cuenta de que renqueaba, me acompañó a ver a un médico amigo suyo que me prescribió varias inyecciones. Ella misma se presentaba todas las mañanas y todas las noches con la cacerolita de la jeringa y las ampollas para clavarme alegremente la aguja en las nalgas. Enseguida noté la mejoría, el dolor de la pierna desapareció, el humor mejoró, me tranquilicé. Pero Adele no dejó de ocuparse de mí. Me impuso gentilmente que volviese a cuidar mi aspecto personal, me mandó al peluquero, me obligó a regresar al dentista. Y, sobre todo, me habló con frecuencia de teatro, de cine, de un libro que estaba traduciendo, de otro que estaba preparando, de lo que habían escrito en esta o aquella revista su marido y otra gente famosa a la que, en confianza, llamaba por el nombre de pila. Fue a ella a quien oí hablar por primera vez de folletos feministas muy combativos. Mariarosa conocía a las muchachas que trabajaban en ellos, estaba prendada de ellas, las tenía en gran estima. Ella no. Con su tono irónico habitual dijo que desvariaban sobre la cuestión femenina como si se la pudiera abordar prescindiendo del conflicto de clase. Léelos de todos modos, me aconsejó al fin, y me dejó un par de esas obritas con una última frase sibilina: Si quieres ser escritora, no te pierdas nada. Las guardé, no me apetecía perder el tiempo con textos que la propia Adele subestimaba. Pero sobre todo, precisamente en esa ocasión, sentí que ninguna de las charlas cultas de mi suegra nacía de una auténtica necesidad de intercambiar ideas conmigo. Adele apuntaba deliberadamente a sacarme de la condición desesperante de madre incapaz, lo suyo era un frotar palabras para arrancarles chispas y avivar el fuego en mi cabeza y mi mirada heladas. Pero en realidad le gustaba más salvarme que escucharme.

Y después, después Dede, pese a todo, seguía llorando por la noche, la oía, me inquietaba, de ella me llegaba un sentimiento de infelicidad que echaba por tierra la acción benéfica de mi suegra; y a pesar de disponer de más tiempo, no conseguía escribir; y Pietro, habitualmente contenido, en presencia de su madre se volvía desinhibido hasta la descortesía, a su regreso a casa seguía casi siempre un encontronazo a golpes de sarcasmo entre ellos dos, y aquello acababa por aumentar la sensación de derrumbe que notaba a mi alrededor. No tardé en darme cuenta de que mi marido encontraba natural considerar a Adele la responsable en última instancia de sus problemas. La tomaba con ella por cualquier cosa, incluso por lo que le ocurría en el trabajo. Yo sabía poco o nada de ciertas tensiones agotadoras por las que estaba pasando en la universidad, en general a mi «qué tal va» contestaba «bien», tendía a ahorrármelo. Pero con su madre perdía todo freno, asumiendo el tono recriminatorio del niño que se siente abandonado. Descargaba en Adele todo aquello que a mí me ocultaba, y si la cosa ocurría en mi presencia, hacía como si no estuviera, como si yo, su mujer, debiera ser solo un testigo mudo.

Así me resultaron claras muchas cosas. Los colegas, todos mayores que él, atribuían a su apellido su fulgurante carrera, y también la incipiente fama en el extranjero que empezaba a rozarlo, y le hacían el vacío. Los estudiantes lo consideraban inútilmente riguroso, un burgués sabihondo que cultivaba su parcelita sin ceder nada al magma del presente, en definitiva, un enemigo de clase. Y él, como siempre, ni se ofendía ni atacaba, sino que seguía por su camino dando —de eso estaba segura— unas clases de nítida inteligencia, evaluando competencias con similar nitidez, suspendiendo. Pero es difícil, casi gritó una noche, dirigiéndose a Adele con tono quejumbroso. Después bajó la voz de inmediato, murmuró que necesitaba tranquilidad, que el trabajo era agotador, que no eran pocos los colegas que le ponían en contra a los estudiantes, que grupos de jóvenes irrumpían a menudo en el aula donde trabajaba y lo obligaban a interrumpir la clase, que en las paredes habían aparecido pintadas infames. Entonces, incluso antes de que Adele se pronunciase, estallé sin control. Si fueras algo menos reaccionario, dije, no te pasarían estas cosas. Y él, por primera vez desde que lo conocía, me contestó de mala manera, entre dientes: Cállate la boca, no haces más que soltar frases hechas.

Fui a encerrarme al cuarto de baño y de golpe me di cuenta de que casi no lo conocía. ¿Qué sabía de él? Era un hombre pacífico pero con una determinación rayana en la tozudez. Estaba de parte de la clase obrera y de los estudiantes, pero enseñaba y tomaba exámenes de la forma más tradicional. Era ateo, no había querido casarse por la iglesia, me había impuesto no bautizar a Dede, pero admiraba las comunidades cristianas de Oltrarno y hablaba de temas religiosos con mucha competencia. Era un Airota, pero no soportaba los privilegios y las comodidades que acompañaban el apellido. Me calmé, traté de estar más cerca de él, de hacerle notar mi afecto. Es mi marido, me dije, debemos hablar más. Pero la presencia de Adele llegó a ser cada vez más un problema. Había entre ellos algo no expresado que impulsaba a Pietro a olvidar los buenos modales y a Adele a hablarle como se habla a un inepto sin esperanza de redención.

Vivían de esa manera, entre continuos enfrentamientos: él peleaba con su madre, terminaba diciendo una frase que me hacía enfadar, yo lo agredía. Hasta que llegó un momento en que durante la cena mi suegra le preguntó en mi presencia por qué dormía en el sofá. Él le contestó: Será mejor que mañana te vayas. No intervine, sin embargo, sabía por qué dormía en el sofá: lo hacía por mí, para no despertarme cuando a eso de las tres de la mañana dejaba de estudiar y se permitía descansar un poco. Al día siguiente, Adele regresó a Génova. Me sentí perdida.

67

Sin embargo, pasaron los meses y la niña y yo salimos adelante. Dede empezó a andar sola el día de su primer cumpleaños: su padre se acuclilló frente a ella, le hizo muchas fiestas, ella sonrió, se separó de mí y fue hacia él con los brazos abiertos, insegura, la boca entrecerrada, como si fuese la meta feliz de su año de llantos. A partir de ese momento, sus noches se volvieron tranquilas, también las mías. La niña pasaba cada vez más tiempo con Clelia, su inquietud se atenuó, conseguí recobrar un poco de espacio para mí. Pero descubrí que no me apetecía embarcarme en actividades laboriosas. Como tras una larga enfermedad, no veía la hora de estar al aire libre, disfrutar del sol y los colores, pasear por calles atestadas, ver escaparates. Y como tenía bastante dinero mío, en aquella época compré ropa para mí, para la niña y para Pietro, llené la casa de muebles y adornos, derroché el dinero como nunca lo había hecho. Sentía la necesidad de estar guapa, conocer personas interesantes, conversar, pero no había conseguido relacionarme con nadie y, por otra parte, Pietro rara vez traía invitados a casa.

Poco a poco traté de retomar la vida gratificante que había tenido hasta un año antes, y solo entonces caí en la cuenta de que el teléfono sonaba cada vez menos, que eran raras las llamadas para mí. El recuerdo de mi novela se estaba desvaneciendo y con ello menguaba la curiosidad por mi nombre. A aquella época de euforia siguió una fase en la que, preocupada, en ciertos momentos deprimida, me preguntaba qué debía hacer; volví a leer literatura contemporánea, con frecuencia me avergonzaba de mi novela que, en comparación, parecía frívola y muy tradicional, dejé a un lado los apuntes para el nuevo libro, que tendían a repetir el viejo, me esforcé por pensar en historias de mayor calado que contuvieran el tumulto del presente.

Retomé también mis tímidas llamadas telefónicas a *L'Unità* e intenté escribir otros artículos, pero no me costó demasiado comprender que mis textos ya no gustaban en la redacción. Había perdido terreno, estaba escasamente informada, no tenía tiempo de desplazarme para presenciar situaciones específicas y contarlas, escribía con elegancia frases de un rigor abstracto con el fin de mostrar no sé bien a quién —y nada menos que en ese periódico— que apoyaba las críticas más duras al Partido Comunista y los sindicatos. Hoy me resulta difícil explicar por qué me empeñaba en escribir aquellos textos o, para expresarlo mejor, por qué, pese mi escasa participación en la vida política de la ciudad, y pese a mi docilidad, me sentía cada vez más atraída por posturas extremas. Tal vez lo hacía por inseguridad. O tal vez por desconfianza hacia toda forma de mediación, arte que, desde la primera infancia, hacía coincidir con las maquinaciones de mi padre cuando se movía con astucia en la ineficiencia del ayuntamiento. O por el conocimiento vivo de la miseria, que me sentía obligada a no olvidar, quería estar de parte de quienes habían quedado atrapados en ella y luchaban por hacer saltar todo por los aires. O porque no me importaban gran cosa la política corriente, las reivindicaciones, solo quería que algo grande —había utilizado y utilizaba a menudo esa fórmula— se difundiera y yo pudiese vivirlo y contarlo. O porque —me costaba reconocerlo— mi modelo seguía siendo Lila con su tozuda irracionalidad que no aceptaba soluciones intermedias, hasta el punto de que, pese a encontrarme ya alejada de ella en todos los sentidos, quería decir y hacer lo que imaginaba que ella habría dicho y hecho si hubiese contado con mis instrumentos, si no se hubiese recluido en el espacio del barrio.

Dejé de comprar *L'Unità*, empecé a leer *Lotta Continua* e *Il Manifesto*. En este último diario descubrí que de vez en cuando aparecía la firma de Nino. Como siempre, qué bien documentados estaban sus textos, con qué lógica convincente estaban formulados. Como cuando era jovencita y hablaba con él, sentí la necesidad de encerrarme yo también en una red de propuestas generales expresamente formuladas que me impidiera seguir dispersándome. Asimilé de forma definitiva que ya no pensaba en él con deseo, ni siquiera con amor. Me pareció que se había convertido en una figura del pesar, la síntesis de lo que me arriesgaba a no llegar a ser jamás pese a haber tenido la posibilidad. Proveníamos del mismo ambiente, los dos habíamos conseguido salir de él con brillantez. Entonces, ¿por qué yo me deslizaba hacia la mediocridad? ¿Por culpa del matrimonio? ¿Por culpa de la maternidad y de Dede? ¿Porque era mujer, porque debía ocuparme de la casa y la familia y quitar la mierda y cambiar pañales? Cada vez que daba con un artículo de Nino, y el artículo me parecía bien escrito, me ponía de mal humor. Y el que pagaba los platos rotos era Pietro, en realidad el único interlocutor que tenía. La tomaba con él, lo acusaba de haberme abandonado a mí misma en la época más terrible de mi vida, de ocuparse únicamente de su carrera olvidándose de mí. Nuestras relaciones —me costaba reconocerlo porque me daba pavor, pero la realidad era esa— iban de mal en peor. Comprendía que se sentía mal por sus problemas de trabajo, sin embargo, no conseguía justificarlo, al contrario, lo criticaba, a menudo partiendo de posturas políticas no muy alejadas de las de los estudiantes que se lo ponían difícil. Él me escuchaba incómodo, replicando poco o nada. En aquellos momentos, sospechaba que las palabras que tiempo atrás me había gritado (cállate la boca, no haces más que soltar frases hechas) no habían sido solo una intemperancia ocasional, sino que señalaban que, en general, no me consideraba a la altura de una discusión seria. Eso me exasperaba, me deprimía, el rencor aumentaba, especialmente porque yo misma sabía que oscilaba entre sentimientos contradictorios que, reducidos a la mínima expresión, podían sintetizarse así: la desigualdad era la que hacía que los estudios fueran dificilísimos para algunos (para mí, por ejemplo), y casi una distracción para otros (para Pietro, por ejemplo); y por otra parte, con o sin desigualdad, había que estudiar, y bien, mejor dicho, muy bien; estaba orgullosa de mi recorrido, de la habilidad que había demostrado, y me negaba a creer que mi esfuerzo hubiese sido inútil, en ciertos aspectos torpe. Sin embargo, por oscuros motivos, con Pietro me inclinaba a dar forma solo a la injusticia de la desigualdad. Le decía: Te comportas como si delante tuvieras alumnos todos iguales, pero no es así, es una forma de sadismo pretender los mismos resultados de chicos que no han tenido las mismas oportunidades. Incluso llegué a criticarlo cuando me contó que había tenido una discusión muy violenta con un colega que le llevaba por lo menos veinte años, un conocido de su hermana que había creído encontrar en él un aliado contra los miembros más conservadores del claustro. Ocurrió que aquel profesor le había aconsejado de manera amistosa que fuera menos duro con los alumnos. Pietro le había contestado con sus modales educados, pero exentos de medias tintas, que no consideraba que fuese duro, sino solo exigente. Bueno, le había dicho el profesor, sé menos exigente, en especial con aquellos que generosamente emplean gran parte de su tiempo en cambiar este tinglado. Con aquel comentario las cosas se precipitaron, aunque no sé de qué manera ni sobre la base de qué argumentos. Pietro, cuyo relato tendía como siempre a desdramatizar, sostenía que para defenderse se había limitado a decir que tenía por costumbre tratar siempre a todos los muchachos con el respeto que se merecían; después admitía haber acusado a su colega de emplear dos varas de medir: condescendiente con los alumnos más agresivos y despiadado hasta la humillación con los alumnos más miedosos. El profesor se lo tomó a mal, había llegado a gritarle que solo porque conocía bien a su hermana evitaba decirle —pero de paso se lo había dicho— que era un cretino indigno de la cátedra que ocupaba.

—¿No podrías ser más cauto?

—Soy cauto.

—No me lo parece.

—Bueno, pero tengo que decir lo que pienso.

—Quizá deberías aprender a distinguir a los amigos de los enemigos.

—No tengo enemigos.

—Tampoco amigos.

Palabra va, palabra viene, exageré. La consecuencia de esa forma tuya de comportarte —murmuré— es que nadie en esta ciudad, y mucho menos los amigos de tus padres, nos invitan a cenar o a un concierto o a una excursión al campo.

68

A esas alturas me quedó claro que, en su ambiente de trabajo Pietro era considerado un hombre aburrido, muy alejado del activismo entusiasta de su familia, un Airota fallido. Y yo compartía esa opinión, aspecto nada beneficioso para nuestras relaciones íntimas. Cuando por fin Dede se tranquilizó y empezó a dormir con regularidad, él regresó a nuestra cama, pero en cuanto se me acercaba sentía aversión, tenía miedo de quedarme embarazada otra vez, quería que me dejara dormir. Así que lo alejaba sin palabras, me bastaba con darle la espalda y si él insistía y se me apretaba contra el camisón con el sexo, le daba un golpecito en una pierna con el talón, una señal para que entendiera: No quiero, tengo sueño. Pietro se apartaba descontento, se levantaba, se iba a estudiar.

Una noche discutimos por enésima vez sobre Clelia. Siempre se producía alguna tensión cuando había que pagarle, pero esa vez resultó evidente que Clelia era una excusa. Él murmuró sombrío: Elena, debemos analizar nuestra relación y hacer un balance. Accedí enseguida. Le dije que adoraba su inteligencia y su buena educación, que Dede era maravillosa, pero añadí que no quería más hijos, que me resultaba insoportable el aislamiento en el que había terminado, que deseaba volver a tener una vida activa, que no me había deslomado desde la niñez para terminar prisionera de los papeles de madre y esposa. Discutimos, yo con dureza, él con amabilidad. No protestó más por Clelia, al final capituló. Se decidió a comprar preservativos, empezó a invitar a cenar a amigos, o mejor dicho, conocidos —no tenía amigos—, se resignó a que de vez en cuando yo fuera con Dede a asambleas y manifestaciones a pesar de la sangre que cada vez con más frecuencia había en las calles.

Aquel nuevo ciclo en lugar de mejorarme la vida, me la complicó. Dede se aferró cada vez más a Clelia y cuando la llevaba conmigo se aburría, se ponía nerviosa, me tiraba de las orejas, del pelo, de la nariz, pedía por ella llorando. Me convencí de que se quedaba más a gusto con la chica de la Maremma que conmigo, y eso contribuyó a que resurgiera la sospecha de que como no le había dado el pecho y su primer año de vida había sido duro, a sus ojos yo no era más que una figura oscura, la mujer infame que la reprendía a la menor ocasión y, de paso, por celos maltrataba a su tata alegre, compañera de juegos, narradora de cuentos. Me rechazaba incluso cuando con gesto mecánico, pañuelo en mano, le limpiaba los mocos de la nariz o los restos de comida de la boca. Lloraba, decía que le hacía daño.

En cuanto a Pietro, los preservativos entorpecían ulteriormente su sensibilidad, para alcanzar el orgasmo empleaba un tiempo aún más largo del que en general necesitaba, sufría él, me hacía sufrir a mí. A veces me dejaba penetrar de espalda, tenía la impresión de notar menos dolor, y mientras me asestaba sus golpes violentos le agarraba una mano, me la llevaba al sexo esperando que entendiera que quería que me acariciase. Pero parecía incapaz de hacer ambas cosas, y como prefería la primera, se olvidaba casi enseguida de la segunda, y tampoco, una vez satisfecho, parecía intuir que deseaba una parte cualquiera de su cuerpo para aplacar a mi vez el deseo. Una vez obtenido su goce me acariciaba el pelo, murmuraba: Voy a trabajar un rato. Cuando se iba, la soledad me parecía un premio de consolación.

A veces, en las manifestaciones, observaba con curiosidad a los varones jóvenes que se exponían impávidos a cualquier peligro, cargados de una energía feliz incluso cuando se sentían amenazados y se volvían amenazantes. Me fascinaban, me sentía atraída por aquel calor febril. Pero me consideraba en todo alejada de las muchachas vivaces que les iban detrás, era demasiado culta, gafuda, estaba casada, iba siempre justa de tiempo. Así que regresaba a casa descontenta, trataba a mi marido con frialdad, me sentía vieja. Solo en un par de ocasiones fantaseé con que uno de aquellos jóvenes, muy famoso en Florencia, muy querido, se fijaba en mí y me llevaba de allí como cuando de jovencita me sentía patosa y no quería bailar, pero Antonio o Pasquale me tiraban de un brazo y me obligaban. Naturalmente nunca ocurrió. En cambio, fueron los conocidos que Pietro empezó a llevar a casa quienes crearon complicaciones. Me mataba preparando las cenas, hacía de esposa que sabía mantener viva la conversación y no me lamentaba, yo misma le había pedido a mi marido que trajera invitados. No tardé en advertir con malestar que aquel rito no se agotaba en sí mismo, me sentía atraída por cualquier hombre que me diera un poco de cuerda. Alto, bajo, delgado, gordo, feo, apuesto, viejo, casado o soltero, si el invitado alababa alguno de mis comentarios, si se acordaba de mi libro con palabras bonitas, si llegaba a entusiasmarse con mi inteligencia, yo lo miraba con agrado y, tras un breve intercambio de frases y miradas, él captaba esa buena disposición mía. Entonces, si al principio se había mostrado aburrido, el hombre se volvía brioso, acababa ignorando por completo a Pietro, multiplicaba sus atenciones hacia mí. Cada una de sus palabras se hacía más y más alusiva y, en el curso de la conversación, sus gestos, sus comportamientos se volvían más íntimos. Con la punta de los dedos me rozaba un hombro, una mano, clavaba sus ojos en los míos pronunciando frases melosas, tocaba mis rodillas con las suyas, la punta de mis zapatos con la de los suyos.

En esos momentos me sentía bien, me olvidaba de la existencia de Pietro y Dede, la estela de pesadísimas obligaciones que dejaban a su paso. Solo temía el momento en que el invitado se marchara y yo regresaba a la mediocridad de la casa: días inútiles, pereza, rabias ocultas tras la docilidad. Por eso me extralimitaba: la excitación me impulsaba a hablar demasiado y en voz alta, cruzaba las piernas procurando enseñar lo más posible, con gesto irreflexivo me desabrochaba un botón de la blusa. Era yo misma la que acortaba las distancias, como si una parte de mí estuviese convencida de que, pegándome de algún modo a aquel extraño, conservaría en el cuerpo parte del bienestar que sentía en ese momento, y cuando él se hubiese marchado del apartamento, solo o con su mujer o su pareja, yo notaría menos la depresión, el vacío tras la exhibición de sentimientos e ideas, la angustia del fracaso.

En realidad, después cuando estaba sola en la cama y Pietro estudiaba, me sentía sencillamente estúpida, me despreciaba. Pero por más que me esforzara no conseguía enmendarme. Máxime porque aquellos hombres se convencían de haber causado buena impresión y, en general, telefoneaban al día siguiente, inventaban excusas para verme otra vez. Aceptaba. Pero en cuanto llegaba al lugar de la cita me asustaba. El simple hecho de que se hubiesen entusiasmado pese a tener, pongamos, treinta años más que yo o estar casados, anulaba su autoridad, anulaba el papel salvador que les había atribuido, y el placer mismo que había sentido durante el juego de seducción resultaba un desliz infamante. Me preguntaba aturdida: ¿Por qué me comporté de ese modo, qué me está ocurriendo? Prestaba más atención a Dede y a Pietro.

Pero a la ocasión siguiente todo volvía a empezar. Fantaseaba, escuchaba a todo volumen la música que había pasado por alto de jovencita, no leía, no escribía. Sobre todo me amargaba cada vez más el hecho de que, por haberme impuesto autodisciplina en todo, me había perdido la alegría de desmelenarme de la que, al parecer, habían gozado y gozaban las mujeres de mi edad del ambiente en el que ahora vivía. Por ejemplo, las veces que Mariarosa viajaba a Florencia, por motivos de estudio o para reuniones políticas, venía a dormir a casa con hombres siempre distintos, en ocasiones con amigas, y tomaba drogas, y se las ofrecía a sus compañeros y nos las ofrecía a nosotros; y si Pietro se ensombrecía y se encerraba en su despacho, yo, en cambio, estaba fascinada, la rechazaba insegura de probar marihuana o ácido —temía ponerme enferma—, pero me quedaba discutiendo con ella y sus amigos hasta la madrugada.

Se hablaba de todo, los intercambios eran a menudo violentos, tenía la impresión de que la buena lengua que tanto me había costado adquirir se había vuelto inadecuada. Demasiado cuidada, demasiado perfecta. Fíjate cómo se ha modificado el lenguaje de Mariarosa, pensaba, ha cortado con su educación, es una deslenguada. Ahora, la hermana de Pietro se expresaba peor que como nos expresábamos Lila y yo de jovencitas. No pronunciaba una sola frase sin aderezarla con la palabra «coño». «¿Dónde coño he puesto el encendedor, dónde coño están los cigarrillos?» Lila nunca había dejado de hablar así; ¿qué debía hacer yo, volver a ser como ella, regresar al punto de partida? ¿Para qué me había esforzado tanto?

Observaba a mi cuñada. Me gustaba cómo mostraba solidaridad conmigo y cómo ponía incómodo a su hermano con los hombres que nos traía a casa. Una noche interrumpió bruscamente la conversación para decirle al muchacho que la acompañaba: Se acabó, vamos a follar. Follar. Pietro había inventado una jerga de niños de buena familia para las cosas del sexo, yo la había adoptado y la usaba en lugar del léxico dialectal soez que conocía desde mi primera infancia. Pero ahora, ¿para sentirse realmente en el mundo cambiante, había que volver a poner en circulación las palabras obscenas, decir: quiero que me follen, jódeme así o asá?

Con mi marido, impensable. Sin embargo, los pocos hombres con los que trataba, todos cultísimos, se disfrazaban gustosamente de pueblo llano, se mostraban divertidos con mujeres que fingían ser verduleras, parecían disfrutar tratando a una señora como si fuese una furcia. Al principio eran muy formales, se contenían. Pero no veían la hora de iniciar una escaramuza que de lo no dicho pasara a lo dicho, y a lo dicho con todas las letras, en un juego de libertad donde la timidez femenina era considerada un signo de credulidad hipócrita. Por contra, la franqueza, la inmediatez, eran cualidades de la mujer liberada, y yo me esforzaba por adaptarme. Pero cuanto más me adaptaba, más me sentía poseída por mi interlocutor. En un par de casos creí haberme enamorado.

69

Me ocurrió primero con un ayudante de literatura griega, un tipo de mi edad originario de Asti, que en su ciudad natal tenía una novia con la que decía no estar contento; después, con el marido de una encargada de papirología, una pareja con dos niños de pocos años, ella de Catania, él de Florencia, ingeniero que enseñaba mecánica, se llamaba Mario, tenía una vasta cultura política, bastante autoridad pública, cabello largo, en sus ratos libres tocaba la batería en un grupo de rock, y era siete años mayor que yo. Con ambos el procedimiento fue el mismo: Pietro los invitó a cenar, yo empecé a flirtear. Llamadas telefónicas, feliz participación en manifestaciones, muchos paseos, a veces con Dede, a veces yo sola, y algún cine. Con el ayudante me retiré en cuanto él fue explícito. En cambio Mario me envolvió en una tela cada vez más apretada y una noche, en su coche, me besó, un beso prolongado, y me acarició los pechos dentro del sostén. A duras penas conseguí apartarlo, le dije que no quería verlo más. Pero él telefoneó, volvió a telefonear, lo echaba de menos, cedí. Como me había besado y metido mano, estaba convencido de tener ciertos derechos y enseguida se comportó como si lo retomáramos desde el punto en que lo habíamos dejado. Insistía, proponía, exigía. Cuando yo por una parte lo provocaba y por la otra me hacía desear riendo, se hacía el ofendido, me ofendía.

Una mañana paseaba con él y con Dede que, si no recuerdo mal, tendría poco más de dos años y estaba muy ocupada con su queridísimo muñeco Tes, nombre inventado por ella. En aquellas circunstancias le dedicaba muy poca atención, estaba cautivada por el juego verbal, a ratos me olvidaba por completo de ella. En cuanto a Mario, no tenía en absoluto en cuenta la presencia de mi hija, solo se ocupaba de estar encima de mí con comentarios sin tabúes, se dirigía a Dede para susurrarle burlonamente al oído cosas como: Por favor, ¿puedes decirle a tu mamá que sea buena conmigo? El tiempo voló, nos separamos, Dede y yo enfilamos el camino de vuelta a casa. Tras dar unos cuantos pasos la niña dijo seca: Tes me ha dicho que le contará un secreto a papá. El corazón dejó de latirme. ¿Tes? Sí. ¿Y qué le dirá a papá? Tes lo sabe. ¿Algo bueno o algo malo? Malo. La amenacé: Explícale a Tes que si le cuenta eso a papá, lo encerrarás con llave en el trastero, a oscuras. Se echó a llorar, tuve que llevarla a casa en brazos, a ella que con tal de contentarme caminaba fingiendo que no se cansaba nunca. De modo que Dede comprendía, o al menos percibía, que entre aquel hombre y yo había algo que su padre no habría tolerado.

Interrumpí otra vez los encuentros con Mario. ¿Al fin y al

cabo qué era? Un burgués enfermo de pornolalia. Pero la inquietud no cesó, me crecía por dentro un afán de violación, quería desenfrenarme como parecía que el mundo se estaba desenfrenando. Aunque fuese una sola vez deseaba salirme del matrimonio, o, por qué no, de todas las cosas de mi vida, de aquello que había aprendido, de aquello que había escrito, de aquello que trataba de escribir, de la niña que había traído al mundo. Ah, sí, el matrimonio era una cárcel: Lila, que era valiente, se había escapado aún a riesgo de su propia vida. ¿En cambio yo qué riesgos corría con Pietro, tan distraído, tan ausente? Ninguno. ¿Entonces? Telefoneé a Mario. Dejé a Dede con Clelia, me reuní con él en su estudio. Nos besamos, me lamió los pezones, me tocó entre las piernas como hacía Antonio en los pantanos tantos años atrás. Pero cuando se bajó los pantalones y con los calzoncillos en las rodillas me agarró de la nuca tratando de empujarme contra su sexo, me solté, dije que no, me arreglé la ropa y huí.

Regresé a casa nerviosísima, carcomida por la culpa. Hice el amor con Pietro apasionadamente, nunca me había sentido tan involucrada, fui yo misma la que no quiso que se pusiera un preservativo. Por qué me preocupo, me dije, dentro de poco me toca la regla, no pasará nada. Pero pasó. Al cabo de unas semanas comprobé que estaba otra vez embarazada.

70

Con Pietro ni siquiera traté de hablar de aborto —estaba muy contento de que le diera otro hijo—, por lo demás, yo tenía miedo de tomar esa medida, la palabra me daba dolor de estómago. De

aborto habló Adele, por teléfono, pero me escaqueé enseguida
con frases genéricas como: Dede necesita compañía, es feo criarse
solos, es mejor darle un hermanito o una hermanita.

—¿Y el libro?

—Lo tengo encarrilado —mentí.

—¿Me lo dejarás leer?

—Claro.

—Todos estamos esperando.

—Lo sé.

Estaba aterrada, casi sin reflexionar tomé una decisión que
asombró mucho a Pietro, quizá incluso a mí. Telefoneé a mi madre, le dije que esperaba otro hijo, le pregunté si quería venir a
Florencia, a quedarse una temporada. Refunfuñó que no podía,
debía ocuparse de mi padre, de mis hermanos. Le grité: Eso quiere decir que por tu culpa no escribiré más. ¿A quién carajo le importa, me contestó, no te basta con vivir como una señora? Y colgó. Pero a los cinco minutos llamó Elisa. Ya me ocupo yo de la
casa, dijo, mamá irá mañana.

Pietro fue en coche a la estación a recoger a mi madre, lo que
la enorgulleció, hizo que se sintiera amada. En cuanto puso los
pies en mi casa, le enumeré una serie de reglas: No modifiques el
orden de mi despacho y el de Pietro; no malcríes a Dede; no te
metas entre mi marido y yo; controla a Clelia sin entrar en conflicto con ella; considérame una extraña a la que no debes molestar bajo ningún concepto; quédate en la cocina o en tu habitación
cuando tenga invitados. Estaba resignada a que no respetara ninguna de aquellas reglas, sin embargo, como si el miedo a ser des-
pachada de vuelta hubiese modificado su naturaleza, al cabo de
unos días se convirtió en una sierva devota que se ocupaba de to-

das las tareas de la casa y resolvía los problemas con decisión y eficiencia sin molestarnos nunca a mí o a Pietro.

De vez en cuando iba a Nápoles y enseguida su ausencia hacía que me sintiera expuesta al azar, tenía miedo de que no regresara más. Pero siempre lo hizo. Me contaba las novedades del barrio (Carmen estaba embarazada, Marisa había tenido un varón, Gigliola estaba a punto de darle a Michele Solara el segundo hijo, de Lila no decía nada para evitar conflictos) y después se convertía en una especie de espíritu de la casa que, invisible, nos aseguraba a todos nosotros ropa blanca limpia y bien planchada, comidas con los sabores de la infancia, un apartamento siempre pulcro, un orden que apenas desorganizado se reorganizaba con maniática puntualidad. Pietro lo pensó bien y trató otra vez de liberarse de Clelia y mi madre se mostró de acuerdo. Me enojé, pero en lugar de tomarla con mi marido le eché una bronca a ella, que se retiró a su cuarto sin replicar. Pietro me regañó y puso de su parte para que me reconciliara con mi madre, lo que ocurrió pronto y de buena gana. La adoraba, decía que era una mujer muy inteligente, y a menudo después de cenar se quedaba charlando con ella en la cocina. Dede la llamaba abuela y se encariñó con ella hasta el punto de disgustarse cuando aparecía Clelia. Ya está, me dije, todo en orden, ahora no tienes excusas. Y me obligué a concentrarme en el libro.

Repasé los apuntes. Me convencí definitivamente de que debía ir por otro camino. Quería dejar atrás lo que Franco había definido como una «historia de amoríos» y escribir algo adecuado a los tiempos de manifestaciones en las plazas, muertes violentas, represión policial, temores de golpe de Estado. No encontré nada que pasara de una decena de páginas apáticas. ¿Qué me faltaba entonces? Era difícil decirlo. Nápoles, quizá, el barrio. O una imagen como la de *El hada azul*. O una pasión. O una voz a la que atribuir autoridad y que me guiara. Me pasaba horas sentada inútilmente a mi escritorio, leía novelas sin concentrarme demasiado, no salía nunca del despacho por temor a que Dede me hiciera prisionera. Qué infeliz me sentía. Oía la voz de la niña en el pasillo, la de Clelia, el paso claudicante de mi madre. Me subía la falda, me miraba la barriga que ya empezaba a crecer difundiendo por todo el organismo un bienestar indeseado. Estaba preñada por segunda vez y, sin embargo, vacía.

71

Fue entonces cuando me dio por telefonear a Lila, no esporádicamente como había ocurrido hasta ese momento, sino casi a diario. Le hacía carísimas llamadas interurbanas con el único fin de echarme a su sombra, dejar pasar el tiempo del embarazo, esperar que según una vieja costumbre pusiera en marcha mi imaginación. Naturalmente, procuraba no decir cosas erradas y esperaba que ella tampoco las dijera. Ya sabía con claridad que cultivar nuestra amistad solo era posible si me mordía la lengua. Por ejemplo, no podía confesarle que una parte oscura de mí había temido que me hiciera maleficios a distancia, que esa parte seguía confiando en que estuviera realmente enferma y se muriera. Por ejemplo, ella no podía decirme los verdaderos motivos que se agazapaban bajo el tono áspero, a menudo ofensivo, con que me trataba. Por eso nos limitábamos a hablar de Gennaro, que en la primaria era uno de los mejores alumnos, de Dede, que ya sabía leer, y lo hacíamos como dos madres con sus normales presunciones de madres. O le hablaba sobre los intentos de escribir, pero sin dramatizar, me limitaba a decir: Estoy trabajando, no es fácil, el embarazo me debilita un poco. O trataba de averiguar si Michele seguía rondándola, para apresarla de algún modo y quedársela. O a veces, trataba de preguntarle si le gustaban algunos actores de cine o televisión, y así llevarla a que me dijera si la atraían hombres distintos de Enzo y, si acaso, confesarle que a mí también me daba por desear a hombres distintos de Pietro. Me parecía que este último tema no le interesaba. De los actores casi siempre decía: Quién es ese, no lo he visto nunca ni en el cine ni en la televisión. Y apenas pronunciaba el nombre de Enzo, aprovechaba para ponerme al corriente de la historia de los ordenadores aturdiéndome con una jerga para mí incomprensible.

Eran relatos entusiastas, a veces, ante la posibilidad de que pudieran resultarme útiles en el futuro, tomaba apuntes mientras ella hablaba. Enzo lo había conseguido, ahora trabajaba en una fabriquita de ropa blanca a cincuenta kilómetros de Nápoles. La empresa había alquilado una máquina IBM y él hacía de analista de sistemas. ¿Sabes qué trabajo es? Esquematiza los procesos manuales y los transforma en diagramas de flujo. La unidad central de la máquina es grande como un armario de tres puertas, con una memoria de ocho kilobytes. No sabes el calor que hace, Lenù, no te lo puedes imaginar, el ordenador es peor que una estufa. Abstracción máxima sumada al sudor y mucha pestilencia. Me hablaba de núcleos de ferrita, anillos atravesados por un cable eléctrico cuya tensión determinaba su rotación, cero o uno, y un anillo era un bit, y el conjunto de ocho anillos podía representar un byte, es decir, un carácter. Enzo era el protagonista absoluto de las peroratas de Lila. Él dominaba como Dios toda esa materia, manipulaba su vocabulario y su sustancia dentro de una habitación con grandes acondicionadores, un héroe que conseguía que la máquina hiciera todo lo que hacían las personas. ¿Lo entiendes?, me preguntaba de vez en cuando. Contestaba débilmente que sí, pero no sabía de qué me estaba hablando. Yo solo percibía que se daba cuenta de que no entendía nada, y de que me avergonzaba de ello.

Su entusiasmo fue aumentando de una llamada interurbana a otra. Enzo ganaba ahora ciento cuarenta y ocho mil liras al mes, como lo oyes, ciento cuarenta y ocho mil. Porque era muy capaz, el hombre más inteligente que había conocido jamás. Tan capaz, tan despierto, que pronto se había vuelto indispensable y había encontrado la manera de que la contratasen a ella como ayudante. Esa era la novedad: Lila estaba otra vez trabajando y esta vez le gustaba. Él es el jefe, Lenù, y yo, la subjefa. Dejo a Gennaro con mi madre —a veces incluso con Stefano— y todas las mañanas voy a la fábrica. Enzo y yo nos estudiamos la empresa punto por punto. Hacemos lo mismo que hacen los empleados para entender bien qué tenemos que introducir en el ordenador. Punteamos, no sé, los movimientos contables, por ejemplo, pegamos pólizas en las facturas, comprobamos las cartillas de los aprendices, las fichas de asistencia y después lo transformamos todo en diagramas y perforaciones en las fichas. Sí, sí, también hago de perforadora, estoy junto con otras tres mujeres, y en total me pagan ochenta mil liras. Ciento cuarenta y ocho más ochenta son doscientas veintiocho mil, Lenù. Enzo y yo somos ricos, y dentro de unos meses irá todavía mejor, porque el dueño se ha dado cuenta de que soy capaz y me mandará a hacer un curso. ¿Ves la vida que llevo, estás contenta?

Una noche fue ella quien llamó, dijo que acababa de recibir una mala noticia: justo al salir de clase, en la piazza del Gesú, habían matado a palos a Dario, el estudiante del que me había hablado tiempo atrás, el muchacho del comité que repartía octavillas delante de la fábrica Soccavo.

La noté preocupada. Pasó a hablarme del manto negro que pesaba sobre el barrio y toda la ciudad, agresiones sobre agresiones. Detrás de muchas de aquellas palizas, dijo, estaban los fascistas de Gino, y detrás de Gino estaba Michele Solara, nombres a los que, pronunciándolos, cargó de vieja repulsión, de rabia nueva, como si detrás de lo que decía hubiera mucho más que callaba. Pensé: ¿Cómo puede estar tan segura de que son ellos los responsables? Tal vez mantenía el contacto con los estudiantes de la via dei Tribunali, tal vez no dedicaba su vida solo a los ordenadores de Enzo. La escuché sin interrumpirla mientras dejaba fluir las palabras con su estilo apasionante. Me contó con lujo de detalles cierto número de expediciones de camaradas que partían de la sección neofascista enfrente de la escuela primaria, se desplegaban por el Rettifilo, por la piazza Municipio, subían al Vomero, atacaban a los militantes de izquierdas a trancazos y cuchilladas. A Pasquale también le habían dado una paliza en un par de ocasiones, le habían roto los dientes de delante. Y una noche, Enzo había llegado a las manos con Gino en persona justo delante del portón de casa.

Después se interrumpió, cambió de tono. ¿Te acuerdas, me preguntó, del ambiente del barrio cuando éramos pequeñas? Es peor, no, mejor dicho, es igual. Y citó a su suegro, don Achille Carracci, el usurero, el fascista, y a Peluso, el carpintero, el comunista, y habló de la guerra que hubo justo delante de nuestros ojos. A partir de ahí nos internamos despacio en aquellos tiempos, yo me acordaba de un detalle, ella de otro. Hasta que Lila acentuó la cualidad visionaria de las frases y se puso a contarme el asesinato de don Achille como hacía de niña, con fragmentos de realidad y muchas fantasías. La cuchillada en el cuello, el largo chorro de sangre que había manchado la olla de cobre. Descartó, como en aquella época, que lo hubiese matado el carpintero. Con convicción adulta dijo: La justicia de entonces, como por lo demás la de hoy, se conformó con la pista más obvia, la que conducía al comunista. Y exclamó: Pero ¿quién te dice que fue realmente el padre de Carmen y Pasquale? ¿Y quién te dice que fue un hombre y no una mujer? Como en un juego de la infancia, cuando nos parecía que éramos del todo complementarias, yo la seguí paso a paso superponiendo entusiasmada mi voz a la de ella, y tuve la impresión de que juntas —las niñas de entonces y las adultas de ahora— estuviéramos llegando a una verdad que durante un par de decenios había sido impronunciable. Piénsalo un poco, me dijo, ¿quién se benefició realmente de ese homicidio, a quién fue a parar el mercado de la usura en el que dominaba don Achille? ¿A quién, eh? Encontramos la respuesta al unísono: La que había salido ganando fue la mujer del libro rojo, Manuela Solara, la madre de Marcello y Michele. Ella mató a don Achille, dijimos levantando la voz, y luego murmuramos, primero yo, luego ella, poniéndonos melancólicas: Pero qué cosas decimos, basta, seguimos siendo dos niñas, no creceremos nunca.

Por fin un momento realmente bonito, hacía mucho que no encontrábamos la sintonía de otros tiempos. Aunque en esa ocasión la sintonía se limitaba en realidad a una urdimbre de voces vibrantes a través de las líneas telefónicas. Llevábamos mucho sin vernos. Ella no conocía mi aspecto después de dos embarazos, yo ignoraba si ella seguía pálida, delgadísima, o si había cambiado. Llevaba ya unos años hablándole a una imagen mental que la voz exhumaba perezosamente. Quizá por eso, de golpe, el asesinato de don Achille me pareció sobre todo una invención, el núcleo de un posible relato. En cuanto colgué, traté de poner orden en nuestra conversación, reconstruí los pasajes con los cuales, fundiendo pasado y presente, Lila me había conducido del homicidio del pobre Darío al del usurero, hasta llegar a Manuela Solara. Me costó dormirme, estuve cavilando mucho rato. Sentía cada vez con mayor nitidez que aquel material podía ser una orilla a la que asomarme para atrapar una historia. En los días siguientes mezclé Florencia con Nápoles, los tumultos del presente con las voces lejanas, el bienestar de ahora y el esfuerzo que había hecho para superar mis orígenes, la angustia de perderlo todo y la fascinación de la involución. A fuerza de darle vueltas me convencí de que podía hacer un libro. Con esfuerzo, entre continuas y dolorosas reflexiones, llené un cuaderno cuadriculado y construí una trama de violencias que amalgamaba los últimos veinte años. Lila telefoneaba a veces y preguntaba:

—¿Qué pasa que ya no das señales de vida, no te encuentras bien?

—Estoy muy bien, escribo.

—¿Y cuando escribes yo ya no existo?

—Existes, pero me distraigo.

—¿Y si me pongo enferma, y si te necesito?

—Llama.

—¿Y si no llamo, sigues metida en tu novela?

—Sí.

—Te envidio, dichosa tú.

Trabajé con la angustia creciente de no poder llegar al final de la historia antes del parto, temía morirme al dar a luz, dejando el libro incompleto. Me costó, nada que ver con la feliz inconsciencia con la que había escrito la primera novela. Una vez redactada la historia, me empeñé en dar al texto un carácter más meditado. Quería un estilo animado, nuevo, estudiadamente caótico, y no reparé en esfuerzos. Después trabajé en una segunda versión, con más detalle. Volví a escribir y reescribir cada línea incluso cuando, gracias a una Lettera 32 que me había comprado cuando estaba embarazada de Dede, gracias al papel carbón, transformé los cuadernos en un texto a máquina, compacto, en tres copias, casi doscientas páginas, sin un solo error de mecanografiado.

Era verano, hacía mucho calor, tenía una barriga enorme. Desde hacía un tiempo me había vuelto el dolor del glúteo, iba y venía, y me ponía de los nervios el paso de mi madre por el corredor. Clavé la vista en las hojas, descubrí que me daban miedo. Durante días no logré decidirme, me inquietaba hacérselo leer a Pietro. Tal vez, pensé, debería enviárselo directamente a Adele, él no es la persona adecuada para este tipo de historias. Además, con la tozudez que lo caracterizaba, en la facultad seguía haciéndose la vida muy difícil, volvía a casa nerviosísimo, a mí me soltaba unos discursos abstractos sobre el valor de la legalidad, en fin, no se encontraba en el estado de ánimo adecuado para leer una novela en la que había obreros, patronos, luchas, sangre, camorristas, usureros. Mi novela, además. Me mantiene alejada de la maraña que lleva dentro, nunca se ha interesado en lo que yo era y en lo que me convertido, ¿qué sentido tiene darle el libro? Se limitará a discutir tal o cual elección léxica, también la puntuación, y si insisto para que me dé su opinión, me soltará vaguedades. Envié a Adele una de las copias mecanografiadas, después la llamé por teléfono.

—He terminado.

—Qué alegría. ¿Me lo mandarás?

—Te lo he mandado esta mañana.

—Bien hecho, no veo la hora de leerlo.

74

Me preparé para la espera, una espera que se hizo mucho más inquietante que la del niño que me daba patadas en el vientre. Conté uno tras otro cinco días, Adele no dio señales de vida. Al sexto día, durante la cena, mientras Dede se esforzaba por comer sola para no disgustarme y su abuela se moría de ganas de ayudarla y no lo hacía, Pietro me preguntó:

—¿Has terminado tu libro?

—Sí.

—¿Por qué se lo has dado a leer a mi madre y no a mí?

—Estás ocupado, no quería molestarte. Pero si quieres leerlo, hay una copia encima de mi escritorio.

No contestó.

—¿Te ha dicho Adele que se lo había enviado? —pregunté al cabo de un momento.

—¿Quién si no?

—¿Lo ha terminado?

—Sí.

—¿Qué opina?

—Te lo dirá ella, son cosas vuestras.

Se lo había tomado a mal. Después de cenar pasé la copia mecanografiada de mi escritorio al suyo, dormí a Dede, vi la televisión sin enterarme de nada, al final me fui a la cama. No pude pegar ojo: ¿Por qué Adele había hablado del libro con Pietro y a mí aún no me había telefoneado? Al día siguiente —30 de julio de 1973— fui a comprobar si mi marido había empezado a leer: la copia estaba debajo de los libros en los que había trabajado gran parte de la noche, era evidente que ni siquiera lo había hojeado. Me puse nerviosa, le grité a Clelia que se ocupara de Dede, que no estuviera mano sobre mano cargando a mi madre con todo el peso. Fui muy dura y mi madre, obviamente, tomó aquello como una muestra de afecto. Me tocó la barriga como para calmarme.

—¿Si es otra niña cómo la vas a llamar? —preguntó.

Yo tenía otras cosas en la cabeza y me dolía la pierna.

—Elsa —contesté sin pensar.

Se entristeció, me di cuenta tarde de que esperaba que le dijera: A Dede le pusimos el nombre de la madre de Pietro, y si viene otra niña, le pondremos el tuyo. Intenté justificarme pero sin ganas. Dije: Ma, trata de entender, tú te llamas Immacolata, no puedo ponerle a mi hija un nombre así, no me gusta. Ella rezongó:

¿Por qué, Elsa es más bonito? Repliqué: Elsa es como Elisa, en todo caso le pongo el nombre de mi hermana, debes estar contenta. No volvió a hablarme. Ay, qué harta estaba de todo. Hacía cada vez más calor, sudaba a mares, no soportaba la barriga, me pesaba, no soportaba la cojera, no soportaba nada de nada.

Finalmente, poco antes del almuerzo, telefoneó Adele. Su voz no tenía su habitual inflexión irónica. Me habló despacio, seria, sentí que cada palabra le costaba un esfuerzo, dijo con muchos circunloquios y salvedades que el libro no era bueno. Pero cuando traté de defender el texto, dejó de buscar fórmulas que no me hirieran y fue explícita. La protagonista era antipática. No había personajes sino caricaturas. Las situaciones y los diálogos eran convencionales. La escritura quería ser moderna y solo era desordenada. Todo aquel odio resultaba desagradable. El final era tosco, de *western* a la italiana, no le hacía justicia a mi inteligencia, a mi cultura, a mi talento. Me resigné a guardar silencio, escuché sus críticas hasta el final. Concluyó diciendo: La novela anterior estaba viva, era toda una novedad, esta en cambio es vieja en los contenidos y está escrita de una forma tan pretenciosa que las palabras parecen vacías. Dije en voz baja: A lo mejor en la editorial serán más benévolos. Se puso tensa, replicó: Si quieres mandársela, adelante, pero por descontado que la considerarán impublicable. No supe qué decir, murmuré: De acuerdo, lo pensaré, adiós. Pero ella me contuvo, cambió rápidamente de registro, se puso a hablar con tono afectuoso de Dede, de mi madre, de mi embarazo, de Mariarosa que la hacía enojar mucho.

—¿Por qué no le diste la novela a Pietro? —me preguntó después.

—No lo sé.

—Habría podido aconsejarte.

—Lo dudo.

—¿No le tienes ninguna estima?

—No.

Después, encerrada en mi despacho, me desesperé. Había sido humillante, no podía soportarlo. No comí casi nada, me dormí con la ventana cerrada a pesar del calor. A las cuatro de la tarde tuve las primeras contracciones. No le dije nada a mi madre, cogí la bolsa que tenía preparada desde hacía tiempo, me subí al coche y partí hacia la clínica esperando que mi segundo hijo y yo nos muriéramos por el camino. Pero todo salió a la perfección. Los dolores me desgarraron, al cabo de unas horas tuve otra niña. A la mañana siguiente Pietro peleó por ponerle a nuestra segunda hija el nombre de mi madre, le parecía un homenaje necesario. Yo, de pésimo humor, insistí en que estaba harta de seguir la tradición, insistí en que debía llamarse Elsa. Cuando regresé a casa de la clínica, lo primero que hice fue llamar a Lila. No le dije que acababa de dar a luz, le pedí si podía enviarle la novela.

La oí respirar suavemente durante unos segundos.

—La leo cuando se publique —murmuró por fin.

—Necesito tu opinión enseguida.

—Hace un montón de tiempo que no abro un libro, Lenù, ya no sé leer, soy incapaz.

—Te lo pido por favor.

—El otro lo publicaste y ya, ¿por qué este no?

—Porque el otro ni siquiera me parecía un libro.

—Solo puedo decirte si me gusta.

—De acuerdo, es suficiente.

75

Mientras esperaba que Lila leyera mi libro, se supo que en Nápoles había una epidemia de cólera. Mi madre se alborotó de un modo exagerado, después se volvió distraída y acabó rompiendo una sopera que me gustaba mucho, anunció que debía regresar a su casa. Intuí enseguida que si el cólera tenía cierto peso en su decisión, el hecho de que me negara a ponerle su nombre a mi nueva hija no era secundario. Intenté retenerla pero me abandonó de todos modos, cuando aún no me había recuperado del parto y me dolía la pierna. Ya no soportaba sacrificar meses y meses de su vida por mí, una hija sin respeto ni gratitud, prefería salir corriendo a morirse a causa del vibrión junto a su marido y a sus hijos buenos. Sin embargo, hasta el umbral de casa mantuvo la impasibilidad que yo le había impuesto, no se lamentó, no rezongó, no me reprochó nada. Aceptó de buena gana que Pietro la acompañara en coche a la estación. Sentía que su yerno la quería y, probablemente, pensé, si siempre se había contenido no había sido para darme el gusto a mí, sino para no quedar mal delante de él. Se conmovió solo cuando tuvo que separarse de Dede. En el rellano le pidió a la niña con su italiano forzado: ¿Te da pena que la abuela se vaya? Dede, que vivía aquella partida como una traición, respondió torva: No.

Me enfadé conmigo misma, más que con ella. Después me entró una furia autodestructiva y horas más tarde despedí a Clelia. Pietro se quedó asombrado, se alarmó. Le dije con resentimiento que estaba harta de luchar con el acento de la Maremma de Dede, con el napolitano de mi madre, deseaba ser otra vez dueña de mi casa y de mis hijos. En realidad, me sentía culpable y sentía una gran necesidad de castigarme. Con un goce desesperado me entregué a la idea de que me superarían las dos niñas y las tareas domésticas, el dolor de la pierna.

Estaba segura de que Elsa me impondría un año no menos terrible que el que había vivido con Dede. En cambio, tal vez porque tenía más práctica con los bebés, tal vez porque estaba resignada a ser una mala madre y no tenía afán de perfección, la niña empezó a mamar sin problemas, pasaba largos ratos prendida al pecho y durmiendo. En consecuencia yo también dormí bastante aquellos primeros días en casa, y, sorprendentemente, Pietro se ocupó de mantener el apartamento limpio, hacer la compra, cocinar, bañar a Elsa, mimar a Dede que estaba como aturdida por la llegada de la hermanita y la marcha de su abuela. El dolor de la pierna se me pasó de golpe. Y, pensándolo bien, estaba tranquila cuando, a última hora de una tarde, mientras dormitaba, mi marido vino a despertarme: Tu amiga de Nápoles pregunta por ti al teléfono, dijo. Corrí a atender la llamada.

Lila había hablado un buen rato con Pietro, dijo que no veía la hora de conocerlo en persona. La escuché sin ganas —Pietro siempre era afable con quien no pertenecía al mundo de sus padres— y como mareaba la perdiz con un tono que me pareció de alegría nerviosa, poco faltó para que le gritara: Te di la posibilidad de hacerme todo el daño posible, date prisa, habla, hace trece días que tienes el libro, dime qué opinas. Pero me limité a interrumpirla de forma brusca:

—¿Lo has leído o no?

Se puso seria.

—Lo he leído.

—¿Y?

—Está bien.

—¿Bien cómo? ¿Te ha parecido interesante, divertido, aburrido?

—Interesante.

—¿Cuánto? ¿Mucho, poco?

—Mucho.

—¿Y por qué?

—Por la historia, da ganas de leerla.

—¿Y qué más?

—¿Qué más quieres?

—Lila —dije, poniéndome tensa—, es imprescindible que sepa cómo es lo que escribí y no tengo a nadie más que me lo pueda decir, solo tú.

—Eso hago.

—No, no es cierto, me estás engañando. Tú nunca has hablado de nada de una forma tan superficial.

Siguió un largo silencio. Me la imaginé sentada, con las piernas cruzadas, al lado de una fea mesita donde estaba apoyado el teléfono. Quizá ella y Enzo acababan de volver del trabajo, quizá Gennaro estaba jugando no lejos de allí.

—Te dije que ya no sé leer —dijo.

—No es esa la cuestión, sino que te necesito y tú como quien ve llover.

Otro silencio. Después masculló algo que no entendí, tal vez un insulto. Dijo con tono duro, resentido: Yo hago un trabajo, tú haces otro, qué pretendes de mí, tú eres la que ha estudiado, tú eres la que sabe cómo tienen que ser los libros. Después se le quebró la voz, y gritó casi: No tienes que escribir esas cosas, Lenù, tú no eres eso, nada de lo que he leído se parece a ti, es un libro feo, feo, feo, y el anterior también lo era.

Así. Frases veloces, y, sin embargo, entrecortadas, como si el aliento, suave, un soplo, se convirtiera de pronto en sólido y no consiguiera entrar y salir de su garganta. Noté una punzada en el estómago, un dolor fuerte encima de la barriga, que creció, pero no por lo que había dicho, sino por cómo lo había dicho. ¿Estaba sollozando? Exclamé angustiada: Lila, qué pasa, cálmate, anda, respira. No se calmó. Eran sollozos, los oí con claridad, cargados de un sufrimiento tan grande que no logré sentir la herida de aquel «feo, Lenù, feo, feo», ni me ofendió que hubiese tachado también mi primer libro —el libro que había vendido tanto, el libro de mi éxito, sobre el que ella, sin embargo, jamás se había pronunciado de verdad— de fracaso. Lo que me hizo daño fue su llanto. No estaba preparada, no me lo esperaba. Hubiera preferido a la Lila malvada, hubiera preferido su tono pérfido. Pero no, lloraba, y no lograba contenerse.

Me sentí abrumada. Está bien, pensé, he escrito dos libros feos, pero qué importa, mucho más grave es este disgusto. Y murmuré: Lila, a qué viene tanto llorar, soy yo la que debería estar llorando, para de una vez. Pero ella me chilló: Por qué hiciste que lo leyera, por qué me has obligado a decirte lo que pienso, debía guardármelo para mí. Y yo: No, me alegro de que lo hayas leído, te lo juro. Quería que se calmara pero ella no podía, me lanzaba frases desordenadas: No me hagas leer nada más, no soy la persona adecuada, de ti espero lo máximo, estoy demasiado segura de que sabes hacerlo mejor, quiero que lo hagas mejor, es lo que más quiero, porque ¿quién soy yo si tú no eres buena, quién soy yo? Murmuré: No te preocupes, dime siempre lo que piensas, solo así me ayudas, me has ayudado desde que éramos pequeñas, yo sin ti no soy capaz de nada. Y al final, contuvo los sollozos, murmuró sorbiéndose los mocos: Por qué me habré puesto a llorar, seré imbécil. Se rió: No quería disgustarte, me había preparado un discurso positivo, imagínate, lo tenía escrito y todo, quería quedar bien. La animé a que me lo enviara, dije: Es posible que sepas mejor que yo lo que debo escribir. Después dejamos estar el libro, le conté que había nacido Elsa, hablamos de Florencia, de Nápoles, del cólera. Qué cólera ni qué ocho cuartos, ironizó, aquí lo único que tenemos es el follón de siempre y miedo a morirnos hundidos en la mierda, más miedo que hechos, de hechos nada, comemos toneladas de limones y ya no caga nadie.

Ahora hablaba sin parar, casi alegre, se había quitado un peso de encima. De modo que empecé a notar el atasco en el que me encontraba —dos niñas pequeñas, un marido en general ausente, el desastre de la escritura—, pero pese a todo no me angustié, al contrario, me sentí ligera, yo misma volví a sacar el tema de mi fracaso. Tenía en la cabeza frases como: Se ha cortado el hilo, se ha terminado ese fluido tuyo que me influía de forma positiva, ahora estoy realmente sola. Pero no las dije. Me limité a confesar con un tono autoirónico que tras el esfuerzo de aquel libro estaba el deseo de ajustar cuentas con el barrio, que me había parecido representar los grandes cambios que ocurrían a mi alrededor, que en cierto modo lo que me había inspirado a escribirlo, lo que me había animado, había sido la historia de don Achille y de la madre de los Solara. Se rió a carcajadas. Dijo que la cara repugnante de las cosas no bastaba para escribir una novela: Sin imaginación no parecía una cara auténtica, sino una máscara.

76

No sé bien qué me pasó después. Aun hoy, mientras pongo orden en aquella llamada telefónica, me resulta difícil hablar de los efectos de los sollozos de Lila. Si me explayo, tengo la impresión de ver sobre todo una especie de confusa gratificación, como si aquel llanto, al confirmarme su afecto y la confianza que tenía en mis capacidades, hubiera terminado por borrar el juicio negativo sobre los dos libros. Hubo de pasar bastante tiempo antes de que me diera por pensar que los sollozos le habían permitido destruir de forma indiscutible mi trabajo, sustraerse a mi resentimiento, imponerme un objetivo tan alto —no decepcionarla— que paralizaría cualquier otro intento de escribir. Pero repito, por más que me esfuerce en desentrañar aquella llamada telefónica, no consigo decir: Fue el origen de esto o de lo otro, fue un momento culminante de nuestra amistad, o no, fue uno de los momentos más mezquinos. Lo cierto es que Lila reforzó su papel de espejo de mis incapacidades. Lo cierto es que me sentí más dispuesta a aceptar el fracaso, como si la opinión de Lila fuese, con diferencia, más autorizada —pero también más persuasiva y más afectuosa— que la de mi suegra.

De hecho, días más tarde telefoneé a Adele y le dije: Gracias por haber sido tan franca, me he dado cuenta de que tienes razón, y ahora tengo la impresión de que también mi primer libro tenía muchos defectos; quizá tengo que reflexionar, quizá no sea muy buena en esto de escribir, o sencillamente necesite más tiempo. Mi suegra se puso enseguida a cubrirme de elogios, alabó mi capacidad de autocrítica, me recordó que tenía un público y que ese público estaba esperando. Murmuré: Sí, claro. Después de la llamada metí la última copia de la novela en un cajón, guardé también los cuadernos repletos de apuntes, me dejé absorber por lo cotidiano. El fastidio por aquel esfuerzo inútil alcanzó asimismo a mi primer libro, quizá incluso al propio uso literario de la escritura. Si me pasaba por la cabeza una imagen, una frase sugerente, notaba una sensación de malestar, pensaba en otra cosa.

Me dediqué a la casa, a mis hijas, a Pietro. Ni por asomo pensé en volver a llamar a Clelia ni en sustituirla por alguna otra persona. Volví a cargar con todo y, seguramente, lo hice para aturdirme. Pero lo hice sin esfuerzo, sin pesar, como si de golpe hubiese descubierto que esa era la forma adecuada de emplear la vida y una parte de mí susurrara: Basta ya de pájaros en la cabeza. Sometí los trabajos de la casa a una férrea organización y me ocupé de Elsa y de Dede con una alegría inesperada, como si además del peso del vientre, además del peso de la copia mecanografiada, me hubiese liberado de otro peso más oculto, al que ni yo misma era capaz de poner nombre. Elsa resultó ser una criatura tranquilísima —tomaba largos baños serenos, mamaba, dormía, reía incluso dormida—, pero tuve que prestar mucha atención a Dede, que odiaba a su hermana, se despertaba por la mañana con la cara descompuesta y contaba que la había salvado de un incendio, o del agua, o del lobo, sobre todo, fingía ser también una recién nacida y me pedía que la dejara tomar la teta, imitaba gemidos, de hecho no se resignaba a ser lo que ya era, una niña de casi cuatro años con un lenguaje muy desarrollado, perfectamente autónoma en sus funciones primarias. Me preocupé por darle mucho afecto, por elogiar su inteligencia y su eficacia, por convencerla de que necesitaba su ayuda en todo, para hacer la compra, para cocinar, para impedir que su hermana rompiera algo.

Entretanto, como me aterraba la posibilidad de quedarme otra vez embarazada, empecé a tomar la píldora. Engordé, me sentía hinchada, no obstante, no me atreví a dejarla: un nuevo embarazo me asustaba más que cualquier otra cosa. Además, mi cuerpo ya no me importaba como en otros tiempos. Me parecía que las dos niñas habían ratificado que ya no era joven, que estar marcada por las fatigas —lavarlas, vestirlas, desvestirlas, el cochecito, la compra, cocinar, una en brazos y la otra de la mano, las dos en brazos, quítale los mocos a una, límpiale la boca a la otra, en fin, las tensiones de cada día— atestiguaba mi madurez como mujer, que llegar a parecerme a las madres del barrio no era una amenaza sino el orden de las cosas. Ya está bien así, me decía.

Pietro, que había cedido en lo de la píldora tras una larga resistencia, me observaba preocupado. Estás echando carnes. ¿Qué son esas manchas de la piel? Temía que las niñas, yo, él, enfermáramos, pero detestaba a los médicos. Intentaba tranquilizarlo. Había adelgazado mucho en los últimos tiempos, estaba siempre ojeroso y ya pintaba las primeras canas; acusaba dolores a veces en una rodilla, a veces en el costado derecho, a veces en un hombro, pero se resistía a someterse a una revisión. Lo obligué, lo acompañé yo misma con las niñas, y, aparte de la necesidad de tomar unos tranquilizantes, estaba sanísimo. Eso lo llenó de euforia durante unas horas, se le pasaron todos los síntomas. Pero al cabo de nada, pese a los calmantes, volvió a sentirse mal. En una ocasión en que Dede no lo dejaba ver el telediario —ocurrió poco después del golpe de Estado en Chile—, le dio unos azotes en el culo con excesiva dureza. Y en cuanto empecé a tomar la píldora lo asaltó el deseo de hacer el amor con más frecuencia que antes, pero solo por la mañana o por la tarde, porque —decía— el orgasmo nocturno le daba insomnio y lo obligaba a pasarse buena parte de la noche estudiando, lo que le causaba un cansancio crónico y, por tanto, sus malestares.

Chácharas sin sentido, para él estudiar de noche era desde siempre una costumbre y una necesidad. No obstante, le decía: No lo hagamos más por la noche, todo me parecía bien. A veces me exasperaba, claro. Era difícil conseguir de él aunque solo fueran pequeñas cosas útiles: hacer la compra cuando disponía de algo de tiempo, fregar los platos después de cenar. Una noche perdí la calma; no le dije nada terrible, sencillamente levanté la voz. Y descubrí algo importante: me bastaba gritar para que su tozudez desapareciera al instante y me obedeciera. Enfrentándome a él con cierta dureza, era posible hacer que se le pasaran incluso los dolores intermitentes, incluso las ganas neuróticas de tener relaciones continuamente. Pero no me gustaba hacerlo. Cuando me comportaba así me daba pena, me parecía causarle un temblor doloroso en el cerebro. De todas maneras, los resultados no eran duraderos. Cedía, se reponía, asumía compromisos con cierta solemnidad, pero después de todo estaba realmente cansado, se olvidaba de las promesas, volvía a ocuparse solo de sí mismo. Al final, lo dejaba correr, trataba de hacerlo reír, lo besaba. ¿Qué ganaba yo con unos cuantos platos mal fregados? Caras largas y una distracción por su parte que significaba: Fíjate, yo aquí perdiendo el tiempo, con todo el trabajo que tengo por hacer. Era mejor dejarlo tranquilo, me ponía contenta cuando conseguía evitar tensiones.

Para no ponerlo nervioso aprendí incluso a no decir lo que pensaba. Por lo demás, no parecía que le interesase. Cuando hablaba, no sé, por ejemplo, de las medidas del gobierno para afrontar la crisis del petróleo, cuando elogiaba el acercamiento del Partido Comunista a la Democracia Cristiana, prefería que yo hiciera de oyente conforme. Y las veces que me mostraba en desacuerdo, adoptaba un aire distraído, o decía con el tono que evidentemente usaba con sus alumnos: Te has educado mal, no conoces el valor de la democracia, el Estado, las leyes, la mediación entre intereses constituidos, el equilibrio de las naciones, te gusta el apocalipsis. Era su mujer, una mujer culta, y esperaba que le prestara mucha atención cuando me hablaba de política, de sus estudios, del nuevo libro en el que trabajaba lleno de ansiedad, consumiéndose, pero la atención solo debía ser afectuosa, no quería opiniones, especialmente si le planteaban dudas. Era como si reflexionara en voz alta, con el único fin de hacer un repaso para sí mismo. Sin embargo, su madre era un tipo de mujer totalmente distinta. Y su hermana también. Estaba claro que no quería que fuese como ellas. En aquella época suya de debilidad, comprendí por algunas frases inacabadas que debía de haberle desagradado no solo el éxito sino la publicación misma de mi primer libro. En cuanto al segundo, nunca me preguntó cómo había terminado lo de la copia mecanografiada y qué proyectos tenía para el futuro. Me pareció que el hecho de que no hablara más de escribir lo reconfortara.

Sin embargo, el que Pietro se revelara a diario peor de como me lo esperaba, no me impulsó nuevamente hacia otros hombres. A veces me encontraba por causalidad con Mario, el ingeniero, pero no tardé en comprobar que se me habían pasado las ganas de seducir y ser seducida, es más, aquella agitación mía de otros tiempos me pareció una fase un tanto ridícula de mi vida, menos mal que la había superado. Se atenuó también el afán por salir de casa, participar en la vida pública de la ciudad. Si me decidía por un debate o una manifestación, llevaba siempre conmigo a las niñas y me sentía orgullosa de mis bolsas repletas de lo necesario para atenderlas, de la cauta desaprobación de quienes decían: Son tan pequeñas, puede ser peligroso.

Salía a diario, sin importar el tiempo, para permitir que mis hijas tomaran el aire y el sol. No lo hacía nunca sin llevarme un libro. Por una costumbre que no se me quitaba, seguí leyendo en cualquier circunstancia, pese a que la ambición de formarme un mundo estaba como desvanecida. En general callejeaba un rato y después me sentaba en un banco no lejos de casa. Hojeaba ensayos complicados, leía el diario, gritaba: Dede, no te vayas lejos, quédate cerca de mamá. Yo era eso, debía aceptarlo. Lila, fuera cual fuese el curso que tomara su vida, era otra cosa.

77

Por aquella época Mariarosa vino a Florencia a presentar el libro de una colega de la universidad sobre la Virgen del Parto. Pietro juró que no faltaría, pero a último momento puso una excusa y se escondió en algún rincón. Mi cuñada llegó en coche, esta vez sola, un tanto cansada pero afectuosa como siempre y cargada de regalos para Dede y Elsa. No mencionó para nada mi novela frustrada, aunque sin duda Adele se lo había contado todo. Con su entusiasmo habitual me habló sin parar de viajes que había hecho, de libros. Cargada de energía seguía las muchas novedades del planeta. Afirmaba una cosa, se cansaba de ella, pasaba a otra, que poco antes, por distracción, por ceguera, había negado. Cuando se refirió al libro de su colega se ganó de inmediato la admiración de aquella parte del público compuesta por historiadores del arte. Y la velada habría transcurrido sin incidentes por las habituales sendas académicas si, en un momento dado, con un brusco volantazo, no hubiese pronunciado frases en ocasiones vulgares como esta: No hay que darle hijos a ningún padre, y mucho menos a Dios Padre, los hijos deben darse a los hijos mismos; ha llegado el momento de estudiar como mujeres y no como hombres; detrás de cada disciplina está la polla, y cuando la polla se siente impotente recurre al garrote, a la policía, a las cárceles, al ejército, a los campos de concentración; y si no te doblegas, si por el contrario, te empeñas en seguir poniéndolo todo patas arriba, llega la matanza. Murmullos insatisfechos, aprobaciones, al final se vio rodeada de un nutrido grupo de mujeres. Me llamó con gestos alegres para que me acercara, enseñó orgullosa a Dede y Elsa a sus amigas florentinas, habló muy bien de mí. Alguna se acordó de mi libro, pero me escabullí enseguida como si no lo hubiese escrito yo. Fue una bonita velada que originó, por parte de un variopinto grupito de muchachas y mujeres hechas y derechas, la invitación a ir a casa de una de ellas una vez por semana para hablar —me dijeron— de nosotras.

Las frases provocativas de Mariarosa y la invitación de sus amigas me impulsaron a recuperar debajo de una pila de libros aquel par de obritas que tiempo atrás me había regalado Adele. Las llevé conmigo en el bolso, las leí al aire libre, bajo un cielo gris de finales del invierno. En primer lugar, intrigada por el título, leí un texto titulado *Escupamos sobre Hegel*. Lo leí mientras Elsa dormía en el cochecito y Dede, con abrigo, bufanda y gorro de lana, dialogaba en voz baja con su muñeco. Me impresionó cada frase, cada palabra y, sobre todo, la descarada libertad de pensamiento.

Subrayé con fuerza un montón de frases, las marqué con signos de admiración y líneas verticales. Escupir sobre Hegel. Escupir sobre la cultura de los hombres, escupir sobre Marx, Engels, Lenin. Y sobre el materialismo histórico. Y sobre Freud. Y sobre el psicoanálisis y la envidia del pene. Y sobre el matrimonio y la familia. Y sobre el nazismo, el estalinismo, el terrorismo. Y sobre la guerra. Y sobre la lucha de clases. Y sobre la dictadura del proletariado. Y sobre el socialismo. Y sobre el comunismo. Y sobre la trampa de la igualdad. Y sobre todas las manifestaciones de la cultura patriarcal. Y sobre todas las formas de organización. Oponerse a la dispersión de las inteligencias femeninas. Desculturalizarse. Desculturizarse a partir de la maternidad, no dar hijos a nadie. Deshacerse de la dialéctica siervo-patrón. Arrancarse del cerebro la inferioridad. Devolverse a sí mismas. No tener antítesis. Moverse en otro plano en nombre de la propia diferencia. La universidad no libera a las mujeres sino que perfecciona su represión. Contra la sabiduría. Mientras que los hombres se entregan a empresas espaciales, para las mujeres la vida en este planeta todavía está por empezar. La mujer es la otra faz de la tierra. La mujer es el sujeto imprevisto. Liberarse de la sumisión, aquí, ahora, en este presente. La autora de aquellas páginas se llamaba Carla Lonzi. ¿Cómo es posible, me pregunté, que una mujer sepa pensar así? Me esforcé mucho con los libros, pero los padecí, nunca los usé realmente, nunca los volví contra sí mismos. Así es como se piensa. Así es como se piensa en contra. Después de tanto esfuerzo, yo no sé pensar. Ni siquiera Mariarosa sabe: ha leído páginas y páginas y las mezcla con inspiración, ofreciendo un espectáculo. Es todo. En cambio Lila sabe. Es su naturaleza. Si hubiera estudiado, habría sabido pensar de ese modo.

Aquella idea se hizo insistente. De un modo u otro, todas las lecturas de esa época acabaron por implicar a Lila. Me había topado con un modelo femenino de pensamiento que, con las debidas distancias, me causaba la misma admiración, la misma subordinación que ella despertaba en mí. Es más, leía pensando en ella, en fragmentos de su vida, en las frases que habría aprobado, en las que habría rechazado. Más tarde, animada por aquella lectura, me uní a menudo al grupo de amigas de Mariarosa, y no fue fácil, Dede no paraba de preguntarme: Cuándo nos vamos, Elsa lanzaba de pronto chillidos felices. Pero las dificultades no vinieron solo de mis hijas. En realidad, allí solo encontré mujeres que, pese a parecerse a mí, no consiguieron resultarme útiles. Me aburría cuando la discusión era una especie de resumen mal formulado de lo que ya conocía. Y me parecía saber bastante bien qué significaba haber nacido mujer, no me apasionaban las fatigas de la conciencia de sí mismo. Y no tenía la menor intención de hablar en público de mi relación con Pietro, de los hombres en general, para dar testimonio de lo que son los machos de todas las clases y edades. Y nadie mejor que yo sabía qué significaba masculinizar la propia cabeza para que fuera bien recibida por la cultura de los hombres, lo había hecho, lo hacía. Además, me mantenía por completo ajena a tensiones, estallidos de celos, tonos autoritarios, vocecitas subalternas, jerarquías intelectuales, luchas por la primacía dentro del grupo, que terminaban en llantos desesperados. Pero hubo un hecho nuevo que, naturalmente, me condujo de vuelta a Lila. Me fascinó la forma, explícita hasta el punto de resultar desagradable, con la que nos hablábamos y nos enfrentábamos. No me gustó tanto la condescendencia que daba paso a la lengua viperina, de eso sabía bastante desde la niñez. En cambio, me sedujo una urgencia de autenticidad que nunca había sentido y que quizá no estaba en mi naturaleza. En aquel ambiente jamás pronuncié una palabra que se adecuara a aquella urgencia. Pero sentí que debía hacer algo por el estilo con Lila, examinarnos en nuestra historia con la misma inflexibilidad, decirnos hasta el final lo que callábamos, si acaso partiendo del llanto insólito por mi libro errado.

Fue tan fuerte aquella necesidad que acaricié la posibilidad de ir a Nápoles con las niñas a pasar una temporada, o pedirle a ella que viniera a mi casa con Gennaro, o escribirnos. Se lo mencioné una vez, por teléfono, pero fue un chasco. Le hablé de los libros de mujeres que estaba leyendo, del grupo al que asistía. Me escuchó pero después se burló a carcajadas de los títulos como *La mujer clitórica y la mujer vaginal* e hizo de todo por ser vulgar: Qué carajo dices, Lenù, el placer, el chocho, aquí ya tenemos montones de problemas, estás loca. Quería demostrarme que no contaba con los instrumentos para meter baza en las cosas que me interesaban. Al final se mostró desdeñosa, dijo: Trabaja, haz las cosas bonitas que tienes que hacer, no malgastes el tiempo. Se había enfadado. Evidentemente no es el momento adecuado, pensé, lo intentaré más adelante. Pero nunca encontré el tiempo ni el valor de volver a intentarlo. Al final llegué a la conclusión de que, en primer lugar, debía comprender mejor qué era yo. Indagar en mi naturaleza de mujer. Me había extralimitado, me había esforzado por dotarme de capacidades masculinas. Creía que debía saberlo todo, ocuparme de todo. Qué me importaban a mí la política, las luchas. Quería hacer un buen papel con los hombres, estar a la altura. A la altura de qué. De su razón, la más irrazonable. Tanto empeñarme en memorizar la jerga en boga, qué esfuerzo inútil. El estudio me había modelado la cabeza, la voz, y me había condicionado. La de pactos secretos que había aceptado conmigo misma con tal de destacar. Y ahora, después del duro esfuerzo de aprender, qué debía desaprender. Para colmo, la fuerte proximidad de Lila me había obligado a imaginarme como no era. Me había sumado a ella, y en cuanto me sustraía, me sentía mutilada. Ni una sola idea sin Lila. Ni un solo pensamiento del que pudiera fiarme sin el sostén de sus pensamientos. Ni una sola imagen. Debía aceptarme fuera de ella. Ahí estaba el quid de la cuestión. Aceptar que era una persona de tipo medio. Qué hacer. Tratar de seguir escribiendo. Quizá me faltara pasión, me limitaba a cumplir con un deber. Entonces no escribir más. Buscarme un trabajo cualquiera. O vivir como una señora, como decía mi madre. Encerrarme en la familia. O tirarlo todo por la borda. Las hijas. El marido.

78

Consolidé mis relaciones con Mariarosa. La llamaba a menudo por teléfono, pero cuando Pietro se dio cuenta, empezó a hablarme de su hermana de un modo cada vez más despectivo. Era frívola, era vacía, era peligrosa para ella misma y para los demás, había sido la cruel torturadora de su infancia y adolescencia, era la mayor preocupación de sus padres. Una noche salió de su despacho desgreñado, con cara de cansado, mientras yo hablaba por teléfono con mi cuñada. Se dio una vuelta por la cocina, picoteó algo, bromeó con Dede, y de paso, escuchó nuestra conversación. De buenas a primeras chilló: ¿No se da cuenta esa imbécil de que es hora de cenar? Me disculpé con Mariarosa y colgué. Está todo listo, dije, comemos enseguida, no hace falta chillar. Dijo refunfuñando que gastar dinero en llamadas interurbanas para escuchar las locuras de su hermana le parecía estúpido. No le contesté, puse la mesa. Notó que estaba enfadada, dijo preocupado: No la tengo tomada contigo sino con Mariarosa. Pero a partir de aquella noche se puso a hojear los libros que yo leía, a ironizar sobre las frases que había subrayado. Decía: No te dejes embaucar, son tonterías. Y procuraba mostrarme la lógica renqueante de manifiestos y folletos feministas.

Por ese mismo tema una noche acabamos peleándonos, tal vez se me fue un poco la mano, de frase en frase llegué a decirle: Te das unos aires que no veas, pero todo lo que eres se lo debes a tu padre y a tu madre, igual que Mariarosa. Reaccionó de una forma por completo inesperada, me dio una bofetada, me la dio delante de Dede.

Aguanté bien, mejor que él, en el curso de mi vida había recibido muchas bofetadas, Pietro no había propinado ni una sola, y casi con toda seguridad, no las había recibido. Vi en su cara la repugnancia por lo que acababa de hacer, miró un instante con fijeza a su hija, salió de casa. Dejé que se me pasara la rabia. No me fui a la cama, lo esperé, y como no regresaba, empecé a preocuparme, no sabía qué hacer. ¿Estaría mal de los nervios, descansaba demasiado poco? ¿O esa era su verdadera naturaleza, sepultada bajo miles de libros y una buena educación? Comprendí una vez más que sabía poco de él, que no estaba en condiciones de prever sus movimientos: podía haberse lanzado al Arno, estar borracho y tirado en cualquier rincón, podía incluso haberse ido a Génova a buscar consuelo y a lloriquear en brazos de su madre. Ay, basta ya, estaba asustada. Me di cuenta de que estaba dejando en las márgenes de mi vida privada cuanto leía, cuanto sabía. Tenía dos hijas, no quería sacar conclusiones precipitadas.

Pietro regresó sobre las cinco de la mañana y fue tan grande el alivio de verlo sano y salvo que lo abracé, lo besé. Él refunfuñó: No me amas, nunca me has amado. Y añadió: De todos modos, no te merezco.

79

En realidad, Pietro no lograba aceptar el desorden difuso que ya reinaba en todos los ámbitos de la existencia. Habría querido una vida regulada por costumbres indiscutibles: estudiar, enseñar, jugar con las niñas, hacer el amor, contribuir cada día, en su pequeña parcela, a desenredar con democracia la enredadísima madeja italiana. Pero los conflictos universitarios lo extenuaban, sus colegas menospreciaban su trabajo que, mientras tanto, iba consiguiendo cada vez más crédito en el extranjero, se sentía continuamente vilipendiado y amenazado, tenía la impresión de que por culpa de mi inquietud (pero qué inquietud, si yo era una mujer opaca) nuestra propia familia estaba expuesta a continuos riesgos. Una tarde, Elsa jugaba por su cuenta, yo obligaba a Dede a hacer ejercicios de lectura, él estaba encerrado en su despacho, la casa estaba inmóvil. Pietro, pensaba yo nerviosa, aspira a una fortaleza dentro de la cual él trabaja en su libro, yo me preocupo por la economía doméstica y las niñas crecen serenamente. Llegó entonces la descarga eléctrica del timbre, corrí a abrir y por sorpresa entraron en casa Pasquale y Nadia.

Cargaban con pesadas mochilas militares, él llevaba un sombrero raído sobre el tupido cabello rizado que caía sobre una barba igualmente tupida y rizada, ella parecía más flaca y cansada, tenía los ojos enormes, de niña asustada que finge no tener miedo. Le habían pedido nuestra dirección a Carmen, que a su vez se la había pedido a mi madre. Los dos se mostraron afectuosos, yo también lo fui, como si entre nosotros jamás hubiese habido tensiones o desacuerdos. Ocuparon la casa dejando sus cosas por todas partes. Pasquale hablaba mucho, en voz alta, casi siempre en dialecto. Al principio los dos me parecieron una agradable ruptura de mi insulsa rutina. Pero no tardé en comprobar que a Pietro no le gustaban. Lo irritó que no hubiesen telefoneado para avisar, que los dos se comportaran con excesiva desenvoltura. Nadia se quitó los zapatos, se tumbó en el sofá. Pasquale se dejó el sombrero puesto, tocó objetos, hojeó libros, sacó de la nevera una cerveza para él y otra para Nadia sin pedir permiso, bebió a morro y eructó de un modo que hizo reír a Dede. Dijeron que habían decidido hacer un viajecito, lo dijeron tal cual, hacer un viajecito, sin especificar más. ¿Cuándo habían salido de Nápoles? Contestaron con vaguedades. ¿Cuándo volverían? Más vaguedades. ¿Y el trabajo?, le pregunté a Pasquale. Él se rió: Basta, ya he trabajado demasiado, ahora descanso. Y le enseñó las manos a Pietro, quiso que él le enseñase las suyas, restregó palma contra palma diciendo: ¿Notas la diferencia? Después agarró *Lotta Continua* y pasó la diestra sobre la primera página, orgulloso del sonido que soltaba el papel rascado por la piel áspera, y alegre como si acabara de inventar un nuevo juego. Después añadió, casi amenazante: Sin estas manos ásperas, proclamó, no existirían ni una silla, ni un edificio, ni un coche, nada, ni siquiera tú; si nosotros, los trabajadores, dejamos de deslomarnos, se pararía todo, el cielo caería sobre la tierra y la tierra aplastaría el cielo, las plantas volverían a adueñarse de la ciudad, el Arno inundaría vuestras bonitas casas, y solo quienes llevan deslomándose desde siempre sabrían cómo sobrevivir, mientras que a vosotros dos, con todos vuestros libros, os devorarían los perros.

Fue un discurso al estilo de Pasquale, exaltado y sincero, que Pietro escuchó sin replicar. Igual que Nadia; mientras hablaba su compañero siguió seria, tumbada en el sofá, la vista clavada en el techo. Ella intervino poco en las conversaciones entre los dos hombres, a mí tampoco me dijo nada. Pero cuando fui a preparar café, me siguió a la cocina. Notó que Elsa no se separaba de mí, dijo seria:

—Te quiere mucho.

—Es pequeña.

—¿Quieres decir que cuando sea mayor ya no te querrá?

—No, espero que cuando sea mayor también me quiera.

—Mi madre hablaba mucho de ti. No eras más que su alumna, pero daba la sensación de que fueses más hija suya que yo.

—¿En serio?

—Te odié por eso y porque me quitaste a Nino.

—Yo no tuve la culpa de que te dejara.

—A quién le importa, ahora ni siquiera me acuerdo de la cara que tenía.

—De jovencita me hubiera gustado ser como tú.

—¿Para qué? ¿Te crees que nacer con todo hecho es bonito?

—Bueno, tienes que esforzarte menos.

—Te equivocas, lo cierto es que todo te parece que ya está hecho y no tienes un solo motivo para esforzarte. Solo te sientes culpable por ser lo que eres sin merecértelo.

—Mejor que sentirte culpable por haber fracasado.

—¿Eso te dice tu amiga Lina?

—Qué va.

Nadia hizo un movimiento agresivo con la cabeza, puso una expresión pérfida, que jamás pensé que pudiera adoptar.

—Si me dan a elegir entre las dos, me quedo con ella —dijo—. Sois dos mierdas que no pueden cambiar nada, dos ejemplares de escoria lumpenproletaria. Pero tú te haces la simpática y Lina no.

Me dejó sin palabras en la cocina. Oí que le gritaba a Pasquale: Me doy una ducha, y harías bien en lavarte tú también. Se encerraron en el cuarto de baño. Los oímos reír, ella soltaba gritos que —comprobé— preocupaban mucho a Dede. Cuando salieron estaban semidesnudos, el pelo mojado, muy alegres. Siguieron bromeando entre ellos como si nosotros no estuviéramos allí. Pietro trató entablar conversación con preguntas como: ¿Desde cuándo estáis juntos? Nadia contestó gélida: No estamos juntos, en todo caso, los que estáis juntos sois vosotros. Él preguntó con el tono terco que mostraba en los casos en que las personas le parecían de una gran superficialidad: ¿Qué significa eso? No puedes entenderlo, contestó Nadia. Mi marido objetó: Cuando alguien no puede entender, hay que tratar de explicarle. Entonces intervino Pasquale riendo: No hay nada que explicar, profesor, has de pensar que estás muerto y no lo sabes; todo está muerto, muerta la forma en que vivís, en que habláis, vuestra convicción de ser inteligentísimos, demócratas y de izquierda. ¿Cómo hace uno para explicar algo a alguien que está muerto?

Hubo momentos de tensión. Yo no dije nada, no podía quitarme de la cabeza los insultos de Nadia, lanzados así, como si tal cosa, en mi propia casa. Por fin se fueron, casi sin avisar, como habían llegado. Recogieron sus cosas y se largaron. Cuando estaba en el umbral, Pasquale se limitó a decir con tono de pronto triste:

—Adiós, señora Airota.

Señora Airota. ¿Acaso también mi amigo del barrio me estaba juzgando negativamente? ¿Quería eso decir que para él ya no era Lenù, Elena, Elena Greco? ¿Para él y para cuántos más? ¿También para mí? ¿Acaso yo misma no usaba casi siempre el apellido de mi marido, ahora que el mío había perdido la escasa aureola que había adquirido? Ordené la casa, sobre todo el cuarto de baño, que habían dejado en un estado lamentable. Pietro dijo: No quiero que esos dos vuelvan a poner los pies en mi casa; alguien que habla así del trabajo intelectual es un fascista, aunque no lo sepa; en cuanto a ella, es de ese tipo de mujeres que conozco bien, no tiene nada en la cabeza.

80

Como si quisiera darle la razón a Pietro, el desorden comenzó a hacerse concreto y a arrastrar a personas que habían pertenecido a mi entorno. Supe por Mariarosa que en Milán los fascistas habían agredido a Franco, se encontraba en pésimo estado, había perdido un ojo. Partí de inmediato con Dede y la pequeña Elsa. Hice el viaje en tren, jugué con las niñas, les di de comer, pero estaba entristecida por esa otra que llevaba dentro —la novia pobre e inculta del adinerado estudiante hiperpolitizado Franco Mari; ¿cuántas más había dentro de mí?— que se había perdido en algún lugar y ahora reaparecía.

En la estación me encontré con mi cuñada, pálida, alarmada.

Nos llevó a su casa, una casa ahora desierta y todavía más desordenada que cuando me había hospedado después de la asamblea en la universidad. Mientras Dede jugaba y Elsa dormía, me contó algo más de lo que me había dicho por teléfono. El hecho había ocurrido cinco días antes. Franco había hablado en un acto de Vanguardia Obrera, organizado en un teatrito repleto de gente. Al terminar, se marchó a pie con Silvia, que ahora vivía con un redactor del *Giorno* en una bonita casa muy próxima al teatro; él tenía que dormir allí y partir al día siguiente rumbo a Piacenza. Casi habían llegado al portón, Silvia acababa de sacar las llaves del bolso, cuando se les acercó un furgón blanco del que bajaron los fascistas. A él lo machacaron a palos, a Silvia la pegaron y la violaron.

Bebimos mucho vino, Mariarosa sacó la droga, la llamaba así, en otros casos utilizaba el plural. Esta vez decidí probar, pero solo porque, pese al vino, sentía que no tenía ni una sola cosa buena de la que agarrarme. Después de frases cada vez más rabiosas, mi cuñada calló y se echó a llorar. No encontré ni una sola palabra para consolarla. Sentía sus lágrimas, me pareció que hacían ruido al saltar de sus ojos y rodar por las mejillas. De golpe no la vi más, ni siquiera vi la habitación, todo se volvió negro. Me desmayé.

Cuando recobré el sentido, me justifiqué muy avergonzada, dije que había sido por el cansancio. Esa noche dormí poco, el cuerpo me pesaba por el exceso de disciplina y el léxico de los libros y las revistas, rebosaba angustia como si de golpe los signos del alfabeto ya no fueran combinables. No me separé de mis dos niñas, como si ellas fueran las que debían reconfortarme y protegerme.

Al día siguiente dejé a Dede y a Elsa con mi cuñada y fui al hospital. Encontré a Franco en una sala verdosa, en la que flotaba un pesado olor a alientos, orina y medicamentos. Franco estaba como encogido e hinchado, todavía llevo su imagen grabada: el blanco de las vendas, el color violáceo de parte de la cara y el cuello. No me recibió bien, me pareció que se avergonzaba de su estado. Hablé yo, le conté cosas de mis hijas. Al cabo de unos minutos murmuró: Vete, no te quiero aquí. Se encontraba muy mal, supe por un grupito de sus compañeros que quizá lo operarían. Cuando regresé del hospital, Mariarosa notó que estaba destrozada. Me ayudó con las niñas, y en cuanto Dede se durmió me mandó a la cama a mí también. Pero al día siguiente quiso que la acompañara a ver a Silvia. Intenté echarme atrás, ya había sido insoportable ver a Franco y saber que no solo no podía ayudarlo sino que mi presencia lo hacía más frágil. Dije que prefería recordarla como la había visto en la asamblea de la Estatal. No, insistió Mariarosa, ella quiere que la veamos como está ahora, le gustaría que fuéramos. Fuimos.

Nos abrió una señora muy atildada, el cabello muy rubio caía en ondas sobre sus hombros. Era la madre de Silvia y llevaba con ella a Mirko, también rubio, un niño de unos cinco o seis años al que Dede, con su actitud entre malcriada y autoritaria, impuso enseguida un juego con Tes, el viejo muñeco que llevaba a todas partes. Silvia dormía pero había dado orden de que la despertaran en cuanto llegásemos. Esperamos un buen rato antes de que apareciera. Se había puesto mucho maquillaje y un bonito vestido largo de color verde. No me impresionaron tanto los morados, los cortes, el paso inseguro —Lila me había parecido más maltrecha cuando regresó de su viaje de bodas—, como su mirada inexpresiva. Tenía los ojos vacíos, desentonaban por completo con el cuchicheo frenético, interrumpido por risitas, con el que se puso a contarme a mí, solo a mí que todavía no lo sabía, lo que los fascistas le habían hecho. Se expresó como si recitara una atroz rima infantil que, por ahora, era la forma en que el horror se había sedimentado a fuerza de repetirlo a quienes iban a verla. Su madre trató de interrumpirla varias veces, pero ella la rechazó con un gesto irritado, levantando la voz, recitando obscenidades e imaginándose un futuro próximo, muy próximo, de venganzas feroces. Cuando estallé en llanto calló de golpe. Entretanto llegó más gente, amigas de la familia y compañeras. Entonces Silvia empezó su relato desde cero, yo me retiré deprisa a un rincón estrechando a Elsa, dándole besos leves. Y me vinieron a la cabeza los detalles de lo que Stefano le había hecho a Lila, los detalles que había imaginado mientras Silvia hablaba, y tuve la sensación de que las palabras de los dos relatos eran aullidos de animales aterrorizados.

En un momento dado fui a buscar a Dede. La encontré en el pasillo con Mirko y el muñeco. Jugaban a que eran la mamá y el papá con su niño, pero no en paz, escenificaban una pelea. Me detuve. Dede le daba instrucciones a Mirko: Tienes que darme una bofetada, ¿de acuerdo? La nueva carne viva copiaba en broma a la vieja, éramos una cadena de sombras que desde siempre se representaba con la misma carga de amor, odio, deseos y violencia. Observé bien a Dede, me pareció igual a Pietro. Mirko, en cambio, era idéntico a Nino.

81

No mucho después, la guerra subterránea que aparecía en los diarios y la televisión siguiendo picos imprevistos —tramas golpistas, represión policial, bandas armadas, enfrentamientos a tiros, muertos, heridos, bombas y matanzas tanto en las ciudades grandes como en las pequeñas— de nuevo se me echó encima. Telefoneó Carmen, estaba muy preocupada, llevaba semanas sin saber nada de Pasquale.

—¿Por casualidad no habrá ido a tu casa?

—Sí, pero de eso hará como dos meses.

—Ah. Me pidió tu número de teléfono y la dirección. Quería verte para pedirte consejo. ¿Lo hizo?

—¿Consejo sobre qué?

—No lo sé.

—No me pidió ningún consejo.

—¿Y qué dijo?

—Nada, estaba bien, alegre.

Carmen había preguntado en todas partes, incluso a Lila y a Enzo, incluso a los del colectivo de la via dei Tribunali. Al final había telefoneado a casa de Nadia, pero su madre se mostró descortés, y Armando solo le dijo que su hermana se había mudado sin dejar señas.

—Se habrán ido a vivir juntos.

—¿Pasquale con esa? ¿Sin darme una dirección o un teléfono?

Hablamos largo rato. Le dije que quizá Nadia había roto con su familia a causa de su relación con Pasquale, que a lo mejor se habían ido a vivir a Alemania, a Inglaterra, a Francia. Aquello no convenció a Carmen. Pasquale es un hermano cariñoso, dijo, nunca desaparecería así. Tenía un feo presentimiento, ahora en el barrio se producían enfrentamientos casi a diario, el que fuera militante debía guardarse las espaldas, los fascistas la habían amenazado a ella y a su marido. Y habían acusado a Pasquale de prenderle fuego tanto a la sección neofascista como al supermercado de los Solara. No me había enterado de aquellos hechos, me quedé de piedra: ¿Eso había ocurrido en el barrio, eso le achacaban los fascistas a Pasquale? Sí, era el primero de la lista, estaba considerado como alguien a quien había que quitar de en medio. A lo mejor Gino, dijo Carmen, me lo mandó matar.

—¿Has ido a la policía?

—Sí.

—¿Qué te han dicho?

—Por poco me detienen, son más fascistas que los fascistas.

Telefoneé a la Galiani. Me dijo irónica: ¿Qué ha pasado, no te he visto más en las librerías y tampoco en los diarios, te has jubilado? Le contesté que tenía dos niñas, que por ahora debía ocuparme de ellas, después le pregunté por Nadia. Se puso arisca. Nadia es mayor, se ha ido a vivir sola. Dónde, pregunté. Asuntos suyos, contestó y sin despedirse, mientras le preguntaba si me daba el número de su hijo, colgó.

Tardé bastante en dar con un número de teléfono de Armando, y me costó todavía más encontrarlo en casa. Cuando por fin me contestó, pareció contento de oírme e incluso demasiado propenso a las confidencias. Trabajaba mucho en el hospital, su matrimonio había terminado, su mujer se había ido llevándose al niño, él estaba solo y a la deriva. Se bloqueó al hablar de su hermana. Dijo despacio: Ya no tengo ninguna relación con ella. Divergencias políticas, divergencias sobre todo, desde que salía con Pasquale no había manera de razonar con ella. Pregunté: ¿Se fueron a vivir juntos? Fue al grano: Digamos que sí. Y como si el tema le pareciera demasiado frívolo, se salió por la tangente, en duros términos pasó a comentar la situación po-

331

lítica, habló de la matanza de Brescia, de los patronos que subvencionaban a los partidos y, en cuanto las cosas tomaban mal cariz, a los fascistas.

Volví a llamar a Carmen para tranquilizarla. Le dije que Nadia había roto con su familia para irse a vivir con Pasquale y que Pasquale la había seguido como un perrito.

—¿Te parece? —preguntó Carmen.

—No hay duda, el amor es así.

Se mostró escéptica. Insistí, le hablé con más detalle de la tarde que habían pasado en mi casa y exageré un poco sobre cuánto se querían. Nos despedimos. Pero a mediados de junio Carmen me llamó otra vez, desesperada. Habían matado a Gino en pleno día, delante de la farmacia, le habían disparado en la cara. En un primer momento pensé que me estaba dando la noticia porque el hijo del farmacéutico formaba parte de nuestra primera adolescencia y, fuera o no fascista, seguramente el suceso me impresionaría. Pero el motivo no era compartir conmigo el horror de aquella muerte violenta. Los carabineros habían ido a su casa y habían registrado a fondo el apartamento, incluso el surtidor de gasolina. Buscaban algún elemento que pudiera conducir a Pasquale, y ella se había sentido mucho peor que cuando habían ido a detener a su padre por el asesinato de don Achille.

82

Carmen estaba deshecha por la angustia, lloraba por aquello que, para ella, era una nueva persecución. Yo, por mi parte, no conseguía quitarme de la cabeza la placita desnuda a la que daba la farmacia; tenía ante mis ojos el interior de la tienda, que siempre me había gustado por su olor a caramelos y jarabes, por los muebles de madera oscura en los que se alineaban frascos de colores, sobre todo, por los padres de Gino, amabilísimos, un poco encorvados detrás del mostrador al que asomaban como a un balcón, seguramente ellos estaban presentes cuando el sonido de los disparos los estremeció, ellos que tal vez desde allí, con ojos desorbitados vieron a su hijo desplomarse en el umbral y la sangre. Quise hablar con Lila. Pero ella se mostró por completo indiferente, liquidó el episodio como uno de tantos, se limitó a decir: Imagínate si los carabineros no iban a tomarla con Pasquale. Su voz supo atraparme y convencerme enseguida, subrayó que, aunque Pasquale hubiese asesinado realmente a Gino —algo que debía descartarse—, de todos modos ella se habría puesto de su parte, porque lo que deberían haber hecho los carabineros era tomarla con el muerto por todas sus malas acciones, y no con nuestro amigo albañil y comunista. Tras lo cual, con el tono de quien pasa a tratar temas más importantes, me preguntó si podía dejarme a Gennaro hasta que empezara el nuevo curso escolar. ¿Gennaro? ¿Cómo iba a arreglármelas? Ya tenía a Dede y a Elsa que me dejaban derrengada.

—¿Por qué? —murmuré.

—Tengo que trabajar.

—Estoy a punto de irme a la playa con las niñas.

—Llévatelo también a él.

—Voy a Viareggio y me quedo hasta finales de agosto. El niño apenas me conoce, te añorará. Si vienes tú también, de acuerdo, pero yo sola, no sé.

—Me juraste que te ocuparías de él.

—Sí, pero si enfermabas.

—¿Y tú qué sabes si no estoy enferma?

—¿Estás enferma?

—No.

—¿Y no puedes dejárselo a tu madre o a Stefano?

Calló unos segundos, perdió las buenas maneras.

—¿Me haces el favor sí o no?

Cedí enseguida.

—De acuerdo, tráemelo.

—Te lo lleva Enzo.

Enzo llegó un sábado por la tarde en un Fiat 500 blanquísimo que había comprado hacía poco. Verlo desde la ventana, oír el dialecto que utilizó para decirle algo al niño que seguía en el coche —era el de siempre, idéntico, el mismo gesto mesurado, el mismo cuerpo sólido— devolvieron su materialidad a Nápoles, al barrio. Abrí la puerta con Dede pegada a mi falda y me bastó una sola mirada a Gennaro para darme cuenta de que cinco años antes Melina había acertado; con diez años el niño demostraba sin asomo de dudas que no solo no guardaba ningún parecido con Nino, sino tampoco con Lila: era el vivo retrato de Stefano.

Al comprobarlo me embargó un sentimiento ambiguo, una mezcla de decepción y satisfacción. Pensé que, a fin de cuentas, como debía quedarme al niño durante tanto tiempo, habría sido bonito tener por casa, junto con mis hijas, a un hijo de Nino; sin embargo, con mucho gusto tomé nota de que Nino no le había dejado nada a Lila.

83

Enzo quería regresar enseguida, pero Pietro lo recibió con mucha cortesía y lo obligó a pasar la noche en casa. Traté de hacer que Gennaro jugara con Dede, pese a que se llevaban seis años, pero mientras ella se mostró dispuesta, él se negó con un gesto decidido de la cabeza. Me asombró ver la atención que Enzo prestaba a ese hijo que no era suyo, demostrando conocer sus costumbres, sus gustos, sus necesidades. Lo obligó con amabilidad, y pese a que Gennaro protestó porque tenía sueño, a que hiciera pis y se cepillara los dientes antes de irse a la cama, después, cuando el niño se quedó frito por el cansancio, lo desvistió y le puso el pijama con delicadeza.

Mientras yo lavaba los platos y ordenaba, Pietro entretuvo al invitado. Estaban sentados a la mesa de la cocina, no tenían nada en común. Probaron con la política, pero cuando mi marido habló en términos positivos del progresivo acercamiento de los comunistas a los democristianos, y Enzo dejó caer que si esa estrategia llegaba a ganar, Berlinguer le estaría estrechando la mano a los peores enemigos de la clase obrera, renunciaron a discutir para no acabar peleándose. Pietro pasó amablemente a preguntarle por su trabajo, y esa curiosidad debió de parecerle sincera a Enzo, porque fue menos lacónico que de costumbre y comenzó un relato sintético, quizá demasiado técnico. IBM había decidido hacía poco trasladarlos a él y a Lila a una empresa más grande, una fábrica de los alrededores de Nola, con trescientos obreros y unos cuarenta empleados. La propuesta económica los había dejado sin aliento: trescientos cincuenta mil liras al mes para él, que era el director del centro de procesamiento de datos, y cien mil para ella, que era su ayudante. Habían aceptado, por supuesto, pero ahora debían ganarse esos sueldos y el trabajo que tenían por delante era realmente enorme. Somos responsables, nos explicó empleando a partir de ese momento el «nosotros», de un sistema 3 modelo 10, y tenemos a nuestra disposición dos operadores y cinco perforadoras que, además, son verificadoras. Debemos recoger e introducir en el sistema una gran cantidad de información, necesaria para que la máquina se ocupe de cosas como…, no sé…, la contabilidad, las nóminas, la facturación, el almacén, la gestión de pedidos, los pedidos cursados a los proveedores, la producción y los envíos. Para ello utilizamos unos cartoncitos, es decir, las fichas que hay que perforar. Los agujeros lo son todo, el trabajo confluye allí. Os pongo como ejemplo el trabajo necesario para programar una operación sencilla como emitir una factura. Se empieza por el albarán de papel, en el que el encargado del almacén indica tanto los productos como el cliente a quien se entregan. El cliente tiene un código, sus datos completos tienen otro código y también los productos tienen su código. Las perforadoras se ponen en las máquinas, pulsan la tecla de emisión de las fichas, teclean y convierten el número de albarán, el código de cliente, el código de datos completos, el código de producto y de cantidad en otros tantos agujeros en los cartoncitos. Para que lo entendáis, mil albaranes por diez productos se convierten en diez mil cartoncitos perforados con agujeritos como los de una aguja. ¿Está claro, me seguís?

La velada pasó así. De vez en cuando Pietro indicaba con un gesto que seguía la explicación y trataba incluso de hacer alguna pregunta («los agujeros cuentan, pero ¿cuentan también las partes no perforadas?»). Yo me limitaba a esbozar una media sonrisa mientras limpiaba y sacaba brillo a la cocina. Enzo parecía contento de poder explicarle a un profesor universitario, que lo escuchaba como un alumno disciplinado, y a una antigua amiga suya, que había obtenido una licenciatura y escrito un libro y que ahora se dedicaba a ordenar la cocina, cosas que ignoraban por completo. Yo, en realidad, me distraje enseguida. Un operador cogía diez mil cartoncitos y los introducía en una máquina que se llamaba seleccionadora. La máquina los ordenaba por código de producto. Después se pasaba a dos lectores, no en el sentido de personas, sino en el sentido de máquinas programadas para leer las perforaciones y las no perforaciones de los cartoncitos. ¿Y después? Ahí me perdí. Me perdí entre los códigos y los paquetes enormes de cartoncitos y los agujeros que comparaban agujeros entre sí, que seleccionaban agujeros, que leían agujeros, que hacían las cuatro operaciones, que imprimían nombres, direcciones, totales. Me perdí detrás de una palabra que no había oído hasta entonces, *file*, que Enzo pronunciaba como si se tratara del plural italiano de la palabra *fila*, aunque no decía *le file*, sino *il file*, un misterioso masculino, *il file* de esto, *il file* de lo otro, sin parar. Me perdí detrás de Lila, que lo sabía todo sobre aquellas palabras, aquellas máquinas, aquel trabajo que ahora hacía en una empresa grande de Nola, aunque con el sueldo que le pagaban a su compañero hubiera podido vivir como una señora mejor que yo. Me perdí detrás de Enzo que podía decir con orgullo, «sin ella no podría hacerlo», y nos comunicaba así un amor muy devoto, era evidente que le gustaba recordarse a sí mismo y a los demás lo extraordinario de su mujer, mientras que mi marido no me elogiaba nunca, al contrario, me convertía en madre de sus hijos, quería que a pesar de haber estudiado yo no fuera capaz de pensar de forma autónoma, me humillaba humillando mis lecturas, lo que me interesaba, mis opiniones, y parecía dispuesto a amarme con la condición de demostrar continuamente mi nulidad.

Al final yo también me senté a la mesa, hostil, porque ninguno de los dos había intentado siquiera decirme, te ayudamos a poner la mesa, a recoger, a lavar los platos, a barrer el suelo. Una factura, decía Enzo, es un documento sencillo, ¿qué me cuesta hacerla a mano? Nada, si tengo que rellenar diez al día. Pero ¿y si tengo que hacer mil? Los lectores leen hasta doscientas fichas por minuto, o sea, dos mil en diez minutos y diez mil en cincuenta minutos. La velocidad de la máquina es una ventaja enorme, especialmente si se la prepara para hacer operaciones complejas, que requieren mucho tiempo. Y mi trabajo y el de Lila consiste precisamente en eso, preparar el sistema para que haga operaciones complejas. Las fases de desarrollo de los programas son realmente bonitas. Las fases operativas, ya no tanto. Muchas veces las fichas se atascan en las seleccionadoras y se rompen. Muchísimas veces un contenedor con las fichas recién ordenadas se te cae y los cartoncitos se desparraman por el suelo. Pero es bonito, hasta eso es bonito.

—¿Él se puede equivocar? —dije, interrumpiéndolo solo para sentirme presente.

—¿Él quién?

—El ordenador.

—No hay ningún él, Lenù, él soy yo. Si se equivoca, si causa problemas, he sido yo quien se ha equivocado, quien ha causado problemas.

—Ah —dije, y murmuré—: Estoy cansada.

Pietro asintió y me pareció dispuesto a dar por terminada la velada. Pero después se dirigió a Enzo:

—Es apasionante, sin duda, pero si es como tú dices, estas máquinas ocuparán el lugar de las personas, desaparecerán muchas funciones, en la Fiat, las soldaduras ya las hacen los robots, se perderán numerosos puestos de trabajo.

De entrada Enzo estuvo de acuerdo, después lo pensó mejor, al final recurrió a la única persona a la que atribuía autoridad:

—Lina dice que es un bien, que deben desaparecer los trabajos humillantes y los que embrutecen.

Lina, Lina, Lina. Pregunté con recochineo: Si Lina es tan competente, ¿por qué a ti te pagan trescientas cincuenta mil liras y a ella cien mil, por qué tu eres director del centro y ella la ayudante? Enzo vaciló otra vez, estuvo a punto de decir algo urgente que luego decidió guardarse. Masculló: ¿Qué quieres de mí? Hay que abolir la propiedad privada de los medios de producción. Durante unos segundos en la cocina se oyó el zumbido de la nevera. Pietro se levantó y dijo: Vamos a dormir.

84

Enzo quería marcharse antes de las seis, pero a las cuatro de la mañana lo oí moverse en su habitación y me levanté a prepararle el café. Cara a cara, en la casa silenciosa, desapareció la lengua de los ordenadores o el italiano debido a la autoridad de Pietro, y pasamos al dialecto. Le pregunté por la relación con Lila. Dijo que iba bien, aunque ella no paraba nunca. A ratos corría detrás de los problemas de trabajo, a ratos se enzarzaba con su madre, su padre, su hermano, a ratos ayudaba a Gennaro a hacer los deberes y por más vueltas que le diera terminaba ayudando también a los hijos de Rino y a todos los niños que iban por casa. Lila no se cuidaba y por eso estaba muy fatigada, parecía siempre al borde de derrumbarse como ya había ocurrido, estaba cansada. Comprendí enseguida que la pareja compenetrada que formaban, codo con codo en el trabajo, afortunada por contar con buenos sueldos, debía colocarse en una secuencia más complicada.

—Quizá deberíais poner un poco de orden —aventuré—. Lina no puede fatigarse tanto.

—No paro de decírselo.

—Además, existen la separación, el divorcio. No tiene sentido que siga casada con Stefano.

—Eso no le importa nada.

—¿Y Stefano?

—Ni siquiera sabe que ya puede divorciarse.

—¿Y Ada?

—Ada tiene problemas de supervivencia. La rueda gira, el que estaba arriba, termina abajo. A los Carracci ya no les queda ni una lira, solo deudas con los Solara, y lo único que le preocupa a Ada es arramblar con todo lo que pueda antes de que sea tarde.

—¿Y tú? ¿No quieres casarte?

Comprendí que él se hubiera casado de buena gana, pero Lila no estaba por la labor. No solo no quería perder tiempo con el divorcio —a quién le importa si sigo casada con ese, estoy contigo, duermo contigo, es lo esencial—, sino que la mera idea de otra boda le daba risa. Decía: ¿Tú y yo? ¿Casarnos tú y yo? Pero qué dices, así estamos bien, en cuanto nos hartemos, cada uno por su lado. A Lila no le interesaba la perspectiva de un nuevo matrimonio, tenía otras cosas en las que pensar.

—¿En qué?

—Dejémoslo.

—Dime.

—¿Nunca te ha dicho nada?

—¿De qué?

—De Michele Solara.

Me contó con frases breves, tensas, que en todos esos años Michele nunca había dejado de pedirle a Lila que trabajara para él. Le había propuesto ocuparse de una nueva tienda en el Vomero. O de la contabilidad y los impuestos. O de la secretaría de un amigo suyo, un político democristiano importante. Había llegado incluso a ofrecerle un sueldo de doscientas mil liras al mes solo para que inventara cosas, ideas locas, todo lo que le pasara por la cabeza. Él, aunque viviera en Posillipo, seguía teniendo la sede de todos los trapicheos en el barrio, en la casa de su madre y su padre. De modo que Lila se lo encontraba continuamente, en la calle, en el mercado, en las tiendas. La paraba, siempre muy amigable, bromeaba con Gennaro, le hacía regalitos. Después se ponía muy serio, y aunque ella rechazaba los trabajos que le ofrecía, él reaccionaba con paciencia, se despedía subrayando con su ironía de siempre: Yo no me rindo, te espero por toda la eternidad, llámame cuando quieras y corro. Hasta que se enteró de que ella trabajaba para IBM. Eso lo irritó, llegó a movilizar a personas que conocía para echar a Enzo del mercado de los consultores, y de paso, también a Lila. No lo consiguió, IBM tenía una urgente necesidad de técnicos y los técnicos competentes como Enzo y Lila escaseaban. Pero el ambiente había cambiado. Enzo se había encontrado a los fascistas de Gino delante de casa y consiguió arreglárselas gracias a que llegó a tiempo al portón y lo cerró a sus espaldas. Pero poco después, a Gennaro le sucedió algo preocupante. Como de costumbre, la madre de Lila fue a recogerlo al colegio. Habían salido todos los alumnos y el niño no aparecía. La maestra: Estaba aquí hace apenas un minuto. Los compañeros: Estaba aquí y después no lo hemos visto más. Asustadísima, Nunzia llamó a su hija al trabajo, Lila llegó enseguida y se puso a buscar a Gennaro. Lo encontró sentado en un banco de los jardincillos. El niño estaba tranquilo, con su bata, su lazo, su cartera, y a las preguntas: Adónde has ido, qué has hecho, reía con ojos vacíos. Ella quiso ir enseguida a ver a Michele y matarlo, tanto por el intento de darle una paliza a Enzo como por el secuestro de su hijo, pero Enzo se lo impidió. Los fascistas se echaban encima de todos aquellos que fueran de izquierdas y no tenían pruebas de que Michele hubiese ordenado la emboscada. En cuanto a Gennaro, él mismo reconoció que su breve ausencia había sido solo una desobediencia. De todas maneras, una vez que Lila se calmó, Enzo decidió ir por su cuenta a hablar con Michele. Se presentó en el bar Solara y Michele lo escuchó sin pestañear. Después le dijo más o menos: No sé de qué carajo me hablas, Enzù; yo le tengo cariño a Gennaro, el que se atreva a tocarlo es hombre muerto, pero entre todas las tonterías que has dicho, lo único cierto es que Lina es muy competente y es una lástima que malgaste su inteligencia, hace años que le pido que trabaje para mí. Y después añadió: ¿Esto te toca los cojones? Me la suda. Pero haces mal, si la quieres, tienes que animarla a que use sus grandes capacidades. Ven aquí, siéntate, tómate un café y una pastita, cuéntame para qué sirven vuestros ordenadores. Y la cosa no acabó ahí. Se vieron dos o tres veces más, por casualidad, y Michele se mostró cada vez más interesado en el sistema 3. Un día llegó a decirle, divertido, que le había preguntado a uno de IBM quién era mejor, él o Lila, y el tipo le había dicho que Enzo era sin duda muy bueno, pero que Lila era la mejor del lugar. Después de aquello, en otra ocasión la paró por la calle y le hizo una propuesta importante. Tenía pensado alquilar el sistema 3 y usarlo en todas sus actividades comerciales. Consecuencia: la quería como directora del centro de procesamiento de datos, a cuatrocientas mil liras al mes.

—¿Eso tampoco te lo ha contado? —me preguntó Enzo cautamente.

—No.

—Se ve que no quiere molestarte, tú tienes tu vida. Pero comprenderás que para ella personalmente es un salto de calidad, y para los dos juntos sería una fortuna, llegaríamos a setecientas cincuenta mil liras al mes entre los dos, no sé si está claro.

—¿Y qué dice Lina?

—Tiene que dar una respuesta en septiembre.

—¿Y qué va a hacer?

—No lo sé. ¿Alguna vez conseguiste saber de antemano qué tiene en la cabeza?

—No. ¿Tú qué crees que debería hacer?

—Yo pienso lo que ella piense.

—¿Aunque no estés de acuerdo?

—Sí.

Lo acompañé al coche. Cuando bajábamos las escaleras pensé que quizá debía contarle lo que seguramente no sabía, es decir, que Michele albergaba por Lila un amor en forma de telaraña, un amor peligroso que no tenía nada que ver con la posesión física, ni siquiera con una devota subordinación. A punto estuve de hacerlo, lo apreciaba, no quería que pensara que tenía delante solo un medio camorrista que desde hacía tiempo planeaba comprar la inteligencia de su mujer.

—¿Y si Michele te la quiere quitar? —le pregunté cuando ya estaba al volante.

Se mantuvo impasible.

—Lo mato. Pero de todos modos no la quiere, ya tiene una amante, todo el mundo lo sabe.

—¿Quién es?

—Marisa, la ha dejado otra vez embarazada.

En un primer momento me pareció no haber entendido.

—¿Marisa Sarratore?

—Marisa, la esposa de Alfonso.

Recordé la conversación con mi compañero de colegio. Había intentado contarme lo complicada que era su vida y yo me había echado atrás, más impresionada por la superficie que por la esencia de su revelación. También en aquella ocasión su malestar me pareció confuso —para aclararme debería haber hablado otra vez con él, y quizá tampoco entonces habría entendido—, sin embargo, me caló hondo con doloroso desagrado.

—¿Y Alfonso? —pregunté.

—A él le importa un comino, dicen que es maricón.

—¿Quién lo dice?

—Todos.

—Todos es muy genérico, Enzo. ¿Qué más dicen todos?

Me miró con un arrebato de ironía cómplice.

—Muchas cosas, el barrio es un chismorreo continuo.

—¿A qué te refieres?

—Han salido otra vez a relucir antiguas historias. Dicen que la madre de los Solara fue la que mató a don Achille.

Se marchó, y esperé que también se llevara sus palabras. Pero aquello de lo que acababa de enterarme perduró, me causó preocupación y enfado. Para librarme fui al teléfono, hablé con Lila y mezclé ansiedades y quejas: ¿Por qué no me dijiste nada de las ofertas de trabajo de Michele, especialmente de la última; por qué revelaste el secreto de Alfonso; por qué pusiste en circulación esa historia de la madre de los Solara, era un juego nuestro; por qué me mandaste a Gennaro, estás preocupada por él, dímelo con claridad, tengo derecho a saberlo; por qué, para variar, no me cuentas lo que de verdad te pasa por la cabeza? Fue un desahogo, pero de frase en frase, en mi fuero interno confiaba en que no nos detendríamos allí, que se haría realidad, aunque fuera por teléfono, el viejo deseo de enfrentarnos a toda nuestra relación para examinarla, aclararla y tener plena conciencia de ella. Esperaba provocarla y arrastrarla hacia otras preguntas, cada vez más personales. Pero Lila se irritó, me trató con bastante frialdad, no estaba de buen humor. Contestó que yo me había marchado hacía años, que ya tenía una vida en la que los Solara, Stefano, Marisa, Alfonso, no significaban nada, eran un cero a la izquierda. Sigue de vacaciones, me dijo yendo al grano, escribe, haz de intelectual, aquí somos demasiado mediocres para ti, mantente al margen, y por favor, a ver si haces que Gennaro tome un poco el sol, que si no me sale raquítico como su padre.

La ironía de la voz, el tono minimizante, casi grosero, restaron peso al relato de Enzo y borraron toda posibilidad de implicarla en los libros que leía, en las palabras que había aprendido de Mariarosa y del grupo florentino, en las cuestiones que trataba de plantearme y que, tras proporcionarle los conceptos fundamentales, seguramente habría sabido afrontar mejor que todas nosotras.

En fin, pensé, yo voy a lo mío y tú, a lo tuyo; si te apetece, no crezcas, sigue jugando en el patio incluso ahora que estás a punto de cumplir los treinta; se acabó, me voy a la playa. Y eso hice.

85

Pietro nos llevó en el coche, a mí y a los tres niños, a una fea casa que habíamos alquilado en Viareggio, después regresó a Florencia para tratar de terminar su libro. Mira, me dije, ahora soy una veraneante, una señora acomodada con tres hijos, un montón de juguetes, mi sombrilla en primera fila, toallas mullidas, mucha comida, cinco biquinis de distintos colores, cigarrillos mentolados, el sol me broncea la piel y me vuelve aún más rubia. Todas las noches telefoneaba a Pietro y a Lila. Pietro me hablaba de personas que habían preguntado por mí, restos de una época lejana, y, más raramente, me hablaba de alguna hipótesis de trabajo que se le había ocurrido. A Lila le pasaba con Gennaro, que le contaba con desgana hechos según él importantes de su día y le daba las buenas noches. Yo hablaba poco o nada tanto con uno como con la otra. Para mí Lila se había reducido definitivamente a una voz.

Al cabo de poco tiempo me di cuenta de que no era así en absoluto, una parte de ella estaba en carne y hueso dentro de Gennaro. Sin duda, el niño tenía mucho de Stefano y no se parecía en nada a Lila. Sin embargo, había sacado los gestos, la forma de hablar, algunas palabras, alguna muletilla, cierta agresividad de su madre cuando era niña. Si alguna vez me distraía, al oír su voz daba un brinco, o me quedaba embobada observándolo mientras gesticulaba para explicarle a Dede un juego.

A diferencia de la madre, Gennaro era taimado. La maldad de Lila cuando era pequeña siempre había sido explícita, ningún castigo la había impulsado jamás a ocultarla. En cambio, Gennaro interpretaba el papel del niño bien educado, incluso tímido, pero en cuanto yo volvía la espalda le hacía trastadas a Dede, le escondía el muñeco, le pegaba. Cuando lo amenazaba con castigarlo sin telefonear a su madre para darle las buenas noches, adoptaba una expresión contrita. Pero en realidad ese posible castigo lo traía sin cuidado, el rito de la llamada telefónica vespertina lo había impuesto yo, él podía prescindir sin problemas. Lo que más bien lo preocupaba era mi amenaza de dejarlo sin helado. Entonces se echaba a llorar, y entre sollozos decía que quería volver a Nápoles, entonces yo cedía enseguida. Pero con eso no se calmaba. Se vengaba de mí a escondidas, ensañándose con Dede.

Me convencí de que la niña le tenía miedo, lo odiaba. Pero no. Con el paso del tiempo, reaccionó cada vez menos a los atropellos de Gennaro, se enamoró de él. Lo llamaba Rino o Rinuccio porque él había dicho que sus amigos lo llamaban así, y lo seguía a todas partes sin atender a mis advertencias, al contrario, era ella quien lo animaba a alejarse de la sombrilla. Me pasaba el día gritando: Dede, adónde vas; Gennaro, ven aquí; Elsa, qué estás haciendo, no te llenes la boca de arena; Gennaro, basta ya; Dede, si no paras de una vez, voy allí y ya verás tú. Un agobio inútil: Elsa comía arena sistemáticamente, y sistemáticamente, mientras le enjuagaba la boca con agua de mar, Dede y Gennaro desaparecían.

Iban a refugiarse a un cañaveral a poca distancia. Una vez fui con Elsa a ver qué tramaban y descubrí que se habían quitado los trajes de baño y Dede tocaba llena de curiosidad la pilila tiesa que le enseñaba Gennaro. Me detuve a unos cuantos metros, no sabía cómo comportarme. Dede —lo sabía, la había visto— se masturbaba con mucha frecuencia tumbada panza abajo. Pero yo había leído mucho sobre sexualidad infantil —incluso le había comprado a mi hija un librito lleno de ilustraciones en color que explicaba con frases muy breves qué ocurría entre un hombre y una mujer, palabras que le había leído sin despertar el menor interés— y, pese a sentirme incómoda, no solo me había obligado a no interrumpirla, a no reprenderla, sino que, dando por descontado que su padre lo habría hecho, hice lo posible por evitar que la sorprendiera.

¿Y ahora qué? ¿Debía dejar que jugaran los dos? ¿Debía retroceder, largarme de ahí? ¿O acercarme sin darle mayor importancia al asunto y con indiferencia hablar de otra cosa? ¿Y si aquel gordinflón violento, mucho más grande que Dede, la obligaba a saber qué cosa y le hacía daño? ¿La diferencia de edad no suponía un peligro? La situación se precipitó por dos hechos: Elsa vio a su hermana, chilló de alegría, la llamó; y al mismo tiempo oí las palabras en dialecto que Gennaro le decía a Dede, palabras groseras, las mismas palabras vulgarísimas que yo también había aprendido de pequeña en el patio. No me pude controlar, todo lo que había leído sobre placeres, latencias, neurosis, perversiones polimorfas en niños y mujeres, desapareció y reprendí a los dos con dureza, sobre todo a Gennaro, al que agarré del brazo y saqué de allí a rastras. Él se echó a llorar, Dede me dijo fría, impávida: Eres muy mala.

Les compré un helado a los dos, pero siguió una época en la que a la vigilancia cauta con el fin de evitar que el episodio se repitiera, se añadió cierta alarma por cómo el lenguaje de Dede iba acogiendo palabras obscenas del dialecto napolitano. Por la noche, mientras los niños dormían, tomé por costumbre forzar la memoria: ¿Acaso yo también había jugado en el patio a esos juegos con los niños de mi edad? ¿Y Lila había tenido experiencias de ese tipo? Nunca habíamos hablado de ello. En aquel entonces pronunciábamos palabras repulsivas, eso sí, pero eran insultos que servían, entre otras cosas, para rechazar las manos de adultos asquerosos, palabrotas que gritábamos al huir. ¿Y en cuanto al resto? Con esfuerzo llegué a plantearme la pregunta: ¿Alguna vez nos tocamos ella y yo? ¿Alguna vez había deseado hacerlo, de niña, de jovencita, de adolescente, de adulta? ¿Y ella? Estuve dándole vueltas a aquellas preguntas durante mucho tiempo. Me contesté despacio: No lo sé, no quiero saberlo. Después reconocí que tal vez sí hubo una especie de admiración mía por su cuerpo, pero descarté que entre ambas hubiese pasado nada. Demasiado miedo, de habernos sorprendido, nos habrían matado a palos.

De cualquier manera, en los días en que me vi ante aquel problema, evité llevar a Gennaro al teléfono público. Temía que le dijera a Lila que ya no se encontraba a gusto conmigo, que incluso le contara aquel episodio. Ese temor me irritó: ¿Por qué me preocupaba? Dejé que todo se diluyera. Poco a poco, la vigilancia de los dos niños también se atenuó, no podía supervisarlos a todas horas. Me dediqué a Elsa, los dejé estar. Solo cuando, a pesar de tener los labios morados y las yemas de los dedos arrugadas, se negaban a salir del agua, los llamaba a gritos muy nerviosa desde la orilla, con las toallas preparadas para cada uno.

Los días de agosto pasaron volando. Casa, compras, preparación de bolsos a rebosar, playa, regreso a casa, cena, helado, teléfono. Charlaba con otras madres, todas mayores que yo, y me alegraba cuando elogiaban a mis niños, y mi paciencia. Me hablaban de sus maridos, de los trabajos que hacían. Yo hablaba del mío, decía: Es profesor de latín en la universidad. Los fines de semana llegaba Pietro, exactamente como años antes, en Ischia, llegaban Stefano y Rino. Mis conocidas le lanzaban miradas de mucho respeto y, gracias a su cátedra, parecían apreciar incluso su mata de pelo. Él se daba un baño con sus hijas y con Gennaro, los hacía participar en empresas fingidamente peligrosas con las que los cuatro se divertían muchísimo, después se ponía a estudiar debajo de la sombrilla, lamentándose de vez en cuando de lo poco que dormía, pues a menudo se olvidaba de traer los tranquilizantes. En la cocina, cuando los niños dormían, me poseía de pie para evitar el chirrido de la cama. El matrimonio parecía ya una institución que, en contra de cuanto se pensaba, despojaba al coito de toda humanidad.

86

Un sábado, entre la multitud de titulares dedicados durante días a la bomba fascista en el tren Itálicus, Pietro descubrió una noticia breve en el *Corriere della Sera* sobre una pequeña fábrica en las afueras de Nápoles.

—¿No se llamaba Soccavo la empresa donde trabajaba tu amiga? —me preguntó.

—¿Qué ha ocurrido?

Me pasó el diario. Un comando formado por dos hombres y una mujer había irrumpido en una fábrica de embutidos en las afueras de Nápoles. Los tres le habían disparado primero a las piernas al guardián, Filippo Cara, que se encontraba en estado muy grave; después habían subido a la oficina del propietario, Bruno Soccavo, un joven empresario napolitano, y le habían pegado cuatro tiros, dos en el pecho y uno en la cabeza. Mientras leía, vi la cara de Bruno deshacerse, romperse junto con sus dientes blanquísimos. Ay, Dios, Dios, me quedé sin aliento. Dejé a los niños con Pietro, corrí a telefonear a Lila, el teléfono sonó largo rato, nadie contestó. Intenté de nuevo a última hora de la tarde, nada. La localicé al día siguiente, me preguntó alarmada: ¿Qué pasa, Gennaro no se encuentra bien? La tranquilicé, le comenté lo de Bruno. No sabía nada, me dejó hablar, al final murmuró con voz neutra: Me acabas de dar una muy mala noticia. Nada más. La animé: Llama a alguien, que te cuenten, pregunta dónde puedo enviar un telegrama de pésame. Dijo que ya no tenía contacto con nadie de la fábrica. Para qué un telegrama, masculló, déjalo estar.

Lo dejé estar. Pero al día siguiente vi en *Il Manifesto* un artículo firmado por Giovanni Sarratore, es decir, Nino, que ofrecía mucha información sobre la pequeña industria de Campania, subrayaba las tensiones políticas presentes en aquellos ambientes subdesarrollados, citaba con afecto a Bruno y su trágico fin. A partir de ese momento seguí durante días la evolución de la noticia, pero fue inútil, no tardó en desaparecer de los diarios. Por otra parte, Lila no quiso volver a hablar del tema. Por la noche me iba con los niños a llamarla por teléfono y ella iba al grano, decía: Pásame a Gennaro. Empleó un tono especialmente molesto cuando le mencioné a Nino. Qué manía, masculló, ese siempre tiene que meter baza: Qué tendrá que ver la política, habrá sido por otros asuntos, aquí se muere asesinado por mil motivos, cuernos, negocios sucios, incluso por una mirada torcida de más. Así pasaron los días y de Bruno me quedó una imagen, nada más. No era la del patrono al que yo había amenazado por teléfono sirviéndome de la autoridad de los Airota, sino la del muchacho que había tratado de besarme y al que había rechazado de mala manera.

87

Una vez en la playa empezaron a asaltarme los malos pensamientos. Lila, me dije, reprime calculadamente las emociones, los sentimientos. Cuanto más buscaba los instrumentos para tratar de explicarme a mí misma, más se empeñaba ella en esconderse. Cuanto más intentaba yo sacarla a descubierto e implicarla en mi deseo de aclarar las cosas, más se refugiaba ella en la penumbra. Parecía la luna llena cuando se agazapa detrás del bosque y las ramas le garabatean la cara.

A principios de septiembre regresé a Florencia, pero los malos pensamientos cobraron fuerza en lugar de desvanecerse. Inútil tratar de franquearme con Pietro. Se amargó mucho cuando los niños y yo regresamos, llevaba retraso con el libro y la idea de que el año académico estuviera a punto de comenzar lo volvía intolerante. Una noche en que estábamos sentados a la mesa y Dede y Gennaro se peleaban por no sé qué cosa, se levantó de un salto, salió de la cocina y dio un portazo con tanta violencia que el cristal esmerilado se hizo añicos. Telefoneé a Lila, le dije sin demasiados preámbulos que debía llevarse al niño, hacía un mes y medio que su hijo vivía conmigo.

—¿No puedes quedártelo hasta final de mes?

—No.

—Aquí la cosa está fea.

—Aquí también.

Enzo partió en plena noche y llegó por la mañana, cuando Pietro estaba en el trabajo. Yo ya había preparado el equipaje de Gennaro. Le comenté que las tensiones entre los niños se habían vuelto insoportables, que lo sentía pero que tres eran demasiados, que ya no daba más. Él dijo que lo entendía, me dio las gracias por todo lo que había hecho. A modo de justificación, solo murmuró: Ya sabes cómo es Lina. No contesté, ya fuera porque Dede gritaba desesperada por la marcha de Gennaro, ya fuera porque si lo hubiera hecho, habría podido decir —aprovechando el comentario sobre cómo era Lina— cosas de las que después me hubiera arrepentido.

Me pasaban por la cabeza unos pensamientos que no quería formular ni siquiera para mí misma, temía que los hechos se adaptaran mágicamente a las palabras. Pero no lograba borrar las frases, sentía en mi mente su sintaxis a punto, y eso me asustaba, me fascinaba, me horrorizaba, me seducía. Mi hábito de encontrar un orden estableciendo conexiones entre elementos alejados se me iba de las manos. Había sumado la muerte violenta de Gino a la de Bruno Soccavo (Filippo, el guardián, se había salvado). Y había llegado a la conclusión de que cada uno de esos acontecimientos conducían a Pasquale, quizá también a Nadia. Esa suposición ya me había causado una enorme inquietud. Había pensado telefonear a Carmen, preguntarle si tenía noticias de su hermano; después cambié de idea, asustada por la posibilidad de que le hubieran pinchado el teléfono. Cuando Enzo vino a llevarse a Gennaro me dije: Ahora hablo con él, veamos cómo reacciona. Pero también en esa ocasión me callé la boca por miedo a decir demasiado, por miedo a pronunciar el nombre de la figura que estaba detrás de Pasquale y Nadia: Lila, es decir, Lila, la de siempre; Lila que no dice las cosas, las hace; Lila que está empapada de la cultura del barrio y no tiene para nada en cuenta a la policía, las leyes, el Estado, sino que piensa que hay problemas que solo se resuelven con la chaira; Lila que conoce el horror de la desigualdad; Lila que en la época del grupo de la via dei Tribunali encontró en la teoría y la praxis revolucionaria la forma de usar su cabeza demasiado activa; Lila que ha transformado en objetivos políticos sus rabias antiguas y nuevas; Lila que mueve a la gente como personajes de un cuento; Lila que conectó, está conectando nuestro conocimiento personal de la miseria y el atropello con la lucha armada contra los fascistas, contra los patronos, contra el capital. Lo reconozco aquí por primera vez de forma clara: en aquellos días de septiembre sospeché que no solo Pasquale —Pasquale llevado por su propia historia a la necesidad de empuñar las armas—, no solo Nadia, sino la propia Lila habían derramado aquella sangre. Durante mucho tiempo, mientras cocinaba, mientras me ocupaba de mis hijas, la vi a ella y a los otros dos disparándole a Gino, a Filippo, a Bruno Soccavo. Y si me costaba trabajo imaginarme con todo detalle a Pasquale y a Nadia —a él lo consideraba un buen muchacho, un tanto fanfarrón, capaz de pelearse a puñetazos, con dureza, pero no de matar; ella me parecía una niña bien que, como mucho, podía herir con perfidias verbales—, pero sobre Lila nunca tuve dudas, ella habría sabido idear el plan más eficaz, ella habría reducido al mínimo los riesgos, ella habría mantenido a raya el miedo, ella era capaz de dotar las intenciones homicidas de una pureza abstracta, ella sabía cómo extraer sustancia humana a los cuerpos y la sangre, ella no habría tenido escrúpulos ni remordimientos, ella habría matado y se habría sentido en su derecho.

Ahí estaba, nítida, junto a la sombra de Pasquale, de Nadia, de a saber quién más. Pasaban en coche por la placita, reducían la velocidad delante de la farmacia y le disparaban a Gino, a su cuerpo de matón fascista embutido en la bata blanca. O llegaban a la fábrica Soccavo por el camino polvoriento, con basura de todo tipo amontonada en los bordes. Pasquale cruzaba la verja, disparaba a las piernas de Filippo, la sangre se extendía por la garita, gritos, ojos aterrados. Lila, que conocía bien el camino, cruzaba el patio, entraba en la fábrica, subía las escaleras, irrumpía en el despacho de Bruno y justo cuando él le decía alegre: Hola, qué haces tú por aquí, le descerrajaba tres tiros en el pecho y uno en la cara.

Ah, sí, antifascismo militante, nueva resistencia, justicia proletaria y otras fórmulas a las que ella —que instintivamente sabía evitar la repetición gregaria— sin duda estaba en condiciones de otorgar consistencia. Imaginé que aquellas acciones eran obligatorias para entrar, no sé, en las Brigadas Rojas, en Primera Línea, en los Núcleos Armados Proletarios. Lila habría desaparecido del barrio como ya había hecho Pasquale. Tal vez por eso había querido dejarme a Gennaro, en apariencia durante un mes, en realidad con la intención de entregármelo para siempre. Nunca más habríamos vuelto a verla. O la habrían detenido como había pasado con Curcio y Franceschini, jefes de las Brigadas Rojas. O habría huido de todos los policías y todas las cárceles, fantasiosa y temeraria como era ella. Y llegado el gran momento, habría reaparecido triunfante, admirada por sus empresas, en calidad de jefa revolucionaria, para decirme: Tú querías escribir novelas, yo la novela la he hecho con personas de verdad, con sangre de verdad, en la realidad.

Por la noche cada fantasía me parecía un hecho sucedido o que estaba sucediendo, y temía por ella, la veía acosada, herida, como tantos y tantas en el desorden del mundo, y me daba pena, pero al mismo tiempo la envidiaba. Agigantaba la convicción infantil de que desde siempre estaba destinada a empresas extraordinarias, y me amargaba por haber huido de Nápoles, por haberme separado de ella, reaparecía la necesidad de estar a su lado. Pero también me enfadaba porque había emprendido ese camino sin consultarme, como si no me hubiese considerado a la altura. Y eso que sabía mucho sobre el capital, la explotación, la lucha de clases, la inevitabilidad de la revolución proletaria. Hubiera podido ser útil, participar. Y me sentía infeliz. Languidecía en la cama, descontenta de mi condición de madre de familia, de mujer casada, todo futuro envilecido por la repetición hasta la muerte de ritos domésticos en la cocina, en el lecho conyugal.

De día me sentía más lúcida, prevalecía el horror. Imaginaba a una Lila caprichosa que, con arte, estimulaba odios y acababa por encontrarse cada vez más implicada en actos feroces. Sin duda había tenido el coraje de ir más allá, de tomar la iniciativa con la determinación cristalina, con la crueldad generosa de quien está animado por justas razones. Pero ¿con qué perspectiva? ¿Iniciar una guerra civil? ¿Convertir el barrio, Nápoles, Italia en un campo de batalla, en un Vietnam en medio del Mediterráneo? ¿Meternos a todos en un conflicto despiadado, interminable, entre el bloque oriental y el occidental? ¿Favorecer su propagación, cual llamarada, por Europa y el planeta entero? ¿Hasta la victoria siempre? ¿Qué victoria? Las ciudades destruidas, el fuego, los muertos por las calles, la ignominia de los enfrentamientos furiosos no solo con el enemigo de clase sino también dentro del propio frente, entre grupos revolucionarios de distintas regiones y razones, todos en nombre del proletariado y de su dictadura. Tal vez incluso la guerra nuclear.

Cerraba los ojos aterrorizada. Las niñas, el futuro. Y me aferraba a fórmulas: el sujeto imprevisto, la lógica destructiva del patriarca, el valor femenino de la supervivencia, la piedad. Tengo que hablar con Lila, me decía. Tiene que contármelo todo sobre las cosas que hace, lo que planea, para que yo pueda decidir si soy o no su cómplice.

Pero nunca la llamé por teléfono, ella tampoco me llamó a mí. Me convencí de que no nos había beneficiado ese largo hilo de voz que durante años había sido nuestro único contacto. Habíamos mantenido el vínculo entre nuestras dos historias, pero por sustracción. La una para la otra nos habíamos convertido en entidades abstractas, hasta tal punto que ahora yo podía inventármela ya fuera como experta en ordenadores o como guerrillera urbana decidida e implacable, mientras ella, con toda probabilidad, podía verme tanto como el estereotipo de la intelectual de éxito, o como una señora culta y acomodada, toda hijos, libros y conversaciones doctas con su marido académico. Las dos necesitábamos un cuerpo, una nueva consistencia, sin embargo, nos habíamos distanciado y ya no conseguíamos dárnoslo.

88

Así pasó todo septiembre, después octubre. No hablaba con nadie, ni siquiera con Adele, que tenía mucho trabajo, ni siquiera con Mariarosa, que había acogido en su casa a Franco —un Franco inválido, necesitado de asistencia, transformado por la depresión— y me recibía alegre, prometía darle mis saludos, pero después iba al grano porque estaba muy atareada. Sin contar con el mutismo de Pietro. El mundo ajeno a los libros le pesaba cada vez más, acudía de muy mala gana al caos reglamentado de la universidad, a menudo se hacía el enfermo. Decía que lo hacía para estudiar, pero no lograba terminar el libro, raras veces se encerraba a estudiar y, como para perdonarse y hacerse perdonar, se ocupaba de Elsa, cocinaba, barría, lavaba, planchaba. Debía tratarlo de mala manera para conseguir que regresara a la facultad, pero me arrepentía enseguida. Desde que la violencia había azotado a personas que conocía, temía por él. Pese a que se había visto en situaciones peligrosas nunca había renunciado a oponerse públicamente a aquello que, con su término predilecto, definía como el semillero de banalidades de sus alumnos y de muchos de sus colegas. Aunque me preocupaba por él, es más, tal vez precisamente porque me preocupaba, nunca le daba la razón. Esperaba que criticándolo se enmendaría, dejaría a un lado su reformismo reaccionario (yo utilizaba esta fórmula) se volvería más maleable. Pero en su opinión, esto me colocaba una vez más al lado de los alumnos que lo agredían, de los profesores que tramaban contra él.

No era así, la situación era mucho más enrevesada. Por una parte quería confusamente protegerlo, por la otra tenía la impresión de tomar partido por Lila, defender las decisiones que en secreto le atribuía. Hasta tal punto que de vez en cuando pensaba en llamarla por teléfono y empezar a hablarle justamente de Pietro, de nuestros conflictos, para que después me diera su opinión, y así, saltando de un tema a otro, ponerla a descubierto. No lo hacía, claro está, era ridículo que por teléfono le exigiera sinceridad en esos asuntos. Pero una noche fue ella quien me llamó, estaba contentísima.

—Tengo que darte una buena noticia.

—¿Qué pasa?

—Soy directora de un centro.

—¿De qué centro?

—Directora del centro mecanográfico de IBM que Michele ha alquilado.

Me pareció increíble. Le pedí que me lo repitiera, que me lo explicara bien. ¿Había aceptado la propuesta de Solara? ¿Después de tanto resistirse había vuelto a ser su empleada como en la época de la piazza dei Martiri? Dijo que sí, con entusiasmo, y se volvió más y más alegre, más y más explícita: Michele le había encomendado el sistema 3 que había alquilado y colocado en un almacén de zapatos en Acerra; ella tendría a su cargo operadores y perforadoras; el sueldo era de cuatrocientas veinticinco mil liras mensuales.

Me sentí fatal. En un instante no solo se esfumó la imagen de la guerrillera, sino que todo lo que me parecía saber de Lila se derrumbó.

—Es lo último que hubiera esperado de ti —dije.

—¿Qué querías que hiciera?

—No aceptar.

—¿Por qué?

—Ya sabemos lo que son los Solara.

—¿Y eso qué tiene que ver? No es la primera vez, y a las órdenes de Michele estuve mejor que a las de ese cabrón de Soccavo.

—Haz lo que creas más conveniente.

La oí respirar.

—No me gusta ese tono, Lenù —dijo—. Me pagan más que a Enzo que es hombre, ¿qué es lo que no te gusta?

—Nada.

—¿La revolución, los obreros, el mundo nuevo y las otras chorradas?

—Déjalo ya. Si de repente te da por hacer un razonamiento verdadero, te escucho, si no lo dejamos correr.

—¿Me dejas que te haga una observación? Cuando hablas y cuando escribes usas siempre «verdadero» y «de verdad». Y también dices «de repente». ¿Dónde se ha visto que la gente hable «verdaderamente» y que las cosas ocurran «de repente»? Sabes mejor que yo que todo es un enredo y que a una cosa le sigue otra y después otra más. Yo ya no hago nada «de verdad», Lenù. Y he aprendido a estar atenta a las cosas, solo los imbéciles creen que pasan «de repente».

—Muy bien. ¿Quieres hacerme creer que lo tienes todo bajo control, que eres tú la que utiliza a Michele y no al revés? Dejémoslo estar, anda, adiós.

—No, habla, di lo que tengas que decir.

—No tengo nada que decir.

—Habla, si no, hablaré yo.

—Pues habla, que yo te oiga.

—Me criticas a mí, pero ¿de tu hermana no dices nada?

Me caí de espaldas.

—¿Y ahora qué pinta mi hermana en esto?

—¿No sabes nada de Elisa?

—¿Qué tengo que saber?

Se rió con malicia.

—Pregúntale a tu madre, a tu padre y a tus hermanos.

89

No quiso decirme más y cortó la comunicación enfadadísima. Preocupada, llamé por teléfono a casa de mis padres, contestó mi madre.

—De vez en cuando te acuerdas de que existimos —dijo.

—Ma, ¿qué le pasa a Elisa?

—Lo que le pasa a las mujeres de hoy.

—¿Qué?

—Está con un tipo.

—¿Se ha comprometido?

—Digamos que sí.

—¿Con quién?

La respuesta me atravesó el corazón.

—Con Marcello Solara.

De modo que eso era lo que Lila quería que supiera. Marcello, el guapo Marcello de nuestra primera adolescencia, su novio testarudo y desesperado, el joven al que ella había humillado casándose con Stefano Carracci, se había llevado a mi hermana Elisa, la más pequeña de la familia, mi hermanita buena, la mujer a la que todavía veía como a una niña mágica. Y Elisa se había dejado llevar. Y mis padres y mis hermanos no habían movido un dedo para impedirlo. Y toda mi familia, y en cierto modo yo misma, acabaríamos emparentados con los Solara.

—¿Cuánto hace de eso? —pregunté.

—Yo qué sé, un año.

—¿Y vosotros habéis dado vuestra aprobación?

—¿Nos pediste tú nuestra aprobación? Hiciste lo que te dio la gana. Ella hizo lo mismo.

—Pietro no es Marcello Solara.

—Tienes razón, Marcello nunca dejaría que Elisa lo tratara como tú tratas a Pietro.

Silencio.

—Podíais haberme informado, haberme consultado.

—¿Y por qué? Tú te fuiste. «Ya me ocupo yo de vosotros, no os preocupéis.» ¡Ni en sueños! Tú fuiste a lo tuyo, y a nosotros que nos dieran por saco.

Decidí viajar enseguida a Nápoles con las niñas. Quería ir en tren, pero Pietro se ofreció a llevarnos en coche haciendo pasar por amabilidad el hecho de que no le apetecía trabajar. Ya cuando bajamos de la Doganella y nos incorporamos al tráfico caótico de Nápoles, sentí que la ciudad se apoderaba de mí otra vez, me sometía a sus leyes no escritas. No ponía los pies en ella desde el día en que me marché para casarme. El clamor me pareció insoportable, me puse nerviosa con los bocinazos continuos de los automovilistas, con los insultos que lanzaban a Pietro, como no conocía el camino vacilaba, reducía la velocidad. Poco antes de la piazza Carlo III lo obligué a estacionar, me puse yo al volante y conduje con agresividad hasta la via Firenze, al mismo hotel en el que él se había hospedado años antes. Dejamos las maletas. Me dediqué al arreglo meticuloso de las dos niñas y del mío. Después nos fuimos al barrio, a casa de mis padres. ¿Qué creía que podía hacer, imponer a Elisa mi autoridad de hermana mayor, licenciada universitaria, bien casada? ¿Obligarla a romper el compromiso? ¿Decirle: A Marcello lo conozco desde que me agarró de la muñeca y trató de meterme dentro de su Fiat 1100 y me rompió el brazalete de plata de mamá, fíate de mí, es un hombre violento y vulgar? Sí. Me sentía decidida, era mi deber sacar a Elisa de aquella trampa.

Mi madre recibió a Pietro con gran afecto y, uno tras otro —este es para Dede de la abuela, este para Elsa— entregó a las niñas muchos regalitos que, de formas distintas, las entusiasmaron. A mi padre se le quebró la voz de emoción, lo vi más delgado, más sometido. Esperé que aparecieran mis hermanos, pero comprobé que no estaban en casa.

—Se pasan el día trabajando —dijo mi padre sin entusiasmo.

—¿Qué hacen?

—Se desloman —intervino mi madre.

—¿Dónde?

—Los ha colocado Marcello.

Recordé cómo habían colocado los Solara a Antonio, en qué lo habían convertido.

—¿Qué hacen exactamente? —pregunté.

—Traen dinero a casa, con eso basta. Elisa no es como tú, Lenù, Elisa piensa en todos nosotros.

Fingí no haberla oído.

—¿Le dijiste que llegaba hoy? ¿Dónde está?

Mi padre bajó la vista, mi madre dijo seca:

—En su casa.

Me enojé.

—¿Ya no vive aquí?

—No.

—¿Desde cuándo?

—Desde hace casi dos meses. Ella y Marcello tienen un bonito apartamento en el barrio nuevo —dijo mi madre, gélida.

90

De manera que el compromiso estaba más que superado. Quise ir enseguida a casa de Elisa, aunque mi madre repetía: Qué haces, tu hermana te está preparando una sorpresa, quédate aquí, iremos todos juntos más tarde. No le hice caso. Telefoneé a Elisa, me contestó entre dichosa y avergonzada. Dije: Espérame, voy para allá. Dejé a Pietro y a las niñas en compañía de mis padres y me fui andando.

El barrio me pareció aún más degradado: edificios desconchados, el asfalto lleno de baches, suciedad. Por las esquelas mortuorias que tapizaban las paredes —nunca había visto tantas— me enteré de que había fallecido el viejo Ugo Solara, abuelo de Marcello y Michele. Según indicaba la fecha, el hecho no era reciente, se remontaba a por lo menos dos meses atrás, y las frases altisonantes, las caras de las vírgenes dolientes, el propio nombre del muerto aparecían desvaídos, diluidos. Sin embargo, aquellas esquelas resistían en las calles como si los demás muertos, en señal de respeto, hubiesen decidido desaparecer del mundo sin anunciarlo a nadie. Vi unas cuantas incluso alrededor de la entrada de la charcutería de Stefano. Estaba abierta, pero me pareció una brecha en el muro, oscura, sin un alma, y Carracci apareció con su bata blanca en el fondo para desaparecer como un fantasma.

Me encaramé en dirección a las vías, pasé enfrente de la que en otros tiempos llamábamos la charcutería nueva. La persiana echada, parcialmente salida de sus guías, estaba herrumbrada y cubierta de pintadas y dibujos obscenos. Toda aquella parte del barrio tenía aspecto de abandono, el blanco reluciente de otros tiempos era ahora gris, en algunos puntos el revoque se había caído dejando al descubierto los ladrillos. Pasé por delante del edificio donde había vivido Lila. De los arbolillos raquíticos de entonces, pocos habían sobrevivido. Una cinta adhesiva para paquetes aguantaba la grieta en el cristal del portón de entrada. Elisa vivía mucho más arriba, en una zona mejor conservada, más pretenciosa. El portero, un hombrecillo calvo con un fino bigote, me impidió el paso, me preguntó hostil a quién buscaba. No supe qué contestarle, murmuré: Solara. Asumió un aire deferente y me dejó pasar.

Fue subirme al ascensor y darme cuenta de que era como si hubiese retrocedido en el tiempo. Lo que en Milán o Florencia me hubiera parecido aceptable —la libre disposición de las mujeres de su propio cuerpo y sus deseos, una convivencia fuera del matrimonio—, allí, en el barrio, me resultaba inconcebible: estaba en juego el futuro de mi hermana, no conseguía tranquilizarme. ¿Elisa había formado un hogar con una persona peligrosa como Marcello? ¿Y mi madre estaba contenta? ¿Ella que se había puesto furiosa porque yo me había casado por lo civil y no por la iglesia; ella que consideraba a Lila una zorra porque convivía con Enzo, y a Ada un putón verbenero porque se había convertido en amante de Stefano; ella, nada menos, aceptaba que su hija pequeña durmiera con Marcello Solara —una mala persona— fuera del matrimonio? Mientras subía a casa de Elisa tenía pensamientos de ese tipo, y una rabia que sentía justa. Pero la cabeza —mi cabeza disciplinada— estaba confusa, yo ya no sabía a qué argumentos recurrir. ¿A los mismos que mi madre hubiera sostenido unos años antes si yo hubiese tomado una decisión de ese tipo? ¿Acaso retrocedería a un nivel que mi propia madre había abandonado? ¿O habría dicho: Vete a vivir con quien quieras, pero no con Marcello Solara? ¿Eso le habría dicho? Pero hoy, en Florencia o Milán, ¿a qué muchacha habría yo obligado a dejar al hombre, fuera quien fuese, del que se había enamorado?

Cuando Elisa me abrió, la abracé con tanta fuerza que ella murmuró riendo: Me haces daño. La vi alarmada mientras me hacía pasar al salón —un salón pretencioso, lleno de sofás y sillones floreados, con respaldos dorados— y se ponía a hablar sin parar, pero de otras cosas: qué bien me veía, qué bonitos pendientes llevaba, qué bonito collar, qué elegante, se moría de ganas de conocer a Dede y Elsa. Le describí a sus sobrinas con entusiasmo, me quité los pendientes, se los hice probar frente al espejo, se los regalé. Vi que se apaciguaba y se rió.

—Tenía miedo de que vinieras a reprenderme —murmuró—, a decirme que estabas en contra de mi relación con Marcello.

La miré con fijeza durante un buen rato.

—Elisa, no estoy de acuerdo —dije—. He hecho el viaje expresamente para decírtelo a ti, a mamá, a papá y a nuestros hermanos.

Cambió de expresión, se le llenaron los ojos de lágrimas.

—Ahora sí que me das un gran disgusto. ¿Por qué no estás de acuerdo?

—Los Solara son mala gente.

—Marcello no.

Se puso a hablarme de él. Dijo que todo había empezado cuando yo estaba embarazada de Elsa. Nuestra madre había ido a mi casa para echarme una mano y Elisa se había encontrado con todo el peso de la familia. Un día que había ido a hacer la compra al supermercado de los Solara, Rino, el hermano de Lila, le comentó que si le dejaba la lista de la compra, después se la enviaría a casa. Y mientras Rino hablaba, había notado que Marcello la saludaba de lejos, como para darle a entender que él había dado esa orden. Y a partir de aquel momento, la rondó colmándola de atenciones. Elisa se dijo: Es mayor, no me gusta. Pero él estaba cada vez más presente en su vida, con buena educación, no hacía jamás un gesto o una palabra que recordara las cosas odiosas de los Solara. Marcello era una persona respetable de verdad, con él una se sentía segura, tenía una fuerza, una presencia, que era como si midiese diez metros. Eso no era todo. Desde el momento en que quedó claro que ella le gustaba, la vida de Elisa cambió. Todo el mundo, en el barrio y fuera de él, comenzó a tratarla como a una reina, todos pasaron a darle importancia. Era una sensación magnífica, a la que todavía no se había acostumbrado. Pasas de no ser nadie, me dijo, a que de golpe y porrazo te conozcan hasta las ratas de alcantarilla. Claro, tú has escrito un libro, eres famosas, estás acostumbrada, pero yo no, me quedé boquiabierta. Había sido emocionante descubrir que ya no debía preocuparse por nada. Marcello se ocupaba de todo, un deseo de ella era una orden para él. Y así, cuanto más tiempo pasaba, más se enamoraba ella. Al final le había dicho que sí. Y ahora, si pasaba un día sin verlo o sin saber de él, lloraba la noche entera.

Me di cuenta de que Elisa estaba convencida de haber tenido una suerte inimaginable y comprendí que no tendría el valor de echarle a perder tanta felicidad. Y menos cuando ella no me ofrecía ningún asidero: Marcello era competente, Marcello era responsable, Marcello era guapísimo, Marcello era perfecto. Pronunciaba cada palabra poniendo cuidado en diferenciarlo de la familia

Solara, o en hablar con cauta simpatía de la madre de él, del padre que estaba muy enfermo del estómago y ya casi no salía de casa, del abuelo, que en paz descanse, incluso de Michele que, cuando lo tratabas, parecía distinto de como lo juzgaba la gente, era muy afectuoso. Por eso, créeme —me dijo—, nunca he estado tan bien desde que nací, y hasta mamá, que ya sabes cómo es, me apoya, papá también, y Gianni y Peppe, que hasta hace poco se pasaban los días mano sobre mano, ahora Marcello los utiliza y les paga la mar de bien.

—Si es así, casaos entonces —dije.

—Nos casaremos. Pero ahora no es buen momento, Marcello dice que tiene que poner orden en muchos asuntos complicados. Además, está el luto por el abuelo, que el pobrecito ya no tenía la cabeza en su sitio, se había olvidado de cómo caminar, de cómo hablar, Dios lo liberó llevándoselo. Pero en cuanto las cosas se arreglen, nos casaremos, no te preocupes. Además, antes de llegar al matrimonio es mejor ver si nos llevamos bien, ¿no?

Utilizó palabras que no eran suyas, palabras de muchacha moderna, aprendidas en las revistas que leía. Las comparé con las que yo hubiera pronunciado sobre esos mismos temas y me di cuenta de que no eran muy distintas, la única diferencia radicaba en que las palabras de Elisa sonaban un poco más toscas. ¿Cómo rebatirla? No lo sabía al comienzo de aquel encuentro, tampoco lo sabía ahora. Habría podido decir: Hay poco que ver, Elisa, está todo claro: Marcello te consumirá, se acostumbrará a tu cuerpo, te dejará. Pero eran palabras que sonaban viejas, ni siquiera mi madre se había atrevido a pronunciarlas. Por eso me resigné. Yo me había marchado, Elisa se había quedado. ¿Qué habría pasado si yo también me hubiese quedado, qué decisiones habría tomado? ¿Acaso los jóvenes Solara no me gustaban también a mí cuando era adolescente? Por lo demás, ¿qué había ganado al marcharme? Ni siquiera la capacidad de encontrar palabras sabias para convencer a mi hermana de que no arruinara su vida. Elisa tenía una cara bonita, muy delicada, y un cuerpo sin excesos, una voz acariciante. A Marcello lo recordaba alto, apuesto, la cara cuadrada con un color sano, todo músculos, capaz de sentimientos de amor intensos, duraderos; lo había demostrado cuando se enamoró de Lila, desde entonces nadie le había conocido otros amores. ¿Qué decir, pues? Al final, mi hermana fue a buscar una caja y me enseñó todas las joyas que Marcello le había regalado, objetos frente a los cuales los pendientes que yo le había dado eran lo que eran, insignificancias.

—Ten cuidado —le dije—, no te eches a perder. Y si me necesitas, telefonea.

Hice ademán de levantarme, ella me detuvo riendo.

—¿Adónde vas, mamá no te ha dicho nada? Vendrán todos aquí a cenar. He preparado un montón de cosas.

Me mostré contrariada:

—¿Quiénes son todos?

—Todos, es una sorpresa.

91

Primero llegaron mi padre, mi madre, las dos niñas y Pietro. Dede y Elsa recibieron nuevos regalos de Elisa, que les hizo muchas fiestas («Dede, tesoro mío, dame un beso muy fuerte aquí; Elsa, ay qué regordeta estás, ven con la tía, ¿sabías que llevamos el mismo nombre?»). Mi madre desapareció enseguida en la cocina, la cabeza gacha, sin mirarme. Pietro trató de hacer conmigo un aparte para decirme no sé qué cosa grave pero con el aire de quien quiere declararse inocente. No lo consiguió, mi padre lo llevó a un sofá, lo hizo sentar delante del televisor y lo encendió con el volumen muy alto.

Poco después apareció Gigliola con sus hijos, dos chicos airados que enseguida se compincharon con Dede, mientras Elsa, perpleja, buscó refugio a mi lado. Gigliola acababa de ir a la peluquería, andaba sobre unos tacones altísimos haciéndolos repiquetear, las orejas, el cuello, los brazos cargados de oro reluciente. La contenía a duras penas un vestido verde brillante, escotadísimo, y llevaba una gruesa capa de maquillaje que empezaba a resquebrajarse. Se dirigió a mí sin preámbulos, con sarcasmo:

—Aquí estamos, hemos venido expresamente para homenajearos a vosotros, los profesores. ¿Todo bien, Lenù? ¿Y ese es el genio de la universidad? ¡Caracho, qué bonito pelo tiene tu marido!

Pietro se liberó de mi padre, que le rodeaba los hombros con un brazo, se levantó de un salto con una sonrisa tímida y, sin poder contenerse, instintivamente clavó los ojos en la gran ola de los pechos de Gigliola. Ella lo notó satisfecha.

—Tranquilo, tranquilo —le dijo—, que me dará vergüenza. Aquí nunca se ha levantado nadie para saludar a una señora.

Mi padre tiró de mi marido y lo hizo sentar, preocupado por que se lo quitaran, y volvió a hablarle de a saber qué cosa pese al volumen alto del televisor. Le pregunté a Gigliola cómo estaba, tratando de comunicarle con la mirada, con el tono de voz, que no me había olvidado de sus confidencias y que estaba de su parte. No debió de gustarle.

—Oye, guapa —dijo—, yo estoy bien, tú estás bien, todos

estamos bien. Pero si no fuera porque mi marido me ha mandado venir a tocarme el coño, yo estaría mejor en mi casa. Que quede claro.

No logré contestarle, llamaron a la puerta. Mi hermana acudió veloz, deslizándose como impulsada por un soplo de viento, fue a abrir. La oí exclamar: Cuánto me alegro, pase, mamá, pase. Y reapareció trayendo de la mano a su futura suegra, Manuela Solara, vestida de tiros largos, con una flor artificial de tonos rojizos en el pelo, los ojos afligidos engastados en las profundas ojeras, más delgada que la última vez que la había visto, casi piel y huesos. Detrás de ella asomó Michele, bien vestido, bien rasurado, con una fuerza seca en la mirada y en los gestos pausados. Un momento después hizo su entrada un hombretón al que me costó reconocer de tan enorme que era en todo: alto, pies grandes, piernas largas, gordas y poderosas, vientre, tórax y hombros hinchados, una masa pesada y muy compacta, la cabeza grande con una frente amplia, cabello moreno largo y peinado hacia atrás, la barba reluciente color antracita. Era Marcello, me lo confirmó Elisa al ofrecerle sus labios como a un dios a quien se debe respeto y gratitud. Él se inclinó para rozarlos con los suyos, mientras mi padre se levantaba, se incorporaba también Pietro con aire cohibido, mi madre acudía renqueando desde la cocina. Me di cuenta de que la presencia de la señora Solara era considerada como un hecho excepcional, algo de lo cual enorgullecerse. Elisa me susurró emocionada: Mi suegra cumple hoy sesenta años. Ah, dije, y me sorprendió que Marcello, que acababa de entrar, se dirigiera directamente a mi marido como si se conociesen. Con una sonrisa muy blanca, le gritó: Todo en orden, profesor. ¿Qué era lo que estaba todo en orden? Pietro le contestó con una sonrisa insegura, después me miró negando desolado con la cabeza, como para comunicarme: Yo hice lo posible. Hubiera querido que me lo explicara, pero Marcello ya le estaba presentando a Manuela: Ven, mamá, este es el profesor, marido de Lenuccia, ponte aquí, a su lado. Pietro hizo una media reverencia, yo también me sentí en la obligación de saludar a la señora Solara, que dijo: Qué guapa estás, Lenù, eres guapa como tu hermana, y después me comentó un tanto nerviosa, aquí hace un poco de calor, ¿no lo notas? No contesté, Dede me llamaba lloriqueando, Gigliola —la única que mostraba no dar ninguna importancia a la presencia de Manuela— le gritaba en dialecto una grosería a sus hijos, que le habían hecho daño a mi niña. Noté que Michele me observaba en silencio, sin dignarse a dirigirme siquiera un «hola». Lo saludé yo, en voz bien alta, después traté de calmar a Dede y a Elsa, que al ver a su hermana afligida estaba a punto de echarse a llorar a su vez. Marcello me dijo: Estoy muy contento de que os quedéis en mi casa, para mí es un gran honor, créeme. Se dirigió a Elisa como si hablar directamente conmigo le pareciera superior a sus fuerzas: Dile lo contento que estoy, que tu hermana me inspira respeto. Murmuré algo para tranquilizarlo, pero en ese momento llamaron otra vez a la puerta.

Michele fue a abrir y regresó poco después con aire divertido. Lo seguía un hombre mayor que arrastraba unas maletas, mis maletas, las maletas que habíamos dejado en el hotel. Michele me señaló, el hombre me las puso delante como si acabara de hacer un juego de manos para mi diversión. No, exclamé, esto sí que no, me haréis enfadar. Pero Elisa me abrazó, me besó, dijo: Tenemos sitio, no podéis quedaros en un hotel, aquí hay habitaciones de sobra y dos cuartos de baño. De todos modos, subrayó Marcello, antes le he pedido permiso a tu marido, nunca me hubiera atrevido a tomar la iniciativa: Profesor, por favor, hable con su esposa, defiéndame. Gesticulé, furiosa pero sonriente: Dios santo, qué lío, gracias, Marcè, eres muy amable, pero no podemos aceptar. Y traté de enviar las maletas de vuelta al hotel. Pero tuve que ocuparme también de Dede, le dije: Déjame ver qué te han hecho los niños, no es nada, te doy un besito y se te pasa, anda, vete a jugar, llévate también a Elsa. Y llamé a Pietro, al que Manuela Solara ya se había enroscado: Pietro, por favor, ven, qué le has dicho a Marcello, no podemos quedarnos a dormir aquí. Y noté que por los nervios me aumentaba el acento dialectal, que algunas palabras me salían en el napolitano del barrio, que el barrio —desde el patio, la avenida, el túnel— me estaba imponiendo su lengua, la forma de actuar y reaccionar, sus figuras, esas que en Florencia parecían imágenes desvaídas y en cambio aquí eran de carne y hueso.

Llamaron otra vez a la puerta, Elisa fue a abrir. ¿Quién más faltaba? Pasaron unos segundos e irrumpió en la habitación Gennaro, vio a Dede, Dede lo vio a él, incrédula, de inmediato dejó de quejarse, los dos se escrutaron, emocionados por aquel reencuentro inesperado. Enseguida apareció Enzo, el único rubio entre tantos morenos, la tez muy clara, y sin embargo, sombrío. Por último entró Lila.

92

Un tiempo prolongado hecho de palabras sin cuerpo, solo de voz cuyas ondas fluían en un mar eléctrico se quebró de golpe. Lila llevaba un vestido azul que se detenía encima de la rodilla. Era enjuta, puro nervio, y eso la hacía parecer más alta de lo habitual aunque llevara tacones bajos. Tenía unas arrugas marcadas en las comisuras de la boca y de los ojos, por lo demás, la piel blanquísima de la cara se tensaba en la frente, en los pómulos. El pelo recogido en una cola de caballo lucía algunas canas encima de las orejas casi sin lóbulo. En cuanto me vio sonrió, amusgó los ojos. Yo no sonreí y no dije nada por la sorpresa, ni siquiera «hola». Aunque las dos teníamos treinta años, ella me pareció más vieja, más estropeada de como me imaginaba a mí misma. Gigliola gritó: Por fin ha llegado esta otra reina, los niños tienen hambre, no puedo contenerlos más.

Cenamos. Me sentí atrapada en un mecanismo desagradable, no me pasaba un solo bocado. Pensaba con rabia en las maletas que había deshecho nada más llegar al hotel y que habían vuelto a rehacer de cualquier manera uno o más extraños, personas que habían tocado mis cosas, las de Pietro, las de las niñas, sembrando el desorden. No conseguía rendirme a la evidencia, es decir, que tendría que dormir en la casa de Marcello Solara para darle el gusto a mi hermana que compartía su lecho. Con una hostilidad que me entristecía, vigilaba a Elisa y a mi madre, la primera, embargada por una felicidad ansiosa, hablaba sin parar interpretando el papel de dueña de casa, la segunda, parecía contenta, tan contenta que incluso le llenaba el plato a Lila con buenos modales. Espiaba a Enzo, que comía con la cabeza gacha, irritado por Gigliola que le apretaba el pecho enorme contra un brazo y le hablaba en voz muy alta con tonos de hechicera. Miraba con irritación a Pietro que, pese a verse apremiado por mi padre, por Marcello, por la señora Solara, prestaba atención sobre todo a Lila, a la que tenía sentada delante y se mostraba indiferente a todos, incluso a mí —tal vez sobre todo a mí—, pero no a él. Y los niños me crispaban los nervios, las cinco vidas nuevas que se habían organizado en dos bandos: Gennaro y Dede, compuestos y taimados, contra los hijos de Gigliola, que bebían vino de la copa de su madre aprovechando su distracción y se volvían cada vez más insoportables, pero que ahora le gustaban mucho a Elsa, compinchada con ellos, aunque los dos chicos ni siquiera la tenían en cuenta.

¿Quién había montado aquel teatro? ¿Quién había mezclado motivos distintos para festejar? Seguramente Elisa, pero ¿impulsada por quién? Tal vez por Marcello. Pero seguramente Marcello había recibido instrucciones de Michele, que estaba sentado a mi lado y tan ricamente comía, bebía, fingía pasar por alto el comportamiento de su mujer y sus hijos, pero observaba con ironía a mi marido que parecía fascinado con Lila. ¿Qué quería demostrar? ¿Que aquel era territorio de los Solara? ¿Que aunque yo había huido de allí pertenecía a ese lugar y, por tanto, a ellos? ¿Que podían imponerme de todo movilizando afectos, vocabulario, ritos, pero también deshaciéndolos, convirtiendo a su antojo lo feo en bonito y lo bonito en feo? Me dirigió la palabra por primera vez desde que había llegado. ¿Has visto a mi mamá?, me preguntó, imagínate ha cumplido sesenta años, pero quién lo diría, fíjate qué guapa está, los lleva bien, ¿no? Levantó la voz adrede, para que todos oyeran no tanto su pregunta, sino la respuesta que ahora me veía obligada a darle. Debía pronunciarme y alabar a su mamá. Ahí estaba, sentada al lado de Pietro, una mujer mayor, un poco perdida, amable, en apariencia inocua, la cara larga y huesuda, la nariz abultada, aquella flor loca en el pelo ralo. Y sin embargo era la usurera que había amasado la fortuna de la familia; encargada y guardiana del libro rojo en el que figuraban los nombres de muchos del barrio, de la ciudad y la provincia; la mujer del delito sin castigo, despiadada y peligrosísima, según la fantasía telefónica a la que me había entregado con Lila, y también según no pocas páginas de mi malograda novela: Mamá que había matado a don Achille para ocupar su lugar en el monopolio de la usura y había educado a sus dos hijos para que se adueñaran de todo pasando por encima de todos. Y ahora me veía obligada a decirle a Michele: Sí, es cierto, qué guapa está tu madre, por ella no pasan los años, enhorabuena. Con el rabillo del ojo vi que Lila dejaba de hablar con Pietro y esperaba impaciente, se volvía para mirarme, los labios hinchados apenas entreabiertos, los ojos como rendijas, la frente arrugada. Leí en su cara el sarcasmo, me pasó por la cabeza que ella le había sugerido a Michele que me metiera en esa jaula: «Mamá acaba de cumplir sesenta años, Lenù, la mamá de tu cuñada, la suegra de tu hermana, veamos qué dices ahora, guapa, veamos si sigues haciéndote la sabelotodo». Dirigiéndome a Manuela, contesté: «Muchas felicidades», nada más. Enseguida intervino Marcello como para ayudarme, exclamó conmovido: Gracias, gracias, Lenù. Después habló con su madre, la cara crispada, sudorosa, el cuello descarnado cubierto de manchas rojas; Lenuccia la acaba de felicitar, mamá. Y enseguida Pietro le dijo a la mujer sentada a su lado: Felicidades también de mi parte, señora. Así todos —todos menos Gigliola y Lila— rindieron homenaje a la señora Solara, niños incluidos, a coro: Que cumpla muchos más, Manuela, que cumplas muchos más, abuela. Y ella se mostró esquiva, murmuró: Soy vieja, sacó del bolso un abanico azul con la imagen del golfo y el Vesubio humeante, y empezó a abanicarse, primero despacio, luego cada vez con mayor energía.

Pese a haberse dirigido a mí, Michele pareció dar más importancia a las felicitaciones de mi marido. Le habló con amabilidad: Es muy amable, profesor, usted no es de aquí y no conoce los méritos de nuestra madre. Adoptó un tono confidencial: Somos buena gente, mi abuelo, que en paz descanse, empezó de la nada, con el bar de la esquina, y mi padre lo amplió poniendo una pastelería conocida en toda Nápoles gracias también a la pericia de Spagnuolo, el padre de mi esposa, un artesano extraordinario, ¿no es así, Gigliò? Pero, añadió, es a mi madre, nuestra madre, a quien se lo debemos todo. En los últimos tiempos la gente envidiosa, que nos tiene manía, ha hecho correr rumores odiosos sobre ella. Pero somos personas tolerantes, acostumbradas de toda la vida al comercio y a tener paciencia. Total, la verdad siempre acaba triunfando. Y la verdad es que esta mujer es muy inteligente, tiene un carácter fuerte, no hubo jamás un solo momento en que se pudiera llegar a pensar siquiera: No tiene ganas de hacer nada. Ha trabajado siempre, siempre, y lo ha hecho únicamente para la familia, nunca para disfrutar nada ella misma. Todo lo que tenemos hoy es lo que ella ha construido para nosotros, sus hijos, y lo que hacemos hoy no es más que continuar con lo que ella hizo.

Manuela se abanicó con un gesto más meditado, dijo en voz alta a Pietro: Michele vale oro, por Navidad, cuando era niño, se subía a la mesa y recitaba muy bien poemas; pero tiene un defecto, le gusta hablar y cuando habla, siempre tiene que exagerar. Intervino Marcello: No, mamá, no es exageración, todo lo que dice es cierto. Y Michele siguió ensalzando a Manuela, qué guapa era, qué generosa era, no había quien lo parara. Hasta que de pronto se dirigió a mí. Dijo serio, más bien solemne: Solo hay otra mujer que casi está a la altura de nuestra madre. «¿Otra mujer? ¿Otra mujer casi comparable a Manuela Solara?» Lo miré perpleja. Pese a ese «casi» la frase estaba fuera de lugar, y durante unos instantes la cena bulliciosa se quedó sin sonidos. Gigliola miró fijamente a su marido con ojos nerviosos, las pupilas dilatadas por el vino y el disgusto. Mi madre también adoptó una expresión no de circunstancias, vigilante; quizá esperaba que esa mujer fuera Elisa, que Michele estuviera a punto de asignar a su hija una especie de derecho de sucesión al sitial más elevado en el seno de los Solara. Y Manuela dejó por un instante de abanicarse, con el índice se secó el sudor del labio, esperó a que su hijo transformara aquellas palabras en una ocurrencia burlona.

Pero él, con la desfachatez que lo había caracterizado siempre, sin importarle un bledo su mujer, ni Enzo, ni siquiera su propia madre, miró a Lila mientras la cara se le ponía de un tono verdoso y el gesto se le volvía más agitado y las palabras hacían de lazo para arrancarla de la atención que ella seguía prestando a Pietro. Esta noche, dijo, estamos todos aquí, en casa de mi hermano, primero para recibir como se merecen a estos dos eximios profesores y a sus dos niñas hermosas; segundo, para homenajear a mi madre, santísima mujer; tercero, para desearle a Elisa mucha felicidad y muy pronto una hermosa boda; cuarto, si me lo permitís, para brindar por un acuerdo que temía no poder alcanzar nunca: Lina, ven aquí, por favor.

Lina. Lila.

Busqué su mirada y ella me la devolvió durante una fracción de segundo, una mirada que decía: Ahora has entendido el juego, ¿te acuerdas de cómo funciona? Después, para gran sorpresa mía, mientras Enzo clavaba la vista en un punto indeterminado del mantel, se levantó mansa y se acercó a Michele.

Él ni la rozó. No le tocó ni una mano, ni un brazo, nada,

como si entre ambos hubiese una cuchilla que pudiera herirlo. En cambio, durante unos segundos apoyó los dedos en mi hombro y se dirigió otra vez a mí: No te ofendas, Lenù, tú eres muy buena, has llegado muy lejos, has salido en los diarios, eres el orgullo de todos nosotros que te conocemos desde niña. Pero —y estoy seguro de que estarás de acuerdo y de que te alegra que lo diga ahora, porque la quieres— Lina tiene en la cabeza algo vivo que nadie más tiene, una cosa fuerte que salta de aquí para allá y que nada consigue detener, una cosa que ni siquiera los médicos saben ver y de la que, en mi opinión, ni siquiera ella es consciente aunque la tenga desde que nació —no sabe que la tiene y no quiere reconocerla, fijaos qué cara de mala pone en este momento—, una cosa que si a ella no le da la gana, puede causar muchos problemas a quien sea, pero que si le da la gana, deja a todo el mundo boquiabierto. Pues bien, hace mucho tiempo que quiero comprar esa particularidad suya. Comprarla, sí, no tiene nada de malo, comprar como se hace con las perlas, con los diamantes. Pero, por desgracia, hasta ahora no ha sido posible. Solo hemos avanzado un pequeño paso, y es ese pequeño paso el que quiero celebrar esta noche: He contratado a la señora Cerullo para que trabaje en el centro mecanográfico que he montado en Acerra, algo modernísimo que si te interesa, Lenù, si le interesa al profesor, os puedo enseñar mañana mismo, o antes de que os marchéis. ¿Qué me dices, Lina?

Lila puso cara de asco. Meneó la cabeza descontenta y, mirando a la señora Solara, dijo: Michele no entiende nada de ordenadores y le parece que lo que yo hago es algo del otro mundo, pero son chorradas, con un curso por correspondencia hasta yo, con quinto grado, he aprendido. Y no añadió nada más. Ni siquiera ridiculizó a Michele, como yo pensaba que haría, por aquella imagen bastante tremenda que él se había inventado, la cosa viva que tenía en la cabeza. No lo ridiculizó por las perlas, por los diamantes. Sobre todo, no eludió los elogios. Al contrario, dejó que brindáramos por su contratación como si en realidad la hubiesen contratado en el cielo, permitió que Michele siguiera elogiándola, justificando con los elogios el sueldo que le pagaba. Y todo ello mientras Pietro, con su capacidad de sentirse cómodo entre las personas que juzgaba inferiores, ya estaba diciendo, sin consultarme, que le interesaría mucho visitar el centro de Acerra, y después le pidió a Lila, que había vuelto a sentarse, que se lo explicara todo. Por un instante pensé que si a Lila le hubiese dado tiempo, me habría quitado a mi marido como me había quitado a Nino. Pero no sentí celos, si hubiese ocurrido, habría sido solo por afán de ahondar más la brecha que había entre nosotras, pues daba por descontado que a ella no podía gustarle Pietro, y que Pietro jamás habría sido capaz de traicionarme por desear a otra.

En cambio, me asaltó otro sentimiento más enrevesado. Estaba en el lugar donde había nacido, desde siempre me consideraban la muchacha que había tenido más éxito, tenía la convicción de que, al menos en ese ambiente, se trataba de un dato indiscutible. Pero Michele, como si hubiese organizado aposta mi descalificación en el barrio y, sobre todo, en el seno de la familia de la que yo provenía, había actuado para que Lila me eclipsara, y había querido nada menos que yo misma consintiera que me hiciese sombra reconociendo en público el poder inigualable de mi amiga. Y ella había aceptado de buen grado que ocurriera. Es más, tal vez había colaborado incluso en ese resultado, lo había planeado y organizado ella misma. Si hubiera sucedido unos años antes, cuando conseguí mi pequeño éxito como escritora, aquello no me hubiera herido, al contrario, me habría alegrado; pero ahora que todo había terminado, constaté que sufría. Intercambié una mirada con mi madre. Estaba ceñuda, tenía la expresión de cuando se contenía para no soltarme una bofetada. Quería que no adoptara mi habitual actitud pacífica, quería que reaccionara, que demostrara cuántas cosas sabía, todo de primera calidad, no esa tontería de Acerra. Me lo estaba diciendo con la mirada, como una orden muda. Pero yo callé. Manuela Solara exclamó de repente, lanzando a su alrededor miradas de impaciencia: Yo tengo calor, ¿vosotros no tenéis calor?

93

Elisa, como mi madre, tampoco debió de tolerar que yo perdiera prestigio. Pero mientras mi madre se quedó callada, ella se dirigió a mí radiante, afectuosa, para darme a entender que seguía siendo su extraordinaria hermana mayor, de la que siempre estaría orgullosa. Tengo que darte una cosa, dijo, y, saltando alegre de un tema a otro como era su costumbre, añadió: ¿Alguna vez has viajado en avión? Le dije que no. ¿En serio? En serio. Resultó que, de los presentes, el único que había volado, y varias veces, era Pietro, pero habló de ello restándole importancia. En cambio, para Elisa había sido una experiencia maravillosa, y también para Marcello. Habían ido a Alemania, un vuelo largo por trabajo y placer. Al principio, Elisa había tenido un poco de miedo, se notaban golpes y sacudidas, un chorro de aire helado le daba justo en la cabeza como si quisiera agujereársela. Después por la ventanilla había visto nubes blanquísimas debajo y cielo muy azul encima. Así había descubierto que detrás de las nubes siempre hacía buen tiempo, y que desde arriba la tierra era toda verde, azul, violeta y reluciente de nieve cuando pasabas por encima de las montañas.

—¿Adivina a quién vimos en Düsseldorf? —me preguntó.

—No lo sé, Elisa, dímelo —murmuré, descontenta con todo.

—A Antonio.

—Ah.

—Me pidió por favor que te mandara recuerdos.

—¿Está bien?

—Muy bien. Me ha dado un regalo para ti.

De manera que esa era la cosa que debía darme, un regalo de Antonio. Se levantó, salió corriendo a buscarlo. Marcello me miró divertido.

—¿Quién es Antonio? —preguntó Pietro.

—Un empleado nuestro —contestó Marcello.

—Fue novio de su esposa —aclaró Michele, riendo—. Los tiempos han cambiado, profesor, hoy las mujeres tienen muchos novios y hay que ver cómo se jactan, más que los hombres. ¿Usted cuántas novias tuvo?

—Yo ninguna —dijo Pietro muy serio—, solo he amado a mi mujer.

—Mentiroso —exclamó Michele muy divertido—, ¿puedo decirle al oído cuántas he tenido yo?

Se levantó y, seguido por la mirada disgustada de Gigliola, se colocó a espaldas de mi marido, le susurró algo al oído.

—Increíble —exclamó Pietro, cautamente irónico. Rieron juntos.

Entretanto Elisa regresó, me tendió un paquete envuelto en papel de embalar.

—Ábrelo.

—¿Tú ya sabes lo que hay dentro? —pregunté, perpleja.

—Lo sabemos los dos —dijo Marcello—, pero esperamos que tú no lo sepas.

Desenvolví el paquete. Mientras lo hacía, me di cuenta de que todos me miraban. En especial Lila, me observaba de soslayo, concentrada, como si esperara que saliera una serpiente. Cuando comprobaron que Antonio, el hijo de Melina la loca, el lacayo semianalfabeto y violento de los Solara, mi novio de la adolescencia, no me había enviado como regalo nada bonito, nada conmovedor, nada que aludiera a los tiempos pasados, sino solo un libro, parecieron decepcionados. Después vieron que yo mudaba de color, que miraba la cubierta con una dicha que no lograba controlar. No era un libro cualquiera. Era mi libro. Era la traducción al alemán de mi novela, seis años después de su publicación en Italia. Asistía por primera vez al espectáculo —un espectáculo, sí— de ver mis propias palabras bailando ante mis ojos en una lengua extranjera.

—¿No sabías nada? —preguntó Elisa, feliz.

—No.

—¿Estás contenta?

—Contentísima.

—Es la novela que escribió Lenuccia —anunció mi hermana a todos con orgullo—, pero con las palabras en alemán.

Y mi madre se puso roja.

—¿Habéis visto qué famosa es? —dijo en represalia.

Gigliola me quitó el libro, lo hojeó, murmuró admirada: Lo

único que se entiende es «Elena Greco». Lila tendió la mano con aire imperativo, le hizo señas para que se lo pasara. En sus ojos vi la curiosidad, el deseo de tocar, mirar y leer la lengua desconocida que me contenía y me había transportado muy lejos. Vi en ella la urgencia que le causaba aquel objeto, una urgencia que reconocí, la misma que exhibía de niña, y me enternecí. Pero Gigliola reaccionó con rabia, apartó el libro para que ella no se lo quitara, dijo:

—Espera, ahora lo tengo yo. ¿Qué pasa, también sabes leer alemán? —Lila apartó la mano, negó con la cabeza y Gigliola exclamó—: ¡Entonces no molestes, coño, déjame mirarlo con tranquilidad! Quiero ver bien lo que Lenuccia ha sido capaz de hacer. —Y en medio del silencio general, dio vueltas entre las manos el libro con gran satisfacción. Pasó las páginas una tras otra, despacio, como si leyera cinco líneas aquí, cuatro allá. Hasta que con la voz pastosa por el vino me lo tendió y me dijo—: Bien hecho, Lenù, te felicito por todo, el libro, el marido, las niñas. Una piensa que solo nosotros te conocemos, pero no, te conocen hasta los alemanes. Te mereces lo que tienes, lo has conseguido con esfuerzo, sin hacerle daño a nadie, sin tontear con los maridos de otras. Gracias, y ahora me tengo que ir, buenas noches.

Se levantó con dificultad, suspirando, el vino la había vuelto aún más pesada. Gritó a los niños: Daos prisa; ellos protestaron, el mayor soltó una grosería en dialecto, ella le dio un sopapo y tiró de él hacia el vestíbulo. Michele meneó la cabeza con una sonrisa en los labios, masculló: Esta mamona es un desastre, siempre tiene que echarme a perder el día. Después dijo con calma: Espera, Gigliò, adónde vas con tanta prisa, nos tomamos el postre de tu padre y después nos vamos. Y haciéndose fuertes al oír las palabras de su padre, los niños se soltaron en un santiamén y regresaron a la mesa. Pero Gigliola siguió caminando pesadamente hacia el vestíbulo, diciendo rabiosa: Me voy sola, no me siento bien. Así las cosas, Michele gritó en voz bien alta, cargada de violencia: Siéntate ahora mismo, y ella se paró en seco, como si la frase le hubiese paralizado las piernas. Elisa se levantó de un brinco, murmuró: Ven, acompáñame a buscar el pastel. La cogió del brazo, tiró de ella hacia la cocina. Yo tranquilicé a Dede con la mirada, el grito de Michele la había asustado. Después le tendí el libro a Lila, le dije: ¿Quieres verlo? Ella respondió que no con la cabeza y una mueca displicente.

94

—¿Adónde hemos ido a parar? —preguntó Pietro entre escandalizado y divertido cuando, tras haber acostado a las niñas, nos encerramos en la habitación que Elisa nos había asignado.

Quería bromear sobre los momentos más increíbles de la velada, pero yo lo agredí, reñimos en voz baja. Estaba muy enojada con él, con todos, conmigo misma. Del sentimiento caótico que bullía dentro de mí afloraba otra vez el deseo de que Lila enfermara y muriera. No por odio, la quería cada día más, jamás habría sido capaz de odiarla. Pero no soportaba el vacío de su actitud esquiva. ¿Cómo se te ha ocurrido, le dije a Pietro, aceptar que se llevaran nuestra maletas, que las trajeran aquí, que nos trasladaran de oficio a esta casa? Y él: No sabía qué clase de gente era. No, claro, murmuré, como nunca escuchas cuando hablo, te he dicho siempre de dónde salgo. Discutimos largo rato, trató de calmarme, le dije de todo. Le dije que había sido demasiado tímido, que se había dejado poner el pie encima, que sabía plantar cara solo con la gente bien educada de su ambiente, que ya no me fiaba de él, que ni siquiera me fiaba de su madre, cómo era posible que hiciera ya más de dos años que mi libro se había publicado en Alemania y la editorial no me hubiera dicho nada, que quería llegar al fondo de aquel asunto, etcétera, etcétera. Para aplacarme, él dijo estar de acuerdo, incluso me invitó a telefonear por la mañana a su madre y a la editorial. Después declaró su gran simpatía por aquello que denominó el ambiente popular en el que había nacido y me había criado. Susurró que mi madre era una persona generosa y muy inteligente, tuvo palabras de amabilidad para mi padre, para Elisa, para Gigliola, para Enzo. Pero cambió bruscamente de tono cuando se refirió a los Solara: los definió como dos canallas, dos astutos malvados, dos delincuentes melifluos. Y por último se centró en Lila. Dijo en voz baja: Es la que me ha perturbado más. No hace falta que lo digas, le solté, te has pasado toda la noche hablando con ella. Pero Pietro meneó enérgicamente la cabeza, para mi sorpresa, aclaró que le había parecido la peor de todos. Dijo que no era en absoluto amiga mía, que me detestaba, sin duda, era extraordinariamente inteligente, sin duda, era muy fascinante, pero la suya era una inteligencia mal empleada —la inteligencia maligna que siembra la discordia y odia la vida—, y su atractivo era del tipo más intolerable, el atractivo que somete y conduce a la ruina. Tal cual.

Al principio lo escuché fingiendo estar en desacuerdo, pero en el fondo, contenta. Así que me había equivocado, con él Lila no había conseguido hacer mella, Pietro era un hombre adiestrado en leer entre líneas cualquier texto y había captado con facilidad sus aspectos desagradables. Pero enseguida me pareció que exageraba. Dijo: No entiendo cómo vuestra amistad ha podido durar tanto, evidentemente, os ocultáis con cuidado aquello que podría romperla. Y añadió: O no entendí nada de ella —es probable, no la conozco— o no he entendido nada de ti, y eso es más preocupante. Por último pronunció las palabras más desagradables: Ella y ese tal Michele están hechos el uno para el otro, si no son ya amantes, todo se andará. Entonces me rebelé. Murmuré que no soportaba su tono pedante de burgués ultraculto, que era mejor que no hablara nunca más de mi amiga en esos términos, que no había entendido nada. Y mientras hablaba me pareció intuir algo que en ese momento ni siquiera él sabía: Lila había hecho mella, vaya si había hecho mella; Pietro había captado hasta tal punto su excepcionalidad que se había asustado y ahora sentía la necesidad de menospreciarla. No temía por él, creo, sino por mí y por nuestra relación. Tenía miedo de que ella, incluso a distancia, me arrancara de su lado, nos destruyera. Y para protegerme se extralimitaba, la cubría de fango, quería confusamente que le tomara manía y la echara de mi vida. Murmuré un buenas noches, me volví del otro lado.

95

Al día siguiente me levanté muy temprano, preparé las maletas, quería regresar enseguida a Florencia. No lo conseguí. Marcello dijo que había prometido a su hermano llevarnos a Acerra y como Pietro, por más que tratara de hacerle entender de todas las maneras posibles que quería irme, se mostró disponible, dejamos a las niñas con Elisa y permitimos que aquel hombretón nos llevara en coche hasta un edificio bajo y alargado de color amarillo, un inmenso almacén de zapatos. No abrí la boca en todo el trayecto, mientras Pietro hacía preguntas sobre los negocios de los Solara en Alemania y Marcello se salía por la tangente con frases inconexas como: Italia, Alemania, el mundo entero, profesor, yo soy el más comunista de los comunistas, el más revolucionario de los revolucionarios, si se pudiera arrasar con todo y reconstruir todo de cero, yo estaría en primera línea. En cualquier caso, añadía mirándome por el retrovisor en busca de mi aprobación, para mí el amor es lo primero.

Cuando llegamos a nuestro destino, nos condujo a una habitación de techo bajo con luces fluorescentes. Me impactó el fuerte olor a tinta, polvo, aislantes sobrecalentados, mezclado con el de las empellas y el betún de los zapatos. Aquí lo tenéis, dijo Marcello, el trasto que ha alquilado Michele. Miré a mi alrededor, en la máquina no había nadie. El sistema 3 era por completo anónimo, un mueble sin encanto adosado a una pared: paneles metálicos, pomos, un interruptor rojo, una repisa de madera, teclados. De esto no entiendo nada, dijo Marcello, la que sabe es Lina, pero ella no tiene horarios, anda siempre por ahí. Pietro examinó con cuidado los paneles, los pomos, cada detalle, pero era evidente que la modernidad lo estaba decepcionando, máxime cuando a cada pregunta que hacía, Marcello contestaba: Son cosas de mi hermano, yo tengo otros problemas en la cabeza.

Lila apareció cuando estábamos a punto de marcharnos. Venía acompañada de dos mujeres jóvenes que cargaban con unos contenedores de metal. Parecía irritada, las trataba a baqueta. En cuanto nos vio, cambió de tono, se volvió amable, pero de un modo forzado, casi como si una parte de su cerebro se retorciera de rabia en su deseo de dedicarse a temas urgentes de trabajo. Hizo caso omiso de Marcello, se dirigió a Pietro, pero como si me hablara también a mí. Qué puede importaros todo esto, dijo con recochineo, si de verdad os interesa cambiamos de puesto: vosotros trabajáis aquí y yo me ocupo de vuestras cosas, las novelas, la pintura, la antigüedad. Tuve otra vez la impresión de que había envejecido más que yo, no solo en el aspecto, sino en los movimientos, en la voz, en la elección del registro poco brillante, vagamente aburrido, con el que nos explicó no solo el funcionamiento del sistema y de las distintas máquinas, sino también de las fichas magnéticas, las cintas, los discos de cinco pulgadas y demás novedades que estaban al caer, como por ejemplo, los ordenadores de mesa que uno podía tener en casa para uso personal. Ya no era la Lila que hablaba por teléfono del nuevo trabajo con tonos infantiles, y parecía estar muy lejos del entusiasmo de Enzo. Se comportaba como una empleada sumamente competente a la que el jefe había metido en uno de tantos embolados, nuestra escapada turística. Conmigo no empleó tonos amistosos, no bromeó en ningún momento con Pietro. Al final ordenó a las chicas que le enseñaran a mi marido cómo funcionaba la perforadora y a mí me llevó al pasillo.

—¿Y? —me dijo—. ¿Has felicitado a Elisa? ¿Se duerme bien en casa de Marcello? ¿Estás contenta de que la vieja bruja haya cumplido sesenta años?

—Si mi hermana lo quiere así —respondí nerviosa—, ¿qué puedo hacer yo, partirle la cabeza?

—¿Lo ves? En los cuentos se hace lo que se quiere y en la vida real se hace lo que se puede.

—No es cierto. ¿Quién te ha obligado a dejar que Michele te utilice?

—Soy yo la que lo utiliza a él, no al revés.

—Eso te crees tú.

—Espera y verás.

—¿Qué quieres que vea, Lila? Déjalo estar.

—Te lo repito, no me gustas cuando te comportas así. Ya no sabes nada de nosotros, así que es mejor que te calles.

—¿Me estás diciendo que solo puedo criticarte si vivo en Nápoles?

—Nápoles, Florencia, no concluyes nada en ninguna parte, Lenù.

—¿Quién lo dice?

—Los hechos.

—Los hechos los conozco yo mejor que tú.

Estaba tensa, ella se dio cuenta. Hizo una mueca conciliadora.

—Haces que me cabree y diga cosas que no pienso. Hiciste bien en marcharte de Nápoles, hiciste muy bien. ¿A que no sabes quién ha regresado?

—¿Quién?

—Nino.

La noticia me quemó en el pecho.

—¿Qué más sabes?

—Me lo contó Marisa. Ha ganado una cátedra en la universidad.

—¿No estaba a gusto en Milán?

Lila amusgó los ojos.

—Se ha casado con una de la via Tasso que está emparentada con medio Banco di Napoli. Tienen un niño de un año.

No sé si aquello me hizo sufrir, lo cierto es que me costó creerlo.

—¿En serio se ha casado?

—Sí.

La miré para entender qué tenía en mente.

—¿Piensas volver a verlo?

—No. Pero si llego a cruzarme con él, quiero decirle que Gennaro no es suyo.

96

Me dijo eso y unas cuantas cosas inconexas. «Te felicito, tienes un marido guapo e inteligente, habla como si fuera religioso aunque no sea creyente, conoce todos los hechos antiguos y modernos, sobre todo sabe un montón de cosas de Nápoles, me dio vergüenza, soy napolitana y no sé nada. Gennaro crece, mi madre se ocupa de él más que yo, es buen estudiante. Con Enzo las cosas van bien, trabajamos mucho, nos vemos poco. En cambio Stefano se ha arruinado él solito: los carabineros le encontraron mercancía robada en la trastienda, no sé bien qué, y lo detuvieron; ahora ya está en libertad, pero debe ir con pies de plomo, está en las últimas, soy yo la que le pasa dinero a él, no él a mí. Hay que ver cómo cambian las cosas: Si continuara siendo la señora Carracci iría a la ruina, acabaría con el culo al aire como todos los Carracci; pero soy Raffaella Cerullo y trabajo de directora del centro de procesamiento de datos para Michele Solara a razón de cuatrocientas veinte mil liras al mes. La consecuencia es que mi madre me trata como una reina, mi padre me lo ha perdonado todo, mi hermano me saca dinero, Pinuccia dice que me quiere con locura, sus hijos me llaman tita. Pero es un trabajo aburrido, nada que ver con lo que me parecía al principio: demasiado lento todavía, se pierde un montón de tiempo, ojalá lleguen pronto las nuevas máquinas, que serán más veloces. O no. La velocidad se lo come todo, como cuando las fotos salen movidas. Alfonso usó esa expresión, la usó para reírse, dijo que él había salido movido, con las líneas de perfil mal definidas. En los últimos tiempos no para de hablarme de amistad. Quiere ser muy amigo mío, le gustaría copiarme con papel de calcar, jura que le encantaría ser una mujer como yo. Pero qué mujer ni qué ocho cuartos, le dije, tú eres hombre, Alfò, no sabes nada de cómo soy yo, y aunque seamos amigos y me estudies y me espíes y me copies, nunca sabrás nada. Entonces —dijo él, divertido—, qué voy a hacer, sufro siendo como soy. Y me confesó que quiere a Michele de toda la vida, a Michele Solara, sí, y que ojalá pudiera gustarle como, según él, le gusto yo. Te das cuenta, Lenù, lo que le pasa a las personas: llevamos dentro demasiadas cosas y eso nos hincha, nos rompe. De acuerdo, le dije, seremos amigos, pero quítate de la cabeza que puedes hacer de mujer como yo, lo único que conseguirías es hacer de mujer con vuestro estilo de machos. Puedes copiarme, hacerme un retrato exacto como hacen los artistas, pero mi mierda seguirá siendo mía, y la tuya, tuya. Ay, Lenù, qué nos pasa a todos, somos como las tuberías cuando se congela el agua, qué cosa tan fea es la cabeza descontenta. ¿Te acuerdas de lo que hicimos con mi foto vestida de novia? Quiero seguir por ese camino. El día menos pensado me transformaré toda en diagramas, en una cinta perforada y no me verás más.»

Risitas, y ya. Aquella charla en el pasillo me confirmó que nuestra relación ya no tenía intimidad. Había desembocado en noticias escuetas, escasos detalles, agudezas malévolas, palabras en libertad, sin la menor revelación de hechos y pensamientos solo para mí. La vida de Lila solo era suya y nada más, como si no quisiera compartirla con nadie. De nada servía insistir con preguntas como: ¿Qué sabes de Pasquale, en qué anda, cuánto has tenido tú que ver con la muerte de Soccavo, con los disparos a las piernas de Filippo, qué te llevó a aceptar la propuesta de Michele, qué quieres hacer con la dependencia que tiene él de ti? Lila se había encerrado en lo inconfesable, mis inquietudes ya no podían convertirse en discurso, me habría dicho: ¿Cómo se te ocurre, estás loca, Michele, la dependencia, Soccavo, pero qué dices? Y ahora, mientras escribo, me doy cuenta de que no dispongo de elementos suficientes para pasar a «Lila fue, Lila hizo, Lila vio, Lila planificó». Sin embargo, mientras regresaba a Florencia en coche, tuve la sensación de que allí, en el barrio, entre el retraso y la modernidad, ella tenía más historia que yo. Cuántas cosas me había perdido al irme, creyendo estar destinada a saber qué vida. Lila, que se había quedado, tenía un trabajo muy novedoso, ganaba mucho dinero, actuaba con total libertad, siguiendo unos designios indescifrables. Quería profundamente a su hijo, se había dedicado mucho a él en los primeros años de vida, y todavía estaba encima de él; aunque al parecer era capaz de librarse de él como y cuando quería, él no le daba preocupaciones como me las daban mis hijas. Había roto con su familia de origen y, sin embargo, aceptaba hacerse cargo de ella siempre que podía. Se ocupaba de Stefano, ahora caído en desgracia, pero sin reconciliarse. Detestaba a los Solara, sin embargo, se sometía a ellos. Ironizaba al hablar de Alfonso y era su amiga. Decía que no quería volver a ver a Nino, pero yo sabía que no era verdad, que lo veía. La suya era una vida movida, la mía estaba estancada. Mientras Pietro conducía en silencio y las niñas se peleaban, pensé mucho en ella y en Nino, en lo que podía ocurrir. Lila se lo apropiará otra vez, fantaseé, hará lo posible por reencontrarse con él, lo condicionará como sabe hacer ella, lo alejará de la mujer y del hijo, lo utilizará en su guerra contra no sé bien quién, lo inducirá a divorciarse, y entretanto se librará de Michele después de haberle quitado mucho dinero, y dejará a Enzo, y al final, decidirá divorciarse de Stefano, y quizá se case con Nino, o quizá no, pero, sin duda, sumarán sus inteligencias y quién sabe qué llegarán a ser.

Llegar a ser. Frase verbal que siempre me había obsesionado, pero en la que reparé por primera vez en esa circunstancia. Yo quería llegar a ser, aunque jamás había sabido qué. Y había llegado a ser, no cabía duda, pero sin un objetivo, sin una auténtica pasión, sin una resuelta ambición. Había querido llegar a ser algo —ese era el punto— solo porque temía que Lila llegara a ser a saber quién, dejándome a mí atrás. Mi llegar a ser era un llegar a ser siguiendo su estela. Debía proponerme llegar a ser, pero yo sola, como adulta, fuera de ella.

97

En cuanto llegué a casa, telefoneé a Adele para informarme sobre la traducción al alemán que me había mandado Antonio. Se cayó de espaldas, ella tampoco sabía nada, habló con la editorial. Me llamó poco después para decirme que el libro se había publicado no solo en Alemania, sino en Francia y España. Entonces, pregunté, ¿qué debo hacer? Adele contestó perpleja: Nada, alegrarte. Claro, murmuré, me alegro mucho, pero desde el punto de vista práctico, no sé, ¿tengo que viajar, promoverlo en el extranjero? Ella me contestó con afecto: No tienes que hacer nada, Elena, por desgracia, el libro no se vendió nada.

Me puse de peor humor. Perseguí a la editorial, pedí que me dieran noticias más detalladas sobre las traducciones, me enfadé porque nadie se había preocupado por mantenerme informada, acabé diciéndole a una empleada torpe: Me enteré de que existía una edición alemana no por ustedes sino por un amigo mío semianalfabeto; ¿son o no son ustedes capaces de hacer su trabajo? Después me disculpé, me sentí estúpida. Llegaron, uno detrás del otro, el ejemplar en francés y en español, y otro en alemán sin el aspecto sobado del que me había mandado Antonio. Eran ediciones feas; en la cubierta salían unas mujeres vestidas de negro, hombres con mostachos y gorra de paño con visera, ropa tendida al sol. Los hojeé, se los enseñé a Pietro, los coloqué en un estante entre otras novelas. Papel mudo, papel inútil.

Siguió una época agotadora, de gran descontento. Telefoneaba todos los días a Elisa para saber si Marcello seguía siendo amable, si habían decidido casarse. A mi cantinela aprensiva ella contestaba con carcajadas alegres y relatos de una vida feliz, de viajes en automóvil o avión, de prosperidad creciente de nuestros hermanos, de bienestar para nuestro padre y nuestra madre. Ahora la envidiaba a ratos y estaba cansada, irascible. Elsa no paraba de enfermarse, Dede exigía atención, Pietro holgazaneaba sin dedicarse a terminar su libro. Me enfurecía por nada. Regañaba a las niñas, me peleaba con mi marido. Como resultado, los tres me temían. Las niñas, en cuanto pasaba por delante de su habitación, interrumpían sus juegos, me miraban alarmadas, y Pietro prefirió cada vez más la biblioteca de la universidad a nuestra casa. Salía por la mañana temprano, regresaba a última hora de la tarde. Al llegar parecía llevar encima los signos de los conflictos de los que yo, excluida ya de toda actividad pública, me enteraba por los periódicos: los fascistas que acuchillaban y asesinaban, los militantes de izquierda que no se quedaban atrás, la policía que recibía por ley amplio mandato para disparar y lo hacía también allí, en Florencia. Hasta que sucedió lo que esperaba hacía tiempo: Pietro se encontró en el centro de un desagradable episodio del que se habló bastante en los periódicos. Suspendió a un muchacho muy comprometido en las luchas, que llevaba un apellido importante. El joven lo insultó delante de todos y le apuntó con una pistola. Según el relato de los hechos que me ofreció no él, sino una conocida nuestra —una versión no de primera mano, porque ella no estaba presente—, Pietro terminó tranquilamente de registrar el insuficiente, le tendió al muchacho la libreta universitaria y le dijo más o menos lo siguiente: O dispara de verdad o será mejor que se deshaga de inmediato de esa arma, porque dentro de un minuto saldré de aquí para denunciarlo. El muchacho siguió apuntándole con la pistola a la cara durante largos segundos, después se la metió en el bolsillo, cogió la libreta y salió corriendo. Minutos más tarde Pietro lo denunció ante los carabineros, el estudiante fue detenido. La cosa no terminó ahí. La familia del joven se puso en contacto no con él, sino con su padre, para que lo convenciera de que retirase la denuncia. El profesor Guido Airota trató de persuadir a su hijo, siguieron largas llamadas telefónicas en el curso de las cuales, con cierto estupor, noté que el viejo perdía los estribos, levantaba la voz. Pero Pietro no cedió. De modo que me enfrenté a él nerviosísima.

—¿Te das cuenta de cómo te comportas? —le pregunté.

—¿Qué debería hacer?

—Aliviar la tensión.

—No te entiendo.

—No quieres entenderme. Eres idéntico a nuestros profesores de Pisa, los más insoportables.

—No lo veo así.

—Pues eres igual. ¿Se te ha olvidado cómo hincábamos los codos para seguir unas asignaturas banales y pasar unos exámenes más banales todavía?

—La mía no es una asignatura banal.

—Convendría que se lo preguntaras a tus alumnos.

—Se pide un parecer a quien tiene la competencia para dártelo.

—¿Me lo habrías pedido a mí si hubiese sido alumna tuya?

—Tengo una relación estupenda con los que estudian.

—¿O sea que te gustan los aduladores?

—¿Y a ti te gustan los bravucones como tu amiga de Nápoles?

—Sí.

—¿Y entonces por qué has sido siempre la más diligente?

Me incomodé.

—Porque era pobre y me parecía un milagro haber llegado hasta allí.

—Bueno, ese muchacho no tiene nada en común contigo.

—Tú tampoco tienes nada en común conmigo.

—¿Qué quieres decir?

No contesté, por prudencia escurrí el bulto. Pero después me dio otra vez rabia, volví a criticar su intransigencia, le dije: Pero si ya lo habías suspendido, ¿qué sentido tenía que lo denunciaras? Él masculló: Cometió un delito. Yo: Jugaba a asustarte, es un muchacho. Contestó frío: Esa pistola es un arma, no un juguete, y la robaron hace siete años junto con otras armas en un cuartel de los carabineros de Rovezzano. Dije: El muchacho no disparó. Me soltó: El arma estaba cargada, ¿y si lo hubiera hecho? No lo hizo, le grité. Él también levantó la voz: ¿Y para denunciarlo debía esperar a que me disparase? Chillé: No grites, tienes los nervios crispados. Me contestó: ¿Qué tal si piensas en tus nervios? Estaba alteradísima, resultó inútil explicarle que aunque me salían palabras y tonos polémicos, en realidad aquella situación me parecía muy peligrosa y me preocupaba. Tengo miedo por ti, dije, por las niñas, por mí. Pero él no me consoló. Se encerró en su despacho y trató de trabajar en el libro. Solo al cabo de unas semanas me contó que en un par de ocasiones habían ido a verlo dos policías de paisano para preguntarle por algunos alumnos, le habían enseñado unas fotos. La primera vez él los había recibido con amabilidad y con amabilidad se había despedido sin darles información alguna. La segunda vez les preguntó:

—¿Estos jóvenes han cometido algún delito?

—Por ahora no.

—Entonces ¿qué quieren de mí?

Los había acompañado a la puerta con toda la desdeñosa cortesía de que era capaz.

98

Lila se pasó meses sin telefonear, debía de estar muy ocupada. Yo tampoco la llamé, aunque no por falta de ganas. Para atenuar la impresión de vacío traté de estrechar aún más los lazos con Mariarosa, pero eran muchos los obstáculos. Franco ya vivía en casa de mi cuñada de forma estable, y a Pietro no le gustaba que me encariñara demasiado con su hermana ni que viera a mi ex novio. Si me quedaba más de un día en Milán, su humor empeoraba, las desgracias imaginarias se multiplicaban, aumentaban las tensiones. Para colmo, al propio Franco, que en general salía únicamente para las curas médicas que seguía necesitando, no le gustaba mi presencia, se impacientaba al oír las voces demasiado altas de las niñas, a veces desaparecía de casa alarmándonos a Mariarosa y a mí. Además, mi cuñada tenía mil ocupaciones y, sobre todo, estaba siempre rodeada de mujeres. Su apartamento era una especie de punto de encuentro, acogía a todo el mundo, intelectuales, señoras bien, trabajadoras que huían de compañeros largos de manos, muchachas inadaptadas, de manera que disponía de poco tiempo para mí, además era demasiado amiga de todas para que pudiera sentirme segura de nuestros lazos. Sin embargo, en su casa yo recuperaba durante unos días las ganas de estudiar, y por momentos, las de escribir. O, mejor dicho, tenía la impresión de ser capaz de hacerlo.

Hablábamos mucho de nosotras. Pero aunque éramos todas mujeres —si no huía de casa, Franco se quedaba encerrado en su habitación—, nos costaba un esfuerzo enorme comprender qué era una mujer. Una vez analizado en profundidad cada gesto, cada pensamiento, cada discurso, cada sueño nuestro era como si no nos perteneciera. Y este escarbar exasperaba a las más frágiles, que no soportaban bien el exceso de introspección y consideraban que para enfilar el camino de la libertad bastaba sencillamente con dejar fuera a los hombres. Eran tiempos movidos, llenos de altibajos como las olas. Muchas temían el retorno a la calma chicha y se mantenían en la cresta aferrándose a fórmulas extremas y mirando hacia abajo con miedo y rabia. Cuando se supo que el servicio de seguridad de Lotta Continua había cargado contra una columna separatista de mujeres, los ánimos se caldearon hasta el punto de que, si alguna entre las más rígidas descubría que Mariarosa tenía un hombre en su casa —algo que ella no declaraba pero tampoco ocultaba—, la discusión se volvía feroz, las rupturas, dramáticas.

Yo detestaba esos momentos. Buscaba estímulos, no conflictos, hipótesis de investigación, no dogmas. O al menos, eso me decía a mí misma, a veces también se lo decía a Mariarosa, que me escuchaba en silencio. En una de esas ocasiones conseguí hablarle de mi relación con Franco en la época de la Escuela Normal, de lo que había significado para mí. Le estoy agradecida, dije, he aprendido mucho de él, y lamento que ahora nos trate con frialdad a las niñas y a mí. Tras pensar un momento, proseguí: Tal vez haya algo que no funciona en esa voluntad de los hombres por instruirnos; yo era entonces jovencita y no me daba cuenta de que, en ese afán suyo por transformarme, estaba la prueba de que no le gustaba tal como era, quería que fuese otra, o mejor, no deseaba una mujer y ya está, sino una mujer como imaginaba que sería él si hubiera sido mujer. Para Franco, dije, yo era una posibilidad de extenderse en lo femenino, de apoderarse de ello; yo constituía la prueba de su omnipotencia, la demostración de que no solo sabía ser hombre del modo correcto sino también mujer. Y hoy que ya no me siente como una parte de sí mismo, se considera traicionado.

Me expresé exactamente de este modo. Y Mariarosa me escuchó con auténtico interés, no con ese otro un tanto fingido que mostraba con todos. Escribe algo sobre ese tema, me animó. Se emocionó, murmuró que a ella no le había dado tiempo de conocer al Franco que acababa de describirle. Después añadió: tal vez fue para bien, nunca me habría enamorado de él, detesto a los hombres demasiado inteligentes que me dicen cómo debo ser; prefiero a este hombre torturado y reflexivo del que cuido y al que he acogido en mi casa. Después insistió: Pon por escrito todo esto que acabas de decirme.

Contesté que sí con la cabeza, de un modo un tanto inquieto, contenta por el elogio pero incómoda a la vez, dije algo sobre la relación con Pietro, sobre cómo trataba de imponerme su punto de vista. Esta vez Mariarosa estalló en carcajadas, y cambió el tono casi solemne de nuestra conversación. ¿Comparas a Franco con Pietro? Estás de broma, dijo, Pietro a duras penas logra mantener unida su virilidad, imagínate si le quedan energías para imponerte su sentimiento sobre la mujer. ¿Quieres que te diga una cosa? Pensaba que no te casarías con él. Pensaba que, si te casabas, lo dejarías en menos de un año. Pensaba que harías lo posible por no tener hijos con él. El hecho de que todavía estéis juntos me parece un milagro. Eres realmente una buena chica, pobrecilla.

99

De modo que en esas estábamos: la hermana de mi marido consideraba que mi matrimonio era un error y me lo decía con franqueza. No sabía si reír o llorar, me pareció la confirmación definitiva y desapasionada de mi malestar conyugal. Por otra parte, ¿qué podía hacer? Me decía que la madurez consistía en aceptar el cur so que había tomado la existencia sin agitarse demasiado, trazar un surco entre la práctica cotidiana y el aprendizaje teórico, aprender a verse, a conocerse a la espera de los grandes cambios. Con el paso de los días me fui tranquilizando. Mi hija Dede cursaba un poco antes de tiempo el primer año de primaria, pero ya sabía leer y escribir; mi hija Elsa estaba encantada de quedarse sola conmigo toda la mañana en la casa inmóvil; mi marido, pese a ser el más gris de los académicos, parecía al fin a punto de terminar un segundo libro que prometía ser aún más importante que el primero; y yo era la señora Airota, Elena Airota, una mujer entristecida por la sumisión, que sin embargo, animada por su cuñada pero también para luchar contra el abatimiento, se había puesto a estudiar casi en secreto la invención de la mujer por parte de los hombres, mezclando el mundo antiguo con el moderno. Lo hacía sin un objetivo, simplemente para decirle a Mariarosa, a mi suegra, a algún conocido: Estoy trabajando.

Así fue como en el curso de mis cavilaciones pasé de la primera y la segunda creación bíblica a Defoe-Flanders, Flaubert-Bovary, Tolstói-Karenina, hasta llegar a *La dernière mode*, a Rrose Sélavy, y más allá, mucho más allá, en un frenesí revelador. Poco a poco me sentí más contenta. Por todas partes descubría autómatas de mujer fabricados por los hombres. No había nada nuestro, lo poco que surgía se transformaba enseguida en materia que ellos usaban para su manufactura. Cuando Pietro estaba en el trabajo, Dede en la escuela, Elsa jugaba a poca distancia de mi escritorio y yo me sentía al fin un poco viva excavando en las palabras y entre las palabras, a veces me daba por imaginar qué habría sido de mi vida y de la de Lila si las dos hubiéramos hecho el examen de admisión al bachillerato elemental y después el bachillerato superior y después todos los estudios hasta la licenciatura, codo con codo, compenetradas, una pareja perfecta que suma energías intelectuales, placeres de la comprensión y la imaginación. Habríamos escrito juntas, habríamos firmado juntas, habríamos sacado fuerzas la una de la otra, habríamos combatido espalda contra espalda para que aquello que era nuestro fuera inimitablemente nuestro. Qué pena la soledad femenina de las mentes, me decía, qué desperdicio este aislarse la una de la otra, sin protocolos, sin tradición. En esos casos me sentía como si tuviera pensamientos truncados por la mitad, atractivos y sin embargo defectuosos, requerían con urgencia una comprobación, un desarrollo, pero sin convicción, sin confianza en sí mismos. Entonces sentía otra vez ganas de llamarla por teléfono y decirle: Déjame contarte sobre lo que estoy reflexionando, por favor, hablemos, dame tu opinión, ¿te acuerdas de lo que me dijiste sobre Alfonso? Pero habíamos perdido la ocasión para siempre, hacía muchos años. Debía aprender a conformarme conmigo misma.

Y un buen día, precisamente cuando me asomaba a esa necesidad, oí la llave girar en la cerradura. Era Pietro que venía a comer después de haber pasado por el colegio, como de costumbre, a recoger a Dede. Cerré los libros y los cuadernos mientras la niña irrumpía en mi despacho, recibida con entusiasmo por Elsa. Estaba muerta de hambre, sabía que gritaría: Mamá, ¿qué hay para comer? Pero no, incluso antes de tirar la cartera, exclamó: ¡Un amigo de papá viene a comer con nosotros! Recuerdo la fecha con exactitud: 9 de marzo de 1976. Me levanté de mal humor, Dede me cogió de la mano y me llevó al pasillo. Mientras tanto, ante la presencia anunciada de un extraño, Elsa se agarró prudentemente de mi falda. Pietro dijo alegre: Mira a quién te he traído.

100

Nino ya no llevaba la barba poblada que le había visto años antes en la librería, pero tenía el pelo largo y enmarañado. Por lo demás, seguía siendo el muchacho de entonces, alto, delgadísimo, ojos brillantes, aspecto desaliñado. Me abrazó, se arrodilló para hacerle carantoñas a las dos niñas, se levantó disculpándose por la intromisión. Murmuré unas cuantas palabras distantes: Pasa, ponte cómodo, qué te trae por Florencia. Me sentía como si tuviera vino caliente en el cerebro, no conseguía darle consistencia a lo que estaba pasando: él, nada menos que él, en mi casa. Y tenía la impresión de que en la organización de lo interior y lo exterior todo había dejado de funcionar. ¿Qué estaba imaginando y qué estaba ocurriendo, quién era la sombra y quién el cuerpo vivo? Entretanto, Pietro me explicaba: Nos encontramos en la facultad, lo he invitado a comer. Y yo sonreía y decía: sí, lo tengo todo a punto, donde comen cuatro, comen cinco, hacedme compañía mientras voy preparando. Parecía tranquila pero estaba muy nerviosa, me dolía la cara de tanto forzar la sonrisa. ¿Por qué Nino está aquí, y qué es «aquí», qué es «está»? Quería darte una sorpresa, me dijo Pietro, angustiado, como cuando temía haber metido la pata. Y Nino, riendo: Le he dicho cien veces que te llamara para avisarte, te lo juro, pero no ha querido. Después contó que había sido mi suegro el que le había sugerido que diera señales de vida. Había coincidido con el profesor Airota en Roma, en el congreso del Partido Socialista, y allí, hablando de todo un poco, le comentó que tenía que ir a Florencia por trabajo y el profesor le habló de Pietro, del nuevo libro que estaba escribiendo su hijo, de una obra que acababa de conseguirle y que era urgente entregarle. Nino se ofreció a llevársela en persona y ahí estábamos, comiendo, las niñas se disputaban su atención, y él se mostraba divertido con las dos, condescendiente con Pietro, muy serio y de pocas palabras conmigo.

—Imagínate —me dijo—, la de veces que he venido a esta ciudad por trabajo, pero no sabía que vivías aquí, que teníais a estas dos hermosas señoritas. Menos mal que se ha presentado esta ocasión.

—¿Sigues enseñando en Milán? —pregunté aun sabiendo que ya no vivía en esa ciudad.

—No, ahora enseño en Nápoles.

—¿Qué?

Hizo una mueca de descontento.

—Geografía.

—¿Perdón?

—Geografía urbana.

—¿Cómo es que decidiste regresar?

—Mi madre no está bien.

—Lo siento, ¿qué tiene?

—El corazón.

—¿Y tus hermanos?

—Bien.

—¿Tu padre?

—Como siempre. Pero el tiempo pasa, uno crece, y en los últimos tiempos nos hemos reconciliado. Tiene sus defectos y sus cualidades, como todo el mundo. —Se dirigió a Pietro—: Cuánto hemos despotricado contra los padres y la familia. ¿Ahora que nos toca a nosotros qué tal nos arreglamos?

—Yo bien —dijo mi marido con una pizca de ironía.

—No lo dudo. Te has casado con una mujer extraordinaria y estas dos princesitas son perfectas, muy educadas, muy elegantes. Qué bonito vestido, Dede, qué bien te queda. ¿Y quién le ha regalado a Elsa el pasador con estrellitas?

—Mi mamá —respondió Elsa.

Poco a poco me tranquilicé. Los segundos recuperaron su ritmo ordenado, yo asimilé lo que me ocurría. Nino estaba sentado a la mesa, a mi lado, comía la pasta que yo había preparado, cortaba con cuidado en pequeños trozos el escalope de Elsa, se ocupaba del suyo con buen apetito, se refería con disgusto a los sobornos que la empresa Lockheed había pagado a Tanassi y a Gui, alababa cómo cocinaba yo, discutía con Pietro sobre la alternativa socialista, pelaba una manzana con una serpentina que dejaba extasiada a Dede. Mientras tanto se difundía por el apartamento un fluido benigno que no notaba desde hacía tiempo. Qué bonito era que los dos hombres se dieran la razón, que se cayeran bien. Me puse a recoger en silencio. Nino se levantó de un salto y se ofreció también a lavar los platos con la condición de que las niñas lo ayudaran. Tú quédate sentada, me dijo, y yo obedecía mientras él tenía ocupadas a Dede y Elsa, las dos entusiasmadas, de vez en cuando me preguntaba dónde guardar esto o aquello, seguía charlando con Pietro.

Era él, después de tanto tiempo, y estaba allí. Miraba sin querer la alianza que llevaba en el dedo. No ha mencionado en ningún momento su matrimonio, pensé, ha hablado de su madre, de su padre, pero no ha dicho nada de su mujer y su hijo. Quizá no se casó por amor, quizá formó un hogar por interés, quizá se vio obligado a casarse. La eclosión de hipótesis cesó. De buenas a primeras Nino se puso a hablarle a las niñas de Albertino, su hijo, lo hizo como si el niño fuera el personaje de un cuento, con tonos a veces cómicos, a veces tiernos. Al terminar se secó las manos, sacó una foto de la cartera, se la enseñó primero a Elsa, luego a Dede, luego a Pietro, que me la pasó a mí. Albertino era precioso. Tenía dos años y estaba de morros en brazos de su madre. Miré al pequeño unos segundos, pasé enseguida a examinarla a ella. Me pareció espléndida, ojos grandes, cabello largo y negro, debía de tener poco más de veinte años. Sonreía, los dientes formaban una hilera brillante sin irregularidades, la suya me pareció una mirada enamorada. Le devolví la foto, dije: Haré café. Me quedé sola en la cocina, los cuatro se fueron al salón.

Nino tenía una cita de trabajo, se deshizo en disculpas, se marchó enseguida después del café y un cigarrillo. Me marcho mañana, dijo, pero volveré pronto, la semana que viene. Pietro lo invitó varias veces a mantener el contacto, él prometió que llamaría. Se despidió de las niñas con mucho entusiasmo, le estrechó la mano a Pietro, a mí me hizo una inclinación de la cabeza y desapareció. En cuanto la puerta se cerró a sus espaldas, la monotonía del apartamento se me vino encima. Esperé que Pietro, pese a haberse sentido tan a gusto con Nino, encontrara algo odioso en el invitado, lo hacía siempre. Pero dijo contento: Por fin una persona con la que vale la pena pasar el tiempo. No sé por qué, aquella frase me hizo daño. Encendí la televisión, pasé el resto de la tarde viéndola con las niñas.

101

Confiaba en que Nino llamara enseguida, al día siguiente. Cada vez que sonaba el teléfono, daba un brinco. Pasó una semana entera sin noticias de él. Me sentí como si tuviera un resfriado muy fuerte. Estaba desganada, abandoné mis lecturas y mis apuntes, me enfadé conmigo misma por aquella espera insensata. Después Pietro regresó a casa una tarde de particular buen humor. Dijo que Nino había estado en la facultad, que habían pasado un tiempo juntos, pero que no había logrado convencerlo de ninguna de las maneras para que viniera a cenar. Nos ha invitado él a que cenemos fuera mañana, dijo, con las niñas, no quiere que te canses preparando nada.

La sangre comenzó a fluir más deprisa, sentí por Pietro una inquieta ternura. En cuanto las niñas se retiraron a su cuarto, lo abracé, lo besé, le susurré palabras de amor. Por la noche dormí poco, mejor dicho, dormí con la impresión de estar despierta. Al día siguiente, en cuanto Dede regresó de la escuela, la metí con Elsa en la bañera y las restregué a fondo a las dos. Después me dediqué a mí. Me di un largo baño feliz, me depilé, me lavé el pelo y me lo sequé con cuidado. Me probé todos los vestidos que tenía, me puse cada vez más nerviosa porque no me gustaban, no tardé en sentirme decepcionada de cómo me había quedado el pelo. Dede y Elsa me seguían, jugando a imitarme. Adoptaban posturas frente al espejo, se mostraban insatisfechas de las prendas y los peinados, chancleteaban con mis zapatos. Me resigné a ser lo que era. Tras una dura reprimenda a Elsa, que en el último momento se manchó el vestido, me puse al volante y fuimos a recoger a Pietro y a Nino, que habían quedado en verse en la universidad. Hice el trayecto angustiada, regañando sin parar a las niñas, que jugaban y cantaban rimas de su invención a base de caca y pis. Cuanto más me acercaba al lugar de la cita, más confiaba en que algún compromiso de última hora impidiera a Nino asistir.

No fue así, avisté a los dos hombres de inmediato, estaban charlando. Nino hacía unos gestos envolventes, como si invitara a su interlocutor a entrar en un espacio construido expresamente para él. Pietro me pareció torpe como siempre, la piel de la cara enrojecida, era el único que reía, y de forma sumisa. Ninguno de los dos manifestó especial interés por mi llegada.

Mi marido se sentó detrás con las niñas, Nino se acomodó a mi lado para guiarme a un restaurante donde se comía bien y —añadió dirigiéndose a Dede y a Elsa— donde hacían unos buñuelos riquísimos. Los describió con detalle suscitando el entusiasmo de las niñas. Hace mucho tiempo, pensé observándolo con el rabillo del ojo, paseamos cogidos de la mano y me besó en dos ocasiones. Qué hermosos dedos. Entretanto, él se limitaba a decirme, aquí dobla a la derecha, y enseguida otra vez a la derecha, en el cruce, a la izquierda. Ni una mirada de admiración, ni un cumplido.

En el restaurante nos recibieron animadamente pero con respeto. Nino conocía al dueño, a los camareros. Acabé sentada en la cabecera de la mesa entre las niñas, los dos hombres se sentaron frente a frente y mi marido se puso a hablar de la difícil situación en las universidades. Estuve casi todo el tiempo callada, me ocupé de Dede y Elsa; en general, eran muy disciplinadas en la mesa, pero en aquella ocasión se dedicaron a hacer trastadas y a reír para llamar la atención de Nino. Yo pensaba incómoda: Pietro habla demasiado, lo está aburriendo, no le deja espacio. Pensaba: Hace siete años que vivimos en esta ciudad y no conocemos un solo local donde llevarlo para corresponder a su invitación, un restaurante donde se coma bien como aquí, donde nos reconozcan en cuanto entremos. Me gustó la cortesía del dueño, se acercó a menudo a nuestra mesa, llegó incluso a decirle a Nino: Esto mejor no se lo sirvo hoy, no está a la altura de sus invitados, y le aconsejó otra cosa. Cuando llegaron los famosos buñuelos, las niñas se alborozaron. Pietro también; se los disputaron. Fue entonces cuando Nino se dirigió a mí:

—¿Cómo es que no has publicado nada más? —preguntó sin la frivolidad de la conversación entre comensales, con un interés que me pareció auténtico.

Me ruboricé.

—Me dedico a otras cosas —dije, indicando a las niñas.

—Aquel libro era excelente.

—Gracias.

—No es un cumplido, siempre supiste escribir. ¿Te acuerdas de aquel artículo sobre el profesor de religión?

—Tus amigos no lo publicaron.

—Fue por un error.

—Me desanimé.

—Lo siento. ¿Ahora estás escribiendo?

—En los ratos libres.

—¿Una novela?

—No sé qué es.

—¿Sobre qué tema?

—Los hombres que fabrican a las mujeres.

—Buen tema.

—Ya se verá.

—Ponte las pilas, que quiero leerte pronto.

Para mi sorpresa, demostró conocer bien los textos de mujeres de las que me ocupaba, estaba convencida de que los hombres no los leían. Eso no fue todo: me citó un libro de Starobinski que había leído hacía poco, dijo que había en él algo que podría resultarme útil. Cuántas cosas sabía, siempre había sido así desde chico, sentía curiosidad por todo. Ahora estaba citando a Rousseau y a Bernard Shaw, yo lo interrumpí, me escuchó con atención. Y cuando las niñas empezaron a zarandearme para comer más buñuelos y me pusieron nerviosa, él llamó por señas al dueño para que prepararan más.

—Debes dejarle más tiempo a tu mujer —dijo después, dirigiéndose a Pietro.

—Dispone de todo el día.

—No lo digo en broma. Si no lo haces, no solo serás culpable en el aspecto humano, sino también en el político.

—¿Y cuál sería el delito?

—El derroche de inteligencia. Una comunidad que encuentra natural sofocar la energía intelectual de tantas mujeres con el cuidado de los hijos y de la casa es enemiga de sí misma y no se da cuenta.

Esperé en silencio a que Pietro contestara. Mi marido reaccionó con ironía:

—Elena puede cultivar su inteligencia cuando y como le apetezca, lo esencial es que no me quite tiempo a mí.

—Si no te lo quita a ti, ¿a quién va a quitárselo?

Pietro se puso ceñudo.

—Cuando la tarea que nos imponemos tiene la urgencia de la pasión, no hay nada que pueda impedirnos cumplir con ella.

Me sentí herida.

—Mi marido está diciendo que no tengo ningún interés verdadero —murmuré con una sonrisita fingida.

Silencio.

—¿Y es así? —preguntó Nino.

Sin pensármelo dos veces, le contesté que no lo sabía, que no sabía nada. Pero mientras hablaba, con vergüenza, con rabia, me di cuenta de que se me llenaban los ojos de lágrimas. Bajé la vista. Basta ya de buñuelos, les dije a las niñas sin poder dominar la voz, y Nino acudió en mi ayuda, exclamó: Yo me voy a comer solo uno más, mamá otro, papá también, y vosotras dos uno cada una, pero después basta. Llamó al dueño y dijo solemnemente: Voy a volver con estas dos señoritas dentro de un mes, treinta días exactos, y usted nos preparará una montaña de estos exquisitos buñuelos, ¿de acuerdo?

—¿Cuánto es un mes, cuántos son treinta días? —preguntó Elsa.

Y yo, que mientras tanto había conseguido tragarme las lágrimas, miré a Nino fijamente y dije:

—Sí, ¿cuánto es un mes, cuántos son treinta días?

Bromeamos —Dede más que nosotros, los adultos— sobre la vaga idea que tenía Elsa del tiempo. Después Pietro intentó pagar, pero comprobó que Nino ya se había ocupado de la cuenta. Protestó, se puso al volante, yo me senté detrás, entre las dos niñas medio dormidas. Acompañamos a Nino al hotel y durante todo el trayecto escuché sus conversaciones un tanto achispadas sin pronunciar palabra. Cuando llegamos a destino, Pietro dijo muy eufórico:

—No tiene sentido que tires el dinero, tenemos una habitación para invitados, la próxima vez puedes quedarte en nuestra casa, no hagas cumplidos.

Nino se rió.

—Hace menos de una hora hemos dicho que Elena necesita tiempo, ¿y ahora te empeñas en cargarla con mi presencia?

—Para mí es un gusto —intervine en torno cansino—, y también para Dede y Elsa.

En cuanto nos quedamos solos le dije a mi marido.

—Antes de hacer ciertas invitaciones podrías consultarme al menos.

Él puso el coche en marcha, me buscó en el retrovisor, murmuró:

—Pensaba que te gustaría.

102

Ah, claro que me gustaba, me gustaba mucho. Pero al mismo tiempo me sentía como si mi cuerpo tuviera la consistencia de la cáscara de huevo y bastara una leve presión en un brazo, en la frente, en la barriga para romperlo y liberar todos mis secretos, en especial, aquellos que permanecían secretos incluso para mí. Evité contar los días. Me concentré en los textos que estaba estudiando, pero lo hice como si Nino fuera quien me hubiese encargado el trabajo y a su regreso pretendiera resultados de calidad. Quería decirle: He seguido tu consejo, seguí adelante, aquí tienes un borrador, dime qué opinas.

Fue una excelente estratagema. Los treinta días de espera pasaron volando, incluso demasiado deprisa. Me olvidé de Elisa, no pensé en Lila en ningún momento, no telefoneé a Mariarosa. Y no leí los diarios, no vi la televisión, me desentendí de las niñas y la casa. De las detenciones y los choques, de los asesinatos y las guerras en la palestra permanente de Italia y el planeta, solo me llegó un eco, a duras penas reparé en la campaña electoral cargada de tensiones. Me limité a escribir con gran empeño. Me devané los sesos sobre un buen puñado de antiguos temas, hasta que tuve la impresión de haber encontrado, al menos en la escritura, una organización definitiva. A veces sentía la tentación de hablar con Pietro. Él era mucho mejor que yo, seguramente me habría ahorrado escribir cosas imprudentes, toscas o estúpidas. Pero no lo hice, detestaba cuando me cohibía con sus conocimientos enciclopédicos. Trabajé mucho, recuerdo, en especial en la primera y segunda creación bíblica. Las expuse una detrás de la otra, y consideré la primera como una especie de síntesis del acto creativo divino, la segunda, una especie de relato más amplio. Hice una exposición más bien animada, sin sentirme nunca imprudente. Dios —más o menos escribí— crea al hombre, Ish, a su imagen. Fabrica una versión masculina y una femenina. ¿Cómo? Primero, con el polvo de la tierra da forma a Ish, y le insufla en las narices el hálito de vida. Después forma a Ishá, la mujer, con la materia masculina moldeada, materia que ya no está en bruto, sino viva, y que toma del costado de Ish, cerrándole enseguida la carne. El resultado es que Ish puede decir: Esta cosa no es, como el ejército de todo lo creado, ajeno a mí, sino que es carne de mi carne, hueso de mis huesos. Dios la ha creado de mí. Me ha fecundado con su hálito de vida y la ha extraído de mi cuerpo. Yo soy Ish y ella es Ishá. En la palabra ante todo, en la palabra que la nombra, deriva de mí que soy a imagen del espíritu divino, que llevo dentro su Verbo. Así pues, ella es un puro sufijo aplicado a mi raíz verbal, puede expresarse solo dentro de mi palabra.

Y así seguí adelante y viví durante días y días en un estado de agradable sobreexcitación intelectual. Mi único tormento fue terminar a tiempo un texto legible. De vez en cuando me asombraba de mí misma: tenía la impresión de que aspirar a la aprobación de Nino me facilitaba la escritura, me permitía desbocarme.

Pasó el mes y él no dio señales de vida. Al principio, eso me ayudó, tuve más tiempo y conseguí llevar a cabo mi trabajo. Después me alarmé, le pregunté a Pietro. Me enteré de que habían hablado por teléfono a menudo en la oficina, pero que hacía días que no tenía noticias de él.

—¿Os habéis hablado a menudo? —pregunté, molesta.

—Sí.

—¿Y por qué no me lo has dicho?

—¿El qué?

—Que habíais hablado a menudo.

—Eran llamadas telefónicas de trabajo.

—Bueno, dado que os habéis hecho tan amigos, llámalo y entérate si al menos se digna decirnos cuándo viene.

—¿Qué necesidad hay?

—Para ti ninguna, pero el trabajo es para mí, yo tengo que ocuparme de todo y me gustaría que me avisaran con tiempo.

No lo llamó. Reaccionó diciendo: Mejor esperamos, Nino le prometió a las niñas que volvería, no creo que las decepcione. Y así fue. Telefoneó con una semana de retraso, por la noche. Yo misma me puse al teléfono, pareció cohibido. Dejó caer unas cuantas palabras genéricas, después preguntó: ¿Pietro no está? También me sentí cohibida, le pasé con Pietro. Hablaron un buen rato; con un malhumor creciente oí que mi marido empleaba tonos insólitos: voz demasiado alta, frases exclamativas, carcajadas. En ese momento comprendí que la relación con Nino lo tranquilizaba, hacía que se sintiera menos aislado, se olvidaba de los problemas, trabajaba con más ganas. Me encerré en mi despacho, donde Dede leía y Elsa jugaba, las dos esperaban la cena. Pero allí también me llegó su voz insólita, parecía borracho. Después calló, oí sus pasos por la casa.

—Niñas —dijo alegre a sus hijas, asomándose—, mañana por la noche iremos a comer buñuelos con el tío Nino.

Dede y Elsa lanzaron gritos de entusiasmo.

—¿Qué hará, vendrá a dormir aquí? —pregunté.

—No —me contestó—, está con su mujer y su hijo en un hotel.

103

Tardé un buen rato en asimilar el sentido de aquella frase.

—Podía haber avisado —solté.

—Lo decidieron a último momento.

—Es un grosero.

—Elena, ¿cuál es el problema?

De manera que Nino había venido con su mujer, me asaltó el miedo a la comparación. Sabía bien cómo era yo, conocía la tosca materialidad de mi cuerpo, pero durante buena parte de mi vida le había dado escaso relieve. Me había criado sin tener más que un par de zapatos a la vez, con los vestidos que me cosía mi madre, y el maquillaje en raras ocasiones. Recientemente había empezado a preocuparme por la moda, a educar el gusto bajo la guía de Adele, y ahora me divertía ponerme guapa. Pero a veces —especialmente cuando me arreglaba no solo para hacer buen papel en general, sino para un hombre— me parecía que prepararme (esta era la palabra) tenía algo de ridículo. Todo ese trajín, todo ese tiempo dedicado a disfrazarme cuando podía estar haciendo otra cosa. Los colores que me quedan bien, los que no me quedan bien, los modelos que me adelgazan, los que me engordan, el corte que me favorece, el que no me sienta bien. Una larga y costosa preparación. Un convertirme en mesa dispuesta para el apetito sexual del macho, en vianda bien adobada para que se le haga la boca agua. Y después la inquietud de no estar a la altura, de no parecer guapa, de no haber conseguido ocultar con destreza la vulgaridad de la carne con sus humores, sus olores, sus deformidades. Aun así lo había hecho. Lo había hecho también por Nino hacía poco. Había querido demostrarle que me había convertido en otra, que había conquistado un refinamiento propio, que ya no era la misma chica que asistió a la boda de Lila, la estudiante en la fiesta de los hijos de la Galiani, ni siquiera la inexperta autora de un único libro como debí de parecerle en Milán. Basta, eso se había acabado. Había traído a su mujer y yo estaba enfadada, lo consideraba una maldad. Detestaba competir en belleza con otra mujer, para colmo bajo la mirada de un hombre, y sufría al pensar que me encontraría en el mismo lugar con la hermosa muchacha que había visto en la foto, me daba dolor de estómago. Ella me sopesaría, me estudiaría hasta el menor detalle con la soberbia propia de una señorita de la via Tasso, educada desde su nacimiento en la administración del cuerpo; después, al final de la velada, a solas con su marido, me criticaría con cruel lucidez.

Me pasé horas dudando hasta que al final decidí que me inventaría una excusa, a la cena asistiría solo mi marido con las niñas. Pero al día siguiente no pude resistirme. Me vestí, me desvestí, me peiné, me despeiné, asedié a Pietro. Iba a su despacho sin cesar, primero con un vestido, luego con otro, después con un peinado, luego con otro, y le preguntaba muy tensa: ¿Qué tal me queda? Él me lanzaba una mirada distraída, decía: Te queda bien. Yo respondía: ¿Y si me pusiera el vestido azul? Asentía. Pero me ponía el vestido azul y no me gustaba, me apretaba en las caderas. Volvía a su despacho, le decía: Me aprieta. Pietro replicaba, paciente: Sí, el verde con florecitas te queda mejor. Pero yo no quería que el verde con florecitas me quedara sencillamente mejor, quería que me quedara a la perfección, y que me quedaran a la perfección los pendientes, y que me quedaran a la perfección los zapatos. En una palabra, Pietro no era capaz de darme confianza, me miraba sin verme. Y yo me sentía cada vez peor hecha, demasiado pecho, demasiado culo, caderas anchas, y este pelo pajizo, esta nariz grande. Tenía el cuerpo de mi madre, un organismo desgraciado, solo me faltaba que me diera de golpe otro ataque de ciática y me pusiera a renquear. La mujer de Nino, en cambio, era muy joven, guapa, rica, y, seguramente, con mucho mundo, algo que yo jamás tendría por más que me esforzara en aprender. Así, volví mil veces a la decisión inicial: No iré, mandaré a Pietro con las niñas, diré que no me siento bien. Pero fui. Elegí una blusa blanca con una alegre falda floreada, la única alhaja que me puse fue el viejo brazalete de mi madre, metí en el bolso el texto que había escrito. Me dije qué carajo me importan a mí ella, él, todos.

104

Por culpa de mi indecisión llegamos tarde al restaurante. La familia Sarratore ya estaba sentada a la mesa. Nino nos presentó a su mujer, Eleonora, y a mí me cambió el humor. Ah, sí, tenía una cara bonita y una preciosa melena negra, tal como salía en la foto. Pero era más baja que yo, y eso que yo no era alta. Y, pese a estar rolliza, tenía poco pecho. Y llevaba un vestido rojo fuego que le sentaba fatal. E iba recargada de joyas. Y desde las primeras palabras que pronunció, reveló una voz estridente, con un acento de napolitana educada entre jugadoras de canasta en una casa con vidrieras con vistas al golfo. Pero sobre todo, en el curso de la velada, demostró ser una inculta a pesar de que estudiaba derecho, con tendencia a hablar mal de todo y de todos con el aire de quien nada a contracorriente y está orgullosa de ello. En definitiva, rica, caprichosa, vulgar. Una mueca casi permanente de fastidio afeaba sus facciones agradables y su risita nerviosa, ji ji ji, cortaba el discurso, incluso las frases breves. La tomó con Florencia —«¿En qué es mejor que Nápoles?»—, con el restaurante —«pésimo»—, con el dueño del restaurante —«maleducado»—, con todo lo que decía Pietro —«qué tontería»—, con las niñas —«por Dios, no paráis de hablar, un poco de silencio, por favor»—, y naturalmente conmigo —«estudiaste en Pisa, y eso por qué, letras en Nápoles está mucho mejor, nunca había oído hablar de tu novela, cuándo la publicaron, hace ocho años yo tenía catorce». Fue siempre tierna solo con su hijo y con Nino. Albertino era muy guapo, gordito, con un aspecto feliz, y Eleonora no paraba de alabarlo. Lo mismo hacía con su marido: nadie era mejor que él, aprobaba cada una de sus frases, y lo tocaba, lo abrazaba, lo besaba. ¿Qué tenía en común esta muchachita con Lila, incluso con Silvia? Nada. Entonces ¿por qué Nino se había casado con ella?

Lo espié durante toda la velada. Era amable con ella, se dejaba abrazar y besuquear, le sonreía con afecto cuando decía tonterías de maleducada, jugueteaba distraídamente con el niño. Pero no cambió su actitud con mis hijas, a las que prestó mucha atención, siguió conversando alegremente con Pietro e incluso me dirigió algún comentario. Su mujer —quise pensar— no lo absorbía. Eleonora era una de las muchas teselas de su vida agitada, pero no ejercía ninguna influencia en él, Nino seguía por su camino sin darle importancia. Por ello me sentí cada vez más cómoda, sobre todo cuando él me sujetó de la muñeca unos segundos, casi me la acarició, dando muestras de reconocer mi brazalete; especialmente cuando le tomó el pelo a mi marido preguntándole si me había dejado algo más de tiempo libre para mí; especialmente cuando, acto seguido, me preguntó si había continuado con mi trabajo.

—He terminado una primera versión —dije.

Nino se volvió hacia Pietro y le preguntó serio:

—¿Tú lo has leído?

—Elena no me deja leer nada suyo.

—Eres tú el que no quiere —rebatí pero sin amargura, como si se tratara de un juego entre los dos.

Eleonora intervino en ese momento, no quería que la excluyeran.

—¿De qué se trata? —preguntó. Cuando iba a contestarle, su cabeza distraída la hizo saltar de ese tema y pasar a preguntarme, alegre—: ¿Mañana me acompañas a ir de compras mientras Nino trabaja?

Sonreí con fingida cordialidad. Dije que estaba disponible y ella comenzó con una lista muy detallada de las cosas que quería comprar. Solo cuando salimos del restaurante pude acercarme a Nino y murmurar:

—¿Te apetece echarle un vistazo a mi texto?

Él me miró con sincero asombro.

—¿De veras me lo dejarías leer?

—Si no te aburre, sí.

Le pasé mis hojas furtivamente, con el corazón en la boca, como si no quisiera que Pietro, Eleonora, las niñas se percataran.

105

No pegué ojo. Por la mañana me resigné a acudir a la cita con Eleonora, quedamos en encontrarnos a las diez, en la puerta del hotel. No cometas la estupidez —me advertí a mí misma— de preguntarle si su marido ha empezado a leerte; Nino está ocupado, tardará un poco; no debes pensar en ello, pasará por lo menos una semana.

Sin embargo, a las nueve en punto, cuando me disponía a salir, sonó el teléfono, era él.

—Perdona —dijo—, estoy a punto de meterme en la biblioteca y no te podré llamar hasta esta noche. ¿Seguro que no molesto?

—Claro que no.

—Lo he leído.

—¿Ya?

—Sí, y es un trabajo excelente. Tienes una gran capacidad de estudio, un rigor admirable y una inventiva que deja boquiabierto. Pero lo que más te envidio es tu habilidad de narradora. Has escrito un texto difícil de definir, no sé si es un ensayo o un relato. Pero es extraordinario.

—¿Es un defecto?

—¿El qué?

—Que no sea catalogable.

—Qué va, es uno de tus méritos.

—¿Tú crees que debo publicarlo tal como está?

—Sin duda.

—Gracias.

—Gracias a ti, ahora me tengo que ir. Ten paciencia con Eleonora, parece agresiva pero no es más que timidez. Mañana por la mañana regresamos a Nápoles, pero llamaré después de las elecciones y si quieres, charlamos.

—Me gustaría mucho. ¿Te quedarás en casa?

—¿Seguro que no molesto?

—Seguro.

No colgó, oí su respiración.

—Elena.

—Sí.

—De jovencitos Lina nos deslumbró a los dos.

Sentí una gran incomodidad.

—¿En qué sentido?

—Acabaste atribuyéndole unas capacidades que son solo tuyas.

—¿Y tú?

—Yo hice algo peor. Lo que había visto en ti, estúpidamente me pareció encontrarlo luego en ella.

Me quedé callada unos segundos. ¿Por qué había sentido la necesidad de sacar a colación a Lila, así, por teléfono? Y, sobre todo, ¿qué me estaba diciendo? ¿No eran más que cumplidos? ¿O estaba tratando de comunicarme que de jovencito me hubiera querido pero que en Ischia había terminado por atribuir a una lo que era de la otra?

—Vuelve pronto —dije.

106

Fui de paseo con Eleonora y los tres niños en un estado de bienestar tan inmenso que si ella me hubiese apuñalado, ni siquiera lo habría notado. Por lo demás, la mujer de Nino, ante mi euforia plagada de gentilezas depuso toda hostilidad, alabó a Dede y a Elsa por su disciplina, confesó que me admiraba mucho. Su marido le había hablado mucho de mí, de los estudios que había cursado, de mi éxito como escritora. Pero estoy un poco celosa, admitió, y no porque seas buena en lo tuyo, sino porque tú lo conoces desde siempre y yo no. A ella también le hubiera gustado conocerlo de niña, y saber cómo era a los diez años, a los catorce, cómo era su voz antes del cambio, cómo era su risa de niño. Menos mal que tengo a Albertino, dijo, es clavadito a su padre.

Observé al niño, pero no me pareció ver en él rasgos de Nino, quizá le saldrían más adelante. Yo me parezco a mi papá, exclamó enseguida Dede con orgullo, y Elsa añadió: Yo me parezco más a mi mamá. Me acordé del hijo de Silvia, Mirko, que siempre había sido idéntico a Nino. Qué placer había sentido al estrecharlo entre mis brazos, al calmar sus vagidos en casa de Mariarosa. ¿Qué había buscado en aquel niño, en aquella época, cuando aún estaba lejos de la experiencia de la maternidad? ¿Qué había buscado en Gennaro, cuando todavía no me había enterado de que Stefano era su padre? ¿Qué buscaba en Albertino, ahora que ya era madre de Dede y Elsa, y por qué lo examinaba con tanta atención? Deseché que Nino se acordara alguna vez de Mirko. Tampoco me constaba que hubiese sentido nunca curiosidad por Gennaro. Este distraído inseminar de los hombres, aturdidos por el placer. Aniquilados por sus orgasmos nos fecundan. Se asoman dentro de nosotras y se apartan, dejándonos oculto en la carne, como un objeto perdido, su fantasma. ¿Albertino era hijo de la voluntad, de la atención? ¿O acaso él también se encontraba en brazos de esta mujer-madre sin que Nino sintiera que tenía algo que ver? Regresé a la realidad, le dije a Eleonora que su hijo era una copia del padre y me alegré de aquella mentira. Después le hablé de Nino con lujo de detalles, con afecto, con ternura, de cuando íbamos a la primaria, de la época de las competiciones entre los mejores alumnos organizadas por la Oliviero y el director, de la época del curso preuniversitario, de la Galiani y de las vacaciones en Ischia que pasamos con otros amigos. Allí me detuve, a pesar de que ella no paraba de preguntarme como una niña: ¿Y después?

Entre charla y charla, le resulté cada vez más simpática, se encariñó conmigo. Entrábamos en una tienda, algo me gustaba, me lo probaba pero después renunciaba, cuando salíamos comprobaba que Eleonora lo había comprado para regalármelo. También quiso comprarle vestidos a Dede y a Elsa. En el restaurante pagó ella. Y pagó el taxi con el que me acompañó a casa con las niñas, y luego siguió el trayecto hasta el hotel, cargada de bolsas. Nos despedimos, tanto las niñas como yo agitamos la mano hasta que el coche dobló la esquina. Es otra tesela de mi ciudad, pensé. Muy alejada de mi experiencia. Utilizaba el dinero como si no tuviera valor alguno. Descarté que fuera dinero de Nino. Su padre era abogado, su abuelo también, su madre pertenecía a una estirpe de banqueros. Me pregunté qué diferencia había entre su riqueza de burgueses y la de los Solara. Pensé en la de vueltas ocultas que daba el dinero antes de convertirse en salarios altos y cuantiosas minutas de honorarios. Me acordé de los muchachos del barrio que se ganaban el jornal descargando mercancía de contrabando, cortando árboles en los parques, trabajando en las obras. Me acordé de Antonio, de Pasquale, de Enzo, que desde muy pequeños se las apañaban para reunir algo de dinero y sobrevivir. Los ingenieros, los arquitectos, los abogados, los bancos eran otra cosa, pero su dinero provenía, aunque a través de mil filtros, de los mismos negocios sucios, de la misma destrucción, alguna migaja se había incluso transformado en propina para mi padre y había contribuido a que yo pudiera estudiar. ¿Cuál era el umbral más allá del cual el dinero malo se convertía en bueno y viceversa? ¿Hasta qué punto era limpio el dinero que Eleonora se había gastado como si tal cosa en medio del bochorno de aquel día florentino; y los cheques con los que había comprado los regalos que me estaba llevando a mi casa, en qué se diferenciaban de aquellos con los que Michele le pagaba a Lila por su trabajo? Durante toda la tarde, las niñas y yo nos pavoneamos frente al espejo con los vestidos que nos habían obsequiado. Eran prendas de calidad, vivaces, alegres. Había un vestido de un rojo desteñido, años cuarenta, que me sentaba especialmente bien, me habría gustado que Nino me lo viera puesto.

Sin embargo, la familia Sarratore regresó a Nápoles sin que hubiera ocasión de vernos otra vez. Contra todo pronóstico, el tiempo no se colapsó, al contrario, comenzó a fluir con ligereza. Nino regresaría, era seguro. Y discutiría conmigo mi texto. Para evitar roces inútiles puse una copia encima del escritorio de Pietro. Después telefoneé a Mariarosa con la agradable certeza de haber trabajado bien y le dije que había conseguido poner orden en la maraña de la que le había hablado. Quiso que le enviara el texto enseguida. Días más tarde me telefoneó entusiasmada, me preguntó si ella misma podía traducirlo al francés y enviárselo a una amiga suya de Nanterre, propietaria de una pequeña editorial. Acepté con entusiasmo, pero la cosa no acabó ahí. Al cabo de unas horas me llamó mi suegra haciéndose la ofendida.

—¿Cómo es que ahora los textos que escribes los dejas leer a Mariarosa y a mí no?

—Temo que no te interesen. Serán unas setenta páginas, no es una novela, no sé bien qué es.

—Cuando no sabes lo que has escrito quiere decir que has trabajado bien. Y deja que decida yo si me interesa o no.

Le mandé una copia a ella también. Lo hice casi con indiferencia. Lo hice precisamente la mañana en que, hacia el mediodía, Nino me llamó por sorpresa desde la estación, acababa de llegar a Florencia.

—Dentro de media hora estoy en tu casa, dejo las maletas y me voy a la biblioteca.

—¿No comes algo? —pregunté con naturalidad. Me pareció normal, la meta de un largo recorrido, que viniera a dormir a mi casa, que le preparara la comida mientras se daba una ducha en mi cuarto de baño, que comiéramos juntos, él, las niñas y yo, mientras Pietro examinaba a sus alumnos en la universidad.

107

Nino se quedó nada menos que diez días. Nada de lo que ocurrió en esa época guardó relación con el ansia de seducción que había experimentado años antes. No tonteé con él; no adopté vocecitas;

no lo abrumé con atenciones de todo tipo; no interpreté el papel de mujer liberada tomando como modelo a mi cuñada; no seguí el camino de las alusiones maliciosas; no busqué su mirada enternecida; no traté de ponerme a su lado cuando nos sentábamos a la mesa o en el sofá, delante del televisor; no me dejé ver por la casa ligera de ropa; no le toqué el codo con el codo, el brazo con el brazo o con el pecho, la pierna con la pierna. Me mostré tímida, compuesta, seca y de pocas palabras, solo atenta a que comiera bien, que las niñas no lo molestaran, que se sintiera cómodo. Y no lo hice expresamente, no habría sabido comportarme de otra manera. Él bromeaba mucho con Pietro, con Dede, con Elsa, pero en cuanto se dirigía a mí se ponía serio, parecía medir las palabras como si entre nosotros no existiera una antigua amistad. Y a mí me daba por hacer lo mismo. Aunque estaba encantada de tenerlo en mi casa, no sentía ninguna necesidad de recurrir a tonos o gestos confidenciales, al contrario, me gustaba mantenerme al margen y evitar el contacto entre nosotros. Me sentía como una gota de lluvia en una telaraña, y ponía atención a no caerme de ella.

Mantuvimos un único y largo intercambio centrado en mi texto. Me habló de él nada más llegar, con precisión y agudeza. Había quedado impresionado por el relato de Ish e Ishá, me preguntó: ¿Para ti la mujer del relato bíblico no es ajena al hombre, es el hombre mismo? Sí, dije, Eva no puede, no sabe, no tiene materia para ser Eva fuera de Adán. Su mal y su bien son el mal y el bien según Adán. Eva es Adán en mujer. Y la operación divina es tan lograda que ella misma, en sí, no sabe qué es, posee unos rasgos dúctiles, no tiene una lengua propia, no tiene un espíritu, una lógica propias, se deforma como si nada. Terrible condición, comentó Nino, y yo, nerviosa, lo espié con el rabillo del ojo para comprobar si me estaba tomando el pelo. No, no me tomaba el pelo. Al contrario, me elogió mucho sin la menor ironía, citó algún libro que yo no conocía sobre temas relacionados, confirmó que él consideraba que el trabajo estaba listo para su publicación. Escuché sin mostrar satisfacción, me limité a decir al final: A Mariarosa también le ha gustado. Aprovechó para preguntar por mi cuñada, habló bien de ella tanto como estudiosa como por su dedicación a Franco, y se fue corriendo para la biblioteca.

Por lo demás, se marchaba todas las mañanas con Pietro y regresaba todas las tardes después de él. En muy raras ocasiones salimos todos juntos. Una vez, por ejemplo, quiso llevarnos al cine a ver una película divertida elegida expresamente para las niñas. Nino se sentó al lado de Pietro, yo entre mis hijas. Cuando me di cuenta de que me reía a carcajadas en cuanto él lo hacía, dejé de reírme. Lo reprendí levemente porque durante el intervalo quiso comprar helado para Dede, para Elsa y, por supuesto, también para los adultos. Para mí no, dije, gracias. Bromeó un poco, dijo que el helado estaba rico y que no sabía lo que me perdía, me preguntó si quería probarlo, lo probé. En fin, pequeñas cosas. Una tarde dimos un paseo él, Dede, Elsa y yo. Hablamos muy poco, Nino se dedicó a darle cuerda a las niñas. Pero el recorrido me quedó muy grabado, podría enumerar todas las calles, los lugares donde nos detuvimos, cada esquina. Hacía calor, la ciudad estaba abarrotada. Él no paraba de saludar a la gente con la que se cruzaba, algunos lo llamaban por el apellido, me presentaba a unos y a otros con elogios exagerados. Me llamó la atención su notoriedad. Un tipo, que era un historiador muy conocido, lo felicitó por las niñas y lo hizo como si fueran hijas de los dos. No ocurrió nada más, aparte de un imprevisto e inexplicable cambio en la relación entre él y Pietro.

108

Todo comenzó una noche, durante la cena. Pietro le habló con admiración de un profesor de Nápoles, por entonces bastante estimado, y Nino dijo: Hubiera apostado cualquier cosa a que ese capullo te gustaba. Mi marido se sintió descolocado, esbozó una sonrisa insegura, pero Nino echó más leña al fuego y le tomó el pelo por la forma en que se dejaba engañar fácilmente por las apariencias. A la mañana siguiente, en el desayuno, se produjo otro pequeño incidente. No recuerdo por qué motivo Nino citó otra vez mi antiguo enfrentamiento con el profesor de religión sobre el Espíritu Santo. Pietro, que no conocía el episodio, quiso enterarse, y Nino, dirigiéndose a las niñas y no a él, empezó a contarlo como si se tratara de no sé qué gran empresa de su madre cuando era niña.

Mi marido me elogió, dijo: Fuiste muy valiente. Pero después le explicó a Dede, con el tono que adoptaba cuando en la televisión decían tonterías y él se sentía en la obligación de aclararle a su hija cómo eran realmente las cosas, lo que le había ocurrido a los doce apóstoles la mañana de Pentecostés: un ruido como de viento, la aparición de unas lenguas como de fuego, el don de hacerse entender por cualquiera, en cualquier lengua. Luego se dirigió a mí y a Nino y nos habló con fervor de la *virtus* que se había apoderado de los discípulos, y citó al profeta Joel: «derramaré mi espíritu sobre toda carne», y dijo que el Espíritu Santo era un símbolo indispensable para reflexionar sobre cómo las multitudes encontraban la manera de enfrentarse y organizarse en comunidades. Nino lo dejó hablar, pero con una expresión cada vez más irónica. Al final exclamó: Hubiera apostado a que llevabas un cura oculto dentro de ti. Y a mí me dijo, divertido: ¿Eres su mujer o su ama de llaves? Pietro se ruborizó, se quedó confundido. Adoraba esos temas de toda la vida, noté que se estaba disgustando. Masculló: Disculpadme, os estoy haciendo perder el tiempo, vamos a trabajar.

Los momentos como aquel se multiplicaron y sin un motivo evidente. Mientras las relaciones entre Nino y yo siguieron como siempre, atentos ambos a la forma, corteses y distantes, entre él y Pietro perdieron toda contención. Tanto en el desayuno como en la cena, el invitado se dedicó a dirigirse al dueño de casa en un crescendo de frases burlonas, rayanas en lo ofensivo, de esas que te humillan pero de una forma amistosa, con la sonrisa en los labios, de tal manera que no puedes rebelarte a menos que quieras quedar como un susceptible. Eran tonos que conocía, en el barrio, los más despiertos los usaban a menudo para doblegar a los más lerdos y empujarlos, ya sin palabras, hasta el centro del recochineo. Pietro se mostró más que nada desorientado; estaba a gusto con Nino, lo apreciaba, y por eso no reaccionaba, meneaba la cabeza simulando un aire divertido, a veces parecía preguntarse en qué se había equivocado y esperaba que todo volviera a los tonos buenos y afectuosos de antes. Pero Nino continuó siendo implacable. Se volvía hacia mí, hacia las niñas, echaba más leña al fuego para recibir nuestra aprobación. Y las niñas asentían divertidas, y yo también un poco. Entretanto pensaba: Por qué lo hace, si Pietro se enfada, las relaciones se echarán a perder. No obstante, Pietro no se lo tomaba a mal, sencillamente no entendía, y con el paso de los días las neurosis volvían a apoderarse de él. Tenía otra vez cara de cansado, el agotamiento de aquellos años se le notaba de nuevo en los ojos alarmados y en la frente arrugada. Tengo que hacer algo, pensaba yo, y cuanto antes. Pero no hacía nada, al contrario, debía esforzarme por contener no la admiración, sino la excitación —sí, quizá era excitación— que me asaltaba al ver, al sentir, cómo un Airota, un doctísimo Airota, perdía terreno, se confundía, contestaba con ocurrencias sin gracia a las veloces, brillantes e incluso crueles agresiones de Nino Sarratore, mi compañero de colegio, mi amigo, nacido en el barrio como yo.

109

Unos días antes de que él regresara a Nápoles, se produjeron dos episodios especialmente desagradables. Una tarde me llamó Adele, ella también muy contenta con mi trabajo. Me dijo que mandara enseguida el texto a la editorial, que se podía hacer un pequeño libro y publicarlo al mismo tiempo que en Francia o, si no llegábamos a tiempo, poco después. Lo comenté durante la cena con tono desapasionado y Nino me hizo muchos cumplidos.

—Tenéis una mamá excepcional —les dijo a las niñas; luego se dirigió a Pietro—: ¿Tú lo has leído?

—No he tenido tiempo.

—Mejor que no lo leas.

—¿Por qué?

—No es para ti.

—¿Por?

—Es demasiado inteligente.

—¿Qué quieres decir?

—Que eres menos inteligente que Elena.

Y se rió. Pietro no dijo nada.

—¿Te has ofendido? —lo apremió Nino.

Quería que reaccionara para humillarlo más. Pero Pietro se levantó de la mesa y dijo:

—Disculpadme, tengo trabajo.

—Termina de comer —murmuré.

Él no contestó. Estábamos cenando en la sala, la habitación era amplia. Durante unos instantes dio la impresión de que quisiera realmente cruzarla y encerrarse en su despacho. Pero dio media vuelta, se sentó en el sofá, encendió el televisor y subió bastante el volumen. El ambiente era insoportable. En apenas unos días todo se había complicado. Me sentí muy infeliz.

—¿Bajas un poco? —le pedí.

—No —contestó sin más.

Nino soltó una risita, terminó de comer, me ayudó a recoger.

—Discúlpalo —le dije en la cocina—, Pietro trabaja mucho y duerme poco.

—¿Cómo haces para aguantarlo? —contestó en un arranque de rabia.

Miré la puerta, alarmada, menos mal que el volumen del televisor seguía alto.

—Lo quiero —contesté. Y como Nino insistía en ayudarme a fregar los platos, añadí—: Vete, por favor, que me estorbas.

El otro episodio fue todavía peor, aunque decisivo. En realidad, yo ya no sabía qué quería, lo único que deseaba era que esa época acabara pronto, quería recuperar las costumbres familiares, seguir la evolución de mi libro. Mientras tanto, por las mañanas me gustaba meterme en la habitación de Nino, ordenar el desorden que dejaba, hacerle la cama, cocinar pensando que por la noche cenaría con nosotros. Y me angustiaba que todo eso estuviese a punto de terminar. En ciertas horas de la tarde me sentía enloquecer. Tenía la sensación de que la casa estaba vacía a pesar de la presencia de las niñas, yo misma me vaciaba, no sentía interés alguno por lo que había escrito, percibía su superficialidad, perdía confianza en el entusiasmo de Mariarosa, de Adele, de la editorial francesa, de la editorial italiana. Pensaba: En cuanto él se marche, ya nada tendrá sentido.

En ese estado me encontraba —la vida se escapaba con una insoportable sensación de pérdida— cuando Pietro regresó de la universidad de un humor particularmente amargo. Lo esperábamos para cenar, Nino había regresado media hora antes pero las niñas enseguida lo habían secuestrado.

—¿Ha pasado algo? —le pregunté con amabilidad.

—Nunca más vuelvas a traerme gente de tu tierra a casa —me soltó.

Me quedé helada, pensé que se refería a Nino. Y también Nino, que se asomó seguido por Dede y Elsa, debió de creer lo mismo, porque lo miró con una sonrisita provocadora, como si esperara que montase un escándalo. Pero Pietro tenía otras cosas en la cabeza. Dijo con su tono despreciativo, el tono que sabía usar bien cuando estaba convencido de que estaban en juego principios fundamentales y se sentía en la obligación de defenderlos:

—Han venido a verme otra vez los policías, me han mencionado algunos nombres y me han enseñado unas fotos.

Lancé un suspiro de alivio. Sabía que después de su negativa a retirar la denuncia contra el estudiante que lo había apuntado con un arma, más que el desprecio de muchos militantes jóvenes y de no pocos profesores, le pesaban las visitas de la policía, que lo trataba como a un confidente. Me convencí de que estaba tan sombrío por ese motivo y lo interrumpí con fastidio:

—La culpa la tienes tú. No deberías haber reaccionado de ese modo, te lo dije. Ahora no te los quitarás de encima.

Nino se entrometió, le preguntó a Pietro con recochineo:

—¿A quién denunciaste?

Pietro ni siquiera se volvió para mirarlo. La tenía tomada conmigo, era conmigo con quien quería pelear.

—Hice lo que debía entonces y hoy también debería haber hecho lo mismo —me dijo—. Pero me callé porque tú estabas por medio.

En ese momento comprendí que el problema no eran los policías, sino lo que había sabido a través de ellos.

—¿Y yo qué tengo que ver? —murmuré.

—¿Pasquale y Nadia no son amigos tuyos? —dijo, con la voz alterada.

—¿Pasquale y Nadia? —repetí obtusamente.

—Los policías me enseñaron unas fotos de terroristas, entre las que estaban las de ellos.

No reaccioné, me quedé sin palabras. De modo que lo que había imaginado era cierto, de hecho, Pietro me lo estaba confirmando. Durante unos segundos regresaron las imágenes de Pasquale que descargaba la pistola sobre Gino, que le disparaba a las piernas a Filippo, mientras Nadia —Nadia, no Lila— subía las escaleras, llamaba a la puerta de Bruno, entraba y le disparaba a la cara. Terrible. Sin embargo, en ese momento el tono de Pietro me pareció fuera de lugar, como si estuviera utilizando la noticia para ponerme en aprietos delante de Nino, para empezar una discusión en la que no tenía ganas de entrar. De hecho, Nino se entrometió otra vez y siguió tomándole el pelo:

—¿Así que eres confidente de la policía? ¿A eso te dedicas? ¿A denunciar a los compañeros? ¿Lo sabe tu padre? ¿Y tu madre? ¿Y tu hermana?

Murmuré sin ganas: Vamos a cenar. Y enseguida le dije a Nino, con amabilidad, quitándole hierro al asunto para evitar que siguiera pinchando a Pietro sacando a colación su familia de origen: Para ya, qué confidente ni qué ocho cuartos. Después me referí confusamente al hecho de que hacía un tiempo había venido a verme Pasquale Peluso, a saber si se acordaba de él, un tipo del barrio, un buen muchacho que por esas vueltas que da la vida había terminado emparejándose con Nadia, de ella se acordaba, naturalmente, la hija de la Galiani, pues la misma. Y ahí me callé porque Nino empezó a reírse. Exclamó: Nadia, ay, Dios santo, Nadia, y se dirigió otra vez a Pietro, todavía más burlón: Solo tú y un par de policías obtusos podéis pensar que Nadia Galiani se ha unido a la lucha armada, cosa de locos. Nadia, la persona más buena y amable que he conocido, a qué extremos hemos llegado en Italia, vamos a comer, venga, que por ahora la defensa del orden constituido puede prescindir de ti. Y fue hacia la mesa llamando a Dede y Elsa, yo empecé a servir, convencida de que Pietro se sentaría a la mesa con nosotros.

Pero no apareció. Pensé que había ido a lavarse las manos, que se tomaba su tiempo para calmarse, y ocupé mi sitio. Estaba nerviosa, me hubiera gustado una velada agradable y tranquila, un final sereno para aquella convivencia. Pero Pietro no venía, las niñas ya estaban comiendo. Nino también se mostró perplejo.

—Empieza —le dije—, que se enfría.

—Sí, pero si tú también comes.

Vacilé. Quizá debía ir a ver cómo estaba mi marido, qué hacía, si se había tranquilizado. Pero no tenía ganas, estaba molesta por su comportamiento. Por qué no se había guardado para él aquella historia de los policías, al fin y al cabo era lo que hacía siempre con sus cosas, jamás me contaba nada. Por qué me había hablado de ese modo en presencia de Nino: Nunca más vuelvas a traerme gente de tu tierra a casa. A qué venía tanta urgencia por hacer público el tema, podía esperar, podía desahogarse más tarde, cuando estuviéramos encerrados en el dormitorio. La tenía tomada conmigo, ese era el punto. Quería echarme a perder la velada, le importaba un pimiento todo lo que yo hacía y quería.

Empecé a comer. Comimos los cuatro, el primer plato, el segundo y el postre que había preparado. A Pietro no se le vio el pelo. Entonces me puse furiosa. ¿Así que Pietro no quería comer? Pues muy bien, que no comiera, estaba claro que no tenía hambre. ¿Quería estar a solas? Muy bien, la casa era grande, sin su presencia no habría tensiones. Total, ahora estaba claro que el problema no radicaba en que dos personas que vinieron a casa una sola vez se encontraran entre los sospechosos de pertenecer a una banda armada. El problema radicaba en que no tenía una inteligencia lo bastante dispuesta, en que no sabía aguantar la discusión entre hombres, que padecía por ello y la tomaba conmigo. Estoy hasta el gorro de ti y de tu mediocridad. Recojo después, dije en voz alta como si me estuviera dando una orden a mí misma, a mi confusión. Encendí el televisor y me acomodé en el sofá con Nino y las niñas.

Pasó un tiempo prolongado, agotador. Notaba que Nino se

sentía incómodo y divertido a la vez. Voy a llamar a papá, dijo Dede que, una vez que hubo llenado el estómago empezó a preocuparse por Pietro. Ve, dije. Regresó casi de puntillas, me susurró al oído: Se ha ido a la cama y duerme. Nino la oyó de todos modos.

—Mañana me marcho —dijo.

—¿Has terminado el trabajo?

—No.

—Quédate entonces.

—No puedo.

—Pietro es una buena persona.

—¿Lo defiendes?

¿Defenderlo de qué, de quién? No lo entendí, estuve a punto de enfadarme también con él.

110

Las niñas se durmieron delante de la televisión, las llevé a la cama. Cuando volví a la sala, Nino ya no estaba, se había encerrado en su habitación. Deprimida, recogí la mesa, fregué los platos. Qué tontería pedirle que se quedara, era mejor que se marchara. Por otra parte, cómo soportar la desolación sin él. Me hubiera gustado al menos que se fuera con la promesa de que tarde o temprano regresaría. Deseaba que durmiera otra vez en mi casa, que por la mañana desayunáramos juntos y por la noche cenáramos sentados a la misma mesa, que hablara de todo un poco con su tono divertido, que me escuchara cuando quería dar forma a una idea, que siempre fuera respetuoso con cada una de mis frases, que conmigo no recurriera nunca a la ironía, al sarcasmo. Sin embargo, tuve que admitir que si la situación se había deteriorado tan deprisa, haciendo imposible la convivencia, era por culpa de él. Pietro le había tomado cariño. Le gustaba su compañía, apreciaba la amistad entre los dos. ¿Por qué había sentido Nino la necesidad de hacerle daño, de humillarlo, de restarle autoridad? Me desmaquillé, me lavé, me puse el camisón. Cerré la puerta de casa con el pasador y la cadena, la llave del gas, bajé todas las persianas, apagué las luces. Fui a echar un vistazo a las niñas. Confié en que Pietro no se hiciera el dormido y me estuviera esperando para pelear. Miré en su mesilla de noche, se había tomado el tranquilizante, se había quedado frito. Me causó ternura, lo besé en la mejilla. Qué persona imprevisible: inteligentísimo y estúpido, sensible y obtuso, valiente y vil, cultísimo e ignorante, educado y grosero. Un Airota fallido, se había atascado por el camino. Nino, tan seguro de sí mismo, tan decidido, ¿habría podido ponerlo otra vez en marcha, ayudarlo a mejorar? Me pregunté otra vez por qué aquella amistad incipiente se había transformado en hostilidad tendenciosa. Y esta vez me pareció comprenderlo. Nino había querido ayudarme a ver a mi marido tal como era. Estaba convencido de que yo tenía una imagen idealizada a la que me había sometido tanto en el plano sentimental como en el intelectual. Había querido desvelarme la inconsistencia oculta detrás del jovencísimo titular de cátedra, el autor de una tesis convertida luego en un libro muy apreciado, el estudioso que desde hacía tiempo preparaba una nueva publicación que debía consolidar su prestigio. Era como si en aquellos últimos días no hubiese hecho otra cosa que gritarme: Vives con un hombre banal, has tenido dos hijas con una nulidad. Su plan consistía en subestimarlo para liberarme, devolverme a mí misma demoliéndolo a él. Pero al hacerlo, ¿se había dado cuenta de que, queriendo o sin querer, se había propuesto como modelo viril alternativo?

Aquella pregunta me hizo enojar. Nino había sido imprudente. Había sembrado la confusión en una situación que para mí constituía el único equilibrio posible. ¿Por qué causar el desorden sin siquiera consultarme? ¿Quién le había pedido que me abriera los ojos, que me salvara? ¿En qué se basaba para deducir que necesitaba ser salvada? ¿Acaso pensaba que podía hacer lo que se le antojara con mi vida de pareja, con mi responsabilidad de madre? ¿Con qué fin? ¿Adónde quería ir a parar? Es él —me dije— el que necesita aclararse las ideas. ¿No le interesa nuestra amistad? Falta poco para las vacaciones. Me marcharé a Viareggio, él dijo que se iba a Capri, a la casa de sus suegros. ¿Debemos esperar a que terminen las vacaciones para volver a vernos? ¿Y por qué? Ahora mismo, durante el verano, sería posible reforzar la relación de nuestras familias. Podía telefonear a Eleonora, invitarla a ella, a su marido y al niño, a pasar con nosotros unos días en Viareggio. Y me gustaría que ellos, a su vez, me invitaran a Capri, donde no he estado nunca, con Dede, Elsa y Pietro. Pero si esto tampoco es posible, ¿por qué no escribirnos, intercambiar ideas, títulos de libros, hablar de nuestros proyectos de trabajo?

No conseguía tranquilizarme. Nino se había equivocado. Si de veras me apreciaba, era necesario que hiciera algo para que todo volviera a ser como al principio. Debía reconquistar la simpatía y la amistad de Pietro, mi marido no pedía más. ¿De veras creía que me hacía un bien causándome esas tensiones? No, no, debía hablar con él, decirle que era una tontería tratar así a Pietro. Me levanté de la cama despacio, salí del dormitorio. Crucé el pasillo descalza, llamé a la puerta de Nino. Esperé un momento, entré. La habitación estaba a oscuras.

—Te has decidido —lo oí decir.

Me sobresalté, no me pregunté «decidido a qué». Solo supe que tenía razón, me había decidido. Me quité a toda prisa el camisón, me acosté a su lado pese al calor.

111

Regresé a mi cama sobre las cuatro de la mañana. Mi marido se sobresaltó, en sueños murmuró: ¿Qué pasa? Le dije con tono perentorio: Duerme, y se calmó. Estaba aturdida. Me sentía feliz de lo que había ocurrido, pero por más que me esforzara no conseguía tomar conciencia de ello dentro de mi condición, dentro de lo que yo era en aquella casa, en Florencia. Tenía la impresión de que todo entre Nino y yo se había cumplido en el barrio, mientras sus padres se mudaban y Melina lanzaba objetos por la ventana y gritaba atormentada por el sufrimiento; o en Ischia, cuando dimos aquel paseo tomados de la mano; o aquella noche en Milán, tras el encuentro en la librería, cuando él me defendió de aquel crítico feroz. Durante un tiempo esto me dio una sensación de irresponsabilidad, puede que incluso de inocencia, como si la amiga de Lila, la esposa de Pietro, la madre de Dede y Elsa, no tuvieran nada que ver con la niña-muchacha-mujer que amaba a Nino y que, por fin, lo había hecho suyo. Sentía la huella de sus manos y sus besos en cada recoveco de mi cuerpo. La avidez del goce no quería calmarse, los pensamientos eran: Falta mucho para que amanezca, qué hago yo aquí, mejor vuelvo con él.

Después me adormilé. Abrí los ojos con un estremecimiento, había luz en el cuarto. ¿Qué había hecho? Precisamente aquí, en mi casa, qué estupidez. Ahora Pietro se despertaría. Ahora se despertarían las niñas. Tenía que preparar el desayuno. Nino se despediría de nosotros, regresaría a Nápoles con su mujer y su hijo. Yo volvería a ser yo.

Me levanté, me di una larga ducha, me sequé el pelo, me maquillé con mimo, me puse un vestido alegre como si tuviera que salir. Ah, sí, en el corazón de la noche Nino y yo nos juramos que ya no nos perderíamos de vista, que encontraríamos la manera de seguir amándonos. Pero ¿cómo y cuándo? ¿Por qué motivo debía buscarme otra vez? Entre los dos había ocurrido cuanto podía ocurrir, lo demás eran complicaciones. Basta, con esmero puse la mesa para el desayuno. Quería dejarle una bonita imagen de aquella estancia, de la casa, de los objetos cotidianos, de mí.

Pietro apareció en pijama, con el pelo enmarañado.

—¿Adónde tienes que ir?

—A ninguna parte.

Me miró perplejo, nunca ocurría que apenas levantados me viera tan arreglada.

—Estás muy guapa.

—No gracias a ti.

Fue a la ventana y miró fuera.

—Anoche estaba muy cansado —murmuró.

—También estuviste muy maleducado.

—Le pediré disculpas.

—En primer lugar deberías pedirme disculpas a mí.

—Lo siento.

—Él se va hoy.

Apareció Dede descalza. Fui a buscarle las zapatillas, desperté a Elsa que, como siempre, sin abrir los ojos, me cubrió de besos. Qué bien olía, qué suave. Sí, me dije, ha ocurrido. Menos mal, podía no haber ocurrido nunca. Pero ahora debo imponerme una disciplina. Llamar a Mariarosa para enterarme de lo de Francia, hablar con Adele, ir personalmente a la editorial para ver qué piensan hacer con mi librito, si de veras creen en él o quieren contentar a mi suegra. Después oí unos ruidos en el pasillo. Era Nino, los signos de su presencia me turbaron, allí estaba, un rato más. Me aparté de los brazos de la niña, dije: Perdona, Elsa, mamá vuelve enseguida, y salí deprisa.

Nino salía de su cuarto, medio dormido, lo metí en el baño de un empujón, cerré la puerta. Nos besamos, perdí otra vez la conciencia del lugar y la hora. Yo misma me sorprendí de cuánto lo deseaba, era muy buena ocultándome las cosas. Nos abrazamos con una furia para mí desconocida, como si los cuerpos chocaran entre sí con la intención de romperse. De modo que el placer era esto: hacerse añicos, mezclarse, perder la noción de qué era mío y qué era suyo. Aunque hubiese aparecido Pietro, aunque se hubiesen asomado las niñas, no habrían podido reconocernos.

—Quédate un poco más —le susurré en los labios.

—No puedo.

—Entonces vuelve, júrame que volverás.

—Sí.

—Y llámame.

—Sí.

—Dime que no te olvidarás de mí, dime que no me dejarás, dime que me quieres.

—Te quiero.

—Repítelo.

—Te quiero.

—Jura que no es mentira.

—Lo juro.

112

Se marchó una hora más tarde, pese a que Pietro insistió con un tono más bien enfurruñado en que se quedara, pese a que Dede rompió a llorar. Mi marido fue a asearse, apareció al rato listo para irse. Me dijo con los ojos bajos: A los policías no les dije que Pasquale y Nadia estuvieron en nuestra casa; y no lo hice para protegerte a ti, sino porque pienso que hemos llegado al punto en que se confunde la disensión con el delito. No comprendí enseguida de qué me hablaba. Pasquale y Nadia se me habían borrado por completo de la cabeza, a duras penas consiguieron entrar de nuevo en ella. Pietro esperó unos segundos en silencio. Quizá quería que me mostrara de acuerdo con su consideración, deseaba enfrentarse al caluroso día de exámenes sabiendo que nos habíamos reconciliado, que al menos por una vez pensaba como él. Pero me limité a hacer un gesto distraído. ¿Qué me importaban a mí sus opiniones políticas, Pasquale y Nadia, la muerte de Ulrike Meinhof, el nacimiento de la república socialista de Vietnam, el avance electoral del Partido Comunista? El mundo se había alejado. Me sentía sumergida dentro de mí misma, dentro de mi carne, que no solo me parecía el único habitáculo posible, sino la única materia por la que merecía la pena esforzarse. Fue un alivio cuando él, único testigo del orden y el desorden, cerró la puerta a sus espaldas. No soportaba verme bajo su mirada, temía que de golpe se hicieran visibles los labios doloridos por los besos, el cansancio de la noche, el cuerpo hipersensible, como quemado.

En cuanto estuve a solas, regresó la certidumbre de que jamás volvería a ver ni a oír a Nino. Y a esa se sumó otra más: ya no podía seguir viviendo con Pietro, me resultaba insoportable que continuáramos durmiendo en la misma cama. ¿Qué hacer? Lo dejaré, pensé. Me marcharé con las niñas. Pero ¿qué procedimiento adoptar, marcharme sin más? No sabía nada de separaciones y divorcios, cómo eran los trámites, cuánto tiempo se precisaba para volver a ser libres. Y no conocía a ninguna pareja que hubiese pasado por esa experiencia. ¿Qué ocurría con los hijos? ¿Qué acuerdos se tomaban para mantenerlos? ¿Podía llevarme a las niñas a otra ciudad? ¿A Nápoles, por ejemplo? ¿Y por qué a Nápoles, por qué no a Milán? Si dejo a Pietro, me dije, tarde o temprano tendré que ponerme a trabajar. Son malos tiempos, la economía va mal, y Milán es el sitio adecuado para mí, allí está la editorial. Pero ¿Dede y Elsa? ¿La relación con su padre? ¿Debo quedarme en Florencia, entonces? Ni hablar, jamás. Mejor Milán, Pietro podría ver a sus hijas todas las veces que pudiera y quisiera. Sí. Sin embargo, la cabeza me llevaba a Nápoles. No al barrio, no pensaba volver a poner los pies allí. Imaginé que iba a vivir a la Nápoles cautivadora donde nunca había vivido, cerca de la casa de Nino, en la via Tasso. Verlo desde la ventana cuando iba o regresaba de la universidad, cruzármelo en la calle, hablar con él todos los días. Sin molestarlo. Sin causarle problemas con la familia, al contrario, intensificando la relación de amistad con Eleonora. Me hubiera bastado esa cercanía. A Nápoles, pues, no a Milán. Si me separaba de Pietro, Milán ya no sería tan hospitalaria. La relación con Mariarosa se enfriaría, con Adele también. No se interrumpiría, eso no, eran personas civilizadas pero no dejaban de ser la madre y la hermana de Pietro, aunque no lo tuviesen en gran estima. Y no hablemos de Guido, su padre. No, seguramente ya no podría contar con los Airota de la misma manera, quizá tampoco con la editorial. La ayuda solo podía venir de Nino. Tenía buenas amistades en todas partes, seguramente encontraría la manera de apoyarme. A menos que al estarle encima, su mujer se pusiera nerviosa, él se pusiera nervioso. Para Nino yo era una mujer casada que vivía en Florencia con su familia. O sea, lejos de Nápoles, y no libre. Deshacer deprisa y corriendo mi matrimonio, correr tras él, ir a vivir cerca de su casa, ay, no sé. Me tomaría por loca, yo quedaría como una cualquiera que había perdido el juicio, el tipo de mujer que depende del hombre algo que, entre otras cosas, horrorizaba a las amigas de mi cuñada. Y, sobre todo, una mujer no adecuada a él. Había amado a muchas, pasaba de una cama a otra, engendraba hijos sin ningún compromiso, consideraba el matrimonio una convención necesaria, pero que no podía aprisionar el deseo. Qué ridículo haría. Me había privado de tantas cosas en mi vida, también podía privarme de Nino. Me iría por mi camino con mis hijas.

Pero sonó el teléfono, corrí a contestar. Era él, se oían como fondo un altavoz, clamor, ruido, su voz me llegaba apenas audible. Acababa de llegar a Nápoles, telefoneaba desde la estación. Solo para saludarte, dijo, quería saber cómo estás. Bien, contesté. ¿Qué haces? Estoy a punto de comer con las niñas. ¿Está Pietro? No. ¿Te gustó hacer el amor conmigo? Sí. ¿Mucho? Muchísimo. Se me han acabado las fichas. Vete, adiós, gracias por telefonear. Ya te llamaré. Cuando quieras. Me sentí satisfecha de mí, de mi autocontrol. Lo he mantenido a la distancia adecuada, me dije, a su llamada de cortesía respondí con cortesía. Pero al cabo de tres horas telefoneó otra vez, también desde una cabina. Estaba nervioso. ¿Por qué eres tan fría? No soy fría. Esta mañana quisiste que te dijera que te quería y te lo dije, aunque por principio no se lo digo a nadie, ni siquiera a mi mujer. Me alegro. ¿Y tú me quieres? Sí. ¿Esta noche dormirás con él? ¿Con quién si no? No lo soporto. ¿Acaso tú no duermes con tu mujer? No es lo mismo. ¿Por qué? A mí Eleonora no me importa nada. Entonces vuelve conmigo. ¿Cómo quieres que lo haga? Déjala. ¿Y después? Comenzó a telefonear de forma compulsiva. Yo adoraba aquellos timbrazos, sobre todo cuando nos despedíamos y daba la impresión de que no íbamos a hablar durante quién sabe cuánto tiempo, pero él llamaba al cabo de media hora, a veces incluso a los diez minutos, y otra vez se ponía a rabiar, me preguntaba si había hecho el amor con Pietro desde que había estado conmigo, le decía que no, me pedía que se lo jurara, yo se lo juraba, le preguntaba si él había hecho el amor con su mujer, gritaba que no, yo pretendía que él también me lo jurase, y a un juramento seguía otro, y muchas promesas, sobre todo la promesa solemne de no moverme de casa, de mantenerme localizable. Quería que esperase sus llamadas telefónicas, hasta el punto de que si, por casualidad, salía —al fin y al cabo tenía que hacer la compra—, llamaba y dejaba que el teléfono sonara y sonara hasta que yo regresaba, soltaba a las niñas, soltaba las bolsas, ni siquiera cerraba la puerta de las escaleras, y corría a contestar. Y lo oía al otro lado, desesperado: Creía que nunca más ibas a contestarme. Después añadía con alivio: Pero no habría colgado nunca, y a falta de ti, hubiera amado el sonido del teléfono, este sonido vano, lo único tuyo que me había quedado.

Y revivía hasta el último detalle de nuestra noche —te acuerdas de esto, te acuerdas de aquello—, la revivía sin cesar. Enumeraba todo lo que quería hacer conmigo, no se limitaba a las relaciones sexuales: un paseo, un viaje, ir al cine, a un restaurante, hablarme del trabajo que estaba haciendo, escuchar cómo me iba con mi último librito. Entonces yo perdía el control. Murmuraba, sí sí sí, todo lo que quieras, y le gritaba: Estoy a punto de irme de vacaciones, dentro de una semana estaré en la playa con Pietro y las niñas, como si se tratara de una deportación. Y él: Eleonora se va a Capri dentro de tres días, en cuanto se marche voy a Florencia aunque sea una hora. Entretanto, Elsa me miraba y preguntaba: Mamá, con quién hablas tanto, ven a jugar. Un día Dede dijo: Déjala tranquila, habla con su novio.

113

Nino viajó de noche, llegó a Florencia sobre las nueve de la mañana. Telefoneó, le contestó Pietro, colgó. Telefoneó de nuevo, corrí a contestar. Había aparcado delante de mi casa. Baja. No puedo. Baja enseguida, si no subiré yo. Faltaban pocos días para que me fuera a Viareggio. Pietro ya estaba de vacaciones. Le dejé a las niñas, dije que tenía que hacer unas compras urgentes para la playa. Corrí a reunirme con Nino.

Volver a vernos fue una pésima idea. Descubrimos que en lugar de atenuarse, el deseo se había desbordado y planteaba mil exigencias con una impúdica urgencia. Si en la distancia, por teléfono, las palabras nos permitían fantasear y construir perspectivas excitantes pero imponiéndonos, al mismo tiempo, un orden, conteniéndonos, asustándonos, encontrarnos otra vez, encerrados en el espacio mínimo del coche, despreocupados por el calor atroz, dio concreción a nuestro delirio, lo dotó del distintivo de la inevitabilidad, lo hizo coherente con las formas de realismo de la época, esas que pedían lo imposible.

—No vuelvas a tu casa.

—¿Y las niñas, y Pietro?

—¿Y nosotros?

Antes de volverse otra vez para Nápoles dijo que no sabía si conseguiría aguantar todo el mes de agosto sin verme. Nos despedimos desesperados. En la casa que habíamos alquilado en Viareggio yo no tenía teléfono, él me dio su número de Capri. Me hizo prometerle que lo llamaría a diario.

—¿Y si se pone tu mujer?

—Cuelgas.

—¿Y si estás en la playa?

—Tengo que trabajar, prácticamente no pisaré la playa.

En nuestras fantasías, el telefonearnos debía servir además para fijar una fecha, antes de la Asunción o después, y buscar la manera de vernos al menos una vez. Él presionaba para que me inventara una excusa y regresara a Florencia. Haría lo mismo con Eleonora y se reuniría conmigo. Nos veríamos en mi casa, cenaríamos juntos, dormiríamos juntos. Otra locura. Lo besé, lo acaricié, lo mordí, me separé de él en un estado de infeliz felicidad. Fui corriendo a comprar al buen tuntún unas toallas, un par de trajes de baño para Pietro, cubo y palas para Elsa, un bañador azul para Dede. En aquella época le encantaba el azul.

114

Nos fuimos de veraneo. Me ocupé poco de las niñas, las dejé casi todo el tiempo con su padre. Me pasaba el día buscando un teléfono, aunque solo fuera para decirle a Nino que lo quería. Únicamente en un par de ocasiones se puso Eleonora y colgué. Me bastó su voz para irritarme, me pareció injusto que ella lo tuviera a su lado día y noche, no pintaba nada con él, con nosotros. Aquella irritación contribuyó a hacerme vencer el miedo, el plan de volver a vernos en Florencia me pareció cada vez más factible. Le dije a Pietro, y era cierto, que a pesar de toda su voluntad la editorial italiana no conseguiría sacar la edición antes de enero, mi texto saldría en Francia a finales de octubre. De manera que debía resolver algunas dudas urgentes, necesitaba un par de libros, debía regresar a casa.

—Voy yo a buscártelos —se ofreció.

—Quédate con las niñas, no estás nunca con ellas.

—A mí me gusta conducir, a ti no.

—¿Quieres dejarme un poco en paz? ¿Puedo tener un día libre? Las criadas lo tienen, ¿por qué yo no?

Salí en coche por la mañana bien temprano, el cielo estaba veteado de blanco, por la ventanilla entraba un viento fresco cargado con los olores del verano. Entré en la casa vacía con el corazón en la boca. Me desvestí, me lavé, me miré en el espejo, molesta por la mancha blanca de la barriga y el pecho, me vestí, me desvestí, volví a vestirme hasta que me vi guapa.

Sobre las tres de la tarde llegó Nino, no sé qué mentira le contó a su mujer. Hicimos el amor hasta el atardecer. Por primera vez tuvo ocasión de dedicarse a mi cuerpo con una devoción, una idolatría, para las que yo no estaba preparada. Intenté no ser menos, quería a toda costa parecerle buena. Pero cuando lo vi anonadado y feliz, de pronto algo se me torció en la cabeza. Para mí aquella era una experiencia única, para él, una repetición. Amaba a las mujeres, adoraba sus cuerpos como fetiches. No pensé tanto en sus otras mujeres que ya me sabía, Nadia, Silvia, Mariarosa, o Eleonora, su esposa. Me limité a pensar en lo que conocía bien, en las locuras que había hecho por Lila, en el frenesí que lo había llevado al borde de la destrucción. Me acordé de cómo había creído ella en esa pasión y se había aferrado a él, a los libros complejos que él leía, a sus pensamientos, a sus ambiciones, para corroborarse a sí misma y permitirse una posibilidad de cambio. Me acordé de cómo se había hundido cuando Nino la abandonó. ¿Acaso solo sabía amar e inducir a amar de aquella manera excesiva, no conocía otras? ¿Ese amor nuestro tan loco reproducía otros amores locos? ¿Ese quererme sin reparar en nada empleaba un prototipo, el modo según el cual había querido a Lila? ¿Y ese encuentro concertado en mi casa, que también era la de Pietro, se parecía a cuando Lila se lo había llevado a su casa, que también era la Stefano? ¿Era posible que no estuviésemos haciendo, sino repitiendo lo ya hecho?

Me aparté, él preguntó: ¿Qué te pasa? Nada, no supe qué decirle, no tenía pensamientos expresables. Me apreté contra él, lo besé y mientras tanto traté de arrancarme del pecho el sentimiento de su amor por Lila. Pero Nino insistió y al final no pude evitarlo, me aferré a un eco relativamente reciente —«mira, esto tal vez sí puedo decírselo»— y le pregunté con un tono fingidamente divertido:

—¿Tengo algo equivocado en el sexo como Lina?

Cambió de expresión. En sus ojos, en su cara apareció una persona distinta, un extraño que me asustó. Antes de que contestara me apresuré a susurrar:

—Bromeaba, si no quieres contestar, olvídalo.

—No he entendido lo que has dicho.

—Me he limitado a citar tus palabras.

—Jamás he pronunciado una frase así.

—Mentiroso, la dijiste en Milán, cuando íbamos para el restaurante.

—No es cierto, de todos modos no quiero hablar de Lina.

—¿Por qué?

No contestó. Me exasperé, le di la espalda. Cuando me rozó el hombro con los dedos, mascullé: Déjame tranquila. Permanecimos inmóviles un rato, sin decir palabra. Después volvió a acariciarme, me besó con suavidad un hombro, cedí. Sí, reconocí para mis adentros, tiene razón, nunca más debo preguntarle por Lila.

Por la noche sonó el teléfono, seguramente eran Pietro y las niñas. Le indiqué a Nino que no hiciera ruido, me levanté de la cama y corrí a responder. Tenía preparado un tono afectuoso, tranquilizador, pero sin darme cuenta hablaba en voz demasiado baja, con un murmullo poco natural, no quería que Nino me oyera y luego me tomara el pelo o que se enfadara sin más.

—¿Por qué hablas tan bajito? —preguntó Pietro—. ¿Va todo bien?

Subí enseguida el tono, esta vez me salió excesivamente alto. Busqué palabras amables, le hice muchas fiestas a Elsa, le pedí a Dede que por favor no le complicara la vida a su padre y que se cepillara los dientes antes de irse a la cama.

—Qué mujercita más buena, qué mamá más buena —dijo Nino, cuando regresé a la cama.

—Mira quién habla —le contesté.

Esperé que aminorase la tensión, que se amortiguara el eco de las voces de mi marido y de las niñas. Nos duchamos juntos, fue divertidísimo, una experiencia nueva, me gustó lavarlo y dejarme lavar. Después me preparé para salir. Volví a ponerme guapa para él, pero esta vez bajo su mirada y, de repente, sin nervios. Se quedó mirándome mientras me probaba los vestidos en busca del adecuado, mientras me maquillaba, y de vez en cuando —pese a que le decía bromeando: Ni se te ocurra, me haces cosquillas, me estropeas el maquillaje y tengo que volver a empezar, cuidado con el vestido que me lo rompes, déjame en paz— se me acercaba por la espalda, me besaba en el cuello, me metía las manos en el escote y debajo de la falda.

Lo obligué a salir de casa solo, le pedí que me esperara en el coche. Aunque el edificio estaba medio vacío porque todos habían ido de vacaciones, temía que alguien nos viera juntos. Fuimos a cenar, comimos mucho, hablamos mucho, bebimos muchísimo. Al regresar nos metimos otra vez en la cama pero no dormimos nada.

—En octubre iré cinco días a Montpellier, a un congreso —me dijo.

—Que te diviertas. ¿Vas con tu mujer?

—Quiero ir contigo.

—Imposible.

—¿Por qué?

—Dede tiene seis años y Elsa, tres. Tengo que pensar en ellas.

Nos pusimos a discutir sobre nuestra situación, por primera vez pronunciamos palabras como «casados» e «hijos». Pasamos de la desesperación al sexo, del sexo a la desesperación.

—No podemos vernos más —susurré al fin.

—Si tú puedes, bien. Yo no puedo.

—Tonterías. Me conoces desde hace un montón de años y has llevado una vida plena sin mí. No tardarás nada en olvidarme.

—Prométeme que seguirás telefoneando todos los días.

—No, no te telefonearé más.

—Si no lo haces, me volveré loco.

—La que se volverá loca soy yo si sigo pensando en ti.

Exploramos con una especie de placer masoquista el callejón sin salida en el que nos encontrábamos, y exasperados por nuestro afán en sumar obstáculos acabamos peleando. Él se marchó muy nervioso a las seis de la mañana. Yo ordené la casa, me pegué un hartón de llorar, conduje todo el trayecto con la esperanza de no llegar nunca a Viareggio. A mitad de camino me di cuenta de que no había cogido un solo libro que pudiera justificar mi viaje. Pensé: Mejor así.

115

A mi regreso Elsa me recibió con los brazos abiertos, dijo enfurruñada: Papá no sabe jugar bien. Dede defendió a Pietro, exclamó que su hermana era pequeña, estúpida y estropeaba todos los juegos. Pietro me analizó de mal humor.

—No has dormido.

—He dormido mal.

—¿Has encontrado los libros?

—Sí.

—¿Y dónde están?

—¿Dónde quieren que estén? En casa. He comprobado lo que quería y punto.

—¿Por qué te enfadas?

—Porque me haces enfadar.

—Ayer te llamamos otra vez. Elsa quería desearte las buenas noches pero no estabas.

—Hacía calor, salí a dar un paseo.

—¿Sola?

—¿Y con quién iba a ir?

—Dede dice que tienes novio.

—Dede está muy unida a ti y se muere de ganas por sustituirme.

—O ve y oye cosas que yo no veo ni oigo.

—¿Qué quieres decir?

—Lo que has oído.

—Pietro, tratemos de ser claros, a todas tus enfermedades, ¿no irás ahora a añadir también los celos?

—No soy celoso.

—Eso espero. Porque si no fuera así, te lo digo ahora mismo, los celos serían el colmo, no los soporto.

En los días siguientes los choques de ese estilo se multiplicaron. Lo mantenía a raya, le hacía reproches, y mientras tanto me despreciaba. Pero al mismo tiempo me daba rabia: ¿Qué pretendían de mí, qué debía hacer? Amaba a Nino, lo había amado siempre, ¿cómo haría para arrancármelo del pecho, de la cabeza, del vientre, ahora que él también me quería? Desde pequeña me había construido un mecanismo autorrepresivo perfecto. Ni uno solo de mis deseos auténticos había conseguido imponerse jamás, siempre había encontrado la manera de encauzar todos mis afanes. Pero ya basta, me decía, que salte todo por los aires, yo la primera.

Sin embargo, vacilaba. Durante unos días no llamé a Nino, tal como le había anunciado sabiamente en Florencia. Pero después pasé de golpe a telefonear incluso tres o cuatro veces al día sin ninguna prudencia. Me importaba un bledo todo, incluso Dede, quieta a unos pasos de la cabina telefónica. Discutía con él en el calor insoportable de aquella jaula a pleno sol y a veces, empapada en sudor, exasperada por la mirada de espía de mi hija, abría de par en par la puerta de cristales y le gritaba: Qué haces ahí como un pasmarote, te he dicho que vigiles a tu hermana. El congreso de Montpellier ocupaba ya el centro de mis pensamientos. Nino me apremiaba, lo convertía más y más en una especie de prueba definitiva de la autenticidad de mis sentimientos, de modo que pasábamos de violentas discusiones a declaraciones de indispensabilidad, de largos y costosos enfados por vía interurbana a la urgencia de volcar nuestro deseo en un mar de palabras incandescentes. Una tarde, extenuada, mientras Dede y Elsa salmodiaban desde el exterior de la cabina: Mamá, date prisa, nos estamos aburriendo, le dije:

—Solo hay un modo de que te acompañe a Montpellier.

—¿Cuál?

—Contárselo todo a Pietro.

Se hizo un largo silencio.

—¿De veras estás preparada para hacerlo?

—Sí, pero con una condición, que tú se lo cuentes todo a Eleonora.

Otro largo silencio.

—¿Quieres que le haga daño a Eleonora y al niño? —murmuró Nino.

—Sí. ¿Acaso yo no se lo haré a Pietro y a mis hijas? Decidir supone hacer daño.

—Albertino es muy pequeño.

—Elsa también. Y para Dede será insoportable.

—Hagámoslo después de Montpellier.

—Nino, no juegues conmigo.

—No juego contigo.

—Entonces, si no juegas conmigo, compórtate en consecuencia. Tú hablas con tu mujer y yo hablo con mi marido. Ahora. Esta noche.

—Dame un poco de tiempo, no es fácil.

—¿Y para mí sí?

Dio largas, trató de explicarme. Dijo que Eleonora era una mujer muy frágil. Dijo que se había organizado la vida en función de él y el niño. Dijo que cuando era jovencita había intentado quitarse la vida nada menos que en dos ocasiones. Pero se detuvo ahí, sentí que se obligaba a la honestidad más absoluta. A medida que iba hablando, con la lucidez que lo caracterizaba, llegó a admitir que romper su matrimonio suponía no solo hacerle daño a su mujer y al niño, sino desaprovechar muchas ventajas —disponer de ciertas comodidades es lo único que te hace la vida aceptable en Nápoles— y una red de relaciones que le garantizaba poder hacer lo que quería en la universidad. Después, trastornado por su propia decisión de no callar nada, concluyó: No olvides que tu suegro me tiene mucho aprecio y que si hacemos pública nuestra relación nos llevaría a mí y a ti a una ruptura insalvable con los Airota. No sé por qué, esa última precisión suya me hizo daño.

—De acuerdo —dije—, acabemos de una vez.

—Espera.

—He esperado demasiado, debería haberme decidido antes.

—¿Qué vas a hacer?

—Aceptar de una vez por todas que mi matrimonio ya no tiene sentido y seguir por mi camino.

—¿Estás segura?

—Sí.

—¿Vendrás a Montpellier?

—He dicho por mi camino, no por el tuyo. Lo nuestro ha terminado.

116

Colgué hecha un mar de lágrimas, salí de la cabina. Elsa me preguntó: ¿Te has hecho pupa, mamá? Contesté: Estoy bien, es la abuela la que se siente mal. Seguí sollozando ante la mirada preocupada de Elsa y Dede.

En el último tramo de las vacaciones no hice más que llorar. Decía que estaba cansada, que hacía mucho calor, que me dolía la cabeza, y mandaba a Pietro y a las niñas a la playa. Me quedaba en la cama empapando la almohada de lágrimas. Detestaba esa fragilidad excesiva, nunca había sido así, ni siquiera de niña. Tanto Lila como yo habíamos aprendido a no llorar jamás, y si ocurría, lo hacíamos únicamente en momentos excepcionales, por poco tiempo; la vergüenza era grande, sofocábamos los sollozos. Ahora, sin embargo, como a Orlando, se me había abierto en la cabeza una fuente de agua, que fluía de los ojos sin agotarse nunca, y me parecía, incluso cuando Pietro, Dede y Elsa estaban a punto de regresar y con un esfuerzo contenía las lágrimas y corría a enjuagarme la cara debajo del grifo, que la fuente seguía goteando a la espera del momento adecuado para volver a brotar por los ojos. Nino no me quería de veras, Nino fingía mucho y amaba poco. Había querido chingarme —sí, chingarme, como había hecho con quién sabe cuántas más—, pero quedarse conmigo, quedarse conmigo para siempre y romper con su mujer, pues no, eso no entraba en sus planes. Probablemente seguía enamorado de Lila. Probablemente a lo largo de su vida solo la amaría a ella, como tantos que la habían conocido. Y gracias a eso seguiría siempre con Eleonora. El amor por Lila era la garantía de que ninguna mujer —por más que él la amara a su manera arrolladora— consiguiera que aquel matrimonio frágil pasase por una crisis, y yo menos que ninguna. Así estaban las cosas. A veces dejaba a medias la comida o la cena y corría a encerrarme en el baño a llorar.

Pietro me trataba con cautela, presentía que yo podía estallar de un momento a otro. Al principio, a las pocas horas de la ruptura con Nino, había pensado en contárselo todo, como si no solo fuera mi marido al que le debía explicaciones sino también un confesor. Sentía la necesidad de hacerlo, especialmente en la cama, cuando se me acercaba y yo lo rechazaba susurrando: No, que se despiertan las niñas, muchas veces estuve a punto de confesárselo con lujo de detalles. Pero siempre logré contenerme a tiempo, no era necesario contarle lo de Nino. Ahora que había dejado de telefonear a la persona que amaba, ahora que la sentía definitivamente perdida, me parecía inútil ensañarme con Pietro. Era mejor zanjar el asunto con pocas palabras claras: No puedo seguir viviendo contigo. Pero ni siquiera eso pude hacer. Justo cuando en la penumbra del dormitorio me sentía preparada para dar ese paso, sentía pena por él, temía por el futuro de las niñas, le acariciaba el hombro, la mejilla, murmuraba: Duérmete.

Las cosas dieron un vuelco el último día de las vacaciones. Era casi medianoche, Dede y Elsa dormían. Llevaba unos diez días sin telefonear a Nino. Había preparado el equipaje, estaba agotada por la melancolía, la fatiga, el calor, y con Pietro nos sentamos en el balcón de casa, cada uno en su tumbona, en silencio. Había una humedad agobiante que impregnaba el pelo y la ropa, el aire olía a mar y a resina.

—¿Cómo está tu madre? —dijo Pietro de repente.

—¿Mi madre?

—Sí, tu madre.

—Bien.

—Dede me dijo que se encontraba mal.

—Se ha recuperado.

—La he llamado hoy por la tarde. Está perfectamente y goza de buena salud.

No dije nada. Pero qué hombre más inoportuno. Vaya, los ojos se me empezaron a llenar otra vez de lágrimas. Ah, Dios bendito, qué harta estaba, qué harta.

—Piensas que soy ciego y sordo —lo oí decir con calma—. Crees que no me di cuenta de cuando flirteabas con esos imbéciles que circulaban por casa antes de que naciera Elsa.

—No sé de qué me hablas.

—Lo sabes a la perfección.

—No, no lo sé. ¿A quién te refieres? ¿A la gente que vino alguna vez a cenar hace años? ¿Y yo flirteaba con ellos? ¿Estás loco?

Pietro meneó la cabeza sonriendo disimuladamente. Esperó

un momento, y luego, con la vista clavada en la reja, me preguntó:

—¿Tampoco flirteabas con el que tocaba la batería?

Me alarmé. No se daba por vencido, no cedía. Resoplé.

—¿Mario?

—¿Ves cómo te acuerdas?

—Claro que sí, ¿por qué no debería acordarme? Es una de las pocas personas interesantes que trajiste a casa en siete años de casados.

—¿Lo encontrabas interesante?

—Sí, ¿y con eso qué? ¿Qué te ha dado esta noche?

—Quiero saber. ¿No puedo saber?

—¿Qué quieres saber? Lo que yo sé, lo sabes tú. Desde la última vez que vimos a ese tipo habrán pasado por lo menos cuatro años, ¿y tú me sales ahora con estas tonterías?

Él apartó la vista de la reja, se volvió y me miró serio.

—Entonces hablemos de hechos más recientes. ¿Qué hay entre Nino y tú?

117

Fue un golpe tan violento como inesperado. Quería saber qué había entre Nino y yo. Bastaron aquella pregunta, aquel nombre, para que en la cabeza volviera a fluir la fuente. Me sentí cegada por las lágrimas, le grité fuera de mí, olvidándome que estábamos al aire libre, que la gente dormía debilitada por el día de sol y playa: Por qué me haces esta pregunta, por qué no te la has guardado, ahora lo has echado todo a perder y ya no hay remedio, bastaba con que te callaras la boca, pero no has podido y ahora me tendré que ir, me tendré que ir por fuerza.

No sé qué le ocurrió. Quizá se convenció de que había cometido un error que ahora, por oscuros motivos, amenazaba con arruinar para siempre nuestra relación. O tal vez me vio de pronto como un organismo tosco que rompía la frágil superficie del discurso y se manifestaba de forma prelógica, una mujer en su expresión más alarmante. Lo cierto es que debí de parecerle un espectáculo insoportable, se levantó de un salto, entró en casa. Pero yo corrí tras él y seguí contándoselo todo a gritos: mi amor por Nino desde pequeña, las nuevas posibilidades de vida que me había revelado, las energías inutilizadas que sentía dentro de mí, la mediocridad en la que me había hundido él durante años, la responsabilidad de haberme impedido vivir con plenitud.

Cuando se me agotaron las fuerzas y me desplomé en un rincón, me lo encontré enfrente con las mejillas demacradas, los ojos hundidos dentro de unas manchas violáceas, los labios blancos, el bronceado convertido en una especie de costra de barro. Solo entonces me di cuenta de que lo había conmocionado. Las preguntas que me había formulado no admitían siquiera remotamente respuestas afirmativas del tipo: Sí, flirteé con el que tocaba la batería y algo más; sí, Nino y yo fuimos amantes. Pietro las había hecho con el único fin de que yo las desmintiera, para aplacar las dudas que lo habían asaltado, para irse a la cama más tranquilo. En cambio yo lo había encarcelado en una pesadilla de la que ahora no sabía salir. Preguntó casi con un susurro, en busca de salvación:

—¿Habéis hecho el amor?

De nuevo me dio pena. Si hubiese contestado que sí, me habría puesto a gritar otra vez, le habría dicho: Sí, la primera vez mientras dormías, la segunda en su coche, la tercera en nuestra cama de Florencia. Y habría pronunciado esas frases con la voluptuosidad que me producía aquella lista. En cambio, dije que no con la cabeza.

118

Regresamos a Florencia. Limitamos la comunicación entre nosotros a las frases indispensables y a cierto tono amistoso en presencia de las niñas. Pietro se fue a dormir a su despacho, como en los tiempos en que Dede no pegaba ojo, yo seguí en la cama de matrimonio. Cavilé sobre qué debía hacer. La forma en que había terminado el matrimonio de Lila y Stefano no era un modelo, aquello había sido un asunto de otras épocas, resuelto sin ley. Yo contaba con un procedimiento civilizado, conforme a derecho, adecuado a los tiempos y a nuestra condición. Pero de hecho seguía sin saber qué hacer, de modo que no hacía nada. Para colmo en cuanto regresé, Mariarosa me telefoneó para comentarme que el librito francés estaba avanzado, que me enviaría el borrador, mientras que el redactor serio y detallista de mi editorial me planteó unas preguntas sobre algunos párrafos un poco flojos.

Después, una mañana, sonó el teléfono, contestó Pietro. Dígame, silencio, dígame, repitió y colgó. El corazón se me desbocó dentro del pecho, me dispuse a salir corriendo al teléfono para anticiparme a mi marido. No sonó más. Pasaron las horas, traté de distraerme releyendo mi texto. Fue una pésima idea, me pareció un cúmulo de tonterías, solo conseguí quedarme tan agotada que acabé durmiéndome con la cabeza encima del escritorio. Y el teléfono volvió a sonar, contestó otra vez mi marido. Gritó, asustando a Dede: Dígame, y colgó el auricular con furia, como si quisiera romper el aparato.

Era Nino, lo sabía yo, lo sabía Pietro. Se aproximaba la fecha del congreso, seguramente quería volver a insistir para que lo acompañara. Intentaría arrastrarme otra vez a la materialidad del deseo. Me demostraría que nuestra única posibilidad era una relación clandestina que debíamos vivir hasta el agotamiento, entre placeres y malas acciones. El plan era traicionar, inventar mentiras, irnos juntos. Me subiría a un avión por primera vez, me agarraría a él mientras el avión despegaba como en las películas. Y por qué no, después de Montpellier llegaríamos hasta Nanterre, iríamos a ver a la amiga de Mariarosa, hablaría con ella de mi libro y acordaríamos propuestas, le presentaría a Nino. Ah, sí, ir acompañada de un hombre al que amaba, un hombre dotado de una fuerza propia, una fuerza que no se le escapaba a nadie. El sentimiento hostil se dulcificaba. Estuve tentada.

Al día siguiente Pietro fue a la universidad, esperé que Nino telefoneara otra vez. No llamó y entonces, en un impulso irrefrenable, llamé yo. Esperé varios segundos, estaba muy agitada, solo tenía en mente la urgencia de oír su voz. Después ya se vería. Quizá me diera por agredirlo o por ponerme a llorar otra vez. O le gritaría: De acuerdo, voy contigo, seré tu amante hasta que te canses. En ese momento solo exigía que contestara.

Se puso Eleonora. Atrapé mi voz a tiempo antes de que se dirigiera al fantasma de Nino y corriera a más no poder por la línea telefónica con a saber qué palabras comprometedoras. La amoldé a un tono festivo: Hola, soy Elena Greco, ¿cómo estás, qué tal han ido las vacaciones, y Albertino? Ella me dejó hablar en silencio, luego aulló: Eres Elena Greco, eh, la zorra, la zorra hipócrita, deja en paz a mi marido y ni se te ocurra llamar otra vez, porque sé dónde vives y como hay Dios que voy y te parto la cara. Dicho lo cual, colgó.

119

No sé cuánto tiempo me quedé junto al teléfono. Me sentía cargada de odio, tenía la cabeza llena de frases como: Sí, ¿por qué no vienes? Ahora mismo si quieres, cabrona, no veo la hora, de dónde carajo eres, de la via Tasso, de la via Filangieri, de la via Crispi, de la Santarella, adefesio, mala puta, no sabes con quién te estás metiendo, golfa. Esa otra que llevaba dentro de mí quería aflorar desde el fondo, donde había permanecido sepultada bajo la costra de la mansedumbre, y se debatía en mi pecho mezclando italiano y voces de la infancia, era toda un clamor. Si Eleonora llegaba a atreverse a venir a mi casa, le escupiría a la cara, la tiraría por las escaleras, la arrastraría de los pelos hasta la calle, le partiría contra la acera aquella cabeza llena de mierda. Me dolía el pecho, me latían las sienes. En el piso de abajo habían empezado unas obras, por la ventana entraban el calor, martillazos incesantes y polvo acompañado del ruido molesto de no sé qué maquinaria. En la otra habitación Dede se peleaba con Elsa: No me copies en todo lo que hago, eres una mona, las monas no saben hacer otra cosa. Poco a poco lo fui entendiendo. Nino se había decidido a hablar con su mujer, por eso ella me había agredido. Pasé de la rabia a una alegría incontenible. Nino me quería hasta tal punto que le había hablado de lo nuestro a su mujer. Había arruinado su matrimonio, había renunciado con total conocimiento de causa a las comodidades que de él se derivaban, había desbaratado toda su vida eligiendo causar sufrimiento a Eleonora y Albertino en vez de a mí. De modo que era cierto, me quería. Suspiré de alegría. El teléfono volvió a sonar, contesté enseguida.

Era Nino, su voz. Me pareció tranquilo. Dijo que su matrimonio había terminado, que era libre.

—¿Has hablado con Pietro? —me preguntó.

—He empezado a hacerlo.

—¿Todavía no se lo has dicho?

—Sí y no.

—¿Quieres echarte atrás?

—No.

—Entonces date prisa, tenemos que irnos.

Había dado por descontado que iría con él. Nos reuniríamos en Roma, todo está a punto, hotel, billetes de avión.

—Tengo el problema de las niñas —dije, pero con un hilo de voz, sin convicción.

—Envíalas con tu madre.

—Ni hablar.

—Entonces llévalas contigo.

—¿Lo dices en serio?

—Sí.

—¿Me llevarías contigo de todos modos, si fuera con mis hijas?

—Claro.

—Tú me quieres de verdad —murmuré.

—Sí.

120

De pronto me redescubrí invencible e invulnerable, como en una época pasada de mi vida, cuando me pareció que todo me estaba permitido. Había nacido con suerte. Incluso cuando la suerte parecía adversa, en realidad trabajaba a mi favor. No me faltaban méritos, claro. Era ordenada, tenía memoria, hincaba los codos con saña, había aprendido a usar los instrumentos afinados por los hombres, sabía dotar de coherencia lógica cualquier batiburrillo de fragmentos, sabía gustar. Pero la suerte era lo que más contaba, y estaba orgullosa de sentirla a mi lado como una amiga de confianza. Tenerla otra vez de mi parte me tranquilizaba. Me había casado con un hombre respetable, no una persona como Stefano Carracci, o peor, como Michele Solara. Tendríamos nuestros enfrentamientos, Pietro sufriría, pero acabaríamos llegando a un acuerdo. Sin duda, lanzar por la borda el matrimonio, una familia, sería traumático. Y dado que por distintos motivos no teníamos ningunas ganas de comunicarlo a nuestras familias, al contrario, seguramente lo ocultaríamos el mayor tiempo posible, tampoco podíamos contar, de momento, con la familia de Pietro, que en todas las circunstancias sabía siempre qué hacer y a quién dirigirse para resolver situaciones complejas. Pero me sentía tranquila, al fin. Éramos dos adultos razonables, seguramente nos enfrentaríamos, discutiríamos, expondríamos nuestra razones. En el caos de aquellas horas hubo una sola cosa que me parecía irrenunciable: viajaría a Montpellier.

Hablé con mi marido esa misma noche, le confesé que Nino era mi amante. Hizo lo imposible por no creérselo. Cuando lo convencí de que era verdad, lloró, me suplicó, se enojó, levantó el cristal de la mesita de centro y lo lanzó contra la pared ante la mirada aterrada de las niñas, que se habían despertado con los gritos y, asomadas a la sala, nos miraban incrédulas. Me quedé de piedra pero no me eché atrás. Acosté de nuevo a Dede y Elsa, las tranquilicé, esperé que se durmieran. Después me enfrenté otra vez a mi marido, cada minuto se convirtió en una herida. Para colmo, Eleonora se puso a telefonear con insistencia, de día y de noche, me insultaba a mí, insultaba a Pietro porque no sabía comportarse como un hombre, me amenazaba con que sus parientes buscarían la manera de no dejarnos los ojos para llorar ni a nosotros ni a nuestras hijas.

Pero no me desanimé. Me encontraba en tal estado de exaltación que no conseguía sentirme en falta. Al contrario, me pareció que los dolores que causaba, las humillaciones y agresiones que sufría, obraban a mi favor. Aquella experiencia insoportable no solo contribuiría a convertirme en algo de lo que estaría contenta, sino que al final, por caminos inescrutables, le serviría también a quien ahora penaba. Eleonora comprendería que con el amor no hay nada que hacer, que es insensato decirle a una persona que quiere marcharse: No, debes quedarte. Y Pietro, que seguramente conocía en teoría ese precepto, solo necesitaría tiempo para asimilarlo y transformarlo en sabiduría, en práctica de la tolerancia.

Los únicos problemas realmente importantes los tuve con las niñas. Mi marido insistía para que les dijéramos los motivos por los que discutíamos. Yo no estaba de acuerdo: Son pequeñas, decía, no van a entender nada. Pero en un momento dado él me gritó: Si has decidido irte, les debes a tus hijas una explicación, y si te falta valor, quédate, quiere decir que tú misma no te crees lo que estás haciendo. Murmuré: Hablemos con un abogado. Contestó: Hay tiempo para los abogados. Y a traición llamó a voces a Dede y Elsa, que en cuanto nos oían chillar se encerraban en su habitación, muy unidas.

—Vuestra madre quiere deciros algo —anunció Pietro—, sentaos y prestad atención.

Las dos se sentaron muy compuestas en el sofá y esperaron.

—Vuestro padre y yo nos queremos —comencé a decir—, pero ya no nos llevamos bien y hemos decidido separarnos.

—No es verdad —me interrumpió Pietro con calma—, es vuestra madre la que ha decidido irse. Y tampoco es cierto que nos queramos, ella ya no me quiere.

Me inquieté.

—Niñas, no es tan fácil. Es posible dejar de vivir juntos y seguir queriéndose.

—Eso también es falso —me interrumpió otra vez—, o nos queremos y entonces vivimos juntos y somos una familia; o no nos queremos y entonces nos dejamos y no somos más una familia. Si cuentas mentiras, ¿cómo van a entender nada? Por favor, explícales claramente y con la verdad por delante por qué nos dejamos.

—Yo no os dejo —dije—, vosotras sois lo más importante para mí, no podría vivir sin vosotras. Solo tengo problemas con vuestro padre.

—¿Cuáles? —me apremió—. Acláranos cuáles son esos problemas.

—Quiero a otro y quiero vivir con él —murmuré, tras un suspiro.

Elsa miró a Dede para saber cómo debía reaccionar ante aquella noticia, y como Dede se quedó impasible, ella también se quedó impasible. Pero mi marido perdió la calma.

—El nombre, diles cómo se llama esa otra persona —chilló—. ¿No quieres? ¿Te da vergüenza? Lo digo yo, conocéis a esa otra persona, es Nino, ¿os acordáis de él? Vuestra madre quiere irse a vivir con él.

Y se echó a llorar desesperadamente, mientras Elsa murmuraba un tanto alarmada: ¿Me llevas contigo, mamá? Pero no esperó que contestara. Cuando su hermana se levantó y salió corriendo de la sala, la siguió enseguida.

Esa noche Dede gritó en sueños, me desperté sobresaltada, corrí a su lado. Dormía, pero había mojado la cama. Tuve que despertarla, cambiarla, cambiar las sábanas. Cuando la acosté de nuevo, murmuró que quería venir a mi cama. Accedí, la tuve a mi lado. De vez en cuando se estremecía en sueños, como para estar segura de que yo seguía allí.

121

Se acercaba la fecha del viaje, pero con Pietro las cosas no mejoraban; todo acuerdo, aunque solo fuera para el viaje a Montpellier, parecía imposible. Si te vas, decía, no verás más a las niñas. O bien: Si te llevas a las niñas, me mato. O bien: Te denunciaré por abandono del hogar. O bien: Hagamos un viaje los cuatro, vámonos a Viena. O bien: Niñas, vuestra madre prefiere antes al señor Nino Sarratore que a vosotras.

Empecé a hartarme. Me acordé de la resistencia que había

mostrado Antonio cuando lo dejé. Pero Antonio era un muchacho, había heredado la cabeza débil de Melina y, sobre todo, no había recibido la misma educación que Pietro, no lo habían formado desde la niñez para identificar reglas en el caos. Tal vez, pensaba, yo le haya atribuido una importancia exagerada al uso cultivado de la razón, a las buenas lecturas, al buen dominio de la lengua, a la afiliación política; tal vez, frente al abandono seamos todos iguales; tal vez ni siquiera una cabeza bien ordenada puede aguantar al descubrir que no es amada. Mi marido —no había nada que hacer— estaba convencido de que debía protegerme a toda costa de la picadura venenosa de mis deseos, y por eso, con tal de seguir siendo mi marido, estaba dispuesto a recurrir a cualquier medio, hasta el más abyecto. Él que había querido casarse por lo civil, él que siempre había estado a favor del divorcio, por culpa de un ingobernable movimiento interior pretendía ahora que nuestro vínculo fuera eterno como si nos hubiéramos casado delante de Dios. Y como yo insistía en poner fin a nuestra historia, primero probaba todos los métodos de persuasión, después rompía cosas, se pegaba bofetadas, de golpe se ponía a cantar.

Cuando se excedía de ese modo me hacía enojar, lo insultaba a gritos. Y él, como de costumbre, cambiaba de golpe como un animalito aterrorizado, se ponía a mi lado, me pedía perdón, decía que no tenía nada contra mí, que era su cabeza lo que no funcionaba. Adele —me reveló una noche entre lágrimas— siempre había traicionado a su padre, lo había descubierto de pequeño. A los seis años la había visto besar a un hombre enorme, vestido de azul, en el amplio salón de Génova que daba al mar. Recordaba hasta el último detalle: el hombre tenía un bigote enorme que era como una cuchilla oscura; en los pantalones destacaba una mancha brillante que parecía una moneda de cien liras; su madre, arrimada contra aquel tipo, parecía un arco tenso a punto de partirse. Yo lo escuché en silencio, traté de consolarlo: Cálmate, son falsos recuerdos, sabes que es así, no tengo que decírtelo. Pero él siguió insistiendo: Adele llevaba un vestido playero rosa, uno de los tirantes había caído de su hombro bronceado; las uñas largas parecían de cristal; se había hecho una trenza negra que le colgaba de la nuca como una serpiente. Al final, pasando del tormento a la ira, dijo: ¿Entiendes lo que me has hecho, entiendes el horror en el que me has hundido? Y yo pensé: De mayor Dede también recordará, Dede también gritará algo parecido. Pero después me contuve, me convencí de que Pietro me contaba lo de su madre en ese momento, después de tantos años, a propósito, para inducirme a ese pensamiento, para herirme y retenerme.

Seguí adelante día y noche, extenuada, no había quien durmiera. Si mi marido me atormentaba, a su manera Nino no se quedaba atrás. Cuando me notaba debilitada por la tensión y las preocupaciones, en lugar de consolarme, se ponía nervioso, decía: Tú te crees que para mí es más fácil, mi casa es un infierno, como la tuya, temo por Eleonora, tengo miedo de lo que pueda hacer, así que no vayas a pensar que no tengo problemas como tú, los tengo y puede que muchos más que tú. Y exclamaba: Pero tú y yo juntos somos más fuertes que nadie, nuestra unión es una necesidad imprescindible, lo tienes claro, ¿no? Quiero que me lo digas, ¿lo tienes claro? Lo tenía claro. Pero sus palabras no me resultaban de mucha ayuda. Más bien sacaba fuerzas de flaqueza imaginando el día en que por fin volvería a verlo y nos iríamos a Francia. Debo resistir hasta entonces, me decía, después se verá. Por el momento aspiraba únicamente a que se interrumpiera el suplicio, no aguantaba más. En el punto culminante de una pelea violentísima, en presencia de Dede y Elsa, le dije a Pietro:

—Se acabó. Me marcho cinco días, cinco días nada más, después volveré y ya veremos qué hacemos. ¿De acuerdo?

Él se dirigió a las niñas:

—Vuestra madre dice que se irá cinco días, ¿vosotras os lo creéis?

Dede contestó que no con la cabeza, Elsa también.

—Ellas tampoco se lo creen —dijo Pietro entonces—, los tres sabemos que nos dejarás y que no volverás nunca.

Entretanto, como respondiendo a una señal convenida, Dede y Elsa se abalanzaron sobre mí, se abrazaron a mis piernas, suplicándome que no me fuera, que me quedara con ellas. No aguanté. Me arrodillé, las ceñí por la cintura, dije: De acuerdo, no me voy, sois mis niñas y me quedo con vosotras. Aquellas palabras las calmaron, poco a poco se calmó también Pietro. Me fui a mi despacho.

Ay, Dios santo, todo estaba salido de madre: ellos, yo, el mundo a nuestro alrededor; la tregua solo era posible diciendo mentiras. Faltaban un par de días para el viaje. Primero le escribí una larga carta a Pietro, luego una breve a Dede con la recomendación de que se la leyera a Elsa. Preparé una maleta, la dejé en el cuarto de invitados, debajo de la cama. Compré de todo, llené la nevera. Preparé para el almuerzo y la cena los platos que le encantaban a Pietro, él los comió agradecido. Aliviadas, las niñas volvieron a pelearse al menor pretexto.

122

Mientras tanto, y precisamente cuando se acercaba la fecha del viaje, Nino dejó de telefonear. Traté de llamarlo yo, con la esperanza de que no respondiera Eleonora. Lo cogió la criada y al momento sentí alivio, pregunté por el profesor Sarratore. La respuesta fue clara y hostil: le paso con la señora. Colgué, esperé. Confié en que la llamada se convirtiera en una ocasión de disputa entre los cónyuges y Nino se enterara así de que lo estaba buscando. Al cabo de diez minutos sonó el teléfono. Corrí a atender, estaba segura de que era él. Pero era Lila.

Hacía tiempo que no hablábamos y no tenía ganas de atenderla. Su voz me irritó. En aquella época hasta su nombre, en cuanto me cruzaba por la cabeza como una culebra, me confundía, me restaba fuerzas. Además, no era el momento adecuado para ponernos a charlar: si Nino llegaba a telefonear, le daría señal de ocupado, y solo faltaba eso.

—¿Te puedo llamar dentro de un rato? —le pregunté.

—¿Estás ocupada?

—Un poco.

Ignoró mi petición. Como de costumbre se sentía con derecho a entrar y salir de mi vida sin preocupaciones de ningún tipo, como si todavía fuéramos una sola cosa y no hubiera necesidad de preguntar qué tal estás, cómo te va, puedes hablar. Con voz cansada dijo que acababa de recibir una mala noticia: habían matado a la madre de los Solara. Habló despacio, como eligiendo cada palabra, y yo la escuché sin interrumpirla nunca. Sus palabras me llegaron acompañadas como en cortejo por la usurera vestida de fiesta y sentada a la mesa de los novios durante la boda de Lila y Stefano, por la mujer trastornada que me había abierto cuando fui a buscar a Michele, por la sombra femenina de nuestra infancia que apuñalaba a don Achille, por la anciana con la flor artificial en el pelo que se abanicaba con un abanico azul mientras decía desorientada: Tengo calor, ¿y vosotros no tenéis calor? Pero no sentí ninguna emoción, ni siquiera cuando Lila se refirió a los comentarios que le habían llegado y me los enumeró con su estilo eficaz. Habían matado a Manuela degollándola a cuchillo; o le habían disparado cinco tiros con pistola, cuatro en el pecho y uno en el cuello; o la habían destrozado a patadas y puñetazos arrastrándola por todo el apartamento; o los asesinos —así los llamó— ni siquiera habían entrado en la casa, le habían disparado en cuanto abrió la puerta, Manuela había caído de bruces en el rellano y su marido, que estaba viendo la televisión, ni siquiera se había enterado. Una sola cosa está clara —dijo Lila—, los Solara se han vuelto locos, compiten con la policía por encontrar a los culpables, han traído a gente de Nápoles y de fuera, todas sus actividades están paradas; hoy, por ejemplo, no he ido a trabajar, la situación da miedo, no se puede ni rechistar.

Cómo sabía dar importancia y peso a cuanto le ocurría, a cuanto ocurría a su alrededor: la usurera asesinada, sus hijos trastornados, sus esbirros dispuestos a derramar más sangre, y su persona vigilante en medio de la marejada de acontecimientos. Llegó por fin al motivo de su llamada:

—Mañana te mando a Gennaro. Sé que estoy abusando, tienes a tus hijas, tus cosas, pero ahora no puedo ni quiero tenerlo aquí. Perderá unos días de colegio, qué se le va a hacer. Él te tiene cariño, en tu casa se siente a gusto, eres la única persona de la que me fío.

Pensé unos segundos en esa última frase: eres la única persona de la que me fío. Me dio por sonreír, todavía no se había enterado de que yo ya no era de fiar. Ante aquella petición que daba por descontada la inmovilidad de mi existencia dentro de las más serenas de las sensateces, que parecía atribuirme la vida de una baya roja en el tallo y la hoja del rusco, no lo dudé más, le dije:

—Me voy de viaje, dejo a mi marido.

—No lo he entendido.

—Mi matrimonio se ha terminado, Lila. He vuelto a encontrarme con Nino y hemos descubierto que, sin darnos cuenta, siempre nos hemos querido, desde jovencitos. Por eso me voy, empiezo una nueva vida.

Siguió un largo silencio, luego me preguntó:

—¿Estás de broma?

—No.

Debió de parecerle imposible que yo estuviera sembrando el desorden en mi casa, en mi cabeza bien organizada, y enseguida se puso a apremiarme aferrándose mecánicamente a mi marido. Pietro, dijo, es un hombre extraordinario, bueno, inteligentísimo, estás loca si lo dejas, piensa en el daño que les haces a tus hijas. Hablaba y no citaba a Nino, como si aquel nombre se le hubiese detenido en el pabellón de la oreja sin llegarle al cerebro. Tuve que ser yo quien lo pronunciara otra vez y dijera: No, Lila, ya no puedo vivir con Pietro porque no puedo estar sin Nino, pase lo que pase me iré con él, y otras frases por el estilo que exhibí como si fueran una condecoración.

—¿Echas por la borda todo lo que eres por Nino? —se puso a gritar entonces—. ¿Arruinas a tu familia por ese tipo? ¿Sabes qué te pasará? Te utilizará, te chupará la sangre, te quitará las ganas de vivir y te abandonará. ¿Para qué has estudiado tanto? ¿Para qué mierda me ha servido imaginar que disfrutarías de una vida hermosa también por mí? Me equivoqué, eres una imbécil.

123

Colgué el auricular como si quemara. Está celosa, me dije, me envidia, me odia. Sí, esa era la verdad. Siguió una larga procesión de segundos, me olvidé por completo de la madre de los Solara, su cuerpo herido de muerte desapareció. Pero me pregunté inquieta: ¿Por qué no llama Nino, será posible que justamente ahora que se lo he contado todo a Lila, él se eche atrás y me deje en ridículo? Durante un instante me vi expuesta a Lila en toda mi posible cortedad de persona que se había arruinado por nada. Después el teléfono volvió a sonar. Durante dos o tres largos timbrazos me quedé sentada mirando el aparato. Cuando levanté el auricular, tenía preparadas en la lengua palabras para Lila: Deja de meterte en mi vida, no tienes ningún derecho sobre Nino, deja que me equivoque como me dé la gana. Pero no era ella. Era Nino y le solté en tropel frases entrecortadas, feliz de oírlo. Le dije cómo estaban las cosas con Pietro y las niñas, le dije que era imposible llegar a un acuerdo con calma y sensatez, le dije que había preparado la maleta y que no veía la hora de abrazarlo. Él me contó las agrias disputas con su mujer, las últimas horas habían sido insoportables. Murmuró: Aunque estoy muy asustado, no consigo imaginar mi vida sin ti.

Al día siguiente, mientras Pietro estaba en la universidad, le pedí a mi vecina que se quedara unas horas con Dede y Elsa. Dejé las cartas que había preparado encima de la mesa de la cocina y me fui. Pensé: Está en marcha algo grande que destruirá por completo el antiguo modo de vivir y yo formo parte de esta destrucción. Me reuní con Nino en Roma, nos vimos en un hotel cerca de la estación. Mientras lo abrazaba me decía: No me acostumbraré nunca a este cuerpo nervioso, es una sorpresa continua, huesos largos, piel con un olor excitante, una masa, una fuerza, una movilidad del todo ajenas a lo que es Pietro, a las costumbres que había entre nosotros.

A la mañana siguiente, por primera vez en mi vida, me subí a un avión. No sabía abrocharme el cinturón, Nino me ayudó. Qué emocionante fue estrecharle la mano con fuerza mientras el avión empezaba a acelerar y el rugido de los motores aumentaba. Qué conmovedor despegar del suelo con un impacto y ver las casas que se transformaban en paralelepípedos y las calles que se convertían en cintas estrechitas y el campo que mutaba en una mancha verde, y el mar que se inclinaba como una losa compacta, y las nubes que se precipitaban hacia abajo como un derrumbe de rocas suaves, y la angustia, el dolor, la felicidad misma que forman parte de un movimiento único, muy luminoso. Me pareció que volar lo sometía todo a un proceso de simplificación, y suspiré, traté de abandonarme. De vez en cuando le preguntaba a Nino: ¿Estás contento? Y él me decía que sí con la cabeza, me besaba. Por momentos tenía la impresión de que el suelo bajo los pies —la única superficie con la que podía contar— temblaba.